Onnatuurlijke Selectie

Het meeslepende tweede deel van de Chimera-urban-fantasytrilogie!

Caryssa Cole

Shenanigans Press

INHOUDSOPGAVE

HOOFDSTUK ÉÉN

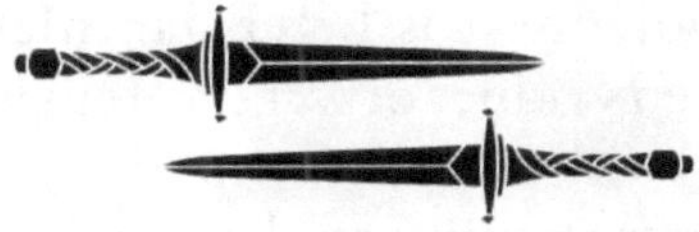

DE SJOFELE MOTELKAMER OVERVALT mijn zintuigen: de muffe stank van sigaretten doordringt de versleten gordijnen en vermengt zich met de misselijkmakende citroengeur van een luchtverfrisser op een manier die mijn maag doet omdraaien. Ik test voorzichtig het bobbelige matras en trek een vies gezicht als de oude veren onder me kraken en kreunen.

Buiten het smoezelige raam werpt de flikkerende rode gloed van het versleten neonbord van het motel griezelige schaduwen over de gebarsten asfalt van de parkeerplaats. Het doet me denken aan verse bloedspatten. Ik verdring de verontrustende gedachte. Mijn zenuwen staan nog steeds op scherp door onze nauwe ontsnapping.

Declan staat als een schildwacht in de deuropening. Zijn atletische lichaam is gespannen als een veer en zijn hazelnootkleurige ogen speuren onophoudelijk onze krappe omgeving af op enig teken van gevaar. De aanhoudende adrenaline van onze wanhopige vlucht hiernaartoe houdt ons beiden in opperste staat van paraatheid.

'Ze hebben echt de rode loper voor ons uitgerold, hè?', merkt Declan sarcastisch op, terwijl hij naar het afbladderende bloemetjesbehang en de mysterieuze vlekken op het tapijt knikt.

'Neem me het gebrek aan luxe niet kwalijk', kaats ik geïrriteerd terug, terwijl ik een hand door mijn verwarde zilveren haar haal. 'Mocht je het vergeten zijn, we zijn voortvluchtigen. Het Ritz was volgeboekt.'

Declan zucht en laat afwezig een vinger over het opstaande litteken op zijn onderarm glijden. 'Je hebt gelijk, dit vlooiennest is beter dan niets. Beter dan slapen onder een viaduct of wat onze enige andere optie ook was.'

Ik heb er meteen spijt van dat ik tegen hem uitviel. We zijn allebei zo gespannen als een snaar nadat we gedwongen werden de enige veilige haven die we kenden te ontvluchten. Mijn lontje is duidelijk kort.

Mijn vingers glijden bijna onbewust over het bleke litteken dat over mijn wang snijdt, een permanent aandenken aan gevechten die lang voor dit gevecht zijn overleefd. Ik vermijd opzichtig om de nieuwere wonden aan te raken, die op de een of andere manier nooit littekens hebben achtergelaten. Degenen die helemaal geen pijn meer doen.

De laptop op het bekraste nachtkastje laat een scherpe piep horen, die me uit mijn gepieker rukt. Ik open snel de versleutelde berichtenapp. Mijn hartslag versnelt als ik Athina's afgetobde gezicht het korrelige videoscherm zie vullen.

'Artemis, godzijdank', ademt ze. Haar warme bruine ogen stromen vol met opluchting bij het zien dat ik ongedeerd ben. 'Ik heb contact gelegd met de overblijfselen van de Obsidiaancirkel. Ze zijn uit elkaar gegaan en hebben zich gehergroepeerd na Diana's staatsgreep.'

Ik bevochtig angstig mijn lippen. 'Is het veilig voor ons om terug te keren naar de stad? Heb je een ontmoetingspunt geregeld?'

Athina knikt vastberaden. 'Ik heb een locatie voor een schuiladres. Ik stuur je nu de coördinaten.'

Ik schrijf de informatie snel op. Hoop en vrees vechten in mij om voorrang. Terugkeren voelt alsof we rechtstreeks het hol van de leeuw binnenlopen, maar herenigen met de Cirkel lijkt nu onze enige optie. 'We zijn er zo snel als we kunnen', beloof ik.

Als ik het gesprek beëindig, komt Declan overeind uit zijn onderuitgezakte houding tegen de muur, zijn hazelnootkleurige ogen vernauwen zich. 'Gaan we nu al terug? Nadat we ternauwernood met ons leven ontsnapten?' Zijn stem klinkt sceptisch.

'Zo lijkt het wel', bevestig ik grimmig, terwijl ik mijn kenmerkende rode leren jack aantrek. Het vertrouwde gewicht kalmeert mijn zenuwen enigszins. 'Athina zegt dat ze de Cirkel heeft opgespoord. We moeten ons bij hen voegen.'

Declan fronst en trekt zijn versleten spijkerbroek en afgedragen legerjack aan. 'Geweldig, die anarchisten weer. Alsof we veel keus hebben, toch?' Zijn toon maakt duidelijk wat hij ervan vindt om op anderen te vertrouwen.

'Nooit', zucht ik spijtig. Ik controleer uit gewoonte nog een keer mijn verborgen wapens voordat ik Declan naar de deur knik. 'Laten we gaan. Hoe eerder we terug zijn, hoe eerder we onze volgende zet kunnen plannen.'

Mijn vingers trillen lichtjes als ik het stuur van mijn stationair draaiende motorfiets vastgrijp. De ronkende motor klinkt als het gegrom van een wachtend beest. Angst en grimmige vastberadenheid strijden in mij. Ik weet dat we ons vrijwillig terug het gevaar in storten, maar het voor eens en altijd uitschakelen van het Bureau maakt het risico de moeite waard.

Declan start zijn motor met een trap naast me. 'Klaar voor nog een ronde chaos?', roept hij boven het gebrul van de motoren uit, zijn mond is een grimmige streep.

Ik blaf een vreugdeloze lach. 'Altijd.' En samen scheuren we de parkeerplaats af onder de karmozijnrode gloed van het flikkerende neonbord met 'vrij', op volle snelheid onze onzekere toekomst tegemoet.

———◆○◆———

Het schuiladres is weggestopt in een vervallen appartementencomplex dat duidelijk betere tijden heeft gekend. Ingeklemd tussen een louche pandjeshuis en een smoezelige wasserette lijkt het de perfecte plek om onopgemerkt onder te duiken. Ik kan de geschiedenis van duistere zaakjes en criminele geheimen die uit de bouwvallige bakstenen muren sijpelen praktisch voelen.

'Lijkt wel een thuis voor ons soort mensen', merkt Declan sarcastisch op als we onze motoren buiten parkeren. Zijn toon druipt van de gespeelde aristocratische minachting.

'Ja, zo heerlijk charmant', kaats ik terug met een overdreven deftig accent, terwijl ik met mijn ogen rol om zijn drama. Ons gekibbel helpt me af te leiden van de onrust die in me kolkt. Volgens Athina's gecodeerde instructies is ons ontmoetingspunt appartement 3C op de derde verdieping.

We betreden de armoedige lobby voorzichtig, onze zintuigen op scherp. De lift is buiten werking – geen verrassing – dus we gaan krakende trede voor krakende trede het smoezelige trappenhuis op. Het getik van elke voetstap weerkaatst griezelig in de besloten ruimte.

'Blijf scherp', fluister ik naar Declan als we de overloop van de derde verdieping bereiken. Hij geeft een kort knikje, zijn hazelnootkleurige ogen speuren onophoudelijk onze omgeving af.

We naderen de vervaagde groene deur met het opschrift 3C. Hij staat op een kiertje, zoals afgesproken. Toch vertragen mijn bewegingen door voorzichtigheid als ik hem open duw en het schemerige interieur onthul.

Athina zit te wachten op een gammele houten stoel in het midden van het eenkamerappartement, haar waterval van zilver haar valt over haar schouders. Een diepe opluchting overvalt me bij het zien dat ze in leven en grotendeels ongedeerd is. Maar als we binnenstappen, merk ik dat haar linkerarm in een geïmproviseerde mitella zit en vuil en bloed haar gescheurde kleding bevlekken.

'Jezus, Athina, gaat het?', flap ik eruit, en ik haast me onmiddellijk naar haar toe. 'Wat is er in godsnaam gebeurd?'

Ze wuift mijn bezorgdheid met haar goede hand weg. 'Ik ben maar net aan gevangenneming door Diana's troepen ontsnapt. Die klootzakken wisten een paar rake klappen uit te delen voordat ik wegslipte.' Haar toon blijft luchtig, maar er schittert pijn in haar ogen.

'Nou, het is verdomd goed om je nog min of meer heel te zien', merkt Declan op, hoewel zijn stem strak staat van bezorgdheid. Hij pakt een doek om haar zichtbare wonden te helpen schoonmaken. Zijn tederheid logenstraft zijn norse woorden.

'Ik heb ergere dingen overleefd', zegt Athina met een bleke glimlach. Maar haar gebruikelijke vurige vonk lijkt gedoofd. Ze trekt een grimas als ze de geïmproviseerde mitella verlegt.

'Luister goed,' vervolgt ze ernstig. 'Ik heb tijdens mijn gevangenschap verontrustende informatie ontdekt die we moeten bespreken. Dr. Malcolm Kastler is niet wie hij beweert te zijn.'

Ik verstijf, mijn hartslag versnelt. Kastler – de wetenschapper die ik onder valse voorwendselen verleidde om informatie te krijgen. 'Wat bedoel je? Wie is hij echt?'

Athina's uitdrukking verhardt. 'Malcolm is meneer Smith. En zijn codenaam is Diamond. Hij is de leider van het verzet van de Obsidiaancirkel.'

'Wacht, dus de man die ik verleidde voor informatie is ook de leider van het verzet?', Ik trek een wenkbrauw op. 'Dat is... zowel ongelooflijk ongemakkelijk als teleurstellend.'

'Vertel mij wat', mompelt Declan, en ik kijk hem van opzij aan. Declan was er nooit voorstander van geweest dat ik Kastler verleidde om de informatie te krijgen die we nodig hadden. Destijds dacht ik dat hij gewoon een overdreven beschermende klootzak was.

Nu Declan zijn gevoelens voor mij heeft bekend, realiseer ik me dat hij eigenlijk een jaloerse, overdreven beschermende klootzak was.

'Dus onze nieuwe bondgenoot heeft vanaf het allereerste begin tegen ons gelogen', zeg ik bitter. 'Vergeef me als dat niet echt vertrouwen wekt.'

'Ik weet dat het onmogelijk lijkt, maar zijn bedoelingen zijn echt goed', houdt Athina vol met een ernstige blik. 'Malcolm wil Diana's verknipte ambities net zo graag stoppen als wij. Hij is op eigen houtje gaan werken en heeft zijn dood in scène gezet om te werken aan een geneesmiddel voor wat het Bureau paranormale wezens zoals jij heeft aangedaan.'

Ik haal ruw een hand door mijn verwarde haar. De emoties woeden in me. 'Ik hoop dat je gelijk hebt dat we hem kunnen geloven. Want we hebben op dit moment gevaarlijk weinig opties en bondgenoten.'

Athina grijpt mijn hand, haar ogen smeken. 'We moeten het proberen, Artemis. Er staat te veel op het spel om oude wonden ons te laten verdelen.'

Ik haal diep adem en knik langzaam. Ze heeft gelijk – we hebben geen keuzes en geen tijd meer. 'Laten we je dan opknappen, zodat we dit gevecht kunnen afmaken.'

Declan en ik maken Athina's verwondingen zo goed mogelijk schoon en verbinden ze. Maar een ongemakkelijk gevoel blijft hangen, alsof we dieper in een web van leugens en verraad worden getrokken. In onze wereld is vertrouwen zo breekbaar als glas. Als Kastler ons kan helpen Diana te stoppen, zullen we onze twijfels opzij moeten zetten en een sprong in het diepe moeten wagen. De toekomst hangt ervan af.

Athina klautert achter op mijn motor en slaat voorzichtig haar armen om mijn middel terwijl ik probeer haar gewonde schouder niet te stoten. Ze loodst me door het doolhof van straten naar weer een vervallen pakhuis dat de Obsidiaankring als hoofdkwartier heeft opgeëist. Het lijkt erop dat verlaten gebouwen een van de weinige hulpbronnen zijn waar deze falende stad een overvloed aan heeft.

We verzamelen ons rond een gammele tafel in het muffe interieur, terwijl de enige flikkerende peert aan het plafond onze gezichten in scherpe schaduwen en licht werpt. Malcolm Kastler zit tegenover me, zijn verontrustende, violette blik priemend in het halfduister terwijl hij mijn gelaatstrekken bestudeert. Ik onderdruk de neiging om te kronkelen onder die doordringende blik.

Ik voel de solide, geruststellende aanwezigheid van Declan naast me, die mijn tanende moed versterkt. Maar toch kolkt er ongemak in mijn buik nu ik zo dicht bij de man ben die ik een paar nachten geleden verleidde en verraadde, onder het mom van mijn alias Annabelle.

'Laat me even kijken of ik deze verontrustende situatie goed begrijp,' begin ik, mijn stem zacht en druipend van nauwelijks ingehouden sarcasme. 'U huurde me in om bovennatuurlijke hybriden op te sporen en te vangen zodat u, wat, voor gekke geleerde kon spelen met ze? Ze proberen te "repareren"?'

Kastler leunt langzaam achterover in zijn krakende stoel, zijn vingertoppen tegen elkaar gedrukt op het gehavende tafelblad. 'Ik zou het niet zo grof hebben verwoord, maar in wezen wel, ja,' geeft hij kalm toe. Te kalm naar mijn zin. 'Het doel was tweeledig: inlichtingen verzamelen over de clandestiene operaties van het Bureau, en een manier te vinden om de afschuwelijke schade die ze die individuen hebben toegebracht veilig ongedaan te maken.'

Hij pauzeert en houdt mijn blik onverstoorbaar vast. 'Om die arme zielen hun leven en menselijkheid terug te geven, als zoiets al mogelijk is.'

Ik onderdruk de neiging om die serieuze, redelijke blik van zijn gezicht te slaan. Alleen de druk van Declans been tegen het mijne onder de tafel houdt me met beide benen op de grond.

'Nou, agente Diana Foxberry had duidelijk heel andere plannen,' werpt Athina scherp tegen. Haar gezicht is bleek, maar verhard door vastberadenheid. 'Ze is deze organisatie onder valse voorwendselen geïnfiltreerd, en deed alsof ze onze doelen deelde om de slachtoffers te helpen en het Bureau te stoppen.'

Afschuw vertrekt haar gezicht. 'Terwijl ze in werkelijkheid de controle over het hybrideprogramma wil overnemen en de verknipte experimenten van haar vader wil voortzetten voor haar eigen gewin.'

Malcolm knikt en een schaduw trekt over zijn gelaat. 'Inderdaad. Professor Terrence Foxberry, haar vader, was de pionier van dit verwerpelijke onderzoek en hielp het Bureau om het als wapen in te zetten. Toen zij te moreel bleken om zijn ware visie te verdragen, ging hij op eigen houtje verder. Diana is nu de sluwe strateeg achter hun partnerschap.'

De lucht voelt zwaar, dik van de bittere smaak van verraad. Ik dwing mijn kolkende emoties tot bedaren om gefocust te blijven. We hebben antwoorden nodig over onze vijanden, niet nog meer mysteries.

'Diana impliceerde dat haar vader zijn onderzoek gebruikte om een "geneesmiddel" te ontwikkelen dat haar als kind van kanker redde,' werp ik tegen, vechtend om mijn stem neutraal te houden. 'Ik kan moeilijk geloven dat er een rechtstreeks verband bestaat tussen kankerbehandeling en het vervaardigen van bovennatuurlijke wangedrochten.'

Malcolms uitdrukking wordt grimmig, zijn ongewone violette ogen somber. 'Zoals ik al zei, macht corrumpeert. Zodra het Bureau het destructieve potentieel in het werk van Foxberry onderkende, moedigden ze hem aan om grenzen te verleggen die nooit overschreden hadden mogen worden.' Zijn mond vertrekt van afkeer. 'Toen zelfs dat niet onethisch genoeg bleek voor Terrence Foxberry, ging hij voor zichzelf verder, zonder enige terughoudendheid.'

Bij die gedachte onderdruk ik een rilling. Hoe diep gaat dit verdorven konijnenhol?

'Dus.' Ik forceer kalmte in mijn stem. 'Wat is onze volgende zet dan, aangezien Diana ons duidelijk allemaal aan het lijntje heeft gehouden?'

Malcolm bekijkt me weer aandachtig, een lang moment. 'We moeten snel concreet bewijs van Diana's plannen en bondgenoten verkrijgen, en ze ontmaskeren voordat ze nog meer schade kan aanrichten. De tijd dringt.'

'Briljant plan,' zeg ik droog, mijn sarcastische inslag niet kunnen bedwingen. 'De eenvoud zelve.'

Een mondhoek van Malcolm trekt lichtjes omhoog. 'De meest waardevolle doelen zijn dat zelden. Maar ik heb vertrouwen in onze gezamenlijke capaciteiten.'

Ik onderdruk de neiging om met mijn ogen te rollen. Zijn onverstoorbare arrogantie is bijna net zo ergerlijk als zijn leugens door weglating tot nu toe. Maar hem nu uitdagen zal ons niets opleveren.

'Nou, vooruit dan maar,' antwoord ik in plaats daarvan luchtig, terwijl ik mijn knokkels kraak. 'Laten we die verknipte operatie van die trut voor eens en voor altijd met de grond gelijk maken.'

Terwijl we ons voorbereiden om te vertrekken, knaagt de twijfel aan me. Rennen we blindelings een nieuwe valstrik in? Of erger nog: sluiten we ons aan bij een ander monster dat zich achter een aangename façade verschuilt? Maar met levens op het spel hebben we weinig andere keuze dan door te gaan.

Buiten trekt Declan me opzij, zijn hazelnootbruine ogen vertroebeld door zorgen. 'Weet je zeker dat je Kastler kunt vertrouwen?' vraagt hij botweg. 'Elk instinct schreeuwt dat hij nog iets achterhoudt.'

Ik schud vermoeid mijn hoofd. 'Natuurlijk niet. Maar we hebben nu geen opties meer.'

Declans kaak spant zich aan, maar hij knikt. We hebben geen andere keuze dan met de duivel te dansen en te hopen dat we niet verdoemd worden. 'Wees gewoon... voorzichtig,' mompelt hij.

Ik slaag erin een broze grijns te produceren. 'Altijd.'

Maar terwijl we de nacht in scheuren, word ik geplaagd door twijfel. Misschien zijn we, in een poging om het ene wespennest te ontwijken, gewoon in het andere gestruikeld. Het enige wat ik kan doen is bidden dat deze ongemakkelijke alliantie niet onze ondergang wordt.

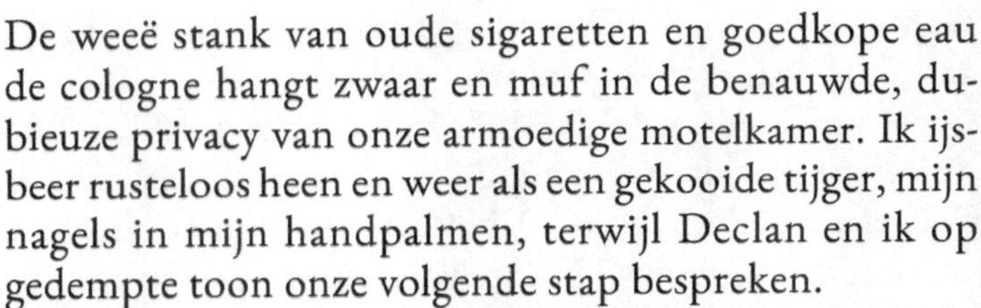

De weeë stank van oude sigaretten en goedkope eau de cologne hangt zwaar en muf in de benauwde, dubieuze privacy van onze armoedige motelkamer. Ik ijsbeer rusteloos heen en weer als een gekooide tijger, mijn nagels in mijn handpalmen, terwijl Declan en ik op gedempte toon onze volgende stap bespreken.

'Moeten we het ze vertellen?' vraagt Declan, zijn hazelnootbruine ogen bezorgd. 'Athina en de anderen, bedoel ik. Over de injectie die Diana ons gaf en de... veranderingen die we sindsdien ervaren?'

Ik aarzel, met tegenstrijdige emoties die in me woeden. Een deel van mij wil alles aan Athina opbiechten. Ze is een standvastige mentor geweest en het dichtste bij familie wat ik nog heb. Maar het logische deel van mijn brein schreeuwt om voorzichtigheid.

'Athina lijkt er voorlopig helemaal voor te gaan om Malcolms leiding te volgen,' antwoord ik langzaam. 'En ik weet nog steeds niet of we hem of de rest van de Obsidiaankring echt kunnen vertrouwen.' Ik slik moeizaam. 'Als we kwetsbaarheden onthullen aan de verkeerde mensen...'

Ik maak mijn zin niet af, maar Declan knikt met somber begrip. In onze wereld is kennis het krachtigste en dodelijkste wapen van allemaal. Onthul je zwakheden en je geeft je vijanden een geladen pistool.

'Je hebt gelijk,' zegt hij uiteindelijk, terwijl zijn schouders zakken. 'Tot we weten wie we echt kunnen vertrouwen, is het veiliger om dit alleen te delen wanneer het strikt noodzakelijk is.'

Ik slaak een wankele zucht, dankbaar voor zijn instemming. 'Voorlopig houden we het alleen tussen ons. Maar zodra het link wordt, is alles anders.'

Declan legt een hand op mijn schouder, zijn blik in de mijne geboord. 'We doen dit samen, Artemis. Ik sta achter je, wat er ook gebeurt.'

De onvoorwaardelijke belofte verlicht een deel van de verlammende spanning die mijn spieren verkrampt. Wat er ook komt, ik hoef het tenminste niet alleen te trotseren. 'Insgelijks,' beloof ik, en leg mijn hand op de zijne.

We staan een lang moment in een geladen stilte, kracht puttend uit elkaar voor de beproevingen die komen gaan. Buiten onze gammele moteldeur wacht een gevaarlijke bovennatuurlijke wereld, vol vijanden en verraad. Maar binnen deze vier muren hebben we elkaar. En op dit moment moet dat maar genoeg zijn.

Ik slik de bittere smaak van bedrog weg en herinner mezelf eraan dat het een noodzakelijk kwaad is om te overleven. Als Malcolm en de anderen wisten van de onstabiele aard van de paranormale gaven die Diana's serum in Declan en mij heeft ontketend, zouden ze ons ongetwijfeld eerder als een last dan als een aanwinst zien.

Declan lijkt mijn gedachten te lezen en knijpt geruststellend in mijn schouder. 'Onze gaven zijn nog nieuw, onvoorspelbaar. Zodra we meer controle krijgen, kunnen we heroverwegen wie we in vertrouwen nemen.'

Ik knik langzaam, een sprankje hoop flakkert in mijn borst. Hij heeft gelijk: we hebben gewoon tijd nodig om deze vluchtige nieuwe krachten te beheersen en hun capaciteiten beter te begrijpen. Kennis is tenslotte macht.

'Oké,' stem ik in, en recht mijn rug met hernieuwde overtuiging. Ik kijk Declan standvastig aan. 'We werken samen om de controle te verfijnen en houden dit onder de pet.'

Declan geeft me die bekende arrogante grijns die me ook altijd moed weet in te boezemen. 'Wat er ook gebeurt, we kunnen dit aan. Diana's handlangers kunnen maar beter op hun tellen passen.'

Ik beantwoord zijn felle glimlach, ons woordeloze pact is bezegeld. Wat er ook moge komen, we zullen de gevaarlijke weg die voor ons ligt zij aan zij trotseren, kracht puttend uit de onverbrekelijke band die we nu delen. Verenigd, weet ik, kunnen we elke storm doorstaan.

HOOFDSTUK TWEE

Nooit gedacht dat ik deze plek nog eens zou zien', mompel ik terwijl we door de schemerig verlichte ondergrondse gang lopen. De lucht is vochtig en zwaar, alsof je een beschimmelde spons inademt. De schaduwen lijken zich aan ons vast te klampen terwijl we dr. Malcolm Kastler door de smalle ondergrondse gang volgen. Ik slik moeizaam een brok in mijn keel weg en probeer het knagende ongemak in mijn binnenste te negeren.

Voor ons verlicht het enige flikkerende licht aan het plafond de witte labjas van dr. Malcolm Kastler, die achter hem aan wappert als een slecht passende cape. Hij kijkt over zijn schouder naar ons, zijn ogen glinsterend in de halfduisternis.

'Welkom in mijn hoekje van de onderwereld', kondigt hij met geforceerde luchthartigheid aan als we een dikke stalen deur naderen. Onder zijn duw kraakt de deur met tegenzin open, terwijl de scharnieren luid protesteren in de beslotenheid van de gang.

Ik bal mijn vuisten en onderdruk de sarcastische opmerking die op het puntje van mijn tong ligt als we hem naar binnen volgen. De chaotische laboratoriumomgeving boezemt weinig vertrouwen in; het lijkt meer op het hol van een schurk uit een B-film dan op een respectabele onderzoeksfaciliteit. Mijn blik schiet rond en neemt de puinhoop van apparatuur in me op: borrelende bekerglazen die bijtende dampen uitstoten, wankele stapels verkreukeld papier en boeken, en een reeks onheilspellend uitziende machines die lijken op verwrongen rekwisieten uit een oude horrorfilm.

'Doe alsof je thuis bent', zegt dr. Kastler met een weids gebaar, terwijl hij een paar lege voedselverpakkingen onder een werkbank vol papieren en kolven schopt.

'Gezellig stekje heb je hier, Doc', merkt Declan op, terwijl hij met een sceptische opgetrokken wenkbrauw het groezelige lab bekijkt. Hoewel zijn toon licht is, bespeur ik de onderstroom van spanning die onder de oppervlakte suddert. Hij komt iets dichter bij me staan, en ik weet niet zeker of het een onbewust beschermingsinstinct is of zijn eigen ongemak bij het terug zijn in een laboratoriumomgeving. Hoe dan ook, ik ben dankbaar voor de subtiele geruststelling van zijn nabijheid.

'Elke briljante wetenschapper heeft een hol nodig', verkondigt dr. Kastler dramatisch, met zijn armen wijd gespreid. Maar zijn poging tot bravoure valt plat onder de flikkerende tl-lampen en landt ergens tussen eigenaardig en verontrustend. Hij maakt zich druk met het weghalen van stapels boeken van een wankele kruk, waarbij hij vermijdt ons rechtstreeks aan te kijken.

Ik bijt op mijn tong en weersta de drang om een sarcastische opmerking terug te kaatsen. Dr. Kastler tegen me in het harnas jagen zal ons nu nergens brengen. Met een langzame, diepe ademhaling herinner ik mezelf eraan waarom Declan en ik hier zijn: omdat dr. Kastler, ondanks de twijfelachtige omstandigheden, misschien wel de sleutel in handen heeft om de gestoorde experimenten die op ons en talloze andere slachtoffers zijn uitgevoerd, ongedaan te maken. Als ik daarvoor nu het spelletje met hem moet meespelen, het zij zo.

'Je zei in de stad dat je doel hier is om een proces te ontwikkelen om de gedwongen hybride transformaties veilig om te keren?' vraag ik, waarbij ik mijn stem zorgvuldig vlak en vrij van beschuldiging houd.

Dr. Kastler veert een beetje op bij de vraag en een enthousiaste glans breekt door zijn verder vermoeide uitdrukking. 'Ja, precies! Een manier om de toegebrachte schade ongedaan te maken zonder de arme zielen die als proefpersoon zijn gebruikt verder te schaden.'

Hij wordt warm van het onderwerp en zijn ongemak over onze aanwezigheid is hij even vergeten. 'Ik wil een methode vinden om hun oorspronkelijke menselijke zelf te herstellen, of hun de controle over hun nieuwe vermogens te geven als omkering onmogelijk blijkt. Hoe dan ook, hen bevrijden van het zijn van pionnen of gevangenen die gebruikt worden door lieden als het Bureau.'

'En hoe vordert dat tot nu toe, Doc?' vraagt Declan, terwijl hij achteloos met zijn heup tegen een van de rommelige werkbladen leunt. Hoewel zijn toon luchtig blijft, hoor ik het scherpe randje eronder. Ik weet dat ook hij op zijn hoede is voor valse beloften en mooie praatjes na alles wat we hebben doorstaan.

De enthousiaste glimlach van dr. Kastler wankelt enigszins. 'Toegegeven, de vooruitgang is tot nu toe vrij traag. Mijn voorbereidende proeven met omkeerbehandelingen hebben tot op heden slechts gedeeltelijk succes opgeleverd', bekent hij met een grimas, en hij vermijdt oogcontact.

Hij wringt nerveus zijn handen ineen voordat hij verdergaat. 'Ik moet bekennen dat het gebrek aan betrouwbare gegevens van een diverse reeks proefpersonen de inspanningen om de omkeerformules te verfijnen heeft belemmerd.'

Mijn maag draait zich om van onbehagen en walging, terwijl ik onmiddellijk tussen de klinische regels van zijn bekentenis door lees. Hij heeft nog niet genoeg onvrijwillige proefpersonen. Ik moet de drang om te braken onderdrukken als het gal in mijn keel opstijgt bij de gedachte aan de arme zielen zoals Declan en ik die al tegen hun wil aan soortgelijke sadistische experimenten zijn onderworpen.

'Nou, misschien dat Diana's gewelddadige staatsgreep tegen de leiding van het Bureau wat van hun onderdrukte slachtoffers losweekt zodat jij ze kunt redden', merk ik zuur op, niet in staat mijn afschuw in te houden.

De uitdrukking van dr. Kastler betrekt bij de vermelding van Diana. 'Ze mag zich dan tegen het Bureau hebben gekeerd, maar vergis je niet: haar doelen zijn nu waarschijnlijk net zo gestoord als altijd', zegt hij ernstig, terwijl zorgen zijn voorhoofd rimpelen. 'Diana Foxberry is niet te vertrouwen.'

Ik moet de drang onderdrukken om met mijn ogen te rollen. Alsof Malcolm met zijn geheime ondergrondse lab wel te vertrouwen is. Maar ik slik de bittere lach in die in mijn keel opborrelt. Vijandigheid zal me niet dichter bij het bevrijden van de onschuldigen brengen die gevangen zitten tussen beide zijden van dit zinloze conflict.

'Laten we ons gewoon richten op het daadwerkelijk helpen van mensen, niet op het spelen van psychologische spelletjes', snauw ik, terwijl ik mijn smeulende woede en frustratie voel overkoken. De gedachte dat iemand anders nog meer lijden moet doorstaan door toedoen van het Bureau of zijn splintergroeperingen wakkert mijn woede aan. 'We zijn hier voor de slachtoffers, niet voor de politiek.'

Misschien omdat hij de hachelijke situatie aanvoelt, legt Declan een zachte, kalmerende hand op mijn schouder. 'Ze heeft gelijk, Doc. Onze prioriteit is het bevrijden van die mensen, niet machtsspelletjes', bevestigt hij, hoewel zijn ogen waakzaam blijven en de laboratoriumomgeving afspeuren naar verborgen dreigingen.

Malcolm haalt een opgewonden hand door zijn toch al warrige zwarte haar en kijkt nerveus tussen ons heen en weer. 'Ja, absoluut. Mijn excuses, het was niet mijn bedoeling om de focus te verliezen', zegt hij snel. 'Misschien is het het beste om verder te gaan en kan ik jullie mijn meest veelbelovende formule tot nu toe laten zien. We hebben zeker veel te bespreken over hoe we vanaf hier verdergaan.'

Ik geef een stil, kort knikje als antwoord. Hoezeer ik Malcolms twijfelachtige methoden ook veracht, we hebben momenteel geen betere opties als we toegang willen tot laboratoriummiddelen met enige hoop de zieke experimenten van het Bureau tegen te gaan. En dus moet het voor nu maar een ongemakkelijke alliantie zijn.

'Hierheen', wijst Malcolm, en hij wenkt ons naar de achterkant van de uitgestrekte laboratoriumruimte. Hij stopt eerbiedig voor een grote kast met een glazen voorkant waarin rijen flauw oplichtende flesjes in verschillende onnatuurlijke tinten staan. Terwijl hij naar de formulemonsters staart, krijgen zijn vreemde violette ogen een bijna aanbiddende glans.

'Dit', verklaart hij met trots, 'is mijn meest verfijnde en geconcentreerde serum tot nu toe. Gedistilleerd en gezuiverd uit intensieve studie van DNA dat door de jaren heen is geoogst van voormalige proefpersonen van het Bureau.'

Walging golft door me heen bij zijn klinische bewoordingen. 'Laat me raden, afkomstig van het bloed en de botten van arme zielen die tegen hun wil door het Bureau zijn gemarteld?' spuug ik bitter uit.

Malcolm heeft het fatsoen om er beschaamd uit te zien. 'De oorsprong is toegegeven... moreel twijfelachtig', erkent hij met een gepijnigde grimas. 'Echter, door de unieke genetische eigenschappen en mutaties van de proefpersonen te analyseren, was ik in staat de specifieke factoren te isoleren die de paranormale transformaties en vermogens mogelijk maken.'

Hij tikt bijna liefdevol op de glazen kast. 'Dit serum vertegenwoordigt het hoogtepunt van dat onvermoeibare onderzoek. Ik geloof dat het de sleutel bevat tot stabilisatie en omkering van de gedwongen mutaties.'

'Juist, geweldig, dus het is gedistilleerd uit uitbuiting', snauw ik bijtend, terwijl de afkeer in me opborrelt. 'Wat is het volgende, onvrijwillige menselijke proeven? Waarom de horrorshow niet compleet maken?'

'Nee, nooit!' roept Malcolm uit, terwijl hij afwerend zijn handen opheft. 'Ik zweer je, ik zou er nooit aan denken om op onvrijwillige gevangenen te testen of de verwerpelijke experimenten van het Bureau voort te zetten.'

Maar zelfs terwijl hij de woorden uitspreekt, vang ik een vage flikkering van twijfel achter zijn ogen op, een moment van aarzeling dat zijn geloften logenstraft. Een koude onrust glijdt langs mijn ruggengraat.

Declan komt dichterbij, beschermend naast me, zijn scherpe blik op Malcolm gericht. 'We zullen je werk hier nauwlettend in de gaten houden, Doc', zegt hij, met een onuitgesproken waarschuwing die onder de luchtige woorden suddert. 'Deze situatie vereist duidelijk toezicht.'

'Natuurlijk, ik zou gezien de omstandigheden niets anders verwachten', stemt Malcolm snel in, in een poging de plotseling explosieve sfeer te sussen. 'Ik had niet de intentie te impliceren dat ik de immorele acties van het Bureau zou herhalen. Mijn enige doel is slachtoffers te helpen de controle over hun lot terug te nemen.'

Maar diep vanbinnen vrees ik dat we hier misschien al veel te diep in zitten, op donkere paden met dubieuze wetenschap en moraal. De weg naar de hel is immers geplaveid met goede bedoelingen. En als we niet extreem voorzichtig zijn, trekt Malcolm ons misschien met zich mee, ondanks alle altruïstische doelen.

De koele lucht in het lab bezorgt me kippenvel als Malcolm ons dieper zijn ondergrondse heiligdom in leidt. De metaalachtige geur van chemicaliën vult mijn neusgaten en ik kan het gevoel niet van me afzetten dat er iets niet pluis is aan deze hele situatie. Declan lijkt mijn ongemak te delen, zijn hazelnootbruine ogen schieten door de kamer en nemen alles in zich op.

'Artemis', fluistert hij en leunt dichterbij zodat Malcolm ons niet hoort. 'Weet je zeker dat we hem kunnen vertrouwen? Hij verbergt iets. Ik weet het zeker.'

'Geloof me, ik ben ook niet zijn grootste fan', antwoord ik onder mijn adem, terwijl ik Malcolm wantrouwend in de gaten houd. 'Maar we hebben op dit moment niet veel keus.'

Declan knikt met tegenzin, maar blijft ongemakkelijk, zijn kaken op elkaar geklemd. We volgen Malcolm in stilte, de spanning tussen ons groeit met elke stap.

'Ah, hier zijn we', kondigt Malcolm aan en stopt voor een tafel bezaaid met papieren en flesjes. 'Laten we het nu over Diana hebben.'

'Juist, want die verraderlijke slang is zeker iemand die we in de gaten willen houden', mompel ik.

'Inderdaad', beaamt Malcolm, onaangedaan door mijn sarcasme. 'Op basis van de informatie die ik heb verzameld, lijkt het erop dat Diana van plan is het hybride programma voort te zetten zodra de leiding van het Bureau is geëlimineerd. Ze wil hun onderzoek voor haar eigen doeleinden gebruiken.'

'Geweldig, dus ze is net zo gestoord als zij', mopper ik, terwijl ik gefrustreerd een hand door mijn haar haal en eraan trek.

'Helaas wel', bevestigt Malcolm, zijn ogen worden donkerder. 'Het is absoluut noodzakelijk dat we haar tegenhouden voordat ze nog meer schade kan aanrichten.'

'Prima', zucht ik, goed wetend dat we tussen twee vuren zitten. 'We werken voorlopig met je samen, maar als ik erachter kom dat je tegen ons gelogen hebt...'

'Begrepen', onderbreekt Malcolm me en heft een hand op om me tot stilte te manen. 'Ik verzeker je, mijn bedoelingen zijn zuiver.'

'Laten we het hopen', mengt Declan zich in het gesprek, nog steeds sceptisch.

'Wacht even', zeg ik voorzichtig, de radertjes in mijn hoofd draaien. 'Wat als Diana geavanceerdere hybriden heeft ontwikkeld? Wezens die mensen perfect kunnen nabootsen en als infiltranten kunnen worden gebruikt?'

Malcolms ogen vernauwen zich. 'Het is een mogelijkheid die we niet kunnen negeren. Ik verzeker je echter dat mijn onderzoek erop gericht is de onethische experimenten van het Bureau ongedaan te maken, niet om nieuwe monsters te creëren.'

'Zeker', valt Declan hem in de rede, zijn toon druipt van het sarcasme. 'Maar hoe vind je überhaupt proefpersonen voor je onderzoek? Over wat voor soort mensen hebben we het hier?'

'Vrijwilligers', antwoordt Malcolm, terwijl hij naar de rijen flesjes op zijn labtafel kijkt. 'Degenen die hebben geleden onder het Bureau en een kans op normaliteit zoeken.'

'Echt waar?' schamper ik, met mijn armen over elkaar. 'En ze staan gewoon voor je deur in de rij, klaar om door jou geprikt en onderzocht te worden als labratten?'

'Artemis', zegt Malcolm, zijn stem is vastberaden. 'Ik zou mijn behandelingen nooit op onvrijwillige proefpersonen testen. De mensen die naar me toe komen, hebben verschrikkingen meegemaakt die je je niet eens kunt voorstellen. Ze verdienen een kans op een beter leven, en ik ben vastbesloten hun die te geven.'

'Vergeef me als ik niet helemaal overtuigd ben', werp ik tegen, het gewicht van mijn verdenkingen zwaar op mijn schouders, zelfs als een voorzichtige hoop begint op te borrelen. Kan Malcolm ongedaan maken... wat Diana dan ook met mij, en met Declan, heeft gedaan? Durven we hem genoeg te vertrouwen om hem de waarheid te vertellen? Ik heb met deze man geslapen, maar ik ken hem totaal niet en vertrouwen is nooit mijn sterkste kant geweest.

'Artemis, ik begrijp je zorgen', zegt Malcolm en kijkt me recht in de ogen. 'Maar weet dit: ik zal nooit toestaan dat mijn onderzoek een wapen wordt voor degenen met kwade bedoelingen. Mijn werk is bedoeld om te genezen, niet om te schaden.'

'Prima', geef ik toe, hoewel de twijfel nog steeds in mijn achterhoofd blijft hangen. 'Maar als we Diana gaan uitschakelen, moeten we alles weten wat er te weten valt over haar plannen. Dat betekent geen geheimen of halve waarheden meer.'

'Afgesproken', knikt Malcolm plechtig.

'Oké dan', mengt Declan zich erin, zijn hazelnootbruine ogen ontmoeten de mijne. 'We werken voorlopig met je samen. Maar als we erachter komen dat je niet volledig eerlijk tegen ons bent, dan zwaait er wat.'

'Begrepen', zegt Malcolm, met een vleugje van een glimlach op zijn lippen. 'Laten we nu aan het werk gaan.'

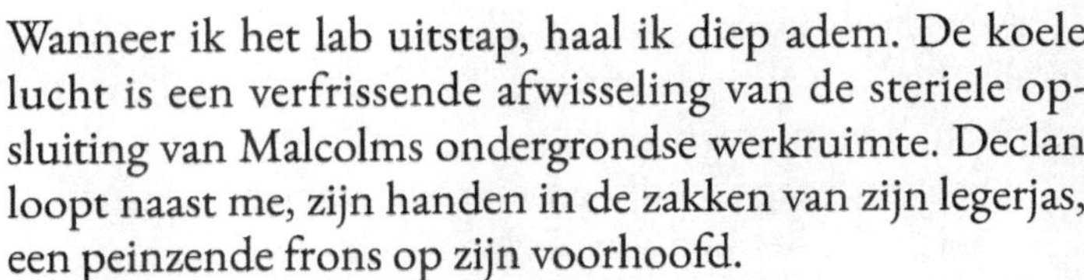

Wanneer ik het lab uitstap, haal ik diep adem. De koele lucht is een verfrissende afwisseling van de steriele opsluiting van Malcolms ondergrondse werkruimte. Declan loopt naast me, zijn handen in de zakken van zijn legerjas, een peinzende frons op zijn voorhoofd.

'Oké, Artemis', zegt hij, zijn ogen ontmoeten de mijne. 'We werken met hem samen, maar we blijven op onze hoede. En we houden onze geheimen voor ons.'

'Afgesproken', antwoord ik, denkend aan het serum dat door onze aderen stroomt, de onbekende krachten die we misschien aan het ontwikkelen zijn. Het laatste wat we nodig hebben, is dat Malcolm erachter komt en ons als een van zijn experimenten behandelt.

'Zijn kennis over Diana is verontrustend', voegt Declan toe, zijn kaken op elkaar geklemd. 'Het betekent dat ze gevaarlijker is dan we dachten.'

'Natuurlijk is ze dat', mompel ik, mijn vingers jeuken naar de geruststellende grip van mijn pistool. 'Ze is altijd een adder in het gras geweest. Maar nu we weten waartoe ze in staat is, kunnen we ons niet veroorloven onze waakzaamheid te laten verslappen.'

'Inderdaad', knikt Declan en spant zich aan bij de gedachte aan Diana's verraad. 'Maar we moeten onthouden dat Malcolm misschien ook niet zo onschuldig is als hij beweert.'

'Geloof me, dat ben ik niet vergeten', zeg ik, de herinnering aan hoe ik hem verleidde voor informatie nog vers in mijn geheugen. 'Ik vertrouw hem voor geen meter.'

'Mooi', grijnst Declan, de hoekjes van zijn ogen rimpelen. 'Dan zijn we met z'n tweeën.'

'Laten we ons gewoon concentreren op het stoppen van Diana', stel ik voor. De gedachte dat ze het Bureau infiltreert met geavanceerde hybriden doet het bloed in mijn aderen bevriezen. 'Wat er ook voor nodig is.'

'Afgesproken', antwoordt Declan, de vastberadenheid in elke lijn van zijn gezicht gegrift. 'Want als wij haar niet stoppen, doet niemand het.'

'Absoluut', zeg ik, mijn groene ogen flitsen van vastberadenheid. 'We hebben een oorlog te winnen.'

Terwijl we weglopen van het lab, het gewicht van onze missie op ons drukkend, kan ik het gevoel niet van me afzetten dat we op een koord dansen tussen twee gevaarlijke vijanden: Diana en dr. Kastler. Maar hoe verraderlijk het pad voor ons ook mag zijn, Declan en ik zijn vastbesloten om gerechtigheid te brengen voor degenen die onrecht is aangedaan door de gestoorde experimenten van het Bureau.

En als dat betekent dat we een gevaarlijk spel van misleiding moeten spelen, het zij zo. We zullen gewoon bij elke stap op onze hoede moeten zijn.

HOOFDSTUK DRIE

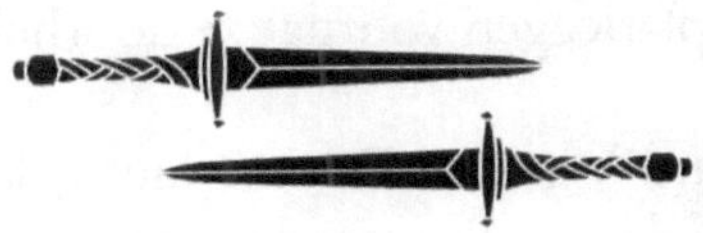

DE VAGE GLOED VAN het laptopscherm werpt griezelige schaduwen op Malcolms gezicht terwijl hij zich over zijn onderzoek buigt. Ik kijk even naar hem en zie de concentratielijnen in zijn voorhoofd geëtst, zijn violette ogen die heen en weer schieten met een intensiteit die me zenuwachtig maakt. Er staat te veel op het spel en de tijd dringt.

'Oké', zegt hij eindelijk, terwijl hij naar ons opkijkt. 'Ik denk dat ik het heb. Diana is van plan om vannacht het hoofdkantoor van het Bureau aan te vallen.'

'Natuurlijk is ze dat', mompelt Declan, zijn stem doordrenkt van minachting. 'Ze kent die plek als haar broekzak. Wedden dat ze nog wel een geheime doorgang of twee achter de hand heeft.'

'Daarom moeten we haar eerst te grazen nemen', zegt Malcolm. Hij tikt een paar keer op zijn laptop en haalt een satellietbeeld tevoorschijn van het fortachtige complex van het Bureau – een complex dat overigens op geen enkele officiële lijst van eigendommen van het Bureau voorkomt. 'We onderscheppen haar aanvalsteam voordat ze de faciliteit bereiken, schakelen ze uit en krijgen zelf toegang door ons voor hen uit te geven.'

'Klinkt riskant', zeg ik, mijn hart bonst bij de gedachte om te infiltreren in het hart van de vijandelijke operatie. 'Maar ik neem aan dat er niet veel andere opties zijn, hè?'

'Geen enkele die ons het verrassingselement geeft', beaamt Malcolm. 'Als dit lukt, kunnen we de chaos in ons voordeel gebruiken. Binnenglippen en hun hele gestoorde operatie platleggen voordat ze doorhebben wat hun overkomt.'

'Reken op mij', gromt Declan met geklemde kaken. 'Het wordt tijd dat we die smeerlappen raken waar het zeer doet.'

'Eens', vult Athina aan, haar donkere ogen vol vastberadenheid. 'Maar laten we oppassen dat we niet in het kruisvuur terechtkomen, oké? We spelen hier een gevaarlijk spelletje.'

'Laten we dan zorgen dat we het beter spelen dan Diana', zeg ik, terwijl ik probeer zelfverzekerder te klinken dan ik me voel. 'Dus, hoe krijgen we haar aanvalsteam te pakken?'

'Laat dat maar aan mij over', zegt Malcolm met een duistere glinstering in zijn ogen. 'Ik heb wel wat ideeën. Zorg er gewoon voor dat je er klaar voor bent als het zover is.'

'Ben ik altijd', antwoord ik met een grijns, hoewel de knoop van angst in mijn maag een ander verhaal vertelt.

Terwijl de kamer zich vult met het geroezemoes van gefluisterde plannen en gedempte voorbereidingen, vraag ik me af of we ons niet al te diep in de nesten hebben gewerkt. Maar er is geen weg meer terug. De teerling is geworpen en we kunnen nu alleen nog maar onze rol spelen en op het beste hopen.

'Laten we dit doen', zegt Declan, zijn stem vol grimmige vastberadenheid.

'Absoluut', beaam ik, mezelf schrap zettend voor de strijd die voor ons ligt. 'Laten wij degenen zijn die voor een keer het gevecht naar hen toe brengen.'

De wind bijt in mijn wangen terwijl ik toekijk hoe Declan de duisternis in glipt, zijn gestalte naadloos overgaand in de schaduwen. Hij is op weg om een faciliteit van het Bureau te infiltreren en informatie te verzamelen voor onze naderende maskerade. Ik voel een knoop van zorgen in mijn maag, maar ik druk het gevoel weg. We hebben nu grotere problemen.

'Artemis', Athina's stem doorbreekt mijn gedachten en ik draai me naar haar om. Haar ooit blonde haar licht zilver op in het maanlicht en haar warme bruine ogen verraden een zweem van bezorgdheid. 'Onthoud wat ik je zei: vertrouw op je instinct als de tijd rijp is.'

Ik knik en slik moeizaam. Makkelijker gezegd dan gedaan, vooral als die instincten zijn aangetast door een bovennatuurlijk serum en een gevoel van verraad.

'Bedankt, Athina', mompel ik, in een poging om zelfverzekerder te klinken dan ik me voel. Ze klopt zachtjes op mijn schouder voordat ze terugkeert naar haar eigen voorbereidingen, me alleen latend met mijn gedachten.

Ik kijk naar Malcolm, die in concentratie verzonken is terwijl hij onze strategie verfijnt. Een deel van mij wil de waarheid eruit flappen, ongeacht de gevolgen. Maar nee, nog niet. Voorlopig volg ik Athina's advies en houd ik het geheim vast dat ons allemaal ten val kan brengen.

Mijn telefoon trilt in mijn zak en doorbreekt mijn gepeins. Het is een bericht van Declan – een reeks foto's die hij in de faciliteit van het Bureau heeft genomen. De harde verlichting werpt griezelige schaduwen op steriele witte muren, wat de verontrustende sfeer versterkt. Ik huiver als ik door de beelden scrol en voel een kou die niets met de nachtlucht te maken heeft.

'Heb je iets nuttigs?' vraagt Malcolm, die plotseling naast me staat. Zijn violette ogen flitsen over het scherm en nemen elk detail met een roofdierachtige focus in zich op.

'Declan heeft wat info voor ons weten te verzamelen', antwoord ik, terwijl ik probeer mijn stem stabiel te houden. 'Dit zou moeten helpen met onze vermommingen.'

'Goed', zegt hij en hij knikt kortaf. 'We hebben elk voordeel nodig dat we kunnen krijgen.'

Terwijl ik de foto's opnieuw bestudeer, voel ik een golf van trots voor Declan. Ondanks de risico's, ondanks het monster dat in hem schuilt, vecht hij nog steeds voor wat juist is. Het is een bitterzoete herinnering aan waarom ik in de eerste plaats voor hem gevallen ben.

'Laten we aan de slag gaan', zeg ik, mezelf schrap zettend voor de komende strijd. We hebben een missie te volbrengen en een corrupte organisatie neer te halen. En als dat betekent dat ik mijn leven, of zelfs mijn verstand, moet riskeren, het zij zo.

De gevolgen zie ik wel als de rook is opgetrokken.

Terwijl we eropuit gaan om ons bij de anderen te voegen, grijpt Athina mijn arm en kijkt me onderzoekend aan. 'Je bent onrustig, Artemis', zegt ze zacht. 'Het straalt van je af als hittegolven.'

Mijn keel wordt droog en even overweeg ik alles op te biechten. Maar nee, nog niet. Ik pers er een strakke glimlach uit. 'Gewoon zenuwen, Athina. Niets wat ik niet aankan.'

'Oké', zegt ze, maar ik zie de zorg in haar warme bruine ogen hangen. We kennen elkaar te lang; ze voelt het als er iets mis is.

We verzamelen ons rond Malcolm, die op een geïmproviseerde kaart de laatste details krabbelt. Zijn violette ogen flitsen naar ons op, afstandelijk en berekenend. 'Onthoud dat we Diana's aanvalsteam moeten onderscheppen om onopgemerkt binnen te komen. Houd je aan het plan, dan leggen we de corruptie van het Bureau eens en voor altijd bloot.'

'Laten we dit doen', verklaar ik, terwijl ik de knagende twijfel in mijn maag probeer te onderdrukken dat we een enorme tactische fout maken. Maar er is geen weg meer terug. We moeten levens redden en een wereld veranderen, bovennatuurlijke transformaties of niet.

En voor nu is dat het enige wat telt.

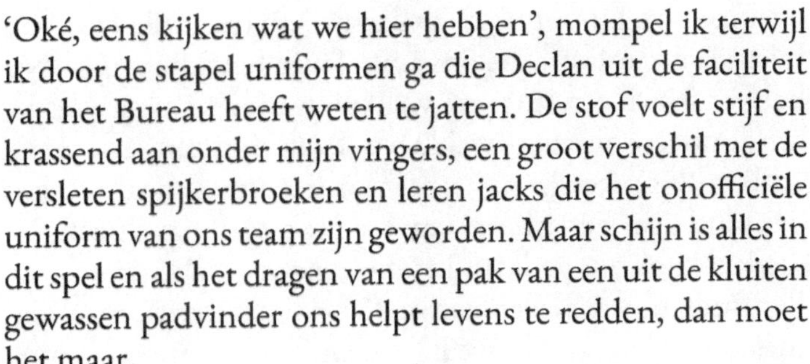

'Oké, eens kijken wat we hier hebben', mompel ik terwijl ik door de stapel uniformen ga die Declan uit de faciliteit van het Bureau heeft weten te jatten. De stof voelt stijf en krassend aan onder mijn vingers, een groot verschil met de versleten spijkerbroeken en leren jacks die het onofficiële uniform van ons team zijn geworden. Maar schijn is alles in dit spel en als het dragen van een pak van een uit de kluiten gewassen padvinder ons helpt levens te redden, dan moet het maar.

'Is deze voor mij?' vraagt Malcolm, terwijl hij een uniform omhooghoudt dat bijna komisch groot is voor zijn magere postuur. Zijn violette ogen fonkelen van kattenkwaad, wat even de zware sfeer die over ons geïmproviseerde hoofdkwartier hangt, verlicht.

'Probeer deze eens', stelt Athina voor en ze gooit hem een kleinere maat toe. Haar stem is zacht, maar haar uitdrukking blijft ernstig, een stille herinnering aan de belangen waarvoor we spelen.

'Bedankt', zegt Malcolm en hij vangt het uniform met gemak. Hij inspecteert het een moment voordat hij weer naar me kijkt. 'Ik denk dat ik hier best goed in kan uitzien. De kleur haalt mijn ogen op. Wat denk jij?'

Ik lach, overvallen door de opmerking ondanks de spanning die aan mijn binnenste knaagt. We hebben dit geplaag nodig, deze vluchtige momenten van luchtigheid om ons met beide benen op de grond te houden in het aangezicht van gevaar. Misschien valt Malcolm toch wel mee.

'Artemis, kijk hier eens naar.' Declan duikt op uit de schaduwen, zijn tas over één schouder geslingerd. Hij gooit me een set toegangssleutels en een sleutelhanger met een chip toe, beide voorzien van het logo van het Bureau. 'Hiermee komen we voorbij de eerste veiligheidscontroles.'

'Goed werk', zeg ik, terwijl ik de rilling onderdruk die over mijn rug loopt bij de gedachte aan het infiltreren van juist die organisatie die ons zoveel pijn heeft bezorgd. 'Nu hebben we alleen nog een voertuig van het Bureau nodig om zonder argwaan te wekken door de poorten te komen.'

'Ben ik al mee bezig', antwoordt Athina, haar vingers dansend over het scherm van haar tablet. 'Diana heeft het werk al voor ons gedaan. Een hele vloot vrachtwagens van het Bureau, wie weet waar ze die vandaan heeft, maar dat maakt niet uit. Zodra we haar team tegenhouden, nemen we de vrachtwagens over en gebruiken we ze zelf.'

'Perfect.' Ik knik, mijn hart slaat op hol nu ons plan vorm begint te krijgen. 'Laten we alles verzamelen wat we nodig hebben en vertrekken. Hoe eerder we dat team onderscheppen, hoe beter.'

'Eens.' Malcolm trekt zijn uniform aan en trekt een grimas als de stof tegen zijn huid schuurt. 'Laten we dit doen – voor degenen die binnen gevangen zitten, voor de onschuldigen die hebben geleden door toedoen van het Bureau.'

'Absoluut', voegt Declan toe, zijn ogen vurig van vastberadenheid. Hij bestudeert me een moment, alsof hij zoekt naar een teken van aarzeling of twijfel. Maar dat zal hij niet vinden, niet vannacht.

'Oké, team', zeg ik, terwijl ik mijn eigen uniform aantrek en mijn schouders recht. 'Laten we wat levens gaan redden.'

Terwijl we ons klaarmaken om te vertrekken, moet ik denken aan Athina's advies om op mijn instinct te vertrouwen. De waarheid over onze transformatie hangt nog steeds als een donkere wolk boven ons, dreigend ons elk moment te verzwelgen. Maar voorlopig houd ik dat geheim dicht bij me en concentreer ik me op de missie die voor ons ligt.

Want in deze wereld van gevaar en bedrog, is vertrouwen alles wat we nog hebben. En ik ben nog niet klaar om dat los te laten.

De flikkerende lantaarnpaal boven ons werpt een griezelige gloed op het natte wegdek en ik kan de spanning in de lucht praktisch ruiken. Het is een perfecte avond voor een hinderlaag, al zeg ik het zelf.

'Declan, heb je ze in het vizier?' fluister ik in mijn oortje.

'Bevestigend', antwoordt hij, zijn stem nauwelijks hoorbaar door de ruis. 'Ze komen nu de straat in.'

Ik gluur om de hoek en kijk hoe Diana's aanvalsteam onze positie nadert. Een kleine vloot gepantserde vrachtwagens, hun zwarte buitenkanten opgaand in de schaduwen, rolt onheilspellend langs ons heen. Elke vrachtwagen is bemand met soldaten die maskers dragen die hun verachtelijke gezichten verbergen. Alleen al de gedachte aan de gruweldaden die ze hebben begaan, doet mijn bloed koken.

'Oké team, laten we dit snel en netjes afhandelen', zeg ik, mijn stem druipend van het sarcasme. 'We willen hun gevoelens toch niet kwetsen, of wel?'

'Begrepen', klinkt het antwoord van meerdere stemmen, elk doordrenkt van vastberadenheid en een vleugje zwarte humor.

Als de laatste vrachtwagen mijn schuilplaats passeert, haal ik diep adem en tel ik in stilte tot drie.

'NU!' schreeuw ik in de communicatie, de cementwagen bestuurd door het lid van de Obsidiaancirkel bekend als Garnet rijdt het pad van het konvooi op en remmen gieren als de vrachtwagens gedwongen worden te stoppen.

'GAAN!' schreeuwt Declans stem in mijn oor en we stormen als een roedel wolven op de gestopte vrachtwagens af.

Binnen enkele seconden zijn we bij hen. De chauffeur van de eerste vrachtwagen bevriest als ik mijn pistool op zijn gezicht richt. Het geluid van brekend glas vult de lucht terwijl we door de ruiten van de vrachtwagens slaan, de gemaskerde soldaten er met meedogenloze efficiëntie uittrekken en naalden vol snelwerkende verdovingsmiddelen steken in elk stukje blootliggende huid dat we kunnen vinden. Ze hebben niet eens tijd om te schreeuwen voordat ze uitgeschakeld zijn, hun bewusteloze lichamen die op de koude grond zakken.

'Goed werk, allemaal', zeg ik, terwijl ik het bloedbad overzie.

'Ik wist wel dat we een goed team waren', Declan geeft me een grijns.

'Omkleden, mensen', beveel ik, terwijl we de bewusteloze soldaten van hun uniformen ontdoen. De zwarte kleding is nog warm van hun lichamen en ik kan een huivering van afkeer niet onderdrukken als ik in de kleren glip die toebehoorden aan degenen die deelnamen aan onuitsprekelijke daden.

'Ugh, deze maskers ruiken naar angst en slechte beslissingen', mompel ik, terwijl ik de ongemakkelijke pasvorm rond mijn ogen aanpas. 'Dat is wel toepasselijk, denk ik.'

'Concentreer je, Artemis', wijst Declan me terecht, zijn hazelnootkleurige ogen flitsen vastberaden achter zijn masker. Hij heeft gelijk, natuurlijk. Dit is niet het moment voor grapjes. Er staan levens op het spel.

'Oké, team, laten we vertrekken voordat iemand merkt dat we dit konvooi hebben overgenomen', zeg ik, mijn stem nauwelijks meer dan een fluistering. We stappen in de vrachtwagens, de motoren spinnen zachtjes onder ons terwijl we op weg gaan naar het hoofdkantoor van het Bureau.

HOOFDSTUK VIER

HET GELOEI VAN ALARMEN en flitsende noodverlichting bestormen onze zintuigen als we het belegerde complex van het Bureau naderen. De doorgaans smetteloze façade ziet er nu uit als een opgeschopte mierenhoop, met personeel dat in nauwelijks beheerste chaos rondrent. Ik wissel een ongemakkelijke blik met Athina, terwijl mijn maag zich omkeert van de spanning.

'Wat is hier in hemelsnaam gebeurd terwijl we weg waren?' vraag ik me hardop af. Dit niveau van pandemonium lijkt zelfs voor Diana's brutale aanval buitensporig.

Athina's gezichtsuitdrukking verhardt van vastberadenheid. 'Dat doet er nu niet toe. We moeten naar binnen en de situatie uit de eerste hand beoordelen. Misschien heeft Diana een aanval op twee fronten gelanceerd en hebben we maar één golf gestopt.'

Ze gebaart scherp naar de ingang van het terrein. 'Ze was niet bij dat konvooi dat we in een hinderlaag hebben gelokt, en kennende haar, heeft ze niet gewoon zitten wachten. We moeten vooruitlopen op wat ze nu van plan is en vitale inlichtingen veiligstellen nu het nog kan.'

Ik aarzel, want elk instinct schreeuwt dat we dit roekeloze plan moeten afblazen. Maar Athina pakt mijn schouder vast, haar violette ogen boren zich in de mijne. 'We zijn al zo ver gekomen. Doe je mee of niet?'

Ik slik mijn twijfels in en knik kortaf. Athina glimlacht fel. 'Laten we dit doen.'

We glippen onopgemerkt de op hol geslagen menigte in, terwijl de onrust aan me knaagt. De zee van onbekende gezichten en de pure chaos geven me het gevoel dat ik kwetsbaar en blootgesteld ben. Ik moet de drang onderdrukken om terug naar de veiligheid buiten te vluchten.

'Blijf dichtbij en blijf scherp,' herinner ik de anderen, terwijl ik probeer zelfverzekerder te klinken dan ik me voel. Mijn woorden lijken lachwekkend ontoereikend te midden van de pandemonium die om ons heen wervelt.

Declan komt dichterbij, zijn hazelnootbruine ogen waakzaam. 'Dit kunnen we,' mompelt hij. Maar ik vang de zweem van onbehagen achter zijn geruststelling op.

Met een laatste diepe zucht duiken we de paniekerige menigte in, onze zintuigen gespannen voor elk teken van Diana's dodelijke troepen die op de loer liggen. De loeiende sirenes en de stroboscopische lichten werken op mijn zenuwen terwijl we ons door de menselijke vloedgolf vechten.

'Hé, jij daar, halt!' buldert plotseling een norse stem. Ik verstijf, mijn hartslag hamert in mijn keel. Een potige bewaker stapt op ons af, een hand op zijn geholsterde wapen. 'Wat komt u hier doen?'

'We volgen bevelen op, meneer,' antwoordt Declan gladjes, hoewel zijn glimlach er geforceerd uitziet. Een stroom van angst loopt langs mijn ruggengraat bij het zien van zijn gespannen blik. Er klopt iets niet aan hem.

De bewaker fronst en stapt dichterbij. 'Bevelen? Wiens bevelen?'

In een flits grijpt Declan de man bij zijn tactische vest en smijt hem tegen de muur. De ogen van de bewaker puilen uit van schok, zijn voeten bungelen nutteloos.

'Declan, stop!' roep ik uit, maar hij reageert niet. Met een vertrokken gezicht van woede knijpt Declan de keel van de bewaker dicht, waardoor zijn gesmoorde smeekbeden worden afgesneden.

Mijn hart maakt een sprong en ik duik naar voren, net als de man naar zijn radio graait. 'Indringers... sector vier ...' hijgt hij voordat ik die van hem afruk.

'Verdomme, Declan, hou jezelf in bedwang!' beveel ik door samengeklemde tanden. Met Athina's hulp trekken we hem van de nu bewusteloze bewaker af. Het gehuil van de sirenes wordt intenser en snijdt door mijn zenuwen.

Declan knippert verdwaasd met zijn ogen, alsof hij uit een trance ontwaakt. 'Wat... wat is er gebeurd?' stamelt hij, terwijl hij vol afschuw naar zijn trillende handen staart.

'Geen tijd voor uitleg,' snauw ik kortaf, terwijl mijn gedachten op hol slaan. We verstoppen de bewaker in een werkkast. 'We moeten nu verder!'

Het geschreeuw van gealarmeerde veiligheidstroepen echoot door de gangen terwijl we dieper het gecompromitteerde complex in sprinten. Mijn hart hamert tegen mijn ribben, mijn ademhaling komt in paniekerige happen.

Blijf gewoon in leven, zeg ik tegen mezelf. *Maak je later maar zorgen om Declans uitbarsting.* We glijden een hoek om en drukken ons plat tegen de muur terwijl laarzengestamp voorbij dondert.

Na een tergend lange wachttijd sluipen we een verlaten gang in en dalen af naar de lagere labniveaus. De agressieve steriliteit van onze omgeving doet niets om mijn angst te verminderen. Integendeel, het maakt me nog nerveuzer.

'Daar,' sist Athina, wijzend naar een ongemarkeerde deur. Een zwaar voorgevoel overvalt me als we dichterbij komen. Wat ons ook aan de andere kant te wachten staat, er is geen weg meer terug.

Ik kijk Declan aan en zie mijn eigen angst weerspiegeld in zijn ogen. 'Klaar hiervoor?' vraag ik trillerig. Hij knikt zwijgend, zijn kaken op elkaar geklemd.

Met bevende vingers pak ik de klink vast en trek de deur open. De schaduwen lijken ons aan te grijnzen terwijl ze de drempel opslokken en ons uitdagen om het onbekende binnen te stappen.

Ik haal diep adem en duik de duisternis in, mijn zintuigen op scherp. En terwijl we dieper afdalen in dit gruwelhuis, weet ik dat niets ooit nog hetzelfde zal zijn.

'Kom op, er moet hier toch iets zijn,' mompel ik in mezelf terwijl we het lab doorzoeken. De kamer is een puinhoop van verspreide papieren en verontrustende medische apparatuur. Een gevoel van urgentie hangt in de lucht terwijl we wanhopig op zoek zijn naar bewijs van de gestoorde experimenten van het Bureau.

'Artemis, kijk hier eens naar,' roept Declan uit, zijn stem gespannen. Hij houdt met trillende handen een dossier omhoog. Zijn knokkels worden wit als hij de map vastklemt, en ik hoor het bekende gekraak van papier dat dreigt te scheuren. 'Is dit wat we zoeken?'

'Voorzichtig met die greep, Declan,' waarschuw ik, terwijl ik het dossier van hem aanpak voordat het in confetti verandert. Ik blader erdoorheen en zie foto's van misvormde proefpersonen en gruwelijke beschrijvingen van hun hybride vaardigheden. Bingo.

'Precies wat we nodig hebben,' zeg ik, terwijl ik het dossier onder mijn arm stop. 'Maar blijf gefocust, oké? We hebben geen herhaling van daarnet nodig.'

'Begrepen. Sorry,' antwoordt Declan, zijn blik op de vloer gericht. Hij heeft duidelijk moeite om zichzelf in te houden, en de spanning begint zichtbaar te worden. Het is een tikkende tijdbom die op ontploffen staat – en we hebben niet veel tijd meer. Wat doet het serum met hem?

Wat worden we, en hoe lang duurt het voordat ik ook de controle over mezelf verlies?

'Hou je rustig, Declan,' zeg ik tegen hem, in een poging geruststellend te klinken. Maar zelfs ik weet niet zeker of ik het geloof. 'We zoeken dit wel uit als we hier weg zijn.'

'Laten we het hopen,' mompelt hij, nauwelijks hoorbaar.

Terwijl we het lab verder doorzoeken, kan ik het ongemakkelijke gevoel dat langs mijn ruggengraat omhoog kruipt niet van me afschudden. Zeker, alles lijkt soepel te verlopen, maar ik weet beter dan mijn waakzaamheid te laten verslappen. In dit werk kun je nooit te voorzichtig zijn.

'Artemis, ik heb er nog een,' zegt Declan terwijl hij me weer een dossier overhandigt. Zijn greep is nog steeds te stevig, de randen van de map zijn verfrommeld onder zijn vingers.

'Bedankt,' antwoord ik, terwijl ik mijn bezorgdheid probeer te verbergen. 'Let gewoon op je kracht, we willen niets hiervan beschadigen.'

'Oké... sorry,' mompelt hij, duidelijk gefrustreerd door zijn onvermogen om zijn krachten te beheersen. Ik weet dat hij zijn best doet, maar het is moeilijk om je geen zorgen te maken als je partner een labiele hybride is die op scherp staat.

'Focus, Declan,' herinner ik hem, in de hoop dat mijn stem een schijn van vertrouwen uitstraalt. 'We zijn hier bijna klaar.'

'Begrepen,' antwoordt hij, met vastberadenheid in zijn ogen. Hij haalt diep adem en balt zijn vuisten, zichtbaar werkend om zichzelf in toom te houden.

Terwijl we de laatste bewijsstukken verzamelen, drukt het gewicht van onze missie zwaar op mijn schouders. We zijn zo ver gekomen, maar er kan nog zoveel misgaan. En met Declan die worstelt om zijn nieuwe krachten te beheersen, kan ik niet anders dan een overweldigend gevoel van onheil voelen.

Maar voor nu hebben we in ieder geval gedaan waarvoor we hier kwamen. De uitdaging zal zijn om hier levend uit te komen – en ons hoofd erbij te houden terwijl we het verraderlijke pad dat voor ons ligt, bewandelen.

We joggen terug zoals we gekomen zijn en vinden Athina en Malcolm bij een computerterminal, Malcolm voorovergebogen over het toetsenbord terwijl Athina op de uitkijk staat voor naderend onheil. Ik zie Malcolms vingers over het toetsenbord vliegen, zijn violette ogen op het scherm gericht. De klootzak is een genie, en ik kan niet anders dan hem bewonderen, ondanks mezelf. Voor een man die het te druk heeft om zijn haar te knippen of te kammen, weet hij zeker hoe hij beveiligde servers moet hacken alsof het kinderspel is.

'Al iets gevonden?' vraag ik, terwijl ik probeer mijn stem stabiel te houden ondanks de adrenaline die door me heen raast.

'Bijna,' antwoordt hij, zonder de moeite te nemen op te kijken. 'Deze versleutelde bestanden zijn lastig, maar ik heb ze bijna gekraakt.'

'Goed,' zeg ik, terwijl ik met ingehouden adem onze omgeving afscan. De tijd dringt en ik voel de spanning met elk voorbijgaand moment toenemen.

Eindelijk slaakt Malcolm een tevreden zucht. 'Ik heb het.'

'Geweldig, download nu alles wat we nodig hebben om deze klootzakken te ontmaskeren,' beveel ik, terwijl ik luister of er voetstappen naderen.

'Ben ik al mee bezig,' zegt hij, terwijl hij op het toetsenbord tikt en de data begint over te zetten.

'Malcolm,' dring ik aan, 'hoe zit het met de proefpersonen? Degenen die ze hebben gemarteld en op wie ze hebben geëxperimenteerd?'

Hij pauzeert en zucht dan. 'Zodra de leiding van het Bureau valt, kunnen we ze bevrijden.'

Dat is voor mij niet goed genoeg. 'Leven ze nog? Kunnen we ze helpen?'

'Artemis, focus,' snauwt hij, zijn ogen vernauwend. 'We hebben een taak te volbrengen. Stap voor stap.'

'Prima,' mompel ik, en sla mijn armen over elkaar. Ik weet dat hij gelijk heeft, maar ik kan me geen zorgen maken om die arme zielen die gevangen zitten in dit hellegat.

Terwijl de data downloadt, merk ik dat ik heen en weer ijsbeer, mijn gestolen Bureau-laarzen piepen bij elke stap. Mijn hart gaat tekeer en ik kan niet anders dan denken aan alles wat er mis kan gaan. Als Declan weer de controle verliest, of als het alarm afgaat voordat we er klaar voor zijn...

'Artemis,' zegt Malcolm, die mijn gedachten onderbreekt. 'Het is klaar. We hebben wat we nodig hebben.'

'Goed,' antwoord ik, terwijl ik mijn angsten opzij probeer te duwen en me op de taak concentreer. 'Laten we hier weggaan.'

'Direct achter je,' zegt hij.

We banen ons zo snel en voorzichtig als we kunnen een weg door het lab. De inzet is nu nog hoger – we kunnen ons geen fouten veroorloven. We moeten deze informatie naar buiten krijgen.

'Blijf scherp,' fluister ik naar Malcolm, mijn vingers jeuken naar een wapen dat ik nog niet durf te trekken, uit angst om de argwaan te wekken van de bewakers die nog steeds rondzoemen als horzels. Ze werpen een blik op ons, maar we bewegen als een groep, ogen strak vooruit gericht terwijl we marcheren, eruitziend alsof we hier thuishoren, alsof we precies weten waar we naartoe gaan en wat we moeten doen.

Mijn hart hamert als een drilboor terwijl we ons een weg banen door de zwak verlichte gangen, elke stap galmt in mijn oren. De spanning in de lucht is zo dik dat je hem praktisch met een van mijn messen zou kunnen snijden.

'Artemis,' fluistert Declan aarzelend van achter me, zijn stem strak van angst. 'Ik... Het spijt me. Van daarnet, bedoel ik.'

'Bespaar het je,' snauw ik, zonder de moeite te nemen hem aan te kijken. Maar ik voel zijn ogen in mijn rug boren, op zoek naar iets – vergeving, misschien? Dat kun je wel vergeten op dit moment.

'Luister,' gaat hij verder, niet afgeschrikt door mijn koude reactie. 'Ik weet niet wat me daarnet bezielde, maar ik zweer je, het zal niet nog eens gebeuren.'

'Reken maar van niet,' mompel ik binnensmonds, terwijl ik probeer de angst die aan mijn ingewanden knaagt te onderdrukken. Als Declans wilde kant weer de kop opsteekt, zijn we allemaal de klos.

'Kijk,' zegt hij, terwijl hij naast me komt lopen als we een hoek omgaan. 'Ik beloof dat ik er alles aan zal doen om mezelf onder controle te houden. Voor jou, en voor alle anderen.'

'Zorg daar maar voor,' antwoord ik kortaf, en werp hem een schuinse blik toe. 'We kunnen ons geen verrassingen meer veroorloven.'

'Eens,' mompelt hij, en loopt weer achter me in de pas. Zijn gevechtslaarzen schuifelen over de koude, steriele vloer, wat me eraan herinnert hoe dicht we bij elk moment bij gevaar zijn.

Blijf gefocust, Declan, denk ik, in de hoop dat hij me op de een of andere manier hoort. *We hebben je op je best nodig als we dit tot een goed einde willen brengen.*

'Oké,' fluistert hij, alsof hij mijn gedachten heeft gelezen. 'Geen misstappen meer.'

'Goed,' zeg ik, mijn stem nauwelijks hoorbaar, zelfs voor mezelf. 'Laten we dit nu afmaken en maken dat we hier wegkomen.'

Maar terwijl we onze verraderlijke reis door het hol van het Bureau voortzetten, kan ik het gevoel niet van me afschudden dat er iets heel, heel erg misgaat – en God sta ons allen bij als dat gebeurt.

HOOFDSTUK VIJF

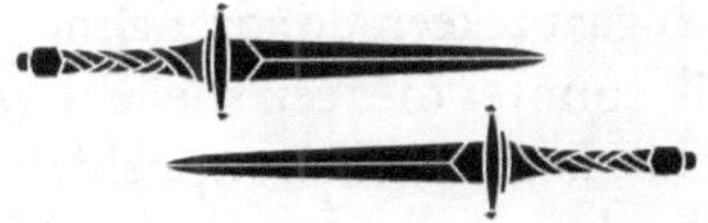

DE GEUR VAN ZWEET en ijzer vult de lucht terwijl Declan en ik tegenover elkaar staan in de schemerige trainingsruimte. De hachelijke situatie tijdens onze laatste missie heeft ons allebei geschokt en ik krijg het beeld niet uit mijn hoofd van hoe hij bijna die bewaker doodde toen we alleen maar langs hem probeerden te praten. Het Bureau voor Paranormale Zaken mag dan een stel sadistische klootzakken zijn, maar dat betekent niet dat we mensen moeten doden die gewoon hun werk doen terwijl we het Bureau zelf ten val proberen te brengen. Dus hier staan we, in een poging het beest vanbinnen te beheersen.

'Oké, laten we het opnieuw proberen,' zeg ik en neem weer een gevechtshouding aan. 'Concentreer je op het beheersen van je kracht, niet alleen op het ontketenen ervan.'

Declan knikt, zijn hazelnootkleurige ogen vernauwen zich in concentratie. Zijn spieren spannen zich aan onder zijn gescheurde spijkerbroek en legerjas, een duidelijk teken van de moeite die hij doet om zich in te houden. Het is alsof je naar een dier in een kooi kijkt dat tegen zijn eigen instincten vecht.

'Jij hebt makkelijk praten,' moppert hij en zet een stap naar me toe.

'Hé, we doen dit samen,' herinner ik hem, terwijl ik probeer mijn toon luchtig te houden ondanks de sudderende spanning tussen ons. 'Kom maar op.'

Dat doet hij. Zijn vuist vliegt met alarmerende snelheid naar mijn gezicht. Het lukt me maar net om hem te ontwijken en ik voel de windvlaag als hij langs mijn wang schiet. Mijn hart gaat tekeer, de adrenaline giert door mijn aderen terwijl ik counter met een snelle trap tegen zijn zij.

'Goed,' prijs ik hem, stiekem opgelucht dat hij meer terughoudendheid toont dan voorheen. 'Nu...'

Ik word onderbroken als een plotselinge golf van kracht door me heen stroomt en mijn tatoeages een griezelig groen licht uitstralen onder mijn huid. Shit, wat is dit?

'Artemis?', vraagt Declan, met bezorgdheid op zijn knappe gezicht gegrift. 'Wat is er aan de hand?'

'Niets,' snauw ik, terwijl de woede als gesmolten lava in me opborrelt. 'Concentreer je maar op je eigen verdomde training.'

'Het is duidelijk dat er iets mis is,' dringt hij aan, zijn stem druipt van de frustratie. 'Laat me je helpen.'

'Mij helpen?', schamper ik. 'Dit is geen sprookje, Declan. Je kunt niet zomaar het monster in me kussen en alles weer goed maken.'

'Artemis...'

'Laat me met rust!', snauw ik en sla de deur achter me dicht terwijl ik wegstorm, Declan achterlatend die me nastaart. De woede die door me heen raast is als een lopend vuurtje dat alles op zijn pad dreigt te verteren. Mijn borst voelt beklemd en mijn ademhaling is onregelmatig. Ik moet kalmeren voordat ik de controle volledig verlies en er iets gebeurt wat ik niet wil.

Ik marsjeer een lege kamer binnen en trek mijn haar in een slordige knot om het uit mijn gezicht te houden.

Athina's lessen weerklinken in mijn hoofd: *Vind je kern, Artemis. Concentreer je op je adem; laat je emoties stromen als water.* Ik probeer haar advies op te volgen, haal diep adem, sluit mijn ogen en dwing mezelf om langzaam uit te ademen.

'Kom op, Artemis,' mompel ik tegen mezelf, in een poging me de kalmerende oefeningen te herinneren die Athina me heeft geleerd. 'Adem in... adem uit...'

Maar het heeft geen zin. De woede stijgt als een vloedgolf en verdrinkt elke schijn van kalmte. Ik voel mijn tatoeages vreemd branden onder mijn huid en het kost me alles wat ik in me heb om niet uit te halen en een gat in de muur te slaan.

'Godverdomme!', schreeuw ik, terwijl gefrustreerde tranen in mijn ooghoeken prikken. Wat gebeurt er met me? Waarom krijg ik hier geen grip op?

Mijn gedachten dwalen terug naar Declan – zijn bezorgde hazelnootkleurige ogen en gefronste wenkbrauwen, hoe hij me probeerde te helpen, zelfs toen ik hem van me afduwde. Hij verdient dit niet; hij verdient het niet om afgesnauwd te worden door iemand die haar eigen emoties niet eens kan beheersen.

'Artemis?', roept een stem zachtjes vanachter de deur. Het is niet Declan, het is Athina. Haar moederlijke aanwezigheid is meestal geruststellend, maar op dit moment herinnert het me er alleen maar aan hoe ver ik van haar leer ben afgedwaald.

'Ga weg!', roep ik en onderdruk een snik. 'Ik wil niet praten!'

Maar in plaats van weg te gaan, opent Athina de deur en stapt naar binnen. Haar warme bruine ogen zijn gevuld met mededogen. 'Kind, je hoeft dit niet alleen te doen,' zegt ze zacht, terwijl ze de deur achter zich sluit. Ik merk dat ze haar hand wil uitsteken om me aan te raken, maar ze weet beter dan mijn persoonlijke ruimte binnen te dringen als ik zo ben.

'Artemis,' gaat ze verder, haar stem zacht maar vastberaden. 'Je moet loslaten wat deze woede ook veroorzaakt en je kern terugvinden. Je kunt zo niet doorgaan.'

'O nee?', snauw ik, mijn stem druipt van het sarcasme. 'Misschien moet ik het monster vanbinnen gewoon omarmen en er klaar mee zijn. Dat zou verdomd veel makkelijker zijn dan het elke seconde van elke dag proberen te bevechten.'

'Is dat wat je echt wilt?', vraagt Athina, haar blik onvermurwbaar.

Ze weet niet waar ik mee te maken heb. Ze weet niet dat ik een monster aan het worden ben. Ik klem mijn tanden op elkaar en zeg niets. Ze staat te dicht bij Malcolm – gelooft te veel in hem. Ik kan haar de waarheid niet vertellen.

'Vind je kern, Artemis,' dringt Athina zachtjes aan. 'Herinner je wie je bent en laat dat je aarden.'

Haar woorden weerklinken door mijn hoofd terwijl ze me weer alleen laat. Ik slaak een trillende zucht en probeer me op alles te concentreren behalve de woede die me dreigt te verteren. Maar hoe hard ik ook probeer, ik lijk de vrede die ik zo wanhopig begeer niet te kunnen vinden – en die gedachte beangstigt me.

De woede in me rolt zich op als een slang, klaar om op elk moment toe te slaan. Ik bal mijn vuisten en probeer de laatste restjes controle die over zijn vast te houden. Mijn ademhaling is oppervlakkig en snel, elke uitademing creëert kleine wolkjes in de lucht.

'Verdomme,' mompel ik in mezelf, niet in staat de woede die in me opborrelt te bedwingen.

Het heeft geen zin – ik kan het niet langer onderdrukken. De energie stroomt door me heen, elektriseert mijn zintuigen en overweldigt mijn gedachten. Met een oerkreet laat ik de opgekropte spanning los en een vreemd blauw licht explodeert naar buiten. Objecten om me heen exploderen in scherven en puin. Glas van verbrijzelde ramen regent neer als dodelijke confetti en houten kratten versplinteren met oorverdovend gekraak.

'Artemis!', snijdt Declans stem door de chaos, bezorgdheid op zijn gezicht gegrift terwijl hij op me af snelt.

'Blijf uit de buurt!', snauw ik, angst en zelfhaat wervelen door mijn aderen naast de vluchtige psychische energie. 'Ik heb je hulp niet nodig!'

Hij aarzelt een fractie van een seconde voordat hij zich met tegenzin terugtrekt, zijn hazelnootkleurige ogen gevuld met zorgen. Ik kan het niet verdragen om hem aan te kijken, bang dat mijn instabiliteit alles wat we samen hebben opgebouwd in gevaar zou kunnen brengen – zowel onze relatie als onze strijd tegen het Bureau voor Paranormale Zaken.

'Goed,' mompelt hij, zijn stem met een ondertoon van gekwetstheid. 'Maar je weet waar je me kunt vinden als je van gedachten verandert.'

Terwijl hij zich terugtrekt, vang ik een glimp op van mijn spiegelbeeld in een scherf gebroken glas. Het meisje dat me aanstaart is een vreemde, haar groene ogen wild en getormenteerd. Een diep gevoel van onbehagen nestelt zich in mijn borst als ik besef hoe dicht ik erbij ben om de controle volledig te verliezen.

'Herpak je, Artemis,' fluister ik tegen mezelf, in een poging de emoties terug te duwen. Maar ze weigeren nog langer ingeperkt te worden, klauwend aan de randen van mijn bewustzijn en eisend om gehoord te worden.

'Concentreer je,' beveel ik, mijn tanden op elkaar geklemd terwijl ik probeer de controle over mijn gedachten terug te krijgen. Maar het is alsof ik water in mijn handen probeer te houden – hoe harder ik knijp, hoe sneller het door mijn vingers glipt.

'Kom op, Artemis,' mompel ik door samengeklemde tanden. 'Je bent sterker dan dit.'

Maar als er weer een golf van emotie over me heen slaat, kan ik niet anders dan me afvragen of dat nog wel waar is. Misschien heeft de duisternis in mij eindelijk gewonnen en rest mij niets anders dan er volledig aan toe te geven.

'Artemis,' doorbreekt een stem mijn gedachten, zacht en rustgevend als een balsem op mijn gerafelde zenuwen. 'Je hoeft dit niet alleen te doen.'

Ik draai mijn hoofd en zie Declan een paar meter verderop staan, zijn ogen gevuld met vastberadenheid en onwankelbare steun. Ondanks de onrust die in me woedt, voel ik een sprankje hoop – misschien, heel misschien, kunnen we hier samen een weg doorheen vinden.

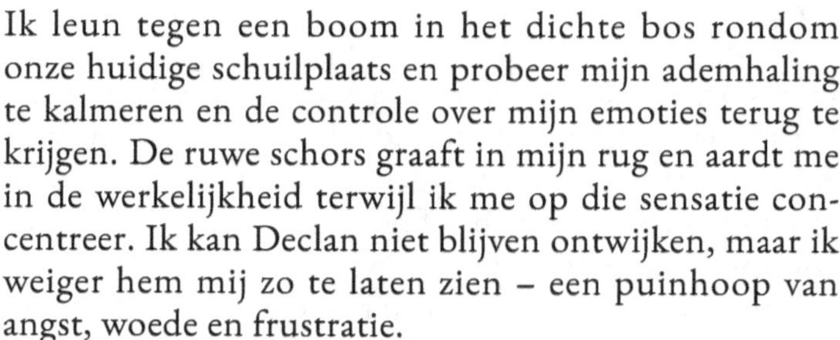

Ik leun tegen een boom in het dichte bos rondom onze huidige schuilplaats en probeer mijn ademhaling te kalmeren en de controle over mijn emoties terug te krijgen. De ruwe schors graaft in mijn rug en aardt me in de werkelijkheid terwijl ik me op die sensatie concentreer. Ik kan Declan niet blijven ontwijken, maar ik weiger hem mij zo te laten zien – een puinhoop van angst, woede en frustratie.

'Artemis,' snijdt Athina's stem door de stilte, haar bezorgdheid voelbaar zelfs voordat ze in beeld komt. 'Je bent de laatste tijd zo afstandelijk. Wat is er aan de hand?'

'Niets,' mompel ik, starend naar de grond en met de neus van mijn laars tegen een klein steentje schoppend. 'Ik ben gewoon... gestrest.'

'Over Diana?', vraagt ze zacht, terwijl ze dichterbij komt. Ze kent me te goed, maar ik moet proberen de waarheid verborgen te houden.

'Natuurlijk,' snauw ik, mijn stem harder dan nodig. 'Het is al weken geleden. We zijn geen stap dichter bij het vinden van haar dan toen we begonnen en elke dag die voorbijgaat, geeft haar weer een kans om door onze vingers te glippen.'

'Artemis.' Athina legt een hand op mijn schouder en ik deins terug voor de onverwachte aanraking. 'Ongeconcentreerd de strijd aangaan kan desastreus uitpakken. Je moet eerst geaard zijn.'

'Geaard?', schamper ik en duw haar hand weg. 'Ik hoef niet gepamperd te worden, Athina. Ik kan voor mezelf zorgen.'

'Kun je dat?', daagt ze me uit, haar bruine ogen haken zich in de mijne. 'Want van waar ik sta, lijkt het alsof je op het punt staat te imploderen.'

'Prima!', Ik gooi mijn handen in de lucht van frustratie en kijk haar boos aan. 'Je wilt dat ik me openstel? Dan stel ik me open! Ik ben de hele tijd boos, Athina. Elk klein dingetje jaagt me op de kast en ik weet niet hoe ik het moet stoppen. Blij nu?'

'Woede is een natuurlijke reactie op stress,' zegt ze zacht, haar stem nu mild en begripvol. 'Maar je moet een manier vinden om ermee om te gaan, Artemis. Je mag het je niet laten beheersen.'

'Bedankt voor het advies,' mompel ik sarcastisch en ik rol met mijn ogen. 'Erg verhelderend.'

'Artemis.' Athina's stem krijgt een streng randje en ik weet dat ze niet gesust zal worden door mijn sarcasme. 'Ik meen het. Je emoties zijn krachtig, maar jij bent sterker. Vergeet dat niet.'

Terwijl ze wegloopt en me achterlaat om in mijn eigen frustratie te stoven, voel ik toch een sprankje dankbaarheid. Athina mag dan irritant scherpzinnig zijn, maar ze gelooft tenminste in me, zelfs als ik niet zeker weet of ik in mezelf geloof.

'Beheers het,' fluister ik tegen mezelf en ik bal mijn vuisten terwijl ik de woede onderdruk die weer dreigt op te borrelen. 'Je kunt dit.'

En misschien, heel misschien, kan ik dat ook beginnen te geloven.

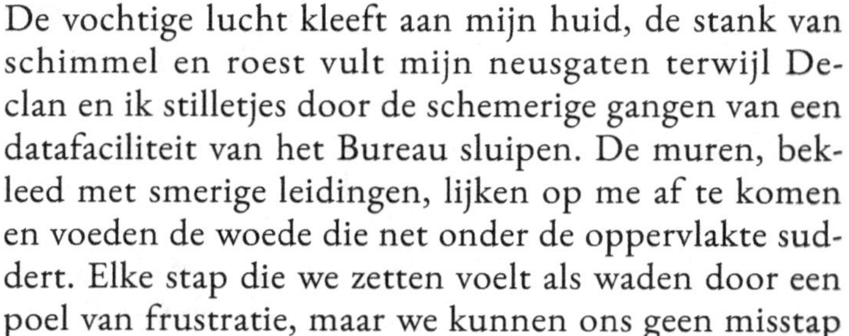

De vochtige lucht kleeft aan mijn huid, de stank van schimmel en roest vult mijn neusgaten terwijl Declan en ik stilletjes door de schemerige gangen van een datafaciliteit van het Bureau sluipen. De muren, bekleed met smerige leidingen, lijken op me af te komen en voeden de woede die net onder de oppervlakte suddert. Elke stap die we zetten voelt als waden door een poel van frustratie, maar we kunnen ons geen misstap veroorloven.

'Blijf dichtbij,' fluistert Declan, zijn adem warm tegen mijn oor. 'We willen de bewakers niet alarmeren.'

'Geen grap,' mompel ik en ik rol met mijn ogen. Hij heeft gelijk, natuurlijk, maar dat weerhoudt mijn irritatie er niet van op te laaien, wanhopig op zoek naar een uitlaatklep. Mijn hart racet en bonkt in mijn borst als een gekooid dier dat op het punt staat uit te breken.

'Artemis, je moet geduld hebben,' waarschuwt hij, zijn hazelnootkleurige ogen vol bezorgdheid terwijl ze in de mijne boren. 'Houd je aan het plan.'

'Geduld is nooit mijn sterkste punt geweest,' snauw ik, mijn stem laag en hard. De woorden blijven in mijn keel steken, giftig en hatelijk, en ik haat mezelf ervoor. Maar ik kan er niets aan doen; ik verdrink in deze zee van woede en ik kan maar net mijn hoofd boven water houden.

'Concentreer je, Artemis,' zegt Declan, zijn ogen blijven op de mijne gericht. Zijn hand strijkt langs mijn arm en laat een spoor van warmte achter. Ik slik moeizaam en vecht tegen de bittere smaak van wrok die me dreigt te verstikken.

'Goed,' bijt ik hem toe, terwijl ik mijn blik van hem afwend en me op de taak richt. We sluipen dichter naar ons doel, het gezoem van machines wordt luider naarmate we dichterbij komen. Ik haal diep adem en probeer mezelf te centreren zoals Athina me heeft geleerd, maar mijn gedachten zijn een wervelwind van chaos die weigert getemd te worden.

'Artemis,' waarschuwt Declan, zijn stem nauwelijks een fluistering als we een hoek omgaan. 'Bewakers verderop.'

'Begrepen,' sis ik met op elkaar geklemde tanden die bijna kraken. Mijn vingers jeuken van de drang om mijn mes te grijpen, om het geruststellende gewicht van het handvat tegen mijn handpalm te voelen. Maar ik weet dat dat niet zal helpen, niet nu, wanneer elke vezel in mijn lijf schreeuwt om bevrijding.

'Volg mij,' mompelt Declan, zijn lichaam gespannen terwijl hij zich klaarmaakt om in actie te komen. Ik knik, mijn kaken op elkaar geklemd, en kijk hoe hij naar voren glipt en behendig de blik van de bewakers ontwijkt.

'Houd je kalm, Artemis,' denk ik, mijn geest een slagveld tussen woede en vastberadenheid. 'Je kunt dit.'

De faciliteit doemt voor ons op, een doolhof van geheimen en leugens, verborgen achter de imposante muren. En ergens daarbinnen wachten de antwoorden die we nodig hebben, als ik mijn emoties maar lang genoeg in bedwang kan houden om ze te vinden.

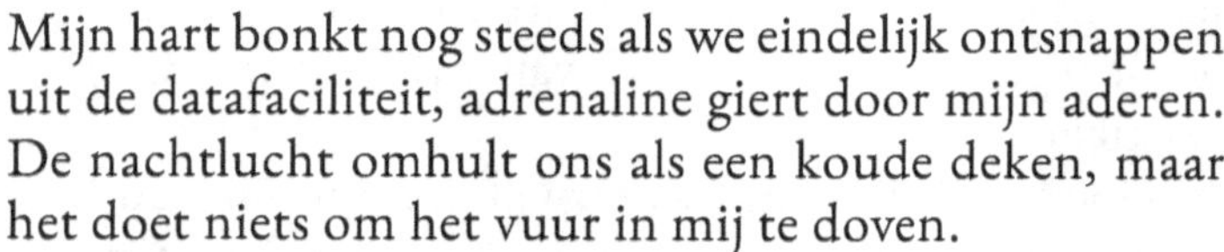

Mijn hart bonkt nog steeds als we eindelijk ontsnappen uit de datafaciliteit, adrenaline giert door mijn aderen. De nachtlucht omhult ons als een koude deken, maar het doet niets om het vuur in mij te doven.

'Artemis,' zegt Declan, zijn stem vol bezorgdheid terwijl hij me heen en weer ziet ijsberen. 'We moeten praten over wat daarbinnen is gebeurd.'

'Prima,' snauw ik, niet in staat zijn blik te beantwoorden. 'Ik verloor de controle, oké? Het is deze verdomde transformatie, het rotzooit met mijn emoties en ik weet niet hoe ik ermee om moet gaan.'

'Hé,' antwoordt hij zacht en hij komt dichterbij. 'We komen er samen wel uit. Je staat hier niet alleen in. Ik worstel er ook mee, weet je.'

'Echt?,' vraag ik sceptisch, met opgetrokken wenkbrauwen.

'Ja,' geeft hij toe en hij wrijft over de achterkant van zijn nek. 'Ik heb moeite gehad om mijn kracht te beheersen en die dierlijke kant... die wordt steeds moeilijker te onderdrukken.'

'Geweldig, we zijn allebei de lul,' mompel ik bitter, meer tegen mezelf dan tegen hem.

'Misschien,' geeft Declan toe, zijn hazelnootkleurige ogen ontmoeten de mijne met een vastberaden glinstering. 'Maar we kunnen elkaar helpen, toch? We kunnen onze krachten leren beheersen en ze voor anderen verbergen.'

'Verbonden door onze wederzijdse gekheid,' zeg ik wrang, in een poging de sfeer wat lichter te maken.

'Zoiets, ja,' grinnikt hij en hij raakt zachtjes mijn arm aan. De warmte van zijn hand stuurt een rilling over mijn rug en even vergeet ik de onrust die in me woedt.

'Declan...,' fluister ik, mijn adem stokt in mijn keel als hij dichterbij leunt. Onze lippen ontmoeten elkaar, eerst aarzelend, dan met groeiende urgentie, gevoed door onuitgesproken verlangens en gedeelde angsten.

Als we ons losmaken, met zwaar hijgende borstkassen, laat ik mijn voorhoofd tegen het zijne rusten. 'We kunnen ons hier niet door laten verteren,' mompel ik, mijn stem nauwelijks hoorbaar. 'We moeten gefocust blijven op de missie.'

'Eens,' antwoordt Declan, zijn adem warm tegen mijn huid. 'Maar we hebben elkaar ook nodig, nu meer dan ooit.'

'Dat is waar,' geef ik toe en ik sla mijn armen om hem heen terwijl we daar in de schaduwen staan.

De spanning tussen ons lost geleidelijk op en maakt plaats voor een broos gevoel van veiligheid. We zijn allebei te opgejaagd voor iets intiemers vanavond, maar voor nu is dit genoeg, gewoon vastgehouden en begrepen worden.

Uiteindelijk overvalt de uitputting ons en zakken we neer op de koude grond, onze ledematen verstrengeld als wijnranken. Terwijl de slaap me overmant, vind ik troost in het gestage rijzen en dalen van Declans borst, een herinnering dat in deze wereld van chaos en gevaar er tenminste één ding constant blijft: we hebben elkaar. En voor nu is dat genoeg.

◆—◇—◆

De slaap, wanneer die komt, is veel te vluchtig. Ik weet niet hoe lang ik weg ben geweest, een uur, misschien twee, maar plotseling vliegen mijn ogen open en staar ik in de duisternis van onze geïmproviseerde schuilplaats, mijn hart bonst in mijn keel.

'Er is iets niet pluis,' fluister ik tegen mezelf, terwijl ik me uit Declans armen losmaak. De lucht voelt geladen, besmet met iets vertrouwds maar volkomen onwelkoms.

'Artemis?,' mompelt Declan, nog half in slaap. 'Wat is er aan de hand?'

'Sst,' sis ik en ik druk een vinger tegen zijn lippen. 'Blijf hier. Ik ga kijken.'

'Echt niet,' bromt hij, maar ik voel zijn greep verslappen als de uitputting hem weer dreigt te overmannen. Met tegenzin laat ik hem achter en sluip naar de bron van mijn onbehagen.

Het duurt niet lang voordat ik dr. Malcolm Kastler, de afvallige wetenschapper zelf, zie staan, net buiten de ingang van onze schuilplaats. Hij is zo in beslag genomen door waar hij mee bezig is dat hij me pas opmerkt als ik bijna bij hem ben.

'Jezus, Malcolm!,' snauw ik, waardoor hij opschrikt. 'Wat verdomme doe jij hier?'

'Ik... ik was naar je op zoek,' stottert hij, zijn violette ogen schieten nerveus heen en weer. 'Ik had een vraag over de data die we hebben buitgemaakt, maar... ik zie dat je het druk hebt.'

'Druk?,' herhaal ik en dan besef ik hoe het eruit moet zien: Artemis Blackwell, de bekende verleidster, genesteld in de armen van haar partner. 'Dit is niet wat je denkt dat het is.'

'Natuurlijk niet,' antwoordt hij, zijn stem druipt van sarcasme. 'Jullie waren gewoon... een dutje aan het doen.'

'Absoluut,' kaats ik terug, de hitte negerend die naar mijn wangen stijgt. 'Stel nu je verdomde vraag, of rot op.'

'Eigenlijk kan het wel wachten,' zegt hij haastig en hij doet een stap achteruit. 'Ik wil niets belangrijks onderbreken.'

'Belangrijks?,' herhaal ik, mijn woede laait op door zijn insinuatie. 'Denk je dat dit een spelletje is, Malcolm? We riskeren hier ons leven om dezelfde corrupte organisatie neer te halen waar jij ooit deel van uitmaakte!'

'Ik weet het,' mompelt hij, zijn blik zakt naar de vloer. 'Daarom help ik jullie nu, omdat ik geloof in wat jullie doen. Maar als je niet gefocust bent, als je je emoties de overhand laat krijgen...'

'Bespaar me de preek,' snauw ik en ik kap hem af. 'Ik heb jouw advies niet nodig, of je oordeel.'

'Prima,' mompelt hij en hij heft zijn handen op in overgave. 'Ik laat je met rust. Wees alleen... voorzichtig, oké?'

'Ben ik altijd,' antwoord ik, hoewel zijn woorden een rilling over mijn ruggengraat sturen. Want de waarheid is dat ik niet weet hoe lang ik dit nog kan volhouden, mijn onstabiele krachten verbergen, doen alsof alles goed is, terwijl dat allesbehalve het geval is.

'Artemis?,' roept Declan vanuit onze schuilplaats, zijn stem vol bezorgdheid. 'Alles in orde?'

'Prima,' herhaal ik, terwijl ik een glimlach forceer voor hem. 'Gewoon een klein... misverstand.'

'Juist,' zegt hij, duidelijk niet overtuigd. 'Nou, kom terug naar bed. We hebben een lange dag voor de boeg.'

'Slapen,' zucht ik, terwijl ik weer in zijn armen kruip. 'Het enige dat me altijd lijkt te ontglippen.'

'Misschien wordt het vanavond anders,' mompelt hij en hij drukt een zachte kus op mijn voorhoofd. 'We hebben onze demonen immers al onder ogen gezien. Wat zouden ze ons nu nog kunnen doen?'

'Laten we hopen dat we daar nooit achter komen,' antwoord ik, maar als de slaap me eindelijk weer overmant, kan ik niet anders dan me afvragen of ons geluk op het punt staat op te raken.

HOOFDSTUK ZES

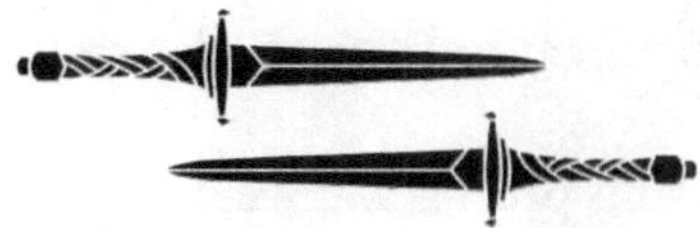

DE ROTTENDE STANK VAN verval dringt mijn neusgaten binnen als ik de verlaten faciliteit betreed, terwijl mijn laarzen op gebroken glas knerpen. De intel heeft ons hierheen geleid, maar er klopt iets niet. De duisternis lijkt zich als een lijkwade aan elke hoek vast te klampen, en het bezorgt me de kriebels.

'Artemis, weet je het zeker over deze plek?' fluistert Athina, haar stem die lichtjes beeft. Ze probeert dapper te klinken, maar ik hoor de aarzeling onder haar woorden.

'De intel zei dat dit hun volgende doelwit was,' mompel ik, en klem mijn pistool steviger vast. 'We hebben geen andere keus dan het te controleren.'

'Kan een valstrik zijn,' voegt Declan eraan toe, terwijl zijn ogen de duisternis afspeuren. Zijn scepticisme is niets nieuws – hij is altijd al op zijn hoede geweest voor onze zogenaamde bondgenoten.

'Bedankt voor je positiviteit, Declan,' snauw ik, en rol met mijn ogen. 'En nu vooruit.'

Het team volgt me door de donkere gangen, elke voetstap die op een sinistere manier in de stilte echoot. Het is bijna te stil, als de stilte voor de storm. De haren in mijn nek gaan recht overeind staan, en de rillingen lopen over mijn rug.

'Heeft iemand anders ook het gevoel dat we in de gaten worden gehouden?' vraag ik, en doe niet langer de moeite om zachtjes te praten. Naar de hel met die subtiliteit; als er iemand in de schaduwen loert, dan weten ze al dat we hier zijn.

'Het voelt alsof we recht een spookhuis binnenlopen,' merkt Athina op, haar onbehagen dat met elke stap groter wordt.

'Geweldig. Dat is precies wat we nodig hebben – spoken om mee af te rekenen, boven op al het andere,' spot ik, hoewel ik stiekem hoop dat ze ongelijk heeft. Afrekenen met paranormale wezens is één ding, maar ik ben nooit een fan van het bovennatuurlijke geweest. Geef mij maar iets tastbaars om tegen te vechten, elke dag weer.

Een plotselinge klap galmt door het gebouw, gevolgd door het krijsende geluid van metaal op metaal. Mijn hart slaat een slag over en mijn grip op mijn pistool wordt steviger.

'Er is hier iets,' fluister ik, en blijf als aan de grond genageld staan. 'Maak je klaar.'

'Een valstrik?' sist Declan, en heft zijn wapen. De spanning in de lucht is tastbaar, alsof we allemaal op het scherp van de snede balanceren.

'Lijkt er wel op,' geef ik toe, terwijl ik mijn trots inslik. Het is nooit makkelijk om toe te geven dat Declan gelijk heeft, maar het zinkende gevoel in mijn maag valt niet te ontkennen. We hebben Diana recht in de kaart gespeeld.

'Laten we dan wat lawaai maken,' gromt Athina, haar angst die voor mijn ogen verandert in ijzeren vastberadenheid.

'Mee eens,' zeg ik, en haal diep adem. 'We zijn misschien in deze val gelopen, maar dat betekent niet dat we er niet uit kunnen komen. Blijf bij elkaar en dek elkaars rug.'

De duisternis dringt zich om ons heen op als een levend wezen, de schaduwen die met een kwaadaardige intentie lijken te kronkelen en te wriemelen. Ik weet dat het slechts mijn verbeelding is, maar ik kan de rilling die over mijn rug loopt niet onderdrukken. Athina beweegt zich echter met het zelfvertrouwen van iemand die dit al tientallen jaren doet, haar witte haar glinstert als maanlicht terwijl ze onze omgeving afspeurt.

'Blijf op je hoede,' waarschuwt ze op zachte toon, haar warme bruine ogen alert. 'Er klopt iets niet.'

'Understatement van de eeuw,' mompelt Malcolm, zijn violette ogen die heen en weer schieten tussen de gebroken ramen en afbrokkelende muren. Hij ziet eruit alsof hij overal liever zou zijn dan hier, en huivert bij elk geluid.

'Misschien had je beter op de basis kunnen blijven, Doc,' stel ik met een grijns voor, niet in staat om een sneer op zijn kosten te weerstaan. 'Je ziet eruit alsof je op het punt staat om uit je vel te springen van de zenuwen.'

'Artemis, concentreer je,' berispt Athina me, hoewel er een zweem van amusement in haar stem klinkt. 'We moeten overal op voorbereid zijn.'

'Voorbereid' is een understatement als de eerste schoten klinken, die door de vervallen hallen galmen als het geluid van duizend rotjes. Bureau-agenten komen tevoorschijn uit verborgen posities en overrompelen ons.

'Dekking!' schreeuwt Athina, en duwt me achter een stapel puin terwijl kogels langs mijn hoofd suizen. Het is totale chaos, de lucht gevuld met het oorverdovende gebulder van geweervuur, rook en de stank van angst.

'Malcolm, bukken!' schreeuwt Athina, wanneer ze de wetenschapper ziet die nog steeds verstijfd van schok staat. Ze duikt naar hem toe, probeert hem tegen de kogelregen te beschermen, maar het is te laat.

'Argh!' gilt Malcolm als een kogel zijn zijde treft, waar bloed als een macabere bloem opbloeit. Hij zakt in elkaar op de grond, met pijn gegrift op zijn gezicht, en ik kan niet anders dan een vlaag van schuld voelen omdat ik hem eerder had geplaagd.

'Malcolm!' roept Athina uit, en sleept hem achter een afbrokkelende muur om dekking te zoeken. 'Houd vol!'

'Sorry,' hijgt hij, zijn tanden op elkaar geklemd tegen de pijn. 'Had dat niet zien aankomen.'

'Verdomme,' mompel ik binnensmonds, wetende dat we het tij moeten keren – en snel. Maar met ons team vastgepind door geweervuur en een van ons zwaargewond, zijn de kansen niet in ons voordeel.

'Blijf bij hem,' zeg ik tegen Athina, mijn stem gespannen terwijl ik het slagveld afzoek naar een opening. 'Ik verzin wel iets.'

'Wees voorzichtig,' waarschuwt ze, haar ogen smekend dat ik veilig blijf.

'Blijf druk op de wond uitoefenen,' beveel ik, mijn gedachten die op volle toeren draaien met mogelijkheden. Ik sluit een fractie van een seconde mijn ogen, en reik diep in mezelf om mijn nieuwe en onstabiele krachten aan te boren. Ik weet niet wat het ontketenen van dat blauwe licht opnieuw zou kunnen doen, of zelfs of ik het op commando kan oproepen. Maar op dit moment hebben we geen andere keus.

'Maak je klaar om te rennen,' waarschuw ik, terwijl ik de energie door me heen voel stromen. Ik sluit mijn ogen als het blauwe licht om me heen oplaait, en plotseling vallen de Bureau-agenten ons niet meer aan. Hun geschreeuw vermengt zich met het geluid van brekend glas en afbrokkelend puin terwijl ze tegen de muren van de verlaten faciliteit slaan.

'Ga!' schreeuw ik, de adrenaline die door mijn aderen pompt. 'Ik dek jullie!'

'Wat heb je gedaan?' fluistert Athina, maar ze worstelt al overeind met het gewicht van Malcolm dat op haar drukt.

Ik houd de gedesoriënteerde Bureau-agenten in de gaten, wetende dat ze niet lang uitgeschakeld zullen blijven.

'Vooruit!' snauw ik naar de rest van het team, en spoor hen aan om Athina en Malcolm te volgen naar onze ontsnappingsroute. Mijn hart hamert in mijn borst als een drilboor, elke slag die me vooruit drijft terwijl ik onze aftocht bewaak.

'Kom op, Artemis!' roept Athina, haar stem gespannen door het dragen van Malcolms slappe lichaam. 'We zijn er bijna!'

'Vlak achter je,' zeg ik met opeengeklemde tanden, en werp een laatste blik op onze achtervolgers. Ze beginnen zich te hergroeperen, maar het zal even duren voordat ze hersteld zijn van de schokgolf die ik heb losgelaten. Hopelijk levert het ons genoeg tijd op om in de schaduwen van de stad te verdwijnen.

'Eindelijk,' adem ik uit als we onze geïmproviseerde basis in een verlaten pakhuis bereiken. Athina legt Malcolm neer op een veldbed, zijn gezicht bleek en getekend door bloedverlies. Zweetdruppels parelen op zijn voorhoofd, en hij krimpt ineen bij elke oppervlakkige ademhaling. Zijn lab-assistent Zara rent naar hem toe, haar handen trillend terwijl ze naast hem knielt om de wond te bekijken. We hebben tenminste iemand anders dan Malcolm zelf met een degelijke medische training.

'Blijf bij ons, Malcolm,' smeekt Athina, haar vingers die zijn hand stevig vastklemmen. 'Je bent sterk. Je kan hiertegen vechten.'

'Verdomme,' mompel ik, mijn borst die samentrekt van een mix van woede en hulpeloosheid. Wij hadden de controle moeten hebben, maar Diana's bedrog leidde ons rechtstreeks in een val. En nu betaalt een van ons de prijs.

'Zorg voor hem,' beveel ik, mijn stem verhardend terwijl ik me van het tafereel afwend. Hoezeer mijn hart ook breekt voor Malcolm, we kunnen het ons niet veroorloven om onze emoties onze acties te laten dicteren. We moeten gefocust blijven, ontdekken wie ons aan het Bureau heeft verraden, en dit verwrongen spel tot een einde brengen.

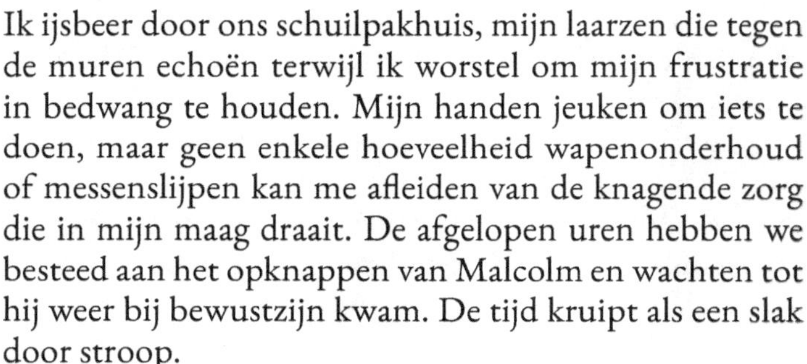

Ik ijsbeer door ons schuilpakhuis, mijn laarzen die tegen de muren echoën terwijl ik worstel om mijn frustratie in bedwang te houden. Mijn handen jeuken om iets te doen, maar geen enkele hoeveelheid wapenonderhoud of messenslijpen kan me afleiden van de knagende zorg die in mijn maag draait. De afgelopen uren hebben we besteed aan het opknappen van Malcolm en wachten tot hij weer bij bewustzijn kwam. De tijd kruipt als een slak door stroop.

'Artemis,' roept Declan, en vestigt mijn aandacht op zijn hoek van de kamer. Hij zit voorovergebogen over een laptop, omringd door stapels papieren en geredde apparatuur. 'Ik denk dat je dit moet zien.'

'Vertel me alsjeblieft dat het iets nuttigs is,' zucht ik, en loop naar hem toe. 'Sommige dagen, ik zweer het je, bespeelt Diana ons als een goedkope viool.'

'Misschien,' zegt hij, zijn voorhoofd gefronst terwijl hij een reeks toetsen indrukt. 'Maar dit zou onze kans kunnen zijn om de rollen om te draaien.'

'Ga door,' dring ik aan, mijn ongeduld krijgt de overhand.

'Malcolms intel-dump,' legt Declan uit, en wijst naar het scherm. 'Ik heb gecodeerde communicatie met een onbekende bron gevonden. De manier waarop het geschreven is... het lijkt alsof Malcolm een informant van binnenuit heeft die hem intel voedt over Diana's activiteiten.'

'Geweldig, dat is precies wat we nodig hebben – een dubbelagent.' Het sarcasme druipt van mijn woorden terwijl ik over mijn slapen wrijf, in een poging er iets van te begrijpen. 'Of misschien...,' De gedachte raakt me als een op hol geslagen trein, en ik worstel om mijn stem stabiel te houden. 'Wat als Diana zelf de geheime bron van Malcolm is?'

'Wacht, wat?' Declan kijkt op naar me, zijn hazelnootkleurige ogen wijd van schok. 'Denk je dat ze hem probeert te manipuleren? Maar waarom? Wat zou ze ermee winnen?'

'Controle.' Ik leun tegen de tafel en kruis mijn armen. 'Als ze ons kan laten gissen, ons onze eigen staart kan laten najagen, geeft dat haar de ruimte om te manoeuvreren. Ruimte om haar plannen uit te voeren zonder inmenging.'

'Jezus,' mompelt Declan, en haalt een hand door zijn onverzorgde haar. 'Hoe beginnen we zelfs met het ontwarren van deze puinhoop?'

'Ten eerste laten we Malcolm herstellen,' zeg ik, en kijk naar zijn bewusteloze gestalte. 'Dan confronteren we hem met deze gecodeerde berichten. Misschien heeft hij een inzicht dat wij niet hebben.'

'Juist,' stemt Declan somber in. 'En in de tussentijd zullen we dieper in deze intel graven. Kijken of we andere aanwijzingen kunnen vinden voor Diana's eindspel.'

'Klinkt als een plan,' zeg ik, en sla hem op de schouder voordat ik weer onrustig begin te ijsberen.

Terwijl we in gespannen stilte werken, kan ik het gevoel niet van me afschudden dat er iets groots aan zit te komen. En met een verrader in ons midden zijn we kwetsbaarder dan ooit. Het is tijd om de duimschroeven aan te draaien, Diana's mol te vinden en dit gevaarlijke spel eens en voor altijd te beëindigen. Ik vertrouw niemand behalve Declan en Athina, dus we moeten het onderzoek met ons drieën doen. Ik kan de paranoia praktisch proeven; het is zo zuur als gestremde melk.

Athina is degene die met het plan komt, natuurlijk, wanneer Declan en ik haar meeslepen voor een geheime bijeenkomst met ons drieën.

Haar witte haar is opgestoken in een no-nonsenseknot, en haar warme bruine ogen zijn ijzig van vastberadenheid. 'We hebben een rat in ons midden, en we gaan hem uitroken.'

'Wil je ons deelgenoot maken van je meesterplan?' vraag ik, en kruis mijn armen met een opgetrokken wenkbrauw.

'Simpel,' antwoordt Athina, met een grijns. 'We voeren ze valse informatie. We laten ze denken dat we aanvallen op verschillende locaties plannen. De locatie die wordt aangevallen door Diana's handlangers is degene die onze mol heeft gelekt.'

'Doortrapt,' geef ik toe, instemmend knikkend. 'Dat bevalt me wel.'

'Dacht ik al,' zegt Athina, en knipoogt naar me.

De volgende paar dagen spelen we onze rol met Oscar-waardige precisie. Onze gesprekken zijn doorspekt met subtiele hints over onze nepdoelen, net genoeg om het aas uit te werpen voor onze verrader.

Net als ik begin te denken dat ons plan is mislukt, bereikt ons het nieuws dat een van onze nep-locaties is aangevallen – een verlaten pakhuis buiten de stad. Een grimmige voldoening verkrampt mijn maag.

'Hebbes,' mompel ik binnensmonds.

'Artemis, roep iedereen bij elkaar,' beveelt Athina, haar stem gespannen maar triomfantelijk. 'Het is tijd om onze mol te confronteren.'

We komen allemaal samen in de vergaderruimte, gespannen en rusteloos. Athina staat voor ons, met haar armen over elkaar en een triomfantelijke glans in haar ogen.

'We hebben het lek geïdentificeerd,' kondigt ze aan, haar blik die over ieder van ons glijdt. Ik kan niet anders dan mijn adem inhouden, wachtend op de onthulling.

'Zara,' spuugt Athina uit, haar ogen die zich vernauwen op de jonge vrouw die achter in de kamer staat. 'Jij werkt voor Diana.'

De kamer barst los in een kakofonie van geschokte kreten en boze murmels. Zara's gezicht wordt lijkbleek, haar lange zwarte paardenstaart die heen en weer zwaait terwijl ze ontkennend haar hoofd schudt.

'Nee, je begrijpt het niet—' begint ze, maar haar stem beeft en breekt onder het gewicht van de beschuldiging.

'Bespaar je de moeite,' snauw ik, en snijd haar de pas af. 'Je zit erbij. Je kunt maar beter beginnen met praten, of het wordt lelijk.'

'Artemis, laat haar uitpraten,' komt Athina tussenbeide, haar toon vastberaden maar niet onvriendelijk. 'Misschien zit er meer achter dan we beseffen.'

'Prima,' grom ik, en kijk Zara woedend aan. 'Praat maar.'

Zara slikt moeilijk, angst die zich als donkere inkt in haar ogen verzamelt. Ze opent haar mond om het uit te leggen, maar diep vanbinnen weet ik dat wat ze ook zegt, het niets zal veranderen aan het feit dat ze ons heeft verraden. Vertrouwen is een kostbaar goed, en zij heeft het hare zonder een seconde na te denken verspild.

'Oké, ik ben gerekruteerd door Diana,' flapt Zara eruit. 'Maar ik zweer het, ik wil overlopen. Voor de juiste prijs.'

'Prijs?' spot ik, mijn woede die overkookt. 'Denk je dat we je gaan betalen voor het feit dat je ons een mes in de rug hebt gestoken?'

'Artemis,' waarschuwt Declan, zijn toon scherp.

Maar ik kan me niet inhouden. Dit meisje heeft onze vijanden intel gevoerd met een glimlach op haar gezicht, en nu wil ze dat we haar matsen?

'Kijk, jullie weten niet hoe het is om voor Diana te werken,' pleit Zara. 'Ik had geen keus. Ze bedreigde mijn familie—'

'Iedereen heeft een tranentrekkend verhaal, schatje,' onderbreek ik haar. 'Verandert niets aan het feit dat je ons hebt bespeeld.'

'Genoeg,' komt Athina tussenbeide. 'We beslissen later wat we met haar doen. Voor nu sluiten we haar op.'

'Mee eens,' zegt Declan, zijn hazelnootkleurige ogen koud. 'Sluit haar op.'

Terwijl twee van onze teamleden Zara wegslepen, kijk ik toe hoe ze zich verzet, alle schijn van onschuld verdwenen. De lucht voelt zwaar van verraad, en ik vraag me af hoeveel verrassingen Diana nog voor ons in petto heeft.

'Declan, we moeten uitzoeken hoeveel schade haar intel heeft kunnen aanrichten,' zeg ik, in een poging onze inspanningen opnieuw te richten.

'Ondervraging,' antwoordt hij zonder aarzeling. 'Geen beperkingen. We hebben antwoorden nodig, Artemis, en snel ook.'

'Is dat niet een beetje... extreem?' vraag ik, mijn maag die zich omdraait bij de gedachte om informatie uit Zara te martelen.

'Extreme tijden vragen om extreme maatregelen,' werpt Declan tegen, zijn stem zo hard als staal. 'Je zei het zelf: we zijn in oorlog. En in een oorlog moet je soms je handen vuil maken.'

'Declan heeft gelijk,' voegt Athina eraan toe, haar doorgaans zachte ogen vertroebeld door bezorgdheid. 'We hebben niet de luxe om aardig te spelen.'

'Goed dan,' berust ik erin, het woord dat als as in mijn mond smaakt. 'Maar laten we onszelf niet verliezen in het proces. We zijn beter dan dat... toch?'

'Natuurlijk,' antwoordt Declan, zijn stem die een tikkeltje zachter wordt. 'Maar we moeten doen wat nodig is om onze mensen te beschermen. We kunnen ons geen tegenslagen meer veroorloven.'

'Mee eens,' zucht ik, en staar naar de plek waar Zara even daarvoor had gestaan. Een steek van schuldgevoel draait zich in me om als ik me afvraag of de prijs van de overwinning onze menselijkheid zal zijn. Maar er staat te veel op het spel, en we kunnen het ons niet meer veroorloven om volgens de regels te spelen.

'Laten we aan het werk gaan,' zeg ik, en zet me schrap voor de strijd die voor ons ligt. 'En mogen de goden ons allen bijstaan.'

HOOFDSTUK ZEVEN

Mijn botten doen zeer en mijn zicht vertroebelt als ik na weer een mislukte missie Malcolms laboratorium binnen strompel, mezelf nauwelijks overeind houdend. De kamer ruikt naar teleurstelling en desinfectiemiddel. Declan draalt achter me, de bezorgdheid op zijn gezicht getekend.

'Artemis, ga zitten,' beveelt hij en hij leidt me naar een stoel. 'Je kunt nauwelijks staan.'

'Dank je, kapitein Overduidelijk,' mompel ik en ik stort er met een pijnlijk gekreun in neer. Mijn vingers trillen terwijl ik de riemen van mijn jas probeer los te maken, maar ze weigeren mee te werken.

'Laat mij maar,' zegt Declan. Zijn warme handen vervangen de mijne terwijl hij de gespen losmaakt. Hij kijkt me aan, zijn hazelnootkleurige ogen zoekend naar antwoorden. 'Wat is er aan de hand, Art? Je bent de laatste tijd jezelf niet.'

'Wauw, is het je opgevallen?' snauw ik, en direct heb ik er spijt van. Hij verdient mijn bitterheid niet. 'Sorry, ik... ik weet alleen niet hoe lang ik dit nog kan volhouden.'

'Wat volhouden?'

'Mensje spelen.' Ik zucht, haal een hand door mijn zilveren haar en trek een vies gezicht bij het korrelige, vuile gevoel. 'Ik denk dat het tijd is om Malcolm in te lichten over ons geheimpje.'

'Weet je het zeker?' aarzelt Declan, zijn stem nauwelijks een fluistering. 'Zodra we het hem vertellen, is er geen weg meer terug.'

'Geloof me, dat weet ik.' Ik slik moeizaam en kijk Declan recht aan. 'Maar als ik geen hulp krijg, red ik het niet lang meer.'

Declan knikt, knijpt in mijn schouder en stapt dan weg om Malcolm te roepen. De afvallige wetenschapper komt even later binnen en zijn violette ogen schieten nieuwsgierig tussen ons heen en weer.

'Artemis, Declan, wat kan ik voor u doen?' vraagt Malcolm, oprecht bezorgd klinkend.

'Malcolm, we moeten u iets vertellen,' zeg ik met gespannen stem. Declan pakt mijn schouder bemoedigend vast terwijl ik de woorden eruit pers.

'Toen we het hoofdkwartier van het Bureau infiltreerden, heeft Diana ons in een hinderlaag gelokt. Ze... ze heeft ons een soort experimenteel serum ingespoten.'

Malcolms ogen worden groot en hij doet onwillekeurig een stap naar achteren. 'Wat? Wat heeft het met jullie gedaan?'

Ik kijk naar Declan. Zijn kaak is geklemd, zijn lichaam gespannen. 'Eerst niets,' ga ik verder. 'Maar de afgelopen weken zijn er dingen beginnen te veranderen. We hebben... vaardigheden ontwikkeld.'

'Wat voor vaardigheden?' vraagt Malcolm voorzichtig.

Ik demonstreer het door slierten blauwe psychische energie uit mijn handpalmen te laten komen. Malcolm staart me met open mond aan.

'Ik kan energie manipuleren,' leg ik uit. 'Maar ik heb er niet veel controle over.'

Daarna stapt Declan naar voren en hij verpulvert moeiteloos een metalen cilinder in zijn blote handen. 'Versterkte kracht. Maar ook meer dierlijke neigingen. Het wordt steeds moeilijker om... menselijk te blijven.'

Malcolm is enkele ogenblikken stil en verwerkt de informatie. Uiteindelijk spreekt hij. 'Diana moet een experimenteel Bureau-serum op u hebben gebruikt. Dit verklaart de onvoorspelbaarheid van uw krachten.'

Hij begint te ijsberen, duidelijk van zijn stuk gebracht. 'Waarom heeft u het mij niet eerder verteld?'

'We wisten niet zeker of we u konden vertrouwen,' geef ik toe.

Malcolm stopt met ijsberen en kijkt ons indringend aan. 'Natuurlijk. Gezien mijn verleden bij het Bureau komt vertrouwen niet vanzelf. Maar weet dit: mijn loyaliteit ligt nu bij u beiden. Ik zal alles doen wat in mijn macht ligt om uw toestand te stabiliseren.'

'Dus u kunt ons helpen?' vraagt Declan hoopvol.

'Misschien.' Malcolms uitdrukking wordt grimmig. 'Maar het omkeren van de effecten van een onbekend serum zal een uitdaging blijken. Toch zal ik diagnostische tests uitvoeren en zien wat ik kan ontdekken.'

Ik laat de adem ontsnappen die ik had ingehouden. 'Dank u wel. We hebben antwoorden nodig voordat deze krachten ons volledig verteren.'

Hij legt een hand geruststellend op mijn schouder. 'We zullen dit mysterie ontrafelen. U heeft mijn woord.'

Terwijl Malcolm zijn laboratoriumapparatuur begint voor te bereiden, wissel ik een aarzelende, hoopvolle blik met Declan. Misschien kunnen we met Malcolms hulp de controle herwinnen en onze menselijkheid terugwinnen. Maar alleen de tijd zal uitwijzen of de schade permanent is, of het Bureau ons voorgoed in monsters heeft veranderd. Voor nu leggen we ons broze vertrouwen in Malcolms wetenschap, zelfs nu de duisternis vanbinnen groeit.

De tl-buizen in Malcolms lab flikkeren boven me en werpen griezelige schaduwen op de koude, steriele oppervlakken. Ik kan het niet helpen dat ik me een tentoongesteld proefmonster voel als Malcolm me op de onderzoekstafel vastbindt. De leren boeien schuren tegen mijn polsen en enkels en laten boze, rode plekken achter op mijn bleke huid.

'Is dit echt nodig?' snauw ik, terwijl ik aan de riemen trek.

'Helaas wel,' antwoordt Malcolm, zijn violette ogen gericht op het scherm voor hem. 'Uw krachten zijn mogelijk onvoorspelbaar tijdens de tests.'

'Geweldig,' mompel ik binnensmonds, me meer een proefkonijn voelend dan een mens. Ik kijk naar Declan, die al is vastgebonden aan een andere tafel aan de overkant van de kamer. Zijn hazelnootkleurige ogen ontmoeten de mijne, gevuld met bezorgdheid en vastberadenheid.

'Laten we maar beginnen,' zeg ik, en richt mijn blik op Malcolm. 'Wat is het eerste?'

'Een MRI-scan om de omvang van uw hybride transformaties te beoordelen,' legt hij uit, terwijl hij een groot apparaat naar me toe rolt. Het gezoem van de machine bezorgt me rillingen over mijn rug als het tot leven komt.

'Probeert u stil te blijven liggen,' instrueert Malcolm, terwijl hij de instellingen op de monitor aanpast.

'Komt voor elkaar, dok,' antwoord ik met opeengeklemde tanden. Ik sluit mijn ogen en probeer mijn razende hartslag te kalmeren terwijl de machine om me heen zoemt. Ik concentreer me op het geluid van mijn eigen ademhaling, in een poging het lawaai en de angst die me dreigt te verteren, buiten te sluiten.

'Klaar,' kondigt Malcolm abrupt aan, me uit mijn gedachten rukkend. Hij bestudeert de beelden op het scherm, zijn voorhoofd in concentratie gefronst. Een zware stilte vult de kamer terwijl we wachten op zijn oordeel.

'Nou?' eist Declan, ongeduldig en gespannen. 'Wat heeft u gevonden?'

'Cellulaire degeneratie,' verklaart Malcolm grimmig, zijn stem zonder emotie. 'Het lijkt erop dat geen van u beiden de mutaties op de lange termijn zal overleven.'

'Fantastisch,' zeg ik sarcastisch, terwijl de moed me in de schoenen zinkt. 'Dus, wat is het plan, dok? Hoe lossen we dit op?'

'Eerst zal ik meer tests moeten uitvoeren om uw toestand beter te begrijpen,' legt Malcolm uit, al bezig met het verzamelen van zijn apparatuur. 'Daarna kunnen we stabiliserende behandelingen ontwikkelen.'

'Meer tests?' gromt Declan, de frustratie duidelijk in zijn toon.

'Tenzij u een beter idee heeft,' werpt Malcolm tegen, terwijl hij zijn blik op hem richt.

'Prima,' kom ik ertussen voordat ze weer kunnen beginnen te kibbelen. 'Doe wat u moet doen, maar schiet op. We hebben niet veel tijd.'

'Begrepen,' knikt Malcolm, terwijl hij verschillende machines en apparaten om ons heen opstelt. Terwijl hij test na test uitvoert, probeer ik mijn gedachten van de pijn en het ongemak af te houden en me in plaats daarvan te concentreren op onze missie om Diana en haar gestoorde hybride leger ten val te brengen.

Met elk voorbijgaand moment staat er meer op het spel, en ik kan het niet helpen dat ik het gewicht van ons naderende onheil voel drukken. Maar voor nu kunnen we alleen maar op Malcolm vertrouwen en hopen dat hij een manier kan vinden om ons van onszelf te redden.

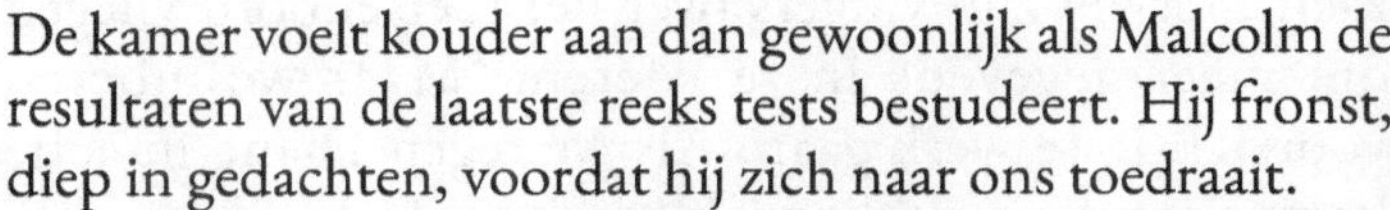

De kamer voelt kouder aan dan gewoonlijk als Malcolm de resultaten van de laatste reeks tests bestudeert. Hij fronst, diep in gedachten, voordat hij zich naar ons toedraait.

'Op basis van mijn bevindingen,' begint Malcolm, zijn stem standvastig en precies, 'lijkt het erop dat Diana de onstabiele serums niet alleen als wapen heeft gebruikt om haar hybride leger te creëren, maar ook om haar vijanden van binnenuit te verzwakken.'

'Geweldig,' mompel ik, en ik bal mijn vuisten. 'Dus wij zijn ook wandelende tijdbommen?'

'In wezen wel,' bevestigt hij, zijn violette ogen grimmig. 'Vooral wanneer u uw krachten gebruikt.'

'Perfect. Gewoon perfect.' Mijn sarcasme is doordrenkt met woede en angst.

Declan staat naast me, zijn kaak strakgespannen, en ik voel de nauwelijks ingehouden woede van hem afstralen als hitte van een vuur. Ik heb die blik eerder gezien; het is geen goed voorteken voor degene die aan de ontvangende kant staat.

'Is er iets wat we kunnen doen?' vraag ik, wanhopig Malcolms gezicht afspeurend naar enig sprankje hoop.

'Ik werk eraan,' zegt hij, zijn blik onafgebroken op het scherm gericht. 'Maar voor nu raad ik u beiden aan uw krachten niet te gebruiken, tenzij het absoluut noodzakelijk is.'

'Prima,' snauw ik, en de frustratie kookt over. 'Dan zitten we hier wel duimen te draaien terwijl Diana en haar freakshow vrij spel hebben. Klinkt als een ijzersterk plan.'

'Artemis,' waarschuwt Declan, en hij legt een hand op mijn arm in een poging me te kalmeren.

'Sorry,' puf ik, terwijl ik over mijn slapen wrijf. 'Het is gewoon... onze tijd raakt op en elke seconde die we hier verspillen voelt als een eeuwigheid.'

'Geloof me, ik begrijp het,' antwoordt Malcolm zacht, terwijl zijn vingers over het toetsenbord vliegen om meer gegevens in te voeren. 'Maar we moeten voorzichtig te werk gaan. Als we tegen Diana in actie komen zonder eerst dit probleem op te lossen, bespoedigen we misschien alleen maar onze eigen ondergang.'

'Malcolm heeft gelijk,' stemt Declan in, zijn stem laag en vast. 'We moeten erop vertrouwen dat hij een oplossing vindt.'

'Vertrouwen,' snuif ik en schud mijn hoofd. 'Dat is tegenwoordig een bijzonder woord, nietwaar?'

'Artemis...' zucht hij, zijn ogen smeken me.

'Goed dan,' geef ik toe, mijn stem nauwelijks meer dan een fluistering. 'Ik zal het proberen.'

Terwijl we wachten tot Malcolm zijn wetenschappelijke magie verricht, kan ik het gevoel niet onderdrukken dat ik een strijd op twee fronten vecht: een tegen Diana en haar verwrongen creaties, en een andere tegen de tikkende tijdbom in mij, waarbij elke hartslag me dichter bij een onzeker lot brengt.

'Schiet alstublieft op, Doc,' mompel ik binnensmonds, biddend dat ons geluk dit keer nog niet op is.

Een zwak piepje rukt me terug naar de realiteit en ik knipper de waas van uitputting weg. Malcolm kijkt op van zijn computerscherm, zijn ongebruikelijke violette ogen doorzoeken de laatste resultaten. 'De behandelingen lijken te werken,' zegt hij voorzichtig. 'Uw cellulaire degeneratie is vertraagd, maar ik ben er niet zeker van of het genoeg is.'

'Natuurlijk niet,' snauw ik, mijn handen tot vuisten gebald op mijn schoot. 'Want niets kan ooit simpel zijn, of wel?'

'Artemis,' berispt Declan me zachtjes, maar het kan me niet schelen.

'Kijk,' vervolgt Malcolm, duidelijk ongemakkelijk door mijn vijandigheid, 'ik heb meer gegevens nodig. Meer proefpersonen, om precies te zijn. Als ik kan bepalen wat de verslechtering van uw toestand veroorzaakt, kan ik de behandeling misschien verfijnen.'

'Proefpersonen?' Ik trek een wenkbrauw op. 'U bedoelt mensen zoals wij? Mensen die door die gek Diana in tikkende tijdbommen zijn veranderd?'

'Helaas wel, ja,' geeft Malcolm toe, zijn blik van de mijne afwendend. 'Het is niet ideaal, maar het is de beste optie die we op dit moment hebben.'

'Beste optie?' Mijn stem trilt van woede en herinneringen aan de gestoorde experimenten van het Bureau overspoelen mijn geest. 'U begint verdomd veel te klinken als die zieke klootzakken van het Bureau, Doc.'

'Artemis, dat is niet eerlijk,' komt Declan ertussen, in een poging te bemiddelen. 'Malcolm probeert ons alleen maar te helpen. Hij is niet zoals zij. Hij is bij ze weggegaan.'

'O nee?' kaats ik terug, mijn woede laait op. 'Hij wil op mensen experimenteren, Declan. Net als zij deden.'

'Alleen met hun toestemming,' voegt Malcolm er snel aan toe, zijn stem nauwelijks hoorbaar. 'Ik zou nooit iets doen zonder het volledige begrip en de instemming van een proefpersoon.'

'Juist,' schamper ik, niet in staat de bitterheid uit mijn stem te houden. 'Want dat maakt het zoveel beter.'

'Artemis, genoeg!' briest Declan, zijn geduld is eindelijk op. Ik krimp ineen bij de hardheid in zijn stem, maar houd mijn mond.

'Luister,' zegt Malcolm zacht, zijn vingers dansen over het toetsenbord terwijl hij nieuwe informatie op het scherm tovert. 'Ik weet dat dit niet ideaal is en ik begrijp uw bezorgdheid. Maar ik probeer uw levens te redden, die van u beiden. Als er een andere manier was, geloof me, dan zou ik die nemen.'

'Prima,' grom ik, mezelf dwingend van hem weg te kijken. 'Doe wat u moet doen. Maar verwacht niet dat ik het leuk vind.'

'Begrepen,' mompelt hij, zijn ogen even op de mijne gericht voordat ze terugkeren naar het scherm.

Terwijl de uren voorbij kruipen, kijk ik toe hoe Malcolm werkt, een groeiend onbehagen knaagt aan mijn binnenste. Hij beweegt zich met een bijna tedere zorg door het lab, controleert mijn vitale functies, stelt het infuus bij dat in mijn arm druppelt en veegt zelfs een verdwaalde zilveren haarlok van mijn gezicht. Het is op zijn zachtst gezegd verontrustend.

'Doc,' hees ik, en ik ruk mijn hoofd weg van zijn aanraking. 'Wat doet u?'

'Mijn excuses,' stottert hij, zijn wangen kleuren roze. 'Ik probeerde alleen te zorgen dat u het comfortabel had.'

'Comfortabel?' proest ik, mijn ongeloof niet kunnen verbergen. 'Voor het geval u het nog niet had gemerkt, comfortabel is wel het laatste wat ik op dit moment ben.'

'Artemis, geef hem een kans,' komt Declan ertussen, zijn stem gespannen. 'Hij probeert alleen maar te helpen.'

'Helpen?' schamper ik en draai me om om hem boos aan te kijken. 'Of wordt hij misschien een beetje te handtastelijk voor een zogenaamde professional?'

'Hé,' gromt Declan, zijn ogen worden donker van jaloezie. 'Let op je woorden.'

'En anders?' daag ik hem uit, mijn hart bonst in mijn borst. 'Ga je zijn eer verdedigen?'

'Genoeg!' schreeuwt Declan en hij slaat met zijn vuist op het aanrecht. 'We verspillen tijd met ruziemaken terwijl we zouden moeten uitzoeken hoe we kunnen voorkomen dat Diana haar hybride leger loslaat!'

Hij heeft gelijk, maar dat maakt de situatie er niet minder woedend om. Alles is een puinhoop en het voelt alsof we op de rand van een catastrofe balanceren.

Later, als Malcolm ons alleen laat om wat boodschappen te doen, zitten Declan en ik in een gespannen stilte. Het gewicht van onze hachelijke situatie hangt zwaar tussen ons in en dreigt ons onder de enorme omvang ervan te verpletteren.

'Declan,' fluister ik, mijn stem breekt. 'Wat als... wat als we dit niet kunnen oplossen? Wat als we alles hebben opgeofferd — onze gezondheid, onze menselijkheid — voor niets?'

'Artemis...' Zijn hazelnootkleurige ogen zijn gevuld met een onuitgesproken pijn en ik weet dat hij hetzelfde denkt.

'Misschien waren we te roekeloos,' ga ik door, mijn stem nauwelijks hoorbaar. 'Misschien hadden we de dingen gewoon moeten laten zoals ze waren, in plaats van ons halsoverkop in dit gevecht te storten.'

'Hé,' zegt Declan zacht, en hij reikt naar mijn arm om die aan te raken. 'We deden wat we dachten dat juist was. En we blijven vechten tot het einde, wat dat ook moge zijn.'

Zijn aanraking is een troostende warmte te midden van de steriele kilte van het lab, maar diep vanbinnen kan ik het niet helpen me af te vragen of onze strijd het waard is geweest. Of we het uiteindelijk lang genoeg zullen overleven om de gevolgen van onze daden te zien.

'Beloof je me iets?' vraag ik, mijn ogen op de zijne gericht.

'Alles,' antwoordt hij zonder aarzelen.

'Beloof me... als een van ons zichzelf begint te verliezen aan deze mutaties, dat we er alles aan doen om het te stoppen. Om elkaar te redden van het worden van monsters.'

'Artemis...' Hij aarzelt, het gewicht van de belofte zwaar op zijn schouders.

'Alsjeblieft,' fluister ik, mijn stem trilt van een mengeling van angst en vastberadenheid. 'Ik moet weten dat we voor elkaar zullen vechten, zelfs als dat betekent...'

'Oké.' Declan onderbreekt me voordat ik de gedachte kan afmaken en trekt me in een stevige omhelzing. 'Ik beloof het, Artemis. We laten elkaar geen monsters worden. Wat er ook gebeurt.'

'Dank je,' mompel ik tegen zijn borst, kracht puttend uit het gestage ritme van zijn hartslag.

Terwijl we daar staan, in elkaars armen, wordt de ernst van onze situatie tijdelijk overschaduwd door de liefde en het vertrouwen dat ons bindt.

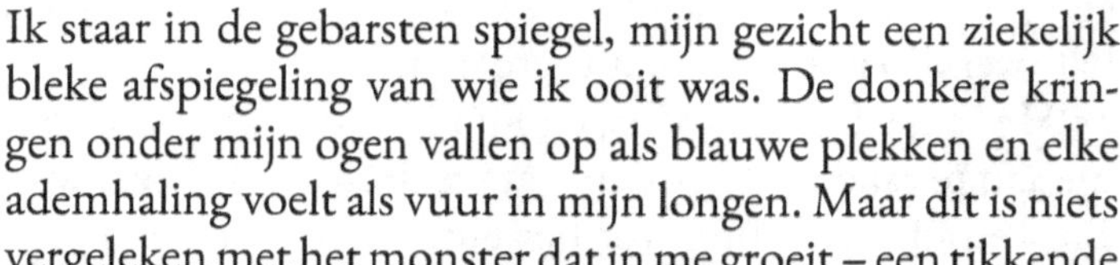

Ik staar in de gebarsten spiegel, mijn gezicht een ziekelijk bleke afspiegeling van wie ik ooit was. De donkere kringen onder mijn ogen vallen op als blauwe plekken en elke ademhaling voelt als vuur in mijn longen. Maar dit is niets vergeleken met het monster dat in me groeit – een tikkende tijdbom die wacht om te ontploffen.

'Artemis?' Declans stem doorbreekt mijn gedachten, zijn ogen zoeken de mijne af naar enig teken van de angst die aan mijn binnenste klauwt.

'Hé,' zeg ik, en ik forceer een glimlach op mijn gezicht. 'Wat doe jij hier?'

'Waarschijnlijk hetzelfde als jij,' antwoordt hij en leunt tegen de koude badkamertegels. 'Proberen te doen alsof we niet uit elkaar vallen.'

'Spreek voor jezelf,' snauw ik, het scherpe randje in mijn stem verraadt mijn wanhopige poging tot humor.

'Luister, Artemis,' Declans stem wordt zachter, zijn blik verlaat de mijne niet. 'Wat er ook gebeurt, we mogen onszelf niet in monsters laten veranderen. We moeten menselijk blijven, wat het ook kost.'

'Zelfs als het ons doodt?'

'Zelfs dan.' Hij reikt naar voren, legt een hand op mijn schouder en de warmte van zijn aanraking geeft me houvast als een anker in een stormachtige zee. 'Beloof het me, Artemis. Als ik ooit de controle verlies... als ik een van die dingen begin te worden... dan stop je me. Je laat me niemand pijn doen.'

'Alleen als jij belooft hetzelfde voor mij te doen,' antwoord ik, het gewicht van onze woorden landt zwaar op mijn borst.

'Afgesproken,' zegt hij, en iets in zijn ogen vertelt me dat hij het meent.

HOOFDSTUK ACHT

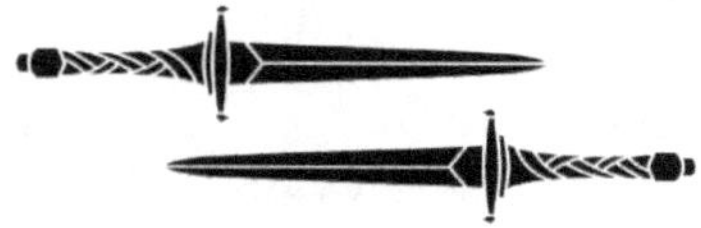

Ik lig op de koude tafel, mijn ledematen stijf en zwaar van de laatste behandeling. De metaalachtige geur van ontsmettingsmiddel vult mijn neusgaten als ik mijn hoofd naar Malcolm draai. Hij hangt gebogen over zijn aantekeningen en krabbelt als een gekke wetenschapper. Nou ja, dat is hij eigenlijk ook wel een beetje, dus het past wel.

'Malcolm,' kras ik, mijn keel is schor. 'We moeten het hebben over die hybride proefpersonen.'

Hij kijkt me aan, zijn paarse ogen tot spleetjes geknepen van argwaan. 'Wat is daarmee?'

'Hen tegen Diana gebruiken… Zijn we echt beter dan zij als we ons tot dat niveau verlagen?' vraag ik, mijn stem niet meer dan een fluistering.

'Hoge nood breekt wet, Artemis,' antwoordt Malcolm en richt zich weer op zijn aantekeningen met dezelfde afstandelijke onverschilligheid die me zin geeft hem een klap te verkopen.

'Maar er is een grens die we niet moeten overschrijden, Malcolm. We moeten onze principes en empathie behouden als we tegen monsters vechten, anders lopen we het risico er zelf een te worden.' Ik duw mezelf op met trillende armen, vastbesloten om hem tot rede te brengen.

'Artemis, je bent naïef.' Hij zucht en gooit zijn pen neer. 'Je weet waartoe Diana in staat is, wat het Bureau heeft gedaan. We kunnen het ons niet veroorloven ons aan regels te houden waar zij zich niet aan houden.'

'Rechtvaardigt dat het gebruik van onschuldige mensen die gedwongen in hybriden zijn veranderd? Ze hebben niet om dit leven gevraagd, Malcolm. Het is niet juist om hen als pionnen te gebruiken in onze oorlog tegen Diana.'

'Juist of niet, het is noodzakelijk,' snauwt hij en slaat met zijn hand op de tafel naast me. 'Denk je dat ik dit leuk vind? Ik probeer levens te redden, Artemis, ook het jouwe.'

'Door anderen op te offeren? Dat is geen levens redden, dat is ermee spelen!' Ik bal mijn vuisten, terwijl de frustratie in me kookt.

'Soms moeten er offers worden gebracht voor het grotere goed,' stelt Malcolm, zijn stem ijskoud. 'We hebben niet de luxe om idealisten te zijn.'

'Prima,' spuug ik uit, het woord proeft als gal in mijn mond. 'Maar onthoud, Malcolm, als je in de afgrond staart, staart de afgrond in jou terug. En jij komt wel heel dicht bij die rand.'

Hij houdt mijn blik even vast en er flikkert iets achter zijn ogen voordat hij zich afwendt. Maar het is te laat, ik heb het al gezien. De duisternis in hem, die hem verteert bij elke onethische beslissing die hij neemt.

En ik kan alleen maar hopen dat die ons niet allemaal verteert.

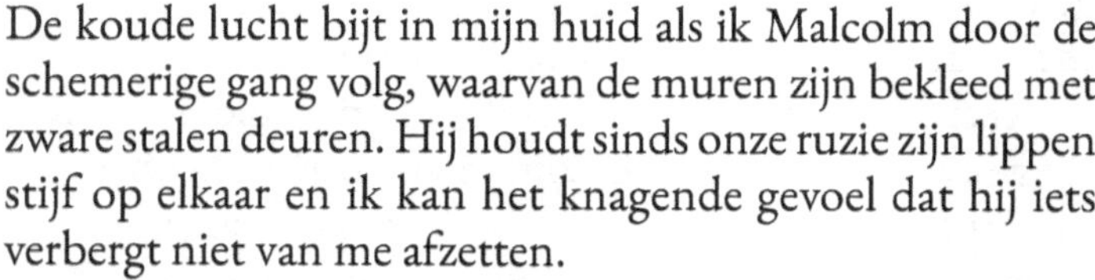

De koude lucht bijt in mijn huid als ik Malcolm door de schemerige gang volg, waarvan de muren zijn bekleed met zware stalen deuren. Hij houdt sinds onze ruzie zijn lippen stijf op elkaar en ik kan het knagende gevoel dat hij iets verbergt niet van me afzetten.

'Waar gaan we naartoe?' vraag ik, mijn stem echoot tegen de betonnen vloer.

'Om je te laten zien hoe jouw principes er in de praktijk uitzien,' antwoordt hij cryptisch, zonder de moeite te nemen om naar me om te kijken. Mijn maag draait zich om in afwachting van welke gruwel er ook komen gaat.

Hij stopt abrupt bij een van de deuren en rommelt met een sleutelbos voordat hij hem van het slot draait en openzwaait. De geur raakt me als eerste: een doordringende mix van angst en wanhoop, verpakt in de onmiskenbare geur van bloed. Ik stap naar binnen, mijn ogen worstelen om aan de duisternis te wennen, maar zelfs zonder duidelijk te kunnen zien, weet ik wat deze plek is: een gevangeniscel.

'Maak kennis met Nadia,' zegt Malcolm, zijn stem zonder enige emotie. 'Ze is een krachtige hybride die we uit een faciliteit van het Bureau hebben gehaald.'

Terwijl mijn zicht scherper wordt, zie ik haar in de hoek op de grond zitten, haar ogen dof en ongeïnteresseerd terwijl ze naar ons staart. Ik denk dat ze misschien gedrogeerd is, om haar misschien handelbaar te houden. Ze ziet er niet uit als een gevaarlijk monster. Ze ziet eruit als een vrouw van middelbare leeftijd die langs de lijn zou moeten zitten bij de sporttraining van haar kinderen of vrijwilligerswerk zou moeten doen bij een voedselbank.

'Laat haar gaan,' eis ik, mijn stem trilt van woede.

'Dat kan niet,' antwoordt Malcolm vlak. 'Ze is te gevaarlijk. We hebben haar nodig als pressiemiddel tegen Diana.'

Ik probeer mijn stem stabiel te houden. 'Je hebt geen enkel recht haar hier tegen haar wil vast te houden!'

'Haar wil? Denk je dat zij iets te zeggen had over wat ze is geworden?' snauwt Malcolm, zijn paarse ogen flitsen van irritatie. 'Ze werd gedwongen, veranderd in een wapen door het Bureau en hun zieke experimenten. Haar vrijlaten zou talloze levens in gevaar brengen.'

'Help haar dan, verdomme!' schreeuw ik en bal mijn vuisten. 'Sluit haar niet zomaar op als een proefkonijn!'

'Haar helpen?' sneert hij. 'Ik doe wat nodig is om iedereen te beschermen, inclusief jou.'

'Door haar te martelen?' spuug ik, de furie stijgt in mij op als een storm.

'Testen,' verbetert Malcolm koeltjes, alsof het onderscheid alles goedmaakt. 'Op levende proefpersonen, ja. Maar het is allemaal voor het grotere goed.'

'Grotere goed?' grom ik, mijn woede kookt over. 'Je bent geen haar beter dan Diana of het Bureau!'

'Artemis, je begrijpt het niet...' begint hij, maar ik kap hem af.

'Wat begrijpen? Dat jij ook een monster bent geworden?'

Iets in me knapt en ik voel een golf van pure energie door mijn aderen stromen. De lucht om ons heen knettert van elektriciteit als ik mijn psychische krachten de vrije loop laat, waardoor de gloeilampen boven ons hoofd verbrijzelen en de kamer in duisternis wordt gedompeld.

Malcolm staart me geschokt aan, zijn ogen wijd van ongeloof. 'Wat... hoe...?'

'Voelt niet zo fijn als je het zelf moet ondergaan, hè?' sis ik, mijn hele lichaam trilt van woede. 'Misschien denk je nu twee keer na voordat je voor God speelt met andermans leven.'

Terwijl het besef van wat ik heb gedaan – en onthuld – begint door te dringen, draai ik me op mijn hielen om en storm de kamer uit, Malcolm en zijn verdraaide experimenten achterlatend.

Ik kan niet ademen. Mijn borstkas voelt strak aan en mijn hart bonkt tegen mijn ribben als ik blindelings door de schemerige gangen van Malcolms lab strompel. Het gewicht van wat er zojuist is gebeurd, drukt op me, waardoor het moeilijk is om helder na te denken.

'Artemis!' roept een stem achter me, maar ik stop niet. In plaats daarvan dwing ik mijn benen sneller te bewegen, wanhopig om te ontsnappen aan zowel mijn eigen gedachten als de mensen die hebben gezien wat ik ben geworden. Ik ben een monster. Net als degenen die we bevechten.

'Artemis, wacht!' De stem is nu dichterbij en ik herken die van Athina, mijn mentor en surrogaat-moederfiguur. Schuldgevoel knaagt aan me omdat ik haar ongerust maak, maar ik kan haar niet onder ogen komen, niet nu.

'Laat me met rust!' roep ik over mijn schouder, hopend dat ze de boodschap begrijpt en me met rust laat. Maar in plaats daarvan worden haar voetstappen alleen maar luider terwijl ze zich haast om me in te halen.

'Artemis, alsjeblieft,' smeekt ze en haalt me eindelijk in als ik de zware metalen deur bereik die naar buiten leidt. 'Je moet hierover praten.'

'Praten?' lach ik bitter en voel de tranen in mijn ooghoeken prikken. 'Waar is er om over te praten? Ik verloor zojuist de controle!'

'Wat meer zegt over Malcolms methoden dan over jou,' onderbreekt Athina me zachtjes en legt een hand op mijn arm. 'Hij drijft mensen tot het uiterste, Artemis. Soms kan dat tot onverwachte resultaten lei-den.'

'Onverwacht? Noem jij de boel uit elkaar scheuren met psychische krachten onverwacht?' snauw ik, mijn stem trilt van woede en angst.

'Artemis, luister naar me,' smeekt Athina, haar warme bruine ogen gevuld met bezorgdheid. 'Malcolm is niet perfect, en jij ook niet. We hebben allemaal onze demonen, maar het is hoe we ervoor kiezen om ze onder ogen te zien dat ons definieert.'

'Door er zelf een te worden?' schamper ik, ruk mijn arm los uit haar greep en draai me naar de deur.

'Door mededogen en begrip te tonen, zelfs als het moeilijk is.' Athina's stem is nu nauwelijks meer dan een fluistering, haar woorden zwaar van emotie. 'Vooral als het moeilijk is.'

Ik reageer niet en staar wezenloos naar de koude metalen deur voor me. Ik weet dat ze gelijk heeft, maar het is te veel om nu te verwerken. Mijn gedachten racen, verscheurd tussen de drang om Malcolm te confronteren en de behoefte om alleen te zijn met mijn gedachten.

'Neem de tijd,' zegt Athina zacht, terwijl ze mijn onrust aanvoelt. 'Maar laat dit je niet verteren, Artemis. Je bent sterker dan dat.'

Ik knik gevoelloos en voel het gewicht van haar woorden in mijn borst neerdalen. 'Dank je, Athina,' mompel ik, duw de deur open en stap de nacht in.

Terwijl de kille lucht me omringt, besef ik dat dit niet het einde van de reis is, maar slechts het begin van een nieuw gevecht. Een gevecht dat ik van binnenuit zal moeten voeren.

De koude nachtlucht snijdt door me heen en dringt tot op het bot terwijl ik buiten het gebouw ijsbeer, in een poging mijn opgejaagde zenuwen te kalmeren. De duisternis wikkelt zich om me heen als een deken, maar is allesbehalve troostrijk. Het is verstikkend.

'Artemis', roept Declan, zijn stem zacht maar toch kordaat. Hij duikt op uit de schaduwen, en zijn hazelnootkleurige ogen staan vol bezorgdheid.

'Ga weg', snauw ik, en ik keer hem mijn rug toe. Het laatste wat ik nodig heb, is nog iemand die me vertelt wat ik wel of niet zou moeten doen.

'Hé, kom op nou', zegt hij, en hij stapt dichterbij. 'Ik ben hier niet om je de les te lezen.'

'Waarom ben je hier dan wel?', vraag ik, en ik sla defensief mijn armen over elkaar.

'Omdat ik om je geef', zegt hij simpelweg. 'En ik wil niet toezien hoe je jezelf hierom kapotmaakt.'

'Waarom?', kaats ik terug en draai me bruusk naar hem toe. 'Omdat ik een monster word?'

'Artemis, je bent geen monster', houdt Declan vol, zijn blik onafgebroken op de mijne gericht. 'Je bent nog steeds menselijk. Je bent gewoon... anders nu.'

'En daar moet ik me beter van gaan voelen?', sneer ik en ik doe een stap achteruit. 'Nieuwtje voor je, Declan: dat doet het niet.'

'Dat weet ik', geeft hij toe en haalt een hand door zijn warrige, bruine haar. 'Maar je kunt jezelf niet de schuld blijven geven van wat er met Malcolm is gebeurd. Je stond onder druk.'

'Onder druk staan is geen excuus voor...', begin ik, maar maak mijn zin niet af, niet in staat om de schuld en schaamte die zwaar op mijn hart drukken onder woorden te brengen.

'Luister naar me', zegt Declan. Hij pakt mijn schouders zachtjes vast en dwingt me hem aan te kijken. 'Je bent niet perfect, Artemis. Niemand van ons is dat. Maar je bent geen monster. En je mag je hier niet door laten verteren.'

'Makkelijk praten voor jou', mompel ik en ruk mijn blik van hem los. Het is moeilijk om de oprechtheid in zijn ogen te zien als ik verdrink in zelftwijfel.

'Artemis, je moet rusten', dringt Declan aan, zijn grip op mijn schouders wordt zachter. 'Je bent uitgeput, zowel lichamelijk als emotioneel. Je kunt Malcolm confronteren als je wat tijd hebt gehad om weer tot jezelf te komen.'

'Prima', geef ik met een zucht toe, wetende dat hij gelijk heeft. 'Ik moet sowieso mijn hoofd leegmaken.'

'Goed', zegt hij, en hij knikt goedkeurend. 'Ik ben er voor je als je me nodig hebt.'

'Bedankt, Declan', mompel ik, en ik forceer een zwakke glimlach voordat ik weer naar binnen sjok.

Terwijl ik terugkeer naar de schemerig verlichte gang, besef ik dat Declans woorden, hoewel pijnlijk eerlijk, een klein sprankje hoop hebben geboden te midden van de duisternis. Misschien ben ik niet compleet verloren. Misschien is er nog een kans voor me om de controle terug te krijgen over deze chaos in mij.

Maar eerst moet ik rusten. En dan zal ik Malcolm confronteren – op mijn eigen voorwaarden.

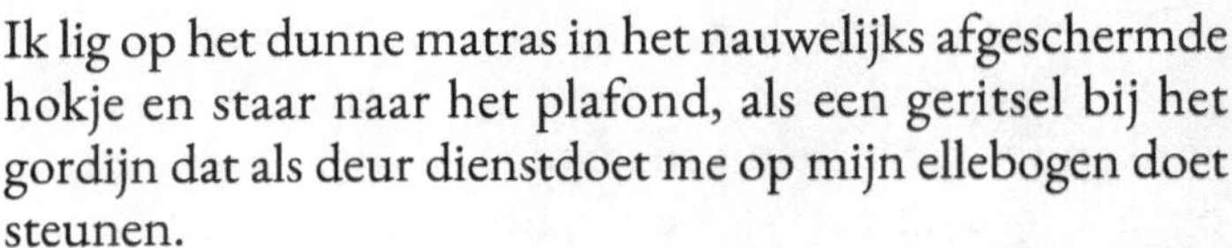

Ik lig op het dunne matras in het nauwelijks afgeschermde hokje en staar naar het plafond, als een geritsel bij het gordijn dat als deur dienstdoet me op mijn ellebogen doet steunen.

'Wie is daar?', snauw ik, voordat ik besef dat ik precies weet wie het is, zelfs in het donker. Mijn zintuigen zijn absoluut scherper sinds Diana ons dat verdomde serum heeft gegeven, en ik kan hem ruiken, die warme, ondefinieerbare Declan-geur van haardvuur, leer en specerijen.

'Ik ben het maar.' Hij staat met zijn handen in de zakken van zijn legerjas, zijn schouders een beetje gebogen. 'Ik... vroeg me af of je misschien wat gezelschap wilde.'

Ik haal diep adem en voel mijn hartslag versnellen bij zijn aanblik. Het is niet dat ik niet bij hem wil zijn, integendeel. Het is gewoon dat ik niet zeker weet of ik het aankan om nu zo dicht bij iemand te zijn. Niet na alles wat er is gebeurd.

'Natuurlijk', zeg ik en probeer mijn stem stabiel te houden terwijl ik overeind kom. 'Je kunt binnenkomen.'

Declan knikt, stapt het kleine hokje binnen en sluit het gordijn achter zich. De lucht tussen ons knettert van de spanning en ik voel zijn blik op me gericht terwijl hij op de rand van het bed gaat zitten.

'Gaat het?', vraagt hij, zijn stem laag en zacht.

Ik haal mijn schouders op en probeer cool te blijven. 'Ja, hoor. Ik had gewoon wat rust nodig.'

Declan kijkt niet overtuigd, maar dringt niet aan. In plaats daarvan graait hij in zijn zak en haalt er een kleine heupfles uit,

die hij me met een wrange glimlach aanbiedt. 'Hier, ik dacht dat je dit misschien wel kon gebruiken.'

Ik pak de heupfles, draai de dop eraf en neem een slok van de vurige vloeistof. Het brandt in mijn keel, maar het is een welkome afleiding van de onrust in mijn hoofd.

'Bedankt', zeg ik en geef de fles aan hem terug.

We zitten een paar momenten in stilte, beiden verzonken in onze eigen gedachten. Ik voel Declans ogen op me, ook al kan ik hem nauwelijks zien, en het is zenuwslopend. Ik wil iets zeggen, wat dan ook, om de spanning tussen ons te doorbreken, maar ik weet niet wat.

Uiteindelijk spreekt hij. 'Weet je, het is oké om niet oké te zijn.'

Ik trek een wenkbrauw op, verrast door zijn woorden. 'Wat bedoel je?'

'Ik bedoel', zegt hij met een kalme, gelijkmatige stem, 'dat het oké is om bang te zijn. Om het gevoel te hebben dat je de controle verliest. Dat maakt je niet zwak, Artemis.'

'Dat moet jij nodig zeggen, stoere jongen', schamper ik, maar ik meen er niets van, en dat weten we allebei. Ik pak de fles weer uit zijn hand en neem nog een slok, en plotseling wil ik niet meer praten.

'Trek je kleren uit', eis ik, en zelfs in het donker kan ik zijn grijns zien.

'Ik dacht al dat je het nooit zou vragen.'

Declans handen gaan naar de zoom van zijn shirt, dat hij met gemak uittrekt en opzij gooit. Ik kijk gefascineerd toe hoe zijn strakke spieren en tatoeages tevoorschijn komen. Hij is een lust voor het oog en ik vraag me af hoe ik hem ooit heb kunnen weerstaan.

Terwijl hij zijn spijkerbroek begint open te knopen, sta ik op en werp mijn eigen kleren af. De lucht is kil op mijn blote huid, maar het kan me niet schelen. Het enige waar ik aan kan denken, is de manier waarop Declans adem stokt als hij mijn lichaam in zich opneemt.

Zonder een woord trekt hij me dicht tegen zich aan en kust me diep. Onze tongen verstrengelen zich en ik kreun in zijn mond terwijl zijn handen over mijn rondingen zwerven.

Hij verbreekt de kus en laat zijn lippen over mijn nek glijden, een spoor van hete kussen achterlatend. Ik ben was in zijn handen, en ik weet het. Maar het kan me niet schelen.

'God, wat heb ik je gemist', mompelt hij voordat hij mijn tepel in zijn mond neemt.

'Ik ben de hele tijd hier geweest', fluister ik terug, maar we weten allebei dat het niet waar is. Ik was hier fysiek, ja, deed gewoon wat er van me verwacht werd, maar ik was totaal niet in staat tot enige vorm van emotionele intimiteit.

Dat ben ik nog steeds niet. En hij waarschijnlijk ook niet... maar zullen we dat ooit zijn? Waarom ontzeggen we onszelf wat misschien wel onze laatste smaak van geluk is, voordat we veranderen in monsters die we niet eens herkennen?

De gedachte blijft hangen, maar Declans handen banen zich een weg naar beneden over mijn lichaam en alle rationele gedachten verlaten mijn geest. Ik ben al nat voor hem en ik voel zijn eigen opwinding tegen me drukken. Ik bijt zachtjes in zijn nek, wat hem een lage grom ontlokt, voordat ik hem op zijn rug duw en schrijlings op hem ga zitten.

Declans handen glijden over mijn blote dijen, waardoor mijn adem in mijn keel stokt. 'Denk je dat jij nu de baas bent, hè?', vraagt hij, zijn handen komen tot rust op mijn heupen.

Ik schud mijn hoofd, buig voorover om hem te kussen en schuur mijn heupen tegen de zijne. 'Ik ben niet de baas. Jij wel.'

Zijn grijns is pure zonde. 'O ja?'

Zijn handen komen omhoog om mijn borsten te omvatten, en ik kreun als hij in mijn tepels knijpt. Het is zijn beurt om te grijnzen terwijl hij zijn aanval voortzet, en ik laat hem de leiding nemen.

Het duurt niet lang voordat ik helemaal stop met denken, en alleen nog maar voel – hem voel, de hitte tussen ons voel, het genot van dit moment voel en weet dat dit misschien mijn laatste kans is om ervan te genieten.

En dan is het voorbij. We komen allebei klaar, kreunend in elkaars mond, en smelten samen tot één wezen voor een moment van pure gelukzaligheid.

Als het voorbij is, liggen we beiden achterover, uitgeput, zonder te spreken.

Uiteindelijk doorbreekt Declan de stilte. 'Denk je dat dit iets verandert?'

Ik weet wat hij vraagt en voor één keer heb ik echt een antwoord. Voor één keer ben ik niet bang om eerlijk tegen hem te zijn. 'Ja', zeg ik. 'Het verandert alles.'

'Ik ook', zegt hij, en ik glimlach. Geen van beiden spreekt de woorden uit, maar dat hoeft ook niet. We weten allebei wat er gaat komen.

Een paar minuten later slaapt Declan naast me. Ik kijk een tijdje naar hem, tevreden om gewoon samen te zijn. Zijn gezicht is ontspannen in zijn slaap, en even vergeet ik bijna wat hij aan het worden is.

Wat we allebei aan het worden zijn.

De monsters waar we ons hele leven op hebben gejaagd om ze uit te roeien.

HOOFDSTUK NEGEN

IK LEUN TEGEN DE koele bakstenen muur en kijk hoe mijn team zich voorbereidt op de aanval op een andere basis van het Bureau. Hun vastberadenheid en focus zijn bewonderenswaardig, maar ik kan het knagende gevoel in mijn onderbuik maar niet van me afzetten. Malcolm doet de laatste tijd geheimzinnig en ik wil gewoon weten waarom.

'Artemis?' roept Declan, me uit mijn gedachten rukkend. 'Ben je er klaar voor?'

'Natuurlijk,' antwoord ik met een grijns, hoewel mijn gedachten ergens anders zijn. Malcolm verdwijnt om een hoek en ik neem mijn besluit. 'Ik moet alleen even snel iets van mijn motor pakken.'

'Oké, schiet maar op.' Declans stem sterft weg terwijl ik wegglip en het pad van Malcolm volg. Het is tijd om antwoorden te krijgen.

Ik schaduw Malcolm en zorg ervoor geen geluid te maken. Ik heb jarenlang geoefend op deze sluipvaardigheden; het zou zonde zijn om ze nu niet te gebruiken.

Terwijl ik achter hem door de zware metalen deur glip, hebben mijn ogen een moment nodig om aan het schemerige licht te wennen. De lucht is muf, zwaar van de geur van chemicaliën en angst. Rijen en rijen glazen kamers staan langs de muren, elk met een onbeweeglijke figuur erin. Mijn adem stokt in mijn keel als ik dichterbij sluip.

Hybride proefpersonen. Zwaar verdoofd, hun gezichten getekend door pijn en ellende, zelfs in hun door drugs veroorzaakte verdoving. Menselijke en paranormale kenmerken zijn op onnatuurlijke wijze samengesmolten en bezorgen me koude rillingen. Ik herken er een: de vrouw van middelbare leeftijd, Nadia, van wie Malcolm had gezegd dat ze gevaarlijk was. Op de een of andere manier ziet ze er in haar verdoofde slaap nog verdrietiger uit dan toen ze ineengedoken in de hoek van een cel zat.

'Malcolm, jij zieke klootzak,' mompel ik binnensmonds, terwijl de woede onder de oppervlakte borrelt. Deze mensen, deze onvrijwillige proefkonijnen, verdienden dit niet.

'Je nieuwsgierigheid wordt nog je ondergang, Artemis,' sneert een stem vanuit de schaduwen.

'Iemand heeft te veel clichématige schurkenuitspraken gelezen,' kaats ik terug, terwijl ik mijn ogen vernauw naar de figuur die tevoorschijn komt. Het is Malcolm, zijn paarse ogen koud en berekenend. 'Wat is dit in godsnaam voor plek?'

'Is dat niet overduidelijk?' Hij spreidt zijn armen, een verwrongen grijns op zijn gezicht. 'Dit is de toekomst.'

'Eerder een nachtmerrie,' grom ik en bal mijn vuisten. 'Je hebt tegen ons gelogen. Tegen mij.'

'Echt waar?' Malcolm trekt een wenkbrauw op. 'Of stelde je gewoon niet de juiste vragen?'

'Malcolm, jij klootzak!' schreeuw ik, mijn woede kookt over. De lucht om me heen knettert van de energie, de temperatuur stijgt terwijl mijn psychische krachten de vrije loop krijgen.

Malcolm ziet het duidelijk aankomen, want terwijl ik daar sta en probeer mezelf niet uit elkaar te scheuren voordat ik hem kan vernietigen, slaat hij op de vlucht, rent door een zware stalen deur en slaat die achter zich dicht. Lafaard.

Mijn zicht wordt wazig, vervangen door een waas van withete woede. Ik kan niet helder denken, kan me nergens anders op concentreren dan op de woede en het verraad die elke vezel van mijn wezen vullen. Malcolms bedrog is te veel om te verdragen en de muren die ik heb opgetrokken om mijn krachten te bedwingen, versplinteren als glas en ontketenen een inferno van psychisch vuur.

De explosie doet het lab schudden en scherven van metaal en glas vliegen in alle richtingen. Vlammen likken aan de muren en het plafond, de hitte is zo intens dat het voelt alsof mijn vlees van mijn botten smelt. Even ben ik verdwaald in de chaos, niet in staat om boven van onder of vriend van vijand te onderscheiden.

'Herpak je, Artemis,' zeg ik streng tegen mezelf, terwijl ik op mijn tanden klem tegen de verschroeiende pijn. 'Je moet dit oplossen.'

Met elke gram discipline die ik ooit heb gehad, dwing ik mijn geest zich te concentreren en kanaliseer ik mijn krachten om het vuur te onderdrukken. Het is een herculische inspanning, maar geleidelijk doven de vlammen, een verkoolde, uitgebrande huls van een kamer achterlatend.

In de nasleep van de verwoesting grijpen de hybride gevangenen, die niet langer verdoofd en nu zeer alert zijn, hun kans om te ontsnappen. Ze strompelen gedesoriënteerd en doodsbang door de ravage en verdwijnen in de doolhofachtige gangen van het geheime lab voordat ik kan reageren.

'Shit,' vloek ik, terwijl ik zowel mijn gebrek aan controle als Malcolms verraad vervloek. 'Dit is niet goed.'

Ik dwing mijn vermoeide lichaam in beweging en duw de pijn voorbij om de ontsnapte proefpersonen te achtervolgen. Mijn instincten schreeuwen dat ik ze moet aanhouden, ze terug moet brengen naar welke verwrongen vorm van gerechtigheid hen ook te wachten staat.

Maar terwijl ik door de smeulende gangen sluip, kan ik het niet helpen me af te vragen: zijn zij hier echt de monsters? Of is het Malcolm, met zijn gruwelijke experimenten en leugens?

'Focus, Artemis,' mompel ik tegen mezelf en bal mijn vuisten. 'Daar kun je je later zorgen over maken. Nu moet je die hybriden vinden.'

En zo, met een zwaar hart en een geest vol onbeantwoorde vragen, vervolg ik mijn jacht door het verwoeste lab, vastbesloten om het onrecht dat ik heb ontdekt recht te zetten, wat het ook kost.

De basisbrede alarmen loeien boven mijn hoofd, hun gekrijs snijdt als een mes door de lucht. Ik klem mijn tanden op elkaar en zet meer kracht, mijn laarzen stampen op de koude metalen vloeren. De hybriden kunnen niet ver zijn; ik moet ze vinden voordat iemand anders dat doet.

'Waar ben je in godsnaam?' mompel ik binnensmonds, terwijl ik de schemerige gangen afspeur naar enig teken van beweging.

'Op zoek naar ons?' fluistert een stem uit de schaduwen. Ik draai me abrupt om en mijn hand gaat instinctief naar het pistool aan mijn heup.

'Wie is daar? Laat je zien!' eis ik, mijn ogen tot spleetjes geknepen terwijl ik de duisternis afzoek.

'Rustig maar,' zegt de stem, terwijl een figuur in het zwakke licht stapt. Het is een van de hybriden: een jonge vrouw met getormenteerde ogen en een flikkerende, geestachtige staart die in een oogwenk verdwijnt en weer verschijnt.

'Kijk, ik wil je geen pijn doen,' zeg ik, terwijl ik mijn wapen langzaam laat zakken. 'Maar er is geen haar op mijn hoofd die eraan denkt om Malcolm zijn verknipte experimenten op jullie te laten voortzetten.'

'Wie zegt dat we terug willen?' vraagt ze, haar blik nooit van de mijne afgewend. 'We willen gewoon vrij zijn.'

'Dat begrijp ik,' geef ik toe, terwijl ik het gewicht van mijn schuld op me voel drukken. 'En misschien kan ik je helpen. Maar eerst moet ik weten dat je niemand kwaad zult doen.'

'Niemand van ons wil iemand kwaad doen,' valt een andere stem in, en plotseling komen er meer figuren uit de schaduwen tevoorschijn: meer hybriden, die allemaal de littekens van hun gevangenschap dragen. Het is Nadia die dit keer heeft gesproken, haar gekwelde ogen op de mijne gericht. 'En jij wilt ons ook geen pijn doen, toch? Ik zag je, daarnet. Je was boos 'voor' ons. Niet 'op' ons.'

'Goed,' zeg ik, terwijl ik mijn resterende twijfels inslik. 'Maak dan dat jullie hier wegkomen terwijl ik de gevolgen van mijn acties opruim. Beloof me alleen dat jullie je gedeisd houden tot deze hele puinhoop is opgelost.'

'Afgesproken,' stemt Nadia in en schenkt me een kleine, dankbare glimlach. 'Dank je wel.'

'Ga,' spoor ik hen aan, terwijl ik kijk hoe ze zich omdraaien en in de duisternis verdwijnen. 'En succes.'

Nu de hybriden op weg zijn naar veiligheid, richt ik mijn aandacht weer op de taak die voor me ligt: het opruimen van de teringzooi die ik zojuist heb ontketend. Terwijl de alarmen blijven loeien, glip ik onopgemerkt weg, mijn hart zwaar in mijn borst.

'Stom, roekeloos, idioot,' berisp ik mezelf, terwijl ik een hoek omduik om verschillende leden van de Obsidiaan Cirkel te ontwijken die voorbij rennen. 'Wat dacht je in godsnaam, Artemis?'

Ondanks de chaos om me heen blijft één gedachte helder in mijn geest: ik kan Malcolm niet laten wegkomen met zijn bedrog. Zelfs als dat betekent dat ik alles wat ik dacht te weten over hem — en mezelf — uit elkaar moet trekken.

'God, dit wordt een helse puinhoop om op te ruimen,' mompel ik, mezelf schrap zettend voor de confrontaties die komen gaan. Maar hoe zeer het ook pijn doet, ik weet dat ik de gevolgen van mijn daden recht in de ogen moet kijken.

Dat is tenslotte wat helden doen, nietwaar?

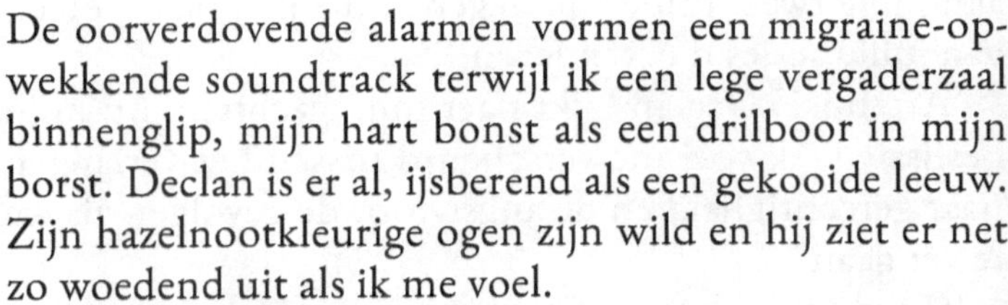

De oorverdovende alarmen vormen een migraine-opwekkende soundtrack terwijl ik een lege vergaderzaal binnenglip, mijn hart bonst als een drilboor in mijn borst. Declan is er al, ijsberend als een gekooide leeuw. Zijn hazelnootkleurige ogen zijn wild en hij ziet er net zo woedend uit als ik me voel.

'Artemis,' snauwt hij, me nauwelijks de kans gevend om de deur achter me te sluiten. 'Wat is daar in godsnaam gebeurd?'

'Malcolm heeft gelogen, dat is er gebeurd,' spuw ik uit, terwijl ik naar de papieren kijk die over de tafel verspreid liggen. 'Hij experimenteerde op hybriden, Declan. Hij heeft ze gevangengezet en gemarteld.'

'Die klootzak,' gromt hij en slaat met zijn vuist tegen de muur. De inslag laat een kleine deuk achter en ik vraag me af of dit zijn groeiende, wilde kant is die zich laat zien.

'Kijk, ik weet dat we iets aan Malcolm moeten doen,' zeg ik, mijn stem trilt terwijl schuldgevoel als een giftige slang in me kronkelt. 'Maar ik... ik verloor de controle, Declan. Ik had iedereen in dat lab kunnen doden.'

'Hé,' zegt hij zacht, hij stapt dichterbij en legt een geruststellende hand op mijn schouder. 'We komen hier wel uit, oké? Samen.'

'Misschien moeten we hem de kans geven om het uit te leggen voordat we hem veroordelen,' suggereert Athina vanuit de deuropening, haar warme bruine ogen gevuld met bezorgdheid. Ik had haar niet eens horen binnenkomen. Verdomme, ze is goed.

'Uitleggen?' snauwt Declan, zijn lichaam spant zich aan. 'Er is geen excuus voor wat hij heeft gedaan!'

'Iedereen verdient een kans,' werpt Athina tegen, haar toon is zacht maar ferm. 'Maar uiteindelijk is het aan jullie twee. Jullie zijn degenen die met de gevolgen van jullie acties moeten leven.'

'Artemis?' Declan kijkt naar mij, wachtend op mijn beslissing. Ik voel me verscheurd tussen het verlangen naar gerechtigheid en de angst voor de gevolgen als we te ver gaan.

'Goed,' geef ik toe, terwijl ik mijn vuisten langs mijn zijden bal. 'We geven hem een kans om het uit te leggen. Maar als hij zijn acties niet kan rechtvaardigen, nemen we het heft in eigen handen.'

'Akkoord,' knikt Declan, vastberadenheid op zijn gezicht geëtst.

'Laten we hem dan gaan confronteren,' zeg ik, de brok in mijn keel wegslikkend.

Als we Malcolm vinden, is hij in zijn lab, verwoed pogend te redden wat er over is van zijn verknipte experimenten. Zijn paarse ogen worden groot van verbazing als hij onze woedende gezichten ziet.

'Artemis, Declan, ik kan het uitleggen,' stottert hij, zijn handen verdedigend opheffend.

'Echt?' snauw ik, terwijl ik op hem afloop. 'Dan moet je wel een verdomd goede verklaring hebben, Malcolm. Want vanuit mijn gezichtspunt zie je er net zo slecht uit als het Bureau, of zelfs Diana.'

'Kijk, ik weet dat het er slecht uitziet, maar ik probeerde ze alleen maar te helpen,' houdt hij vol, wanhoop kleeft aan elk woord. 'Hun krachten zijn onstabiel; ze zijn een gevaar voor zichzelf en anderen. Ik dacht dat als ik kon begrijpen hoe ze werkten, ik misschien een manier kon vinden om hen te helpen hun vaardigheden onder controle te krijgen.'

'Door ze op te sluiten en te martelen?' gromt Declan, zijn stem druipt van minachting. 'Lijkt me een handig excuus.'

'Declan heeft gelijk,' zeg ik, terwijl ik Malcolm boos aankijk. 'Je had geen recht om voor God te spelen met hun levens, Malcolm. Wat je bedoelingen ook waren.'

'Alsjeblieft, geef me gewoon... een kans om dit goed te maken,' smeekt hij, zijn ogen zoeken in de mijne naar een sprankje vergeving.

'Laten we hier niet overhaast te werk gaan,' zeg ik, dit keer proberend mijn kalmte te bewaren. 'Ik denk dat het belangrijk is dat we de volledige omvang van wat er is gebeurd begrijpen voordat we beslissingen nemen.'

Declan spot, zijn hazelnootkleurige ogen flitsen van woede. 'Overhaast? Meen je dat, Artemis? Hij heeft op onschuldige mensen geëxperimenteerd en jij wilt hem een tik op zijn vingers geven?'

'Natuurlijk niet!' snauw ik terug, mijn woede oplaaiend. 'Maar als er ook maar een kans is dat hij kan helpen de schade die hij heeft aangericht te herstellen, moeten we dat dan niet op zijn minst overwegen?'

'De schade herstellen?' Declan schudt zijn hoofd vol ongeloof. 'Dit is niet te herstellen, Artemis. Die arme hybriden zullen door hem nooit meer hetzelfde zijn.'

'Genoeg!' onderbreekt Athina, haar doordringende blik landt op ons beiden. 'Ruziemaken brengt ons nergens. We moeten beslissen hoe we met Malcolm omgaan.'

'Prima,' geef ik toe en haal een gefrustreerde hand door mijn zilveren haar. 'Laten we het in stemming brengen. Roep de rest van de Obsidiaan Cirkel bijeen en we vertellen ze precies wat we hier beneden hebben gevonden, en we laten hen beslissen.'

Malcolm krimpt daadwerkelijk ineen, recht voor mijn ogen. Hij weet dat wat hij heeft gedaan onverdedigbaar is.

Het duurt niet lang om de rest van de leiding van de Cirkel in het verwoeste lab te verzamelen. Garnet, Topaz en Sapphire kijken allemaal geschokt als ik ze een samenvatting geef en, ere wie ere toekomt, Malcolm probeert niets te ontkennen of te rechtvaardigen van wat ik zeg. Plotseling krijg ik twijfels over het pad dat ik heb gekozen.

Ik ben tenslotte geen wetenschapper. Wat weet ik nou echt over de experimenten van het Bureau? Malcolm is de enige die echt begrijpt waar we mee te maken hebben. En de enige die Declan en mij misschien kan helpen, hoewel hij op dat front tot nu toe geen geluk heeft gehad.

Athina neemt het over, aangezien ik ben vastgelopen en mijn eigen beslissingen in twijfel trek. 'Iedereen die voor is om Malcolm onmiddellijk uit zijn functie te ontheffen, steek je hand op.'

Tot mijn ontsteltenis steken bijna iedereen hun hand op, inclusief Declan. Ik slik moeilijk, worstelend om te accepteren dat ik hier in de minderheid ben.

'Oké,' adem ik uit, mijn lippen tot een dunne lijn samengeperst. 'Malcolm, je bent ontheven van je functie als wetenschappelijk leider. Met onmiddellijke ingang.'

'Artemis, alsjeblieft...' begint Malcolm, maar ik snijd hem de pas af met een boze blik.

'Bespaar het je, Malcolm. Je hebt al genoeg schade aangericht. Nu is het tijd voor de rest van ons om te proberen jouw puinhoop op te ruimen.'

Hij ziet er absoluut verpletterd uit, en ondanks mijn woede op hem, voel ik een steek van schuld. Maar ik duw het opzij en herinner mezelf eraan dat dit over meer gaat dan alleen onze persoonlijke gevoelens. Dit gaat over gerechtigheid voor de hybriden die hij heeft gekwetst.

'Iedereen, laten we hergroeperen en onze volgende stappen bepalen,' zeg ik, proberend de controle over de situatie terug te krijgen. 'We moeten ons richten op het herstellen van de schade en ervoor zorgen dat zoiets nooit meer gebeurt.'

Terwijl we de kamer verlaten, werp ik een blik achterom naar Malcolm. Hij staat daar, naar de vloer starend, zijn schouders hangen verslagen. Ik wend me af, verscheurd tussen woede en sympathie, terwijl we hem achterlaten.

HOOFDSTUK TIEN

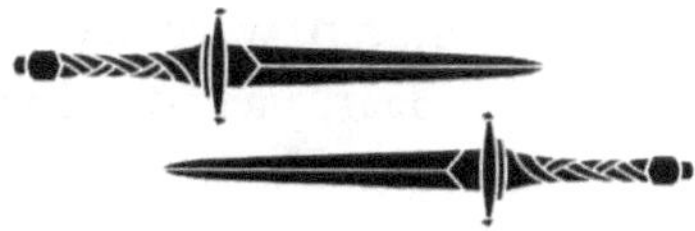

Malcolm kreeg wat hij verdiende', spuug ik, terwijl ik woedend door de schemerige kamer ijsbeer. Mijn handen ballen en ontspannen zich aan mijn zijde, het gekraak van mijn zwarte leren broek weerklinkt in de gespannen stilte.

'Artemis, je moet kalmeren', smeekt Declan, zijn hazelnootkleurige ogen groot van bezorgdheid terwijl hij me gadeslaat. 'Je verliest de controle.'

'O, ja?', snuif ik minachtend, terwijl ik de hitte van de woede in me voel opkomen, die dreigt elk moment in een inferno los te barsten. De verhitte ruzie over Malcolms verwijdering als leider van de Obsidiaancirkel heeft me volkomen moedeloos en geagiteerd gemaakt, meer dan ik ooit hardop zou willen toegeven.

'Artemis!', schreeuwt Declan wanhopig, en hij grijpt mijn arm stevig vast in een poging me in toom te houden. Maar de ongewenste aanraking maakt me alleen maar kwader en wakkert de vlammen van mijn smeulende woede aan.

'Blijf van me af!', explodeer ik, mijn woorden gaan gepaard met een krachtige golf van psychische energie die Declan in verzengende blauwe vlammen hult. Hij slaakt een gekwelde schreeuw, valt achterover op de vloer en grijpt verwoed naar zijn verbrande huid.

Met ontluikende afschuw staar ik naar hem, de bijtende geur van verkoold vlees dringt mijn zintuigen binnen. 'Declan... O, god, Declan!', hijg ik, terwijl een verpletterende golf van schuldgevoel en zelfhaat me dreigt te overspoelen. Het was niet mijn bedoeling hem in mijn onbezonnen woede ernstig te verwonden. Ik ben snel elke schijn van controle over de giftige emoties die in me kolken aan het verliezen. Wat voor een afschuwelijk wezen ben ik geworden?

'Artemis, wacht!', roept Declan in een wanhopige smeekbede als ik me abrupt omdraai en de plaats van mijn verwerpelijke geweld ontvlucht. Ik hoor zijn gekwelde smeekbedes achter me aan echoën terwijl ik blindelings door de schemerige gang ren, maar ik kan het niet opbrengen hem onder ogen te komen. Niet na wat ik in mijn onvergeeflijke gebrek aan zelfbeheersing heb gedaan.

'Alsjeblieft, kom terug!' De pijn in zijn stem snijdt als een mes door me heen, maar toch ren ik door, de tranen van zielenpijn stromen over mijn gezicht.

'Blijf uit mijn buurt, Declan!', schreeuw ik over mijn schouder door op elkaar geklemde tanden, mijn stem rauw van kwelling. 'Ik ben een monster!'

Ik smijt de zware deur achter me dicht met een onheilspellende, dreunende klap die de fundamenten van het gebouw zelf lijkt te doen schudden. Ik heb mezelf opgesloten in de cel die ooit door Nadia werd bezet, bedoeld om de gevaarlijkste hybriden in bedwang te houden. En zelfs hier in de krappe, koude duisternis kan ik niet ontsnappen aan de weergalmende herinnering aan Declans kreten, noch mijn afschuwelijke geweld uit mijn gedachten wissen.

Mijn lichaam trilt onbeheersbaar terwijl ik me als een balletje in de verste hoek van de koude, afgezonderde kamer opkrul, alsof ik probeer in mezelf te plooien en volledig te verdwijnen. Mijn adem komt in snikkende teugen, die hard echoën in de grafstilte. Mijn gedachten razen koortsachtig, verteerd door angstaanjagende visioenen van de toekomst. Wat als ik nooit de controle over deze gevaarlijke psychische gaven kan terugkrijgen? Wat als ik iemand anders vermink of vermoord in een vlaag van ongecontroleerde woede? Mijn handen trillen hevig bij de verontrustende herinnering aan Declans rauwe, van pijn vervulde schreeuw, het geluid ervan dat eindeloos door mijn schedel galmt.

'Artemis?' De onverwachte zachte klop op mijn deur onderbreekt tijdelijk de meedogenloze spiraal van mijn zelfkwelling.

'Gaat het?', roept Malcolm door het zware hout, zijn stem kalm en beheerst, in schril contrast met de chaos die ik heb aangericht.

'Ga weg!', snauw ik bitter, terwijl ik woedend de hete tranen wegveeg die nog steeds onbedwingbaar over mijn wangen stromen. 'Laat me gewoon met rust!'

'Artemis, met Malcolm', legt hij onnodig uit, met behoud van zijn kalme toon. 'Ik wil alleen maar helpen.'

'Helpen?', laat ik een harde, ongelovige lach horen, het geluid schurend en lelijk in mijn oren. 'Je hebt al geprobeerd te helpen, en hebt duidelijk spectaculair gefaald! Ik denk dat je zogenaamde behandelingen mijn transformatie in dit... dit ding alleen maar hebben versneld!'

'Artemis, luister alsjeblieft', smeekt Malcolm zacht. 'Je bent geen zielloos monster. Declan heeft me toegestaan zijn brandwonden te behandelen met mijn geavanceerde genezingstechnieken. Zijn unieke regeneratieve vermogens betekenen dat hij binnen een paar dagen volledig zal herstellen.'

'Mooi!', grom ik boos, omdat ik Malcolm of het ver-stikkende schuldgevoel, dat nog steeds onophoudelijk aan mijn binnenste vreet, niet onder ogen wil komen. 'Je hebt Declan geholpen, bravo. Maar blijf ver uit mijn buurt, begrepen?'

'Begrepen', mompelt Malcolm na een geladen pauze, en ik hoor het vage, terugtrekkende geluid van zijn voet-stappen die met tegenzin door de gang verdwijnen.

De dagen daarna word ik nog meer een kluizenaar, ik verlaat mijn donkere vertrekken nauwelijks, terwijl ik me verder isoleer, verteerd door de angstaanjagende gedachte welk nieuw geweld ik zou kunnen aanrichten als ik de controle over mijn wispelturige emoties en on-stabiele psychische krachten weer durf te verliezen. De vier muren van de krappe kamer veranderen in zowel een ondoordringbare vesting als een gevangenis die ik zelf heb gecreëerd, die de buitenwereld op afstand houdt ter-wijl ik eindeloos worstel met mijn innerlijke demonen.

'Artemis?' Weer een ongewenste klop onderbreekt mijn rusteloze gedachten, gevolgd door Declans be-zorgde stem die door de zware deur filtert. Ondanks mijn verachtelijke daden tegen hem, kan ik nog steeds de zorg horen die onlosmakelijk door zijn stem verweven is, en mijn hart krimpt ineen. 'Kunnen we praten?'

'Praten?', snauw ik defensief als zijn verzoek mijn smeulende woede weer aanwakkert. 'Waar valt er in hemelsnaam over te praten? Ik heb je bijna vermoord, Declan! Ik ben veel te gevaarlijk geworden om bij in de buurt te zijn!'

'Artemis, we weten allebei heus wel dat je me nooit ernstig pijn wilde doen', dringt Declan zachtjes aan, zijn stem verzacht alsof hij een ingesloten wild dier wil kalmeren. 'Malcolms intensieve behandelingen zijn erin geslaagd het ergste van mijn brandwonden te genezen. Hij maakt zich ook grote zorgen om jou, weet je.'

'Van mij mag Malcolm naar de hel lopen', spuug ik heftig uit, mijn handen ballen zich onwillekeurig tot strakke vuisten, de woede en schaamte stromen nog steeds in een onophoudelijke lus door mijn aderen.

'Artemis, ik smeek je, luister alsjeblieft', pleit Declan treurig. 'Je bent geen onmenselijk monster zonder geweten of moraal. Je hebt een soort ziekte, en met de juiste hulp en steun kun je deze schaduw die over je is gevallen overwinnen.'

'Bespaar me je waardeloze medelijden', snauw ik, mijn hart breekt opnieuw met elk wreed, snijdend woord dat ik als een wapen naar hem slinger. 'Ik wil het niet.'

'Zoals... zoals je wilt', geeft Declan uiteindelijk gebroken toe, zijn stem breekt van onderdrukte emotie en pijn. 'Maar ik wil dat je weet dat ik je niet heb opgegeven, geen moment. Ik zal hier standvastig zijn wanneer je er klaar voor bent je door mij te laten helpen.'

'Nou, veel succes dan met vruchteloos wachten', mompel ik bitter, nu al vrezend voor de onvermijdelijke volgende klop op mijn deur die weer een ongewenste indringing aankondigt. Deze verstikkende angst om de controle over mijn gevaarlijke psychische gaven te verliezen is een zelfvervullende voorspelling van onheil geworden, en ik zie geen uitweg uit de diepe, donkere put van wanhoop die ik voor mezelf heb gegraven door mijn verachtelijke geweld.

⬥

Dagen worden weken, en ik blijf opgesloten in mijn zelfopgelegde gevangenis, alleen met mijn gedachten en angsten. Ik ben de tijd kwijtgeraakt, dus het is een schok als ik een klop op mijn deur hoor die niet van Declan of Malcolm is.

'Artemis?', roept een vrouwenstem, aarzelend en onzeker. 'Met Athina. Mag ik binnenkomen?'

Ik antwoord niet meteen, niet zeker of ik klaar ben voor bezoek.

'Goed', antwoord ik uiteindelijk, mijn stem schor van onbruik. 'Kom binnen.'

De deur kraakt open en ik zie Athina daar staan, haar witte haar omlijst haar gezicht. Ze houdt een dienblad met eten vast, en ik realiseer me met een schok dat ik al dagen niet gegeten heb. Declan en Malcolm hebben allebei eten gebracht, maar de pakjes liggen onaangeroerd in de hoek van mijn cel.

'Ik heb soep voor je meegenomen', zegt ze, en zet het dienblad op het kleine tafeltje. 'En wat thee. Ik dacht dat je misschien wel iets warms zou lusten.'

'Dank je', mompel ik, terwijl een golf van dankbaarheid me overspoelt.

Athina gaat naast me zitten, haar ogen scannen mijn gezicht. 'Hoe gaat het met je?', vraagt ze, haar stem zacht.

'Ik weet het niet', geef ik toe.

'Het is niets voor jou om te zwelgen', zegt ze, nadat ze me nog een paar minuten in mijn eigen stilte heeft laten sudderen. Ze leunt achterover en kruist haar enkels, me peinzend aankijkend. 'Je was altijd meer van de actie dan van het denken, hoewel de hemel weet dat ik heb geprobeerd je eerst te laten kijken voor je sprong.'

Een kleine glimlach breekt door op mijn gezicht als herinneringen me overspoelen. Wat een beproeving moet ik zijn geweest, zelfs voor haar bijna oneindige geduld.

'Het spijt me', zeg ik, en ik weet niet wie er meer geschokt is, zij of ik.

'Ik denk dat dat de eerste keer is dat ik je dat hoor zeggen', zegt ze, en plotseling lachen we allebei en vloeit de spanning uit me weg als water uit een afvoer.

Athina's aanwezigheid is een balsem voor mijn ziel, en ik voel een last van mijn schouders vallen. Voor het eerst in weken heb ik het gevoel dat ik weer kan ademen. We praten urenlang, halen oude herinneringen op en denken terug aan onze avonturen samen.

Terwijl buiten de zon ondergaat, realiseer ik me dat ik niet zo alleen ben als ik dacht. Athina's bezoek heeft me hoop gegeven dat ik misschien, heel misschien, deze duisternis in mij kan overwinnen.

Als Declan een uur later op mijn deur tikt, laat ik hem binnen.

'Het spijt me.' Ik zeg het ook tegen hem, en hij kijkt nog verbaasder dan Athina. 'Ik was vergeten dat jij dit ook meemaakt. Dat we hier samen in zitten.'

'Altijd.' Zijn hand is warm op de mijne, en ik kruip instinctief naar hem toe. Hij slaat een sterke arm om mijn schouders en het is zo verleidelijk om op zijn kracht te leunen, maar ik weet dat zijn lasten al zwaar genoeg zijn om te dragen zonder dat ik er nog aan toevoeg.

'Vertel me hoe het met jou gaat', zeg ik. 'Helpen Malcolms behandelingen überhaupt?'

Hij zucht, en kijkt uit naar de neongloed van de stadsskyline buiten het kleine, smerige raam. 'Ik weet het niet. Misschien? Ik voel me niet meer zo boos, heb mijn woede beter onder controle, maar ik voel me nog steeds niet helemaal lekker in mijn vel. Alsof er iets op het punt staat uit me te barsten. Voelt het voor jou ook zo?'

We hebben er nooit echt over gepraat hoe het hybridenserum ons specifiek heeft beïnvloed, realiseer ik me, en voel een plotselinge golf van hernieuwde interesse.

'Nee', geef ik toe. 'Zo heb ik me nooit gevoeld. Het blauwe vuur dat uit mijn handen komt, het is als een opbouw van druk. Alsof je lucht in een ballon blaast tot hij ontploft.'

Declans hazelnootkleurige ogen zijn op mijn gezicht gericht terwijl hij luistert, en hij fronst bedachtzaam. 'Ik vraag me af', zegt hij langzaam, 'of Diana ons hetzelfde serum heeft gegeven.'

'Of twee verschillende dingen?' Het was nog nooit bij me opgekomen. 'Ze leek wel te impliceren dat het hetzelfde was, maar als dat zo is, waarom veranderen we dan niet op dezelfde manier?'

Hij haalt zijn schouders op. 'Dat is een vraag voor Malcolm. Nu ik erover nadenk.' Hij kantelt zijn hoofd opzij. 'Heb jij ooit twee hybriden gezien die precies hetzelfde zijn? Of zelfs precies lijken op een van de normale paranormale wezens waar jij en ik in de loop der jaren tegenaan zijn gelopen?'

Mijn mond hangt open terwijl ik Declan aanstaar, en ik schud langzaam mijn hoofd terwijl ik terugdenk. 'Nee. Nee, zij... wij... zijn allemaal uniek.'

'Precies', zegt Declan, en opwinding sluipt in zijn stem. 'Misschien manifesteren onze krachten zich anders omdat we verschillende mensen zijn met verschillende ervaringen en emoties. Misschien is het niet het serum zelf dat de veranderingen veroorzaakt, niet helemaal, maar hoe onze lichamen en geesten erop reageren.'

Ik voel mijn hartslag versnellen als de mogelijkheden mijn gedachten binnenstromen. 'Als dat waar is, dan is er misschien een manier om het te beheersen. Om het te begrijpen.'

Declan knikt gretig, zijn ogen verlicht van hoop. 'En als we het kunnen begrijpen, kunnen we anderen zoals wij helpen. We kunnen ervoor zorgen dat niemand anders hoeft mee te maken wat wij hebben meegemaakt.'

Ik voel een vonk van vastberadenheid in me oplichten, en voor het eerst in weken heb ik het gevoel dat ik een doel heb. 'Laten we het doen', zeg ik met een grijns. 'Laten we dit uitzoeken.'

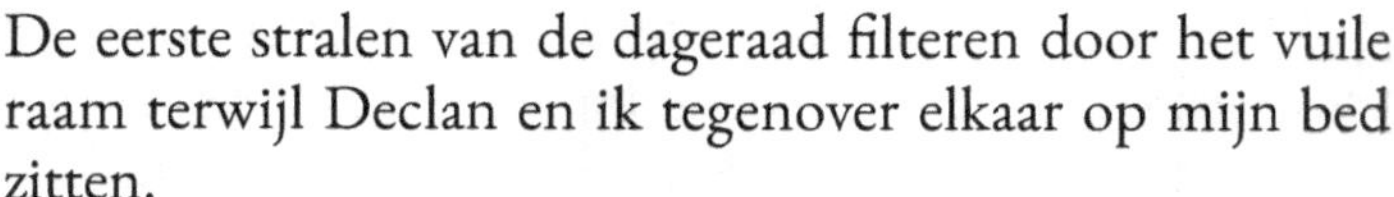

De eerste stralen van de dageraad filteren door het vuile raam terwijl Declan en ik tegenover elkaar op mijn bed zitten.

'Geen controleverlies meer', zeg ik, en kijk in zijn standvastige ogen. 'Wat er ook gebeurt, we gaan het samen aan. Op de juiste manier.'

Declan knikt, vastberadenheid staat op zijn gezicht getekend. 'Afgesproken. Niet meer uithalen of toegeven aan de duisternis.'

Ik haal diep adem, verankerd door zijn onwrikbare steun. Met Declan aan mijn zijde, weet ik dat ik alles kan overwinnen.

Een paar uur later gaan we naar Malcolms lab. Hij kijkt verbaasd op als we binnenkomen.

'Artemis, Declan. Waar heb ik dit genoegen aan te danken?', vraagt Malcolm voorzichtig.

Ik wissel een blik met Declan voordat ik spreek. 'We hebben een theorie over het serum dat Diana ons gaf. We denken dat het elke persoon uniek beïnvloedt op basis van hun geest en ervaringen.'

Malcolms ogen worden groot. 'Fascinerend. Dat zou de verschillende vaardigheden die ik heb waargenomen verklaren.' Zijn wetenschappelijke nieuwsgierigheid is gewekt, dat zie ik wel.

'We willen dat je gecontroleerde tests op ons uitvoert', ga ik verder. 'Met onze volledige toestemming. Maar er wordt met niemand anders geëxperimenteerd.'

Malcolm opent zijn mond om te protesteren, maar ik kap hem af. 'Ik meen het. Vanaf nu alleen nog vrijwillige deelnemers.' Mijn toon duldt geen tegenspraak.

Hij zucht. 'Goed dan. Voorlopig zal ik mijn onderzoek op jullie twee richten.'

Ik knik, tevreden. Terwijl Malcolm zijn apparatuur voorbereidt, knijpt Declan ondersteunend in mijn hand.

'Dit kunnen we', verzekert hij me. 'Samen.'

Ik glimlach, en voel een nieuw gevoel van doelgerichtheid. We zullen onze menselijkheid behouden, wat het ook kost. En met Declans standvastige loyaliteit en mijn vastberadenheid om goed te doen, weet ik dat we alles wat voor ons ligt zullen doorstaan.

HOOFDSTUK ELF

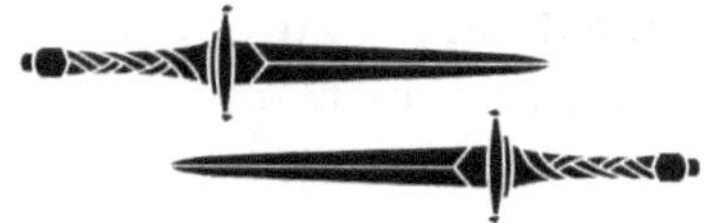

DE SCHERPE KLANK VAN metaal op metaal echoot door de trainingsruimte terwijl Declan en ik onze messen-vaardigheden oefenen. Onze messen glinsteren onder het felle tl-licht en het zweet parelt op onze huid. We zijn nu al uren bezig en drijven elkaar tot het uiterste.

'Kom op, Artemis,' treitert Declan met een grijns op zijn lippen. 'Je kunt beter dan dat.'

'Houd je kop, Reed,' snauw ik, terwijl de irritatie in me kookt. Mijn paranormale krachten zoemen onder mijn huid als een gekooid beest, rusteloos en te popelen om los te breken. Hoe onrustiger ik word, hoe moeilijker het is om ze in bedwang te houden.

'Zo zo, iemand is lichtgeraakt,' zegt hij en stapt dichterbij met een gevaarlijke glinstering in zijn hazel-nootbruine ogen. 'Misschien moet je even pauzeren, prinses.'

'Prinses? Serieus?' snauw ik en doe een uitval met mijn mes. Hij weert mijn aanval met gemak af, maar ik deins niet terug. Deze keer niet. De woede die me overspoelt is te sterk om te bedwingen en ik voel mijn krachten aan de randen van mijn controle beginnen te trillen.

'Art, luister naar me,' waarschuwt Declan op serieuze toon terwijl hij achteruitdeinst. 'Je moet kalmeren voor je de controle verliest.'

'Te laat,' mompel ik in mezelf. Een plotselinge golf van energie schiet door me heen en ik schreeuw het uit als mijn paranormale krachten in een golf van vernietiging naar buiten exploderen.

Glas versplintert, apparatuur verkreukelt en de muren zelf lijken te kreunen van de pijn. Te midden van de chaos hoor ik Declan pijnlijk kreunen. Als ik naar hem kijk, slaat mijn hart een slag over wanneer ik een stuk verwrongen metaal in zijn arm zie steken, waar donker bloed uit de wond sijpelt.

'Declan!' hap ik naar adem, de afschuw op mijn gezicht getekend. De verwoesting om ons heen is een grimmige herinnering aan hoe gevaarlijk ik kan zijn als mijn krachten uit de hand lopen.

'Artemis, ga hier weg,' bijt hij me door samengeklemde tanden toe. 'Ga—ik voel dat het probeert los te breken—ga weg!'

Ik aarzel niet, ondanks dat ik weet dat het mijn schuld is. Met een laatste blik op de gewonde man voor me, draai ik me om en sprint de kamer uit, wanhopig om te ontsnappen aan het bloedbad dat ik zojuist heb aangericht. Terwijl ik ren, vertroebelen hete tranen mijn zicht en ik vecht tegen de snikken die dreigen los te barsten. Het geluid dat me volgt is niet menselijk, het is een oergebrul, en ik huiver van plotselinge angst voor wat ik zojuist in Declan heb ontketend.

Alleen in een verlaten gang, zak ik in elkaar tegen de muur en glijd naar beneden tot ik op de koude betonnen vloer zit. Mijn handen trillen terwijl ik ze tegen mijn voorhoofd druk, in een wanhopige poging om de storm die in mij woedt te bedwingen.

'Herpak je, Artemis,' fluister ik tegen mezelf, terwijl ik mezelf dwing diep in en uit te ademen. 'Je gaat niet nog eens de controle verliezen. Je zult niemand anders pijn doen.'

Ik hoop alleen dat hetzelfde geldt voor Declan. Er zit iets in hem dat eruit wil. Iets wilders dan de paranormale krachten in mij, waarvan zelfs ik zie dat het gevaarlijk is.

Het koude beton onder me is een onwelkome omhelzing, maar het leidt me nauwelijks af van mijn schuld en schaamte. Mijn ademhaling vertraagt, maar de storm in mij woedt nog steeds. Ik kan niemand onder ogen komen—nog niet. Niet tot ik weet of het goed met Declan gaat.

'Artemis?' Athina's stem doorbreekt de stilte en plotseling staat ze naast me, met haar hand op mijn schouder. Haar ogen zijn gevuld met een mengeling van bezorgdheid en angst, wat mijn eigen vrees alleen maar versterkt. 'Gaat het met je?'

'Kon niet beter,' mompel ik sarcastisch, terwijl ik probeer haar van me af te duwen. 'Ik heb zojuist Declan bijna gedood, de halve trainingsruimte vernield en ben de controle over mijn verdomde krachten kwijtgeraakt. Maar jazeker, het gaat prima met me.'

'Artemis, wees niet zo hard voor jezelf,' zegt Athina zacht, terwijl ze mijn pogingen om haar van me af te schudden negeert. 'We hebben allemaal momenten waarop we de controle verliezen. Je bent ook maar een mens.'

'Ben ik dat, hè?' snauw ik, terwijl ik haar boos aankijk. 'Of ben ik gewoon een of andere freak, te gevaarlijk om bij anderen in de buurt te zijn? Misschien moet ik mezelf gewoon opsluiten tot ik dit... wat het ook is in mij, kan beheersen.'

'Jezelf isoleren lost niets op,' dringt Athina aan, haar greep op mijn schouder wordt steviger. 'Je hebt onze hulp nodig, Artemis. En wij hebben jou nodig.'

'Declan had me ook nodig, en kijk waar dat toe geleid heeft,' zeg ik bitter, terwijl nieuwe tranen dreigen te vallen. 'Ik kan het niet riskeren iemand anders te verwonden, Athina. Niet nog eens.'

Athina's uitdrukking wordt zachter en ze knielt voor me neer, haar hand nog steeds op mijn schouder. 'Ik snap dat je bang bent, Artemis. Maar je mag niet opgeven. Je bent al zo ver gekomen en je hebt mensen die om je geven. Declan geeft om je.'

Ik schamper en schud mijn hoofd. 'Ik weet niet eens of hij nu nog leeft.'

Athina's ogen worden groot en ik zie de bezorgdheid op haar gezicht getekend. 'Wat bedoel je?'

Ik haal diep adem, in een poging mezelf te kalmeren. 'Toen ik de controle verloor, gebeurde er iets met hem. Hij raakte gewond en ik kon... ik weet niet, iets anders voelen. Iets donkerders. Het was alsof mijn krachten iets in hem activeerden.'

Athina's gezicht wordt ernstig. 'We moeten hem vinden. En snel.'

'Laat mij eerst gaan,' waarschuw ik, terwijl de herinnering aan dat oergebrul nog vers in mijn geheugen ligt wanneer ik de weg terug naar de trainingsruimte leid.

Binnen is er niets dan stilte. Ik duw voorzichtig de deur open en tuur naar binnen, ineenkrimpend bij het zien van de verwoesting die ik per ongeluk heb veroorzaakt.

Declan ligt in het midden van de vloer, verontrustend stil. Zijn kleren zijn vreemd gescheurd, alsof er inderdaad iets door zijn huid heen naar buiten probeerde te breken, zoals hij zei.

'Dec.' Ik kniel naast hem neer en reik voorzichtig naar zijn getatoeëerde onderarm. 'Reed! Word wakker!'

Hij knippert suf met zijn ogen en ik slaak een zucht van verlichting. Hij leeft, in ieder geval.

'Wat is er gebeurd?' vraagt hij en ik schud mijn hoofd terwijl ik hem onderzoek. Er is absoluut geen spoor van een wond op zijn onderarm, waar nog geen half uur geleden een scherp stuk metaal hem op brute wijze had doorboord.

Dat is me een partij genezingsfactor.

'Ik hoopte dat jij me dat kon vertellen.' Ik probeer te glimlachen en hij moet de zorgen erachter zien, want hij duwt zichzelf snel overeind, hoewel ik aan de grimas die hij niet helemaal kan verbergen, kan zien hoeveel moeite het hem kost.

'Ik herinner het me niet.' Hij haalt pijnlijk zijn schouders op en kijkt naar zijn handen alsof ze hem verbazen. Alsof ze niet zijn wat hij verwacht te zien.

Ik weet niet hoe ik hem kan helpen, net zomin als ik weet hoe ik mezelf kan helpen, maar ik plaats mijn schouder onder zijn arm en leid hem de verwoeste trainingsruimte uit.

Terwijl we teruglopen naar onze woonvertrekken, wankelt Declan en ik zie de verwarring op zijn gezicht getekend. 'Wat gebeurt er met me, Artemis?' vraagt hij zacht, zijn hand op zijn borst geklemd alsof hij pijn heeft.

'Ik weet het niet,' geef ik zachtjes toe, mijn hart doet pijn voor hem. 'Maar we slaan ons hier samen doorheen.'

Als we onze kamer bereiken, staat Athina ons bij de deur op te wachten met een bezorgde blik op haar gezicht. 'Hoe is het met hem?' vraagt ze, haar ogen schieten heen en weer tussen ons.

'Ik weet het niet,' geef ik toe, terwijl ik Declan help op de dunne matras te gaan liggen. 'Hij herinnert zich niets meer.'

Athina knikt, haar uitdrukking ernstig. 'We moeten erachter komen wat er met hem gebeurt, Artemis. Het zou gevaarlijk kunnen zijn.'

'Ik weet het,' zeg ik, mijn stem nauwelijks een fluistering terwijl ik toekijk hoe Declan zich oprolt op de matras. 'Misschien zelfs gevaarlijker dan ik.'

Later, als ik als een gekooid dier ijsbeer—buiten onze kamer om Declan, die als een blok slaapt, niet wakker te maken—duikt Malcolm op en gaat voor me staan, zijn paarse ogen oplichtend met een zenuwslopende intensiteit.

'Artemis,' zegt hij zonder omwegen, 'ik heb misschien iets gevonden dat je kan helpen.'

'Mij helpen?' Ik trek sceptisch een wenkbrauw op. 'Je bedoelt, me helpen om niet iedereen om me heen te vermoorden?'

'Mogelijk,' antwoordt hij, onaangedaan door mijn sarcasme. 'In een aantal van de geheime dossiers die we hebben gestolen uit Bureau-faciliteiten tijdens onze invallen, heb ik een aantal interessante studies gevonden over paranormale gaven en hun stabilisatie. Er is misschien een manier om je krachten te kalmeren, zodat je de controle kunt terugkrijgen.'

'Kalmeren?' Het woord smaakt bitter op mijn tong. 'Dat klinkt... extreem.'

'Extreem of niet, het kan de sleutel zijn om je te helpen, Artemis,' dringt Malcolm aan. 'Maar uiteindelijk is de keuze aan jou.'

'Nu even niet,' stel ik uit. De herinnering aan Nadia's dode ogen, aan de opluchting toen ik haar en de andere hybriden liet gåan, ligt te vers in mijn geheugen. Ik vertrouw Malcolm niet om mij niet precies zo te maken als hij haar heeft gemaakt.

Ik vertrouw hem totaal niet.

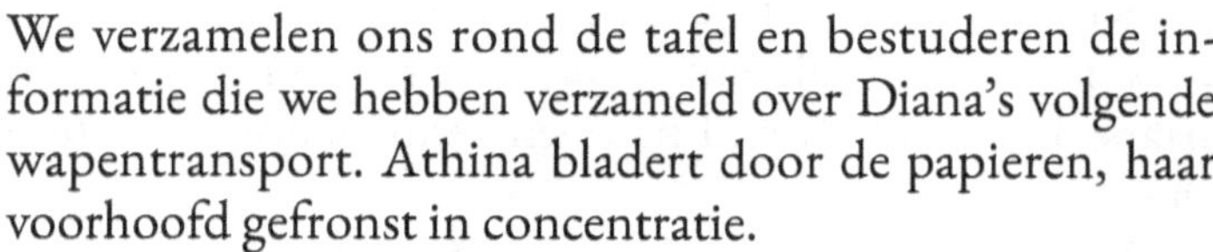

We verzamelen ons rond de tafel en bestuderen de informatie die we hebben verzameld over Diana's volgende wapentransport. Athina bladert door de papieren, haar voorhoofd gefronst in concentratie.

'Oké,' begint ze met een gespannen stem. 'Het konvooi is zwaar bewaakt, wat betekent dat we zorgvuldig moeten plannen. Ideeën over hoe we het kunnen saboteren zonder gepakt te worden?'

'Explosieven?' stelt Garnet voor, maar de rest van ons reageert afkeurend.

'Te riskant,' betoogt Declan. 'We hebben iets minder opvallends nodig.'

'Misschien kunnen we met hun brandstofvoorraad knoeien,' stelt Sapphire bedachtzaam voor. 'Ze vertragen zonder alles de lucht in te blazen.'

'Interessant idee,' peinst Athina, terwijl ze met haar vingers op de tafel tikt. 'Het zou ons genoeg tijd kunnen opleveren om de zending te onderscheppen.'

'Of we kapen de hele verdomde boel gewoon,' werp ik tegen, mijn gedachten racen met mogelijkheden. 'We nemen de controle over het transport en rijden het rechtstreeks Diana's voordeur binnen.'

'Artemis,' waarschuwt Declan, zijn stem laag en gespannen. 'Daar kunnen we allemaal bij omkomen.'

'Beter dan hier te zitten wachten tot ze ons komen halen,' kaats ik terug, mijn woede laait weer op.

'Genoeg!' roept Athina uit, frustratie flitst in haar ogen. 'We moeten samenwerken, niet elkaar de tent uit vechten. Laten we ons concentreren op het vinden van een oplossing waarbij we niet allemaal gedood worden.'

Er valt een stilte over de kamer terwijl we onze opties afwegen. De inzet is hoger dan ooit en één verkeerde beweging kan het einde voor ons allemaal betekenen. Maar te midden van de spanning en angst, blijft één ding zeker – we doen dit samen, wat er ook gebeurt.

Het geluid van ritselende papieren vult de lucht terwijl we ons buigen over de informatie die over de tafel verspreid ligt. Mijn vingers volgen de lijnen van de kaart en markeren de route die Diana's transport zal nemen.

'Oké,' zegt Athina, waarmee ze de stilte doorbreekt die over ons was neergedaald. 'We hebben een plan nodig dat deze zending neutraliseert zonder slachtoffers te maken.'

'Akkoord,' zeg ik met een vaste stem. 'Een niet-dodelijke oplossing is onze beste optie.'

'Echt waar?' hoont Declan, zijn hazelnootbruine ogen vernauwen zich. 'Ik zeg: we vernietigen alles. Zowel de lading als de soldaten.'

'Declan, dat meen je niet serieus,' snauw ik, mijn woede voelend opvlammen bij zijn suggestie. 'Hier staan mensenlevens op het spel!'

'Liever zij dan wij,' kaatst hij terug, terwijl hij zijn armen over zijn borst vouwt. 'We kunnen het ons niet veroorloven om genade te tonen. Niet als onze eigen overleving op het spel staat.'

'Genoeg!' roept Athina, haar stem is bevelend en streng. 'Dit is niet het moment om te kibbelen. We moeten samenwerken om een manier te vinden dit transport te stoppen zonder toevlucht te nemen tot bloedvergieten.'

Mijn kaken spannen zich aan terwijl ik worstel om mijn woede in te tomen. Declans koppigheid zou alles waar we voor gewerkt hebben in gevaar kunnen brengen. Maar ruzie maken lost niets op, dus dwing ik mezelf om me op de taak te concentreren, in een poging de spanning tussen ons te negeren.

'Prima,' mompel ik, terwijl ik de kaart afspeur naar potentiële zwakke plekken in de route van het transport. 'Als we ze bij deze brug kunnen onderscheppen, kunnen we een gerichte EMP gebruiken om hun voertuigen uit te schakelen zonder de inzittenden te verwonden. We hebben er een paar buitgemaakt bij de laatste inval in het Bureau en hebben ze nog niet gebruikt.'

'Een EMP?' vraagt Declan sceptisch. 'Dat is riskant, Artemis. Als we ons moment missen, zijn ze al lang verdwenen voordat we ze kunnen inhalen.'

'Riskanter dan het afslachten van onschuldige mensen?' counter ik, mijn stem druipt van sarcasme. 'We horen beter te zijn dan dat, Declan.'

'Genoeg!' schreeuwt Athina opnieuw, haar frustratie is duidelijk. 'Jullie moeten allebei je trots opzij zetten en je op de missie concentreren. We gaan voor Artemis' plan. Het is onze beste kans om dit transport te stoppen zonder onnodig geweld.'

Declan spant zijn kaken, maar hij protesteert niet verder. Ik weet dat hij niet blij is met de beslissing, maar voor nu lijkt hij bereid om mee te werken. Terwijl we de details van ons plan afronden, kan ik het niet helpen me zorgen te maken over wat er zal gebeuren als we falen. De inzet is nog nooit zo hoog geweest en één verkeerde beweging kan het einde voor ons allemaal betekenen.

De lucht knettert van de spanning als Declan en ik weglopen van de rest van de groep, zijn stormachtige hazelnootbruine ogen boren zich in de mijne als hete boren. Met Athina's interventie nog vers in het geheugen, zet ik me schrap voor nog een discussieronde, maar dit keer zijn het alleen wij – geen bemiddelaar om ons van onszelf te redden.

'Artemis,' begint hij, zijn stem laag en ruw als grind onder de voeten, 'ik weet dat je dit zonder bloedvergieten wil doen, maar soms... soms is dat gewoon niet mogelijk.'

'Geef me één goede reden waarom we dodelijk geweld zouden moeten gebruiken als er een andere manier is,' snauw ik. 'We horen beter te zijn dan dat, Declan.'

'Kijk, ik snap het,' zegt hij, frustratie is duidelijk in zijn stem te horen. 'Ik wil ook geen mensen doden als we het kunnen vermijden. Maar onze prioriteit moet zijn om Diana en haar bewapende hybriden te stoppen. Als we deze kans laten schieten omdat we te bang zijn om risico's te nemen, wat zijn we dan?'

'Helden met principes?' kaats ik terug, de woorden als gif op mijn tong. 'We kunnen slagen zonder ons tot hun niveau te verlagen, Declan. We moeten er alleen slim mee omgaan.'

Hij haalt een hand door zijn warrige bruine haar, een gebaar waarvan ik weet dat het zijn groeiende irritatie aangeeft. 'En wat als jouw plan mislukt, Artemis? Wat als we ontdekt worden of er iemand gewond raakt? Ben je bereid die verantwoordelijkheid te nemen?'

'Natuurlijk,' antwoord ik, mijn stem vastberaden en onverzettelijk. 'Maar ik zal mijn overtuigingen niet opgeven voor het gemak.'

Declan staart me een lang moment aan, de spanning tussen ons is voelbaar. Uiteindelijk slaakt hij een zware zucht en knikt met tegenzin. 'Goed. We doen het op jouw manier. Maar als het misgaat, moeten we bereid zijn om snel te schakelen.'

'Akkoord,' zeg ik, mijn hart bonst in mijn borst als ik besef dat we een ongemakkelijk staakt-het-vuren hebben bereikt.

Terwijl we ons weer bij de anderen voegen, kan ik het niet helpen me zorgen te maken over de gevolgen van onze beslissing. Zal mijn vasthoudendheid aan niet-dodelijke methoden ons team in gevaar brengen, of zal het uiteindelijk de juiste keuze blijken te zijn? Alleen de tijd zal het leren, en terwijl we ons in de nacht wagen, bid ik dat onze ethiek ons niet allemaal de das omdoet.

HOOFDSTUK TWAALF

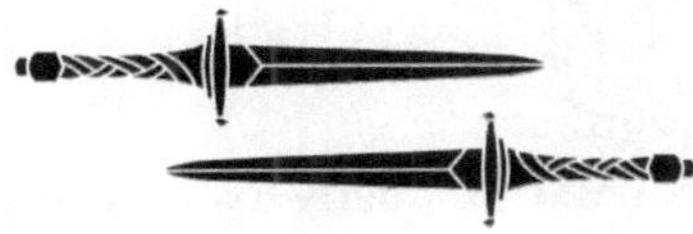

DE MAAN HANGT LAAG en werpt griezelige schaduwen over het verlaten pakhuisdistrict, alsof ze een waarschuwing fluistert. Perfect. Het werd tijd dat er eens iets onze kant op viel. Ik leid mijn team van toegewijde agenten van de Obsidiaan Cirkel om Diana's hybride konvooi te onderscheppen, elke spier in mijn lichaam gespannen en alert. We nemen onze hinderlaagposities in onder dekking van de nacht, waarbij iedereen een verborgen plek zoekt die het beste bij zijn individuele talenten past.

'Onthoud,' zeg ik in mijn communicator, 'we zijn uit op de hybriden. Aarzel niet, maar kijk uit waar je schiet.'

'Doe ik altijd,' is Athina's snibbige antwoord. Ik trek een grijns; ze is een verdomd goede schutter – en dat weet ze.

'Klaar als jij het bent, boss lady,' mengt Declan zich erin, zijn stem kalm en geruststellend. Goede oude Declan, steunt me altijd.

'Iedereen, meld je,' beveel ik. Een voor een bevestigen ze dat ze er klaar voor zijn. We wachten in stilte, terwijl de spanning zich opbouwt en de onrust langs mijn ruggengraat omhoog kruipt als klimop tegen een oude bakstenen muur.

Ik hoor het voordat ik het zie: het gerommel van naderende motoren. Het konvooi komt de bocht om, de koplampen snijden door de duisternis. Vrachtwagens vol met Diana's verdraaide wetenschappelijke projecten, klaar voor wie weet wat voor bloedbad.

'Daar gaan we,' adem ik, mijn hart bonst in mijn oren. Terwijl ze dichterbij komen, hef ik mijn hand, mijn vingers tintelen van verwachting. Nu... nu!

'Aanvallen!' geef ik als sein, en laat mijn hand vallen als het blad van een guillotine.

Om me heen barst de chaos los terwijl geweervuur de nacht splijt en kogels door metaal en vlees scheuren. Mijn team beweegt zich als een geoliede machine en schakelt Diana's troepen met dodelijke precisie uit. Maar haar mensen zijn taai en verzetten zich met alles wat ze hebben.

'Artemis!' schreeuwt Declan, wat me uit mijn concentratie haalt. 'Opgelet!'

'Begrepen!' Ik spring uit mijn schuilplaats en een zilveren dolk flipt van mijn vingertoppen. Hij gloeit tijdens zijn vlucht met een onverwacht blauw licht – ik probeerde hem niet te doordrenken met psychisch vuur – en snijdt in een van de hybriden. De monsterlijke gelaatstrekken van het wezen vertrekken van de pijn voordat het op de grond stort.

'Mooie worp,' merkt Athina op via de communicator. 'Ik ben bijna onder de indruk.'

'Bewaar de vlijerij maar voor later,' snauw ik terug, mijn hart bonkt als een drilboor. 'We hebben werk te doen.'

'Begrepen, boss lady,' zegt Declan, en ik kan zijn grijns bijna horen.

Terwijl het vuurgevecht voortduurt, voel ik een golf van trots voor mijn team – we leveren een verdomd goed gevecht tegen Diana's troepen. Maar tegelijkertijd herinnert een knagend stemmetje achter in mijn hoofd me aan de prijs. Het gevaar waarin we allemaal verkeren. En ik weet dat ik er alles aan zal doen om ze veilig te houden, zelfs als dat betekent dat ik het in mijn eentje moet opnemen tegen Diana's monsters tot de laatste man.

'Blijf gefocust, iedereen,' zeg ik, in een poging mijn eigen zenuwen te kalmeren. 'Dit kunnen we.'

Een voor een komen de vrachtwagens in zicht en Athina schakelt ze uit als een pro. Maar hoezeer we ook ons best doen, sommigen weten langs onze hinderlaag te glippen. Hun chauffeurs wijken roekeloos uit om het geweervuur te ontwijken. Mijn frustratie groeit terwijl ik ze de weg af zie verdwijnen.

'Verdomme!' vloek ik binnensmonds, op mijn tanden knarsend. 'We moeten die vrachtwagens stoppen!'

'Ben ermee bezig,' snauwt Athina, haar focus onwrikbaar.

Plotseling echoot er een keelachtig gebrul door de nacht en vanuit mijn ooghoek vang ik een glimp op van beweging. Een hybride soldaat stort zich op Athina, zijn klauwen snijden door de lucht.

'Athina, pas op!' schreeuw ik in een wanhopige waarschuwing, maar mijn kreet komt een fractie van een seconde te laat.

In angstaanjagende slow motion overbrugt de hybride de afstand en haalt zijn klauwen venijnig over Athina's bovenarm, wat een brede stroom van schokkend helder, karmozijnrood bloed veroorzaakt. Ze slaakt een schorre kreet van verrassing en pijn voordat ze slap op de grond in elkaar zakt, haar sluipschuttersgeweer glijdt nutteloos uit haar verzwakte greep.

Mijn hart verandert onmiddellijk in een ijsklomp in mijn borst bij de nachtmerrieachtige aanblik van mijn zwaargewonde mentor en beste vriendin. 'Nee! Athina!' gil ik in de communicator, terwijl rauwe paniek mijn systeem overspoelt.

'Ogen vooruit, Artemis! Blijf gefocust op het stoppen van die vrachtwagens!' Declan's dringende schreeuw in mijn oor trekt me gelukkig terug van de rand van blinde hysterie. Ik haal diep en kalmerend adem.

'Ja, je hebt helemaal gelijk,' weet ik eruit te hijgen, wanhopig proberend de bijna overweldigende paniek die me dreigt te overmannen, in te slikken. 'We moeten ons onmiddellijk terugtrekken naar een veilige plek zodat we Athina snel medische hulp kunnen geven. Maar voordat we dat doen, moeten we er absoluut voor zorgen dat we die overgebleven vrachtwagens stoppen, wat er ook voor nodig is.'

'Begrepen,' antwoordt Declan, zijn stem staalhard van duidelijke vastberadenheid en focus. 'Laten we dit afmaken, vannacht.'

Ik dwing mezelf om mijn blik af te wenden van Athina's angstaanjagend askleurige gezicht en de groeiende karmozijnrode vlek die zich langzaam over haar jas verspreidt. In plaats daarvan draai ik me om naar de kolossale hybride soldaat, terwijl ik voel hoe een ijzeren vastberadenheid zich in me nestelt, die mijn rug recht. Athina is zoveel meer voor me dan alleen een mentor. Ze is het dichtstbijzijnde dat ik nog heb bij een echte familie in deze wereld. En falen, juist vannacht, is gewoon geen optie.

De hybride soldaat doemt nu dreigend voor me op, een lelijke, verwrongen grijns trekt langzaam zijn groteske, misvormde gelaatstrekken. De lucht om me heen lijkt te knetteren van de verzamelende energie terwijl ik me voorbereid om mijn vluchtige psychische krachten aan te boren, de gevolgen konden me gestolen worden. 'Je hebt vanavond de volkomen verkeerde ploeg uitgekozen om ruzie mee te zoeken, gedrocht,' snauw ik naar het wezen.

'Artemis, maak het nu af!' schreeuwt Declan.

Gevoed door wanhoop en woede, ontketen ik een verwoestend krachtige straal blauw vuur, die de hybride soldaat recht in zijn borst raakt met elke gram kracht die ik kan opbrengen. Hij wankelt achteruit met een snerpende gil, en zakt dan levenloos op de grond in elkaar, zijn monsterlijke lichaam valt snel uiteen in fijne as die wordt verspreid door de opstekende wind. Maar er is geen tijd of energie meer over om zelfs maar een kleine overwinning te vieren.

'Hou vol, Athina,' smeek ik dringend, mijn hart krimpt ineen van angst terwijl ik naar haar toe ren om naast haar te knielen. Haar gezicht is nu spookachtig, perkamentbleek, en haar ademhaling is gevaarlijk schokkerig en oppervlakkig geworden. Bloed blijft gestaag druppelen uit de diepe sneden in haar arm en vormt een steeds groter wordende karmozijnrode plas op de grond onder haar. 'We halen je hier weg, hou nog even vol!'

Athina slaagt er op de een of andere manier nog steeds in om een kleine, zwakke glimlach naar me op te trekken, haar warme bruine ogen zijn glazig van de pijn maar stralen nog steeds geruststelling uit. 'Nooit... aan je getwijfeld... ook maar een seconde,' hijgt ze tussen de gehijgde ademteugen door.

'We laten niemand achter, wat er ook gebeurt,' beloof ik haar fel, terwijl ik de hete tranen die plotseling in mijn ogen prikken, wegknipper. Ik leg snel een geïmproviseerd tourniquet om haar arm en trek het strak aan om het beangstigende bloedverlies te vertragen.

Declan komt naast me staan en geeft een plechtige, stille knik van instemming, zijn gelaatstrekken getekend door duidelijke vastberadenheid. 'Laten we het team evacueren en Athina onmiddellijk in veiligheid brengen.'

Ik ben dankbaar voor Declans buitengewone nieuwe kracht als hij Athina moeiteloos optilt en haar daar wegdraagt. Het enige wat ik kan doen is toekijken hoe haar oogleden open en dicht fladderen, haar hoofd af en toe zwak opzij valt.

Het monster in mij roert zich, zijn gefluister mompelt dat ik elke laatste van Diana's hybride soldaten daar had moeten afslachten, hen onvoorstelbaar had moeten laten lijden omdat ze het waagden een van ons zwaar te verwonden. Omdat ze mijn Athina pijn durfden te doen. Ik klem mijn kaken hard op elkaar en duw de bloeddorstige impuls diep in me terug. Vanavond gaat het erom Athina hier veilig weg te krijgen, zodat we haar verwondingen kunnen behandelen. Wraak en geweld kunnen later komen.

De remmen gieren als ik de gestolen truck tot stilstand breng bij de ingang van onze geheime schuilplaats. Mijn hart bonkt op het ritme van de kloppende pijn in Athina's arm. De roestige metalen deur kraakt open en Malcolm verschijnt, zijn ogen wijd van bezorgdheid.

'Breng haar naar binnen', beveelt hij, na één blik op het bebloede verband om Athina's arm. 'Medicijnmannen!'

Met geoefende handen leggen ze Athina's slappe lichaam voorzichtig op een wachtende geïmproviseerde brancard en beginnen haar verwondingen met kalme maar uiterst geconcentreerde precisie te beoordelen. De aanblik van al het bloed dat hun handschoenen bevlekt, doet mijn maag omdraaien van hernieuwde angst.

'Ze heeft al een extreem aanzienlijke hoeveelheid bloed verloren', mompelt een van de medici somber tegen Malcolm zonder op te kijken. 'We moeten haar onmiddellijk stabiliseren en een transfusie starten voordat ze in een hypovolemische shock raakt.'

'Begin onmiddellijk met die transfusie', commandeert Malcolm op een korte, emotieloze toon die me meteen irriteert. Maar ik weet dat dit niet het moment is om een zinloze ruzie te beginnen, hoe gevoelloos hij ook mag klinken. Athina's leven hangt nog steeds aan een zijden draadje.

De medici werken onvermoeibaar door, tot diep in de nacht en de vroege ochtenduren, om Athina's ernstige wonden te behandelen en haar verloren bloedvolume te herstellen. Zodra ze me verzekeren dat ze volledig stabiel en buiten direct levensgevaar is, trek ik Malcolm apart, buiten gehoorsafstand van de anderen. Ik kan de pure wanhoop in mijn stem niet onderdrukken als ik schor eis: 'Hoe lang denk je dat het zal duren voordat Athina volledig hersteld is?'

Malcolm strijkt met een hand door zijn eeuwig warrige haar en slaat een korte zucht, duidelijk zijn antwoord overwegend. 'Ervan uitgaande dat er geen onvoorziene complicaties optreden, en gezien de ernst van haar verwondingen, verwacht ik dat het waarschijnlijk minstens een paar weken zal duren voordat Athina sterk genoeg is om weer actief in het veld te zijn.'

Ik knik strak, worstelend om de storm van woede, schuld en hulpeloosheid die in me woedt te bedwingen. Een paar weken lijkt misschien niet lang, maar in ons werk is dat een eeuwigheid. Er moet nog zoveel gebeuren om Diana en de sinistere plannen van het Bureau te stoppen. Maar Athina's leven en welzijn moeten voorrang hebben.

'Dank je', antwoord ik, niet in staat om de verslagen toon volledig uit mijn stem te houden. Malcolm knikt en draait zich zonder een woord te zeggen om naar de slapende Athina te kijken.

Ik trek me terug in een schaduwrijke hoek van de kamer, terwijl golven van schuld en zelfverwijt over me heen spoelen en ik de volledige impact van de gebeurtenissen van vannacht tot me door laat dringen. Ik had alerter moeten zijn, Athina beter moeten beschermen. Als teamleider zijn haar verwondingen uiteindelijk mijn falen, en een falen dat Athina vannacht haar leven had kunnen kosten.

Declan lijkt mijn neerwaartse spiraal van gedachten aan te voelen en gaat ondersteunend naast me staan, terwijl hij zachtjes mijn ineengezakte schouder vastpakt. 'Je moet weten dat je absoluut alles hebt gedaan wat in je macht lag om Athina en de rest van het team veilig te houden, Artemis. Dat weet zij ook, dat beloof ik je.'

Ik schud enkel bitter mijn hoofd, niet in staat om mijn blik los te rukken van Athina's nu vredig rustende lichaam, haar borstkas die weer gestaag op en neer gaat dankzij de onvermoeibare inspanningen van het team. Maar het feit blijft dat ze daar nu bewusteloos en zwaargewond ligt omdat ik heb gefaald om mijn mensen goed te leiden en te beschermen. En dat is een fout die ik mezelf misschien wel nooit volledig kan vergeven.

'Artemis, luister naar me', smeekt Declan zacht. 'Je bent maar één persoon, en niemand van ons had ooit kunnen voorspellen hoe overweldigend sterk Diana's hybride strijdkrachten vannacht zouden zijn. Maar ondanks dat we verrast werden, hield jij het hoofd koel en heb je uiteindelijk Athina's leven gered toen het er echt op aankwam. Niemand had meer kunnen doen.'

Ik open reflexmatig mijn mond, klaar om zijn woorden boos te weerleggen, maar sluit die dan langzaam als ik met tegenzin bedenk dat hij misschien wel een punt heeft. Blijven stilstaan bij mijn vermeende fouten zal Athina nu niet helpen, en het zal onze zaak ook niet helpen. Misschien is wat nuchtere introspectie nodig zodra de scherpe randjes van dit trauma eraf zijn. Dus geef ik hem in plaats daarvan een klein, strak knikje, nog steeds niet in staat om te spreken door de dikke brok in mijn keel.

Declans hand op mijn arm knijpt lichtjes; geruststelling en troost in die simpele aanraking. 'We zijn er allemaal voor je, Artemis. Voor Athina. Je hoeft deze lasten niet alleen te dragen.'

Ik kijk hem na terwijl hij wegloopt, mijn hart zwaar van de last van mijn vermeende mislukkingen. Het gezoem van medische apparatuur vult de kamer, een constante herinnering aan de strijd voor Athina's leven, die nog steeds onbeslist is. Maar daaronder is er iets anders - een sprankje hoop. Als Athina hier doorheen kan komen, hebben we misschien nog een kans om het tij te keren tegen Diana en haar gestoorde plannen.

'Word snel beter, Athina', fluister ik, mijn stem nauwelijks hoorbaar boven het gestage gepiep van de monitors. 'Ik heb je nodig. We hebben je allemaal nodig.'

Terwijl ik terug in de schaduwen stap en me voorneem de zaken recht te zetten, kan ik het gevoel niet van me afschudden dat de tijd dringt, zowel voor ons als voor de nietsvermoedende stad die net buiten onze geheime schuilplaats ligt.

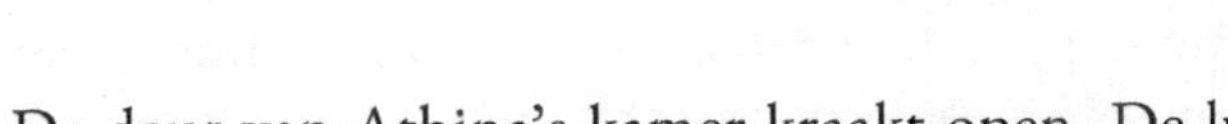

De deur van Athina's kamer kraakt open. De lucht is zwaar van de geur van ontsmettingsmiddel en spanning. Ik zet een aarzelende stap naar binnen, mijn ogen prikken als ze aan het zwakke licht wennen.

'Artemis?' Athina's vermoeide stem doorbreekt de stilte. 'Kom dichterbij, blijf niet in de deuropening hangen als een soort spook.'

'Sorry', mompel ik, en schuifel naar haar bed. Haar witte haar is aan haar voorhoofd gekleefd door het zweet, maar die warme bruine ogen hebben nog steeds hun gebruikelijke vonk. Ze is er nog niet bovenop, maar ze vecht.

'Luister, kind', zegt Athina, haar stem zwak maar vast-beraden. 'Ik weet dat je jezelf de schuld geeft van wat er is gebeurd, maar dat is gewoon ronduit dom. We kenden beiden de risico's toen we hieraan begonnen.'

'Toch...', maak ik mijn zin niet af, terwijl het schuldgevoel aan me knaagt. 'Als ik voorzichtiger was geweest... '

'Genoeg', onderbreekt ze me, haar blik doordringend. 'Je kunt het gewicht van de wereld niet op je schouders dragen, Artemis. Bovendien kan ik, terwijl ik hier vastzit om te herstellen, onze strategie herzien. Het is niet zo dat ik veel anders te doen heb.'

'Weet je het zeker?' vraag ik, verscheurd tussen opluchting en bezorgdheid. 'Je moet je richten op je herstel.'

'Natuurlijk weet ik het zeker. Nu is er iets anders dat we moeten bespreken.' Haar stem wordt lager, samenzweerderig. 'Heb je gemerkt hoe mensen zijn gaan fluisteren over het Bureau?'

'Fluisteren?' Ik trek een wenkbrauw op, niet zeker waar ze naartoe wil.

'Geruchten, vermoedens, twijfels', zegt Athina, haar ogen tot spleetjes vernauwend. 'Mensen beginnen de acties van het Bureau in twijfel te trekken – en dat is iets wat we in ons voordeel kunnen gebruiken.'

'Hoe?' Het idee intrigeert me, maar we moeten voorzichtig te werk gaan. De veiligheid van ons team staat op het spel.

'De publieke opinie kan een krachtig wapen zijn', legt Athina uit, haar stem zwaar van ervaring. 'Als we de geheimen van het Bureau kunnen onthullen en het publiek achter ons kunnen scharen, zal het voor hen veel moeilijker worden om door te gaan met welke gestoorde experimenten ze ook van plan zijn.'

'De stad tegen hen opzetten', mompel ik, de radertjes in mijn hoofd draaien al op volle toeren. 'Dat bevalt me.'

'Goed.' Ze knikt, en de kleinste glimlach speelt om haar lippen. 'Hou nu op met mokken en ga wat rusten. We hebben nog een lange weg te gaan.'

'Oké', stem ik toe, hoewel slapen een onmogelijke opgave lijkt op dit moment. Terwijl ik Athina's kamer verlaat en terugkeer naar de duisternis van de schuilplaats, wordt één ding glashelder: Diana en het Bureau zien een afrekening tegemoet, en wij zullen degenen zijn die die brengen.

HOOFDSTUK DERTIEN

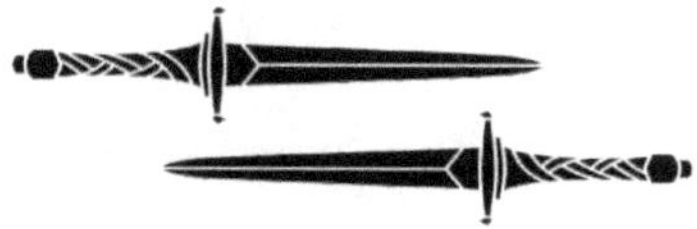

IK VOEL DE SPANNING in de lucht terwijl Athina door de schemerige kamer ijsbeert, haar wandelschoenen knerpend op de betonnen vloer. De laatste tijd heeft ze er veel van: geheime ontmoetingen met mensen met wie ze niet zou moeten praten. Maar dit keer heeft ze informatie die ons eindelijk naar het hart van het Bureau kan leiden.

'Artemis, Declan,' zegt ze, met een harde en vastberaden blik. 'Er staat een bijeenkomst van hooggeplaatst personeel van het Bureau op de planning. Diana is erbij betrokken en ik geloof dat dr. Graves aanwezig zal zijn.'

Die naam jaagt een golf van woede door me heen. Dr. Graves: hoofd van het Bureau en de man die het bevel gaf om te experimenteren met paranormale wezens alsof het proefkonijnen waren. Ik bal mijn vuisten, mijn nagels graven in mijn handpalmen, maar ik laat niets merken. Nog niet.

'Prima. We gaan ernaartoe,' zeg ik vastberaden en Athina knikt goedkeurend. Declan staat vlakbij met zijn armen over elkaar, zijn hazelnootbruine ogen wijken niet van me af. Hij weet hoe graag ik Graves aan stukken wil scheuren en hij maakt zich zorgen over wat er zou kunnen gebeuren als we oog in oog met elkaar komen te staan.

We infiltreren het evenement vlekkeloos en gaan op in de schaduwen als de roofdieren die we zijn geworden. Het stikt er van de agenten van het Bureau en paranormale hybriden, die allemaal een masker van beleefdheid dragen terwijl ze doen alsof ze elkaar niet verachten. Het is misselijkmakend.

'Artemis, kijk,' fluistert Declan en wijst naar de overkant van de kamer. En daar is hij: dr. Victor Graves, zijn koude ogen scannen de menigte terwijl zijn gepoetste schoenen tegen de marmeren vloer tikken.

'Kom, we gaan dichterbij,' stel ik voor, terwijl de adrenaline door me heen stroomt. We komen dichterbij, blijven uit het zicht, tot ik nog maar een paar meter verwijderd ben van de man die verantwoordelijk is voor alle pijn en al het leed dat het Bureau heeft veroorzaakt.

'Artemis, denk aan onze missie,' waarschuwt Declan, zijn stem laag en beheerst. 'We moeten informatie verzamelen en wegwezen.'

'Die informatie kan wachten,' grom ik, terwijl ik mijn woede nauwelijks kan bedwingen. Mijn hybride krachten roeren zich in me en smeken om losgelaten te worden. 'Ik heb eerst wat zaken af te handelen met Graves.'

'Artemis, niet d—' maar ik ben al in beweging.

'Dr. Graves!' roep ik, terwijl ik met furieuze stappen op hem afloop. Zijn ogen worden groot als hij me ziet aankomen, maar er is geen angst te bekennen in die koude diepten. Hij heeft elke zet berekend, vol vertrouwen dat hij dit verwrongen spel zal winnen.

'En wie zou u zijn?' sneert hij afwijzend, zijn achterovergekamde haar glinstert onder de lichten van de kroonluchter.

'Hou je mond!' snauw ik, niet langer in staat mijn woede te bedwingen. Mijn hybride krachten schieten uit de hand, een stortvloed van psychische energie die alles op zijn pad dreigt te verteren. De kamer beeft, glas versplintert en mensen schreeuwen het uit van angst.

'Artemis, stop ermee! Je vermoordt iedereen!' schreeuwt Declan, terwijl hij mijn arm vastgrijpt. Zijn aanraking is warm, aardend en mijn krachten beginnen weg te ebben. Maar zijn greep wordt steviger als hij me terugtrekt, weg van de chaos die zich om ons heen ontvouwt.

'Laat me los, Declan!' gil ik, terwijl wanhoop aan mijn borst klauwt. 'Hij verdient het!'

'Misschien wel, maar we kunnen onszelf niet verliezen,' zegt hij, zijn stem gespannen maar vastberaden. 'We zijn beter dan dit, Artemis.'

'Grijp haar,' beveelt Graves koeltjes, maar niemand durft me te benaderen, niet met de blauwe vlammen die aan mijn vingertoppen flikkeren. Ik storm het gebouw uit, de koude nachtlucht in, en zoek troost in afzondering. De lichten van de stad flikkeren om me heen, een harde herinnering aan het feit dat ik niet langer veilig ben onder hen. Ik spring op mijn motor en scheur de nacht in, woedend op mezelf. Mijn gebrek aan controle heeft zojuist een van onze beste kansen om informatie te verzamelen verpest... en ik heb Graves niet eens ledemaat voor ledemaat uit elkaar kunnen rukken.

'Artemis, wacht!' roept Declan me na terwijl ik van de motor spring en terug ons huidige onderduikadres in loop. Maar ik kan hem me niet zo laten zien, zwak en onstabiel.

'Laat me met rust,' snauw ik, de woorden smaken bitter op mijn lippen. De wind zwiept mijn zilveren haar, alsof hij mijn innerlijke onrust weerkaatst.

'Artemis, we moeten hierover praten!'

'Waarover praten? Hoe ik bijna iedereen in die kamer heb gedood? Hoe ik een tikkende tijdbom ben die op springen staat?' Mijn stem breekt, emotie dreigt over te lopen. 'Laat... laat me gewoon met rust.'

'Verdomme, Artemis, je bent geen monster,' houdt Declan vol, zijn hazelnootbruine ogen zoeken de mijne af naar iets – om het even wat – dat zijn gelijk bewijst.

'Misschien nu nog niet, maar het is slechts een kwestie van tijd,' mompel ik, en ik deins terug voor zijn aanraking. Ik ben een gevaar voor iedereen geworden, inclusief mezelf.

'Artemis, er is een andere manier.' Athina verschijnt naast ons, haar warme bruine ogen stralen wijsheid uit. 'Je hoeft niet in stilte te lijden. We zullen je helpen balans te vinden, maar dan moet je ons vertrouwen.'

'Vertrouwen?' snoef ik bitter. 'Dat is wat ons in de eerste plaats in deze puinhoop heeft gebracht.'

'Dat is waar,' geeft Athina toe, haar toon geduldig en medelevend. 'Maar we zijn te ver gekomen om nu op te geven. Je bent sterker dan je beseft, Artemis, en samen kunnen we alles overwinnen.'

'Zelfs... wat ik ook aan het worden ben?' vraag ik, mijn stem nauwelijks een fluistering.

'Vooral dat,' antwoordt Athina met een vastberaden glimlach. 'Maar dan moet je ons wel eerst toelaten.'

Ik aarzel even, het gewicht van mijn beslissing drukt zwaar op mijn schouders. Maar als ik tussen Declan en Athina heen kijk, weet ik dat er geen andere keus is. Dit is geen gevecht dat ik alleen kan voeren.

'Oké,' zeg ik eindelijk, en een ongemakkelijk gevoel van opluchting overspoelt me. 'Ik zal het proberen.'

'Goed,' knikt Athina, terwijl ze een troostende hand op mijn schouder legt. 'We zullen dit samen doorstaan, Artemis. Je bent niet alleen.'

'Dank je,' breng ik uit, mijn stem wankel. Maar zelfs als we teruglopen naar het team, kan ik de knagende twijfel in mijn hoofd niet van me afschudden. Wat als ik echt niet meer te redden ben?

De nachtlucht bijt in mijn huid terwijl ik buiten voor de deur van Malcolms lab sta, de wind zwiept mijn zilveren haar als boze tentakels om mijn gezicht. Verdomme, wat is het koud. Wat doe ik hier? Ik wrijf over mijn armen in een vergeefse poging om warm te blijven en werp een schichtige blik over mijn schouder, om er zeker van te zijn dat niemand me gevolgd is. Het laatste wat ik nodig heb, is dat Declan of Athina ontdekt waar ik mee bezig ben.

'Artemis.' Een vertrouwde stem laat me schrikken als Malcolm de deur opent en me van top tot teen opneemt, zijn wenkbrauwen gaan nieuwsgierig omhoog. 'Waar heb ik dit genoegen aan te danken?'

'Kap met die onzin, Malcolm,' snauw ik. 'Ik heb je hulp nodig.'

'Interessant.' Hij trekt een wenkbrauw op, duidelijk geamuseerd door mijn wanhoop. 'En wat doet je denken dat ik je ga helpen?'

'Omdat je bij me in het krijt staat,' sis ik. 'En nu, ga je me helpen of niet?'

'Goed dan.' Hij zucht dramatisch en grijpt in zijn jaszak, waar hij een klein flesje uit haalt dat gevuld is met een gloeiende blauwe vloeistof. 'Dit is een experimenteel middel, ontworpen om paranormale krachten te onderdrukken. Het is ongetest, dus ik kan niet garanderen dat het zal werken of dat er geen bijwerkingen zullen zijn.'

'Bijwerkingen?' frons ik, terwijl ik het zinkende gevoel in mijn maag probeer te negeren.

'Mogelijk ernstige,' waarschuwt hij, zijn stem laag en serieus. 'Maar aangezien je wanhopig genoeg was om het te vragen, neem ik aan dat je bereid bent dat risico te nemen.'

'Geef hier,' eis ik en griste het flesje uit zijn hand. Mijn hart bonst als ik naar de vloeistof staar, wetende dat dit me kan redden of vernietigen. Leuke boel.

'Denk eraan, Artemis,' zegt Malcolm ernstig, 'jij hebt dit pad gekozen.'

'Bedankt voor de herinnering,' mompel ik sarcastisch, terwijl ik me van hem afkeer en terug naar mijn motor loop. Hoezeer ik het ook haat om het toe te geven, hij heeft gelijk: dit is mijn keuze en ik moet de consequenties onder ogen zien.

Terug in het onderduikadres drink ik de inhoud van het flesje in één teug leeg en trek een vies gezicht van de bittere smaak. Het duurt niet lang voordat de bijwerkingen optreden. Mijn hoofd bonkt als een drilboor en mijn lichaam rilt van koortsachtige trillingen. Mijn krachten zijn verzwakt, maar ik ben verlamd door de koorts en kan nauwelijks staan, laat staan me op iets om me heen concentreren.

'Geweldig,' kraak ik en zak tegen de muur terwijl de wereld om me heen kantelt. 'Gewoon verdomd geweldig.'

Ik weet dat ik dit niet voor altijd geheim kan houden, maar voor nu wil ik alleen maar een schijn van controle over mijn leven – zelfs als dat een gevaarlijke prijs heeft. Terwijl ik mijn bonzende hoofd tegen de koude muur leun, zie ik op tegen de onvermijdelijke confrontatie wanneer Declan en Athina ontdekken wat ik heb gedaan.

'Help me,' fluister ik in de duisternis, onzeker of ik het aan Malcolm, mijn teamgenoten of het universum zelf vraag. Maar terwijl de schaduwen zich om me heen sluiten, is het enige antwoord dat ik krijg de echo van mijn eigen wanhopige kreet.

Ik lig op de koude vloer, oncontroleerbaar rillend, als Declan het onderduikadres binnenstormt. Zijn ogen worden groot als hij mijn verzwakte toestand ziet en ik heb amper de energie om mijn hoofd op te tillen.

'Artemis,' ademt hij en hij haast zich naar me toe. 'Wat heb je in vredesnaam gedaan?'

'Ook leuk jou te zien, Dec,' slaag ik erin te kraken, en ik probeer me groot te houden ondanks mijn trillende lichaam. 'Gewoon een beetje koorts, dat is alles.'

'Hou op met die onzin, Artemis,' snauwt hij, zijn hazelnootkleurige ogen vol bezorgdheid. 'Je gloeit. Wat heeft Malcolm je gegeven?'

'Declan, het was mijn eigen keuze,' fluister ik defensief, niet in staat zijn blik te beantwoorden. 'Ik... ik had gewoon iets nodig om mijn krachten onder controle te krijgen.'

'Door jezelf te vergiftigen?' gromt hij boos. 'Dacht je dat ik het niet zou merken? Dacht je dat het ons niets zou kunnen schelen?'

'Dec, het spijt me,' zeg ik met een overslaande stem. 'Ik wilde je niet in deze puinhoop meesleuren. Ik dacht dat ik het alleen aankon.'

'Artemis, we horen een team te zijn,' zegt hij zacht, terwijl hij naast me knielt. 'Je kunt ons niet zo blijven buitensluiten. We zijn hier om je te helpen, niet om je te veroordelen.'

'Goed,' geef ik met tegenzin toe. 'Vanaf nu beloof ik dat ik opener zal zijn. Maar alleen als jij belooft dat je me niet meer behandelt als een breekbaar poppetje.'

'Afgesproken,' stemt hij in, zijn hand stevig om de mijne geklemd. 'We vinden wel een andere manier, samen.'

'Dank je,' mompel ik, terwijl ik een klein sprankje hoop voel te midden van de chaos in mij.

Ons moment van verstandhouding duurt echter niet lang. Zodra Athina zich bij ons onderonsje voegt, vliegen de vonken ervan af en vullen boze woorden de lucht.

'Artemis, wat dacht je in hemelsnaam?' snauwt ze, haar groene ogen vurig. 'Ongeteste drugs van Malcolm aannemen? Ben je gek geworden?'

'Blijkbaar,' mompel ik, terwijl ik met mijn ogen rol. 'Ik wist niet dat we vandaag de vuile was buiten hingen.'

'Genoeg!' schreeuwt Declan, waarmee hij de spanning doorbreekt. 'We moeten ons richten op het vinden van een oplossing, niet met de vinger wijzen.'

'Declan heeft gelijk,' zeg ik, mijn tanden op elkaar klemmend tegen de pijn. 'We moeten een manier vinden om mijn krachten te stabiliseren zonder op te offeren wie we zijn.'

'Goed,' geeft Athina schoorvoetend toe. 'Maar we kunnen het ons niet veroorloven om nog meer roekeloze beslissingen te nemen. We dansen op een dun koord, en één verkeerde beweging kan het einde voor ons allemaal betekenen.'

'Bedankt voor de peptalk,' snauw ik sarcastisch, terwijl ik mijn woede voel opvlammen. 'Wat zouden we zonder je opbeurende toespraken moeten?'

'Artemis!' waarschuwt Declan, die mijn toenemende furie aanvoelt.

'Sorry,' mompel ik, mijn vuisten ballend om mijn krachten in bedwang te houden. 'Ik... ik kan er gewoon niets aan doen.'

'Niemand van ons kan dat,' zegt Athina zacht. 'Maar we moeten het proberen. Voor elkaar en voor degenen die niet zoveel geluk hebben als wij.'

'Afgesproken,' zeg ik, zwak knikkend. 'Laten we dit doen. Samen.'

Maar zelfs als de woorden mijn lippen verlaten, voel ik een golf van onbeheersbare energie in me opwellen. Paniek stijgt op in mijn borst terwijl ik worstel om het te bedwingen, maar het heeft geen zin – voor ik het weet, barsten mijn paranormale krachten los, waardoor iedereen achteruitdeinst.

'Artemis!' schreeuwt Declan als hij tegen de muur wordt gesmeten, zijn gezicht getekend door pijn en verraad.

'Shit!' hijg ik, geschokt door mijn eigen daden. 'Het was niet mijn bedoeling...'

'Artemis, herpak je!' schreeuwt Athina, haar stem gevuld met evenveel angst als vastberadenheid. 'We kunnen het ons niet veroorloven je te verliezen!'

'Ik probeer het,' fluister ik wanhopig, mijn zicht vertroebeld door tranen. 'Ik zweer het, ik probeer het.'

'Het is een slechte nacht. Ik lig het grootste deel van de nacht wakker, afwisselend gekweld door rillingen van de kou en een brandende koorts. Ergens voor zonsopgang glipt Declan weg, en als hij terugkomt, is Kaiser bij hem.

'Een slechte reactie,' mompelt Malcolm, terwijl hij naast me knielt en lichtjes mijn voorhoofd aanraakt. 'Ik heb je gewaarschuwd.'

'Ik weet het.' Op dat moment kan ik mijn ogen niet openhouden, te zwak om meer te doen dan alleen maar stil te liggen en me te concentreren op mijn ademhaling.

'Er is misschien een andere manier om Artemis te helpen,' zegt Malcolm zacht, en ik doe een oog op een kier om te zien dat hij tegen Declan praat. 'Jouw unieke hybride samenstelling zou de sleutel kunnen zijn tot het synthetiseren van een nieuwe partij serum, speciaal voor haar ontworpen.'

'Echt?' vraagt Declan, zijn gezicht een mengeling van hoop en argwaan. 'En hoe zou dat precies werken?'

'Simpel,' haalt Kaiser grijnzend zijn schouders op. 'Ik heb monsters van je veranderde DNA. Ik kan een formule op maat maken, afgestemd op de specifieke behoeften van Artemis.'

'Goed,' geeft Declan met tegenzin toe, duidelijk verscheurd tussen bezorgdheid voor mijn veiligheid en het knagende vermoeden dat hij wordt gemanipuleerd. Of misschien is dat gewoon mijn knagende vermoeden. 'Maar alleen als zij ermee instemt. Ik zal haar nergens toe dwingen.'

'Begrepen,' knikt Kaiser, al op weg naar de deur, vermoedelijk om terug te gaan naar zijn lab en te beginnen met het nieuwe serum. Maar terwijl de schaduwen langer worden en de nacht donkerder wordt, wordt één ding steeds duidelijker: de tijd dringt voor ons allemaal, en onze loyaliteit zal op de proef worden gesteld als nooit tevoren.

⬩◦⬩

'Artemis?' De stem van Athina doorbreekt mijn gedachten, haar moederlijke aanwezigheid biedt enige troost te midden van de chaos.

'Hé,' mompel ik, terwijl ik mijn hoofd weet te draaien en haar in de ogen kijk. 'Hoeveel heb je gehoord?'

'Genoeg,' zegt ze zacht. 'Maar ik denk dat er misschien een andere manier is om je te helpen de controle terug te krijgen.'

'Echt?' Ik spot. 'En wat is dat dan?'

'Trainingsoefeningen en emotionele begeleiding,' stelt ze voor, haar armen over elkaar. 'Geen drugs, geen serums. Alleen jij en ik, die samenwerken om je innerlijke balans te vinden.'

'Klinkt in theorie geweldig,' mompel ik, nog steeds twijfelachtig. 'Maar wat als het niet werkt? Wat als ik uiteindelijk iemand pijn doe?'

'Dan zien we dan wel weer verder,' antwoordt Athina vastberaden. 'Maar je kunt hier niet voor blijven weglopen, Artemis. Je moet het met open vizier tegemoet treden.'

'Goed,' geef ik toe, wetende dat ze gelijk heeft. 'Laten we het doen. Zodra ik weer kan staan, tenminste.' Ik probeer een wrange glimlach te produceren, maar die kan er niet goed uitzien, want haar gezicht vult zich weer met zorgen en ze legt een zachte hand op mijn hoofd, mijn haar strelend.

'Onthoud wel, dit wordt niet makkelijk. Het zal tijd, geduld en een heleboel zelfdiscipline vergen.'

'Oké,' zucht ik. 'Laten we ons eerst op deze niet-farmaceutische aanpak richten. Als het niet werkt...' Ik laat de zin onafgemaakt, omdat ik niet aan het alternatief wil denken.

'Dan is dat een zorg voor later,' zegt Athina vastberaden.

Vogels kwetteren in de verte terwijl ik met gekruiste benen op het bedauwde gras zit en probeer me op mijn ademhaling te concentreren. Athina staat vlakbij, haar ogen gesloten, terwijl ze de meditatietechniek demonstreert waar we aan gewerkt hebben. Mijn gedachten racen en ik kan het niet helpen me af te vragen of dit een grote tijdverspilling is.

'Artemis,' snijdt Athina's stem als een mes door mijn gedachten. 'Je gedachten dwalen af. Breng ze terug naar je ademhaling.'

'Juist, ja,' mompel ik binnensmonds, geïrriteerd dat ze het kan merken. Proberen mijn geest leeg te maken voelt als rook proberen te vangen met mijn blote handen – onmogelijk en frustrerend.

'Onthoud,' adviseert Athina, haar toon kalmerend ondanks mijn sarcasme, 'het doel is niet om je krachten of emoties te onderdrukken, maar om ze te begrijpen en te beheersen.'

'Jij hebt makkelijk praten,' mopper ik. Mijn frustratie bouwt zich in me op en dreigt naar buiten te komen en chaos te veroorzaken. Ik haal diep adem, adem langzaam uit en probeer een schijn van controle terug te krijgen.

'Focus, Artemis,' dringt Athina aan. 'Je hebt de afgelopen dagen vooruitgang geboekt. Laat je ongeduld dat niet allemaal ongedaan maken.'

'Goed dan,' snauw ik, hoewel ik weet dat ze gelijk heeft. Ik heb enige verbetering gezien in mijn vermogen om mijn krachten te beheersen, maar het is lang niet genoeg. Het is alsof je een vloedgolf tegenhoudt met een gammel parapluutje.

Terwijl ik me opnieuw op mijn ademhaling richt, merk ik dat Declan in de buurt tegen een boom leunt, met zijn armen over zijn borst gevouwen. Hij kijkt me aan met een mengeling van bezorgdheid en vastberadenheid in zijn hazelnootkleurige ogen. Hoewel hij wil helpen, weet hij dat ik de ruimte nodig heb om hier zelf doorheen te komen. Maar de belofte van zijn onwankelbare steun hangt tussen ons in de lucht.

'Artemis!' Athina's scherpe stem brengt me terug naar het heden. 'Je doet het weer.'

'Sorry,' mompel ik, terwijl ik de warmte in mijn wangen voel opstijgen. Het is moeilijk om me te concentreren als de zwaarte van onze situatie zo groot is.

'Probeer het opnieuw,' instrueert Athina zacht. 'Voel de energie in je, begrijp haar eb en vloed.'

Ik sluit mijn ogen, haal diep adem en probeer me te concentreren op de slierten van kracht die in mij huizen. Langzaam begin ik me meer op mijn gemak te voelen, en mijn krachten lijken minder op een ongetemd beest dat op het punt staat los te breken. Het is iets waar ik mee kan werken, iets wat me misschien toch niet zal vernietigen.

'Goed,' mompelt Athina, goedkeurend knikkend als ze mijn vooruitgang voelt. 'Je komt er wel, Artemis. Je moet alleen geduldig zijn en blijven oefenen.'

'Bedankt,' zeg ik, met een kleine glimlach. Terwijl de hoop in me opflakkert als een klein vlammetje, kijk ik naar Declan. Zijn lippen krullen op in een half-glimlach, zijn ogen warm van aanmoediging.

Ik weet dat dit niet gemakkelijk zal zijn en dat ik nog lang niet uit de gevarenzone ben. Maar met Athina's begeleiding en Declan aan mijn zijde, kan ik misschien – heel misschien – een manier vinden om mijn gaven echt te meesteren en welke uitdagingen dan ook het hoofd te bieden. Samen zullen we dit verraderlijke pad bewandelen, stap voor stap.

Hoofdstuk Veertien

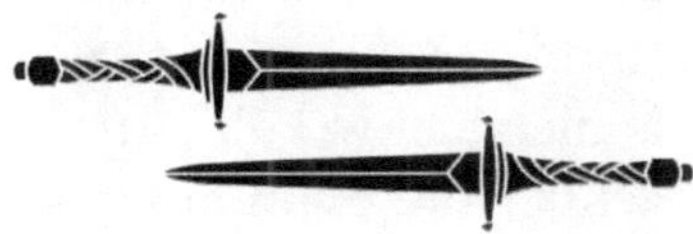

Een schemerige bureaulamp werpt flikkerende schaduwen over de chaotische puinhoop van mappen en documenten die over mijn geïmproviseerde werkplek verspreid liggen. Ik voel de vermoeidheid op me neerdalen, maar slapen is een luxe die ik me niet kan veroorloven. Duizenden levens staan op het spel en ik ben hun enige hoop. Zuchtend strijk ik een hand door mijn zilveren haar en blaas de spanning uit terwijl ik me weer in het onderzoek stort.

'Artemis', klinkt een stem achter me. Declan heeft altijd geweten hoe hij me ongemerkt moest besluipen, zelfs als ik de wereld probeer te redden.

'Declan, wat wil je?', vraag ik, geïrriteerd door de onderbreking. Ziet hij dan niet dat ik probeer deze mensen te redden?

'Heb je iets nieuws gevonden?', vraagt hij met een zachte, bezorgde stem. Ik klem mijn kaken op elkaar en richt me weer op de papieren voor me.

'Duizenden werden gedwongen in dienst genomen en hun dossiers werden vervalst om hen dood te verklaren', zeg ik op bittere toon. 'Het bedrog van het Bureau kent geen grenzen.'

'Jezus', mompelt Declan en hij strijkt een hand door zijn donkere haar. Hij leunt over mijn schouder en bekijkt de informatie die ik heb verzameld. 'Hoe ver gaat dit?'

'Te ver', mompel ik, terwijl mijn vingers zich om de rand van het bureau klemmen tot mijn knokkels wit worden. 'Ik weet niet waar we aan beginnen, maar ik ben bang dat het niet fraai zal zijn.'

'Artemis, we komen hier wel uit', verzekert Declan me, en hij legt een zachte hand op mijn schouder. Maar zelfs zijn aanraking kan de woede en angst die door mijn aderen gieren niet verzachten.

'Komen we dat?', snauw ik, en ik draai me naar hem toe met vuur in mijn ogen. 'Want op dit moment zie ik alleen een bodemloze put van corruptie en leugens. Het Bureau heeft zijn misdaden zo diep begraven, dat ik betwijfel of we ooit de bodem zullen bereiken.'

De felle tl-lampen flikkeren boven me en werpen een ziekelijke gloed over de tientallen mappen die over de tafel verspreid liggen. Mijn vingers trillen als ik een andere map opensla en mijn maag draait zich om bij de gruwelijke inhoud ervan. Maar ik kan niet wegkijken, want dit is belangrijk – het is onze missie om het Bureau en hun walgelijke experimenten te ontmaskeren.

'Luister hiernaar', zeg ik, mijn stem wankel terwijl ik de documenten doorneem. 'Deze proefpersonen waren niet zomaar willekeurige mensen die van de straat werden geplukt. Het waren politieke dissidenten, uitgesproken critici van het Bureau, of gewoon... geschikte doelwitten.'

'In welk opzicht geschikt?', vraagt Declan, en zijn ogen vernauwen zich wantrouwig terwijl hij een andere stapel papieren doorzoekt.

'Ongewenst', spuug ik, terwijl mijn bloed kookt van woede. 'Mensen die niet gemist zouden worden. Daklozen, verslaafden, zelfs kinderen uit gebroken gezinnen – iedereen die ze gemakkelijk konden manipuleren om hun proefkonijnen te worden zonder een spoor achter te laten.'

'Die klootzakken', fluistert Declan, en hij slaat met zijn vuist op tafel. 'We moeten deze informatie openbaar maken, Artemis. We moeten ze ten val brengen.'

'Mee eens', knik ik, en ik klem mijn kaak op elkaar terwijl ik mezelf dwing verder te lezen. Maar hoe meer ik te weten kom, hoe meer ik het gevoel heb dat ik verdrink – verstikt door een vloedgolf van schuldgevoel die me dreigt te verslinden.

'Artemis', zegt Declan zacht als hij mijn onrust opmerkt. 'Je hoeft dit niet alleen te doen. Laat ons je helpen.'

'Mij helpen?', lach ik bitter en verfrommel een vel papier in mijn hand. 'Hoe kan iemand me helpen als ik degene ben die hen pijn heeft gedaan? Deze gevangenen... ik heb tegen ze gevochten, Declan. En nu kom ik erachter dat ze slechts pionnen waren in het gestoorde spel van het Bureau?'

'Artemis, we wisten het niet', houdt hij vol, en hij grijpt mijn hand in een poging me te kalmeren. 'We konden het onmogelijk weten. Maar nu we het wel weten, kunnen we het rechtzetten.'

'Kunnen we dat?', vraag ik met een kleine, verslagen stem, terwijl de zwaarte van onze taak me dreigt te verpletteren. 'Hoe moeten we dit oplossen? De schade die ik heb aangericht herstellen en al deze mensen redden?'

'Door te doen wat we altijd al hebben gedaan', antwoordt Declan vol overtuiging en hij knijpt in mijn hand. 'De dingen stap voor stap aanpakken, vechten voor gerechtigheid en ervoor zorgen dat de waarheid aan het licht komt – hoe lelijk die ook mag zijn.'

Ik staar in zijn ogen, op zoek naar een sprankje hoop te midden van de wanhoop. En langzaam, terwijl de wankele gloed van de tl-lampen gebroken schaduwen over onze gezichten werpt, vind ik die.

'Oké', adem ik uit en ik schrap me voor de schrijnende reis die voor ons ligt. 'Laten we dit rechtzetten.'

***

Het schelle gerinkel van een telefoon snijdt als een mes door de stilte en rukt me terug naar de realiteit. Ik grabbel naar mijn mobiel, mijn hart bonst in mijn borst. Nadia's naam licht op het scherm en ik neem snel op.

'Artemis, een paar van de hybriden hebben je hulp nodig', legt ze uit met een gespannen stem. 'Ze worden opgejaagd door het Bureau en ze weten niet waar ze anders heen moeten.'

Ik voel de blikken van Declan en Athina op me drukken terwijl ik de informatie doorgeef. Ze wisselen bezorgde blikken uit en ik weet dat wat er ook aan de hand is met deze hybriden, het iets is wat we niet kunnen negeren.

'Natuurlijk helpen we', zeg ik, en vastberadenheid legt zich als een harnas om mijn hart. 'We vinden wel een manier om ze te verbergen, om ze te leren hun krachten te beheersen. Geef ons alleen wat tijd.'

'Dank je', zegt Nadia, en de opluchting is duidelijk hoorbaar in haar stem. Ze ratelt een adres op bij de waterkant. 'Maar wees voorzichtig, Artemis. Sommige van deze hybriden... hun krachten zijn anders dan alles wat we ooit hebben gezien.'

'Geweldig, dat hadden we nog net nodig', grom ik binnensmonds. Ik weet niet eens wat Nadia's krachten zijn. Ze heeft het er niet over gehad en Malcolm zal het me zeker niet vertellen. Hardop zeg ik: 'We regelen het, Nadia. Maak je geen zorgen.'

'Succes', zegt ze voordat ze ophangt.

Malcolm, die tot nu toe stil was gebleven, neemt plotseling het woord. 'Ben je gek geworden?', snauwt hij, zijn paarse ogen vlammend van woede. 'Je kunt onmogelijk denken dat het een goed idee is om deze... wangedrochten hun nieuwgevonden krachten te laten gebruiken.'

'Wangedrochten?', snauw ik, en de woede borrelt in me op. 'Het zijn mensen, Malcolm. Mensen die tegen hun wil gemarteld en op wie geëxperimenteerd zijn. We zijn het aan hen verplicht om te helpen.'

'Artemis', zegt hij met een gevaarlijk lage stem, 'het gebruik van deze nieuwe krachten kan het risico met zich meebrengen dat de hybriden – en wijzelf – onze broze grip op de menselijkheid verliezen.'

De lucht knettert van de spanning, een storm die tussen Kaiser en mij opsteekt. Ik probeer mijn stem kalm te houden, ondanks de woede die door mijn aderen giert. 'We zouden ze moeten leren hoe ze hun vaardigheden veilig kunnen beheersen, niet proberen ze te onderdrukken.'

'Beheersen', hoont Kaiser met een ongelovige toon. 'Deze hybriden zijn te gevaarlijk om te helpen. Hun krachten zijn onstabiel en we hebben geen idee waartoe ze werkelijk in staat zijn.'

'Precies mijn punt', snauw ik. 'Als we ze niet helpen hun vaardigheden te leren beheersen, wie weet wat voor ramp daaruit kan voortkomen? We kunnen ze niet zomaar onder het tapijt vegen en doen alsof ze niet bestaan.'

'Genoeg, Artemis.' Malcolms paarse ogen vernauwen zich en hij kruist zijn armen over zijn borst. 'Ik ga verder werken aan het onderdrukkingsserum. Het is de enige manier om ieders veiligheid te garanderen.'

'Malcolm, jij koppige ezel', sis ik, en ik bal mijn handen tot vuisten langs mijn zij. 'Denk je echt dat nog meer experimenten het antwoord is? Na alles wat ze hebben meegemaakt?'

'Soms moeten er offers worden gebracht voor het grotere goed. Jij van alle mensen zou dat moeten begrijpen', werpt hij tegen, zijn woorden druipend van minachting.

Mijn hart gaat tekeer als ik Malcolm aankijk, mijn groene ogen vlammend van vastberadenheid. 'Ik sta het niet toe, Kaiser. Ik weiger je deze hybriden aan nog meer experimenten te onderwerpen zonder hun toestemming. Zeker niet iets dat hen mogelijk van hun vrije wil zou kunnen beroven.'

'Artemis, je bent naïef', snauwt Malcolm. 'Deze mensen zijn gevaarlijk en onvoorspelbaar. We kunnen het ons niet veroorloven om ze te vertroetelen.'

'Genoeg!', snauw ik, mijn stem klinkt ijskoud. 'We gaan van deze mensen geen proefkonijnen maken, alleen omdat jij denkt dat dat de enige oplossing is, Kaiser.'

'Artemis, je kunt onmogelijk geloven dat het antwoord is om hen hun nieuwgevonden krachten ongeremd te laten gebruiken', werpt hij tegen.

Mijn vuisten klemmen zich langs mijn zijden als ik zijn uitdagende blik beantwoord. 'Ik heb niet alle antwoorden, maar ik weet dat wat we nu doen niet werkt. We moeten een betere manier vinden.'

'Misschien heeft Artemis gelijk', mengt Athina zich in het gesprek, haar warme bruine ogen gevuld met vastberadenheid. 'We zouden op zijn minst een andere aanpak moeten proberen voordat we onze toevlucht nemen tot iets drastisch als het onderdrukken van hun vaardigheden.'

'Precies', voegt Declan toe, en ik ben dankbaar voor zijn onwankelbare steun. 'Er moet een andere oplossing zijn. We zijn het aan hen verplicht om alles te proberen wat in onze macht ligt om te helpen.'

Malcolms kaak spant zich aan terwijl hij me aanstaart en even ben ik bang dat hij weigert toe te geven. Maar dan zucht hij en strijkt een hand door zijn weerbarstige zwarte haar. 'Goed', geeft hij toe, hoewel zijn toon nog steeds een vleugje verzet verraadt. 'We wachten met het serum. Voor nu.'

'Dank je', antwoord ik en ik probeer het sarcasme uit mijn woorden te houden. Het is een kleine overwinning, maar het is genoeg om me hoop te geven dat we misschien een verschil kunnen maken voor deze arme zielen.

'Echter', vervolgt Malcolm en hij heft een vinger op om zijn punt te benadrukken, 'als de boel uit de hand loopt, als ze te gevaarlijk blijken te zijn, dan gaan we terug naar mijn plan. Akkoord?'

'Akkoord', zeg ik met tegenzin, wetende dat dit voorlopig het beste compromis is dat we kunnen bereiken.

'Laten we ons richten op het leren beheersen van hun krachten', stelt Athina voor, haar stem vast en kalm. 'We pakken het stap voor stap aan.'

'Goed', herhaal ik Malcolms eerdere woord, en de smaak ervan is bitter op mijn tong. Maar voor nu is het alles wat ik heb. 'Laten we beginnen.'

Met een tegenstribbelend knikje van Malcolm verdwijnt de spanning in de kamer eindelijk en ik voel mezelf langzaam uitademen. We gaan dit doen – we gaan deze hybriden daadwerkelijk helpen zonder onze toevlucht te nemen tot nog meer kwellende experimenten.

'Oké, aan het werk', zegt Declan vastberaden, zijn groene ogen vol standvastigheid. 'We beginnen met het samenstellen van een team van trainers. Mensen die ervaring hebben met bovennatuurlijke vaardigheden.'

'Klinkt als een plan', antwoordt Athina, haar stem warm en bemoedigend. Het is verbazingwekkend hoe ze haar kalmte weet te bewaren te midden van de voelbare onzekerheid die in de lucht hangt.

'Wie kennen we die aan die beschrijving voldoet?', vraag ik en ik pijnig mijn hersens op zoek naar namen en gezichten.

'Met ons vieren moeten we een solide groep kunnen bedenken', stelt Declan me gerust. 'En Artemis, jij zou het team moeten leiden.'

'Ik?', hoor ik mezelf honen. 'Waarom zou iemand mij als leider willen?'

'Omdat jij het lef hebt om op te komen voor wat juist is', antwoordt hij met een onwankelbare blik. 'Dat heb je keer op keer bewezen.'

'Goed', mompel ik en ik slik mijn twijfel in. 'Ik doe het.'

'Mooi', knikt Athina, haar ogen stralend van trots. 'Laten we nu wat namen brainstormen.'

Terwijl we ons in de discussies storten, kan ik niet anders dan een sprankje hoop in mijn borst voelen opvlammen. Misschien kunnen we echt een verschil maken voor deze hybriden. Misschien is er nog een kans op verlossing voor de schade die ik heb aangericht.

'Laten we ook de veiligheidsmaatregelen niet vergeten', mengt Kaiser zich in het gesprek, altijd de scepticus. 'We willen niet dat er incidenten gebeuren tijdens de trainingssessies.'

'Akkoord', zeg ik, en ik houd mijn toon neutraal. Ondanks onze meningsverschillen heeft hij wel een punt. 'We moeten de veiligheid van iedereen die erbij betrokken is garanderen.'

'Dan is het geregeld', kondigt Declan aan met een grijns. 'We gaan middelen en mensen verzamelen voor deze missie.'

'Onthoud', waarschuwt Athina, haar stem gevuld met wijsheid, 'de vooruitgang kan langzaam zijn en er zullen ongetwijfeld tegenslagen zijn. Maar ons doorzettingsvermogen is wat het verschil zal maken.'

'Laten we hopen dat we dit voor elkaar krijgen', mompel ik, en ik gun mezelf een kleine glimlach. Ondanks de schaduwen van onzekerheid en gevaar die in de hoeken van mijn geest op de loer liggen, voel ik voor het eerst sinds lange tijd een gevoel van voorzichtige hoop wortel schieten.

Samen, als een team, gaan we deze hybriden helpen hun plek in deze wereld te vinden – stap voor stap. Hoe ontmoedigend het pad dat voor ons ligt ook mag lijken, ik weet dat we het moeten proberen. Voor hen, en voor ons.

HOOFDSTUK VIJFTIEN

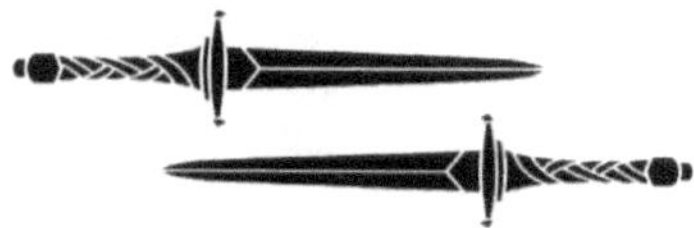

Ik KIJK GESPANNEN TOE hoe Declan diep ademhaalt. Hij lijkt zo levend, meer dan ik hem ooit heb gezien. Zijn ogen glanzen van opwinding en kracht. Ik kan de energie die van hem afstraalt bijna voelen.

'Oké, Declan', mompelt hij tegen zichzelf. 'Eens zien wat je in je mars hebt.'

Hij balt zijn vuisten zo hard dat ik zijn armen zie trillen. Het is duidelijk dat hij probeert de nieuwe vaardigheden die in hem ontwaken onder controle te krijgen. Ik wil mijn hand uitsteken om hem te helpen, hem te begeleiden, maar ik weet dat hij dit zelf moet doen.

Declan gromt met geklemde kaken, de inspanning staat op zijn gezicht gegrift. En dan, plotseling, zie ik de verandering in zijn uitdrukking. Zijn schouders ontspannen zich terwijl hij een oerbrul uitstoot. Het geluid bezorgt me kippenvel.

'Verdomme', zegt hij zachtjes. Hij draait zijn handen om, buigt zijn vingers en test zijn kracht.

Ik kan mijn ogen niet van hem afhouden. Hij lijkt zelfverzekerder, gevaarlijker. Maar ook completer. Alsof hij ontdekt wie hij werkelijk is.

'Dit is zo slecht nog niet', murmelt Declan. Zijn blik glijdt over het bos om ons heen, en ik zie het verlangen om zijn nieuwe krachten te verkennen in zijn ogen branden.

Voordat ik iets kan zeggen, zet hij het op een lopen. Elke sprong brengt hem verder, sneller. Hij beweegt met een gracieuze behendigheid die ik nog nooit eerder heb gezien. Mijn hart slaat op hol terwijl ik naar hem kijk.

Declan komt slippend tot stilstand, zijn ademhaling beheerst ondanks de opwinding. 'Laten we een tandje bijzetten', zegt hij.

Ik hap naar adem als zijn lichaam vlak voor mijn ogen begint te veranderen. Er groeit vacht op zijn armen, klauwen komen uit zijn vingers. Hij stoot een oergrom uit, maar de verandering is niet compleet. Toch lijkt hij nu meer beest dan mens.

'Wauw', fluistert hij vol ontzag, terwijl hij zijn klauwende handen bekijkt. 'Dit is waanzinnig.'

Hij laat zich op handen en voeten vallen, en sluipt rond met een nieuwgevonden instinct. Mijn mond wordt droog, een mengeling van verlangen en angst stijgt in me op.

Declan schiet met verbluffende snelheid vooruit en scheurt door het kreupelhout. Hij beweegt met een wilde gratie, elk zintuig gefocust op de jacht. Ik wil naar hem roepen, maar ik blijf stil, als aan de grond genageld.

Het bos dat ooit een toevluchtsoord was, verandert nu in een jachtterrein, met Declan als jager. Hij laat een keelgegrons horen, vol zelfvertrouwen terwijl hij verder sluipt en het beest in zichzelf omarmt.

'Is dit wat het betekent om echt te leven?', klinkt zijn stem, wild van opwinding terwijl hij door het struikgewas scheurt. 'Zo ja, dan wil ik nooit meer terug.'

Maar terwijl ik toekijk, kriebelt er een onheilspellend gevoel achter in mijn hoofd. Met zo'n kracht is er altijd een prijs. Een donkere, gevaarlijke kant die hem volledig dreigt te verteren. Voor nu lijkt hij bereid dat risico te nemen. Maar ik vraag me af, voor hoelang?

<hr>

Ik sta aan de rand van de trainingsruimte, mijn hart bonst in mijn borst. De flakkerende vlammen van de fakkels langs de muren dagen me uit, tarten me om de controle te verliezen. Ik voel de hitte langs mijn huid likken, het vuur in mij smeekt om losgelaten te worden, maar ik verzet me. Vandaag niet.

'Artemis, je moet trainen', dringt Athina aan, haar stem streng en onvermurwbaar. 'Hoe meer je het vermijdt, hoe minder controle je zult hebben.'

'Jij hebt makkelijk praten', snauw ik terug, mijn ogen strak op de dansende vlammen gericht. 'Jij bent niet degene die per ongeluk iedereen in de kamer kan verassen.'

'Dat is waar, maar ik vertrouw je.' Athina legt een geruststellende hand op mijn schouder, maar ik haal hem weg.

'Vertrouwen zal ons niet redden als ik de controle verlies', mompel ik, me afwendend van het inferno.

'Declan heeft zijn nieuwe vaardigheden omarmd', merkt Athina op, haar toon zacht maar vastberaden. 'Hij leert ze te beheersen, dus waarom jij niet?'

'Omdat Declan geen tikkende tijdbom is!', sis ik, mijn woede heter oplaaiend dan de vuren om ons heen. 'Hij is niet één verkeerde beweging verwijderd van een monster worden!'

'Jij ook niet, Artemis', zegt Athina zacht. 'Maar angst zal je tegenhouden.'

'Misschien is angst wat me menselijk houdt', antwoord ik, terwijl ik defensief mijn armen over elkaar sla.

'Artemis...', begint Athina, maar ik onderbreek haar.

'Nee. Ik ben klaar voor vandaag.' Met die woorden maak ik rechtsomkeert en storm de trainingsruimte uit, mijn frustratie kolkend net onder de oppervlakte.

Terwijl ik door de zwak verlichte gangen van onze verborgen basis ijsbeer, kan ik het niet helpen aan Declan te denken. Hoe gemakkelijk hij zijn nieuwe krachten lijkt te accepteren, hoe gretig hij is om de duisternis in hem te omarmen. Ik benijd zijn moed en vastberadenheid, maar tegelijkertijd ben ik er doodsbang voor.

'Is dit wat we bedoeld zijn te zijn?', vraag ik me hardop af, mijn stem galmt door de lege gangen. 'Monsters in de schaduwen, vechtend tegen onze eigen natuur?'

'Artemis', roept een bekende stem achter me, en ik draai me om en zie Malcolm naderen. 'Ik weet dat je worstelt met je krachten, maar trainen vermijden is niet het antwoord.'

'Wat dan wel?', eis ik, mijn groene ogen flitsen van woede. 'Zeg me, hoe zorg ik ervoor dat dit vuur me niet verteert?'

Hij aarzelt even, zijn voorhoofd gefronst in gedachten. 'We werken aan de ontwikkeling van nieuwe behandelingen die je vaardigheden kunnen verbeteren en tegelijkertijd de bijwerkingen beperken', zegt hij uiteindelijk, zijn stem gevuld met voorzichtig optimisme. 'Maar het is nog in een experimenteel stadium.'

'Geweldig', schamper ik hoofdschuddend. 'Meer onzekerheid. Precies wat ik nodig heb.'

'Artemis, je moet op jezelf vertrouwen', dringt Malcolm aan, terwijl hij dichterbij komt. 'Geloof dat je het vuur kunt beheersen voordat het jou beheerst.'

'Vertrouwen en geloof', mompel ik bitter, terugdenkend aan Athina's woorden. 'Het lijkt wel alsof dat alles is wat iedereen te bieden heeft.'

'Soms is dat alles wat we hebben', antwoordt Malcolm zacht, zijn blik standvastig en oprecht. En hoe graag ik het ook haat om het toe te geven, ik weet dat hij gelijk heeft. Maar of dat genoeg is om me te redden van datgene worden wat ik het meest vrees... dat zal de tijd moeten uitwijzen.

De zon zakt onder de horizon en werpt griezelige schaduwen door de bomen terwijl ik opnieuw dieper het bos in ga dat onze schuilplaats omringt. Ik moet mijn hoofd leegmaken, mijn gedachten ordenen, ver weg van Malcolm en zijn zogenaamd nuttige behandelingen. Maar ik kan het knagende gevoel dat er iets niet klopt niet van me afzetten.

'Artemis', Declans stem doorbreekt mijn gedachten, zijn hazelnootkleurige ogen vernauwd van bezorgdheid als hij naar me toe komt. 'Je hebt de trainingen ontweken. Je kunt niet blijven weglopen voor je krachten.'

'Makkelijk praten voor jou', snauw ik, mijn groene ogen flitsen van irritatie. 'Jij hoeft je geen zorgen te maken dat je alles verbrandt wat je aanraakt.'

'Noem je me een lafaard?', Declan wordt kribbig, zijn onverzorgde bruine haar valt over zijn voorhoofd als hij dichterbij stapt. 'Ik heb mijn vaardigheden omarmd, Artemis. Het wordt tijd dat jij hetzelfde doet.'

'Omarmd?', schamper ik, mijn handen trillen langs mijn zij. 'Eerder jezelf erin verloren. Ik ben tenminste mijn principes en menselijkheid niet kwijt.'

'Mijn... verloren?', Declans ogen worden donkerder, zijn atletische lichaam spant zich aan alsof hij zich voorbereidt op een gevecht. 'Is dat wat je denkt?'

'Jazeker', spuug ik, en ik doe een stap achteruit. 'Je laat je wilde kant de overhand nemen. Wat als je de controle volledig verliest?'

'Dan vecht ik ertegen', gromt hij, terwijl hij zijn vuisten balt. 'Ik laat mezelf geen monster worden, Artemis. Ik ben niet bang om mijn angsten onder ogen te zien.'

'Mooi voor je', snauw ik, mijn hart bonst in mijn borst. 'Misschien kun je me op een dag leren hoe.'

'Misschien moet je leren op jezelf te vertrouwen', werpt hij tegen, zijn ogen vlammen van woede. 'Stop met je te wentelen in zelfmedelijden en doe er iets aan.'

'Op mezelf vertrouwen?', lach ik bitter, het geluid echoot door het bos. 'Hoe kan ik op mezelf vertrouwen als ik niet eens meer weet wie ik ben?'

'Zoek het uit', daagt Declan uit, zijn stem laag en intens. 'We zijn door de hel gegaan, Artemis. We hebben tegen monsters gevochten, de verknipte experimenten van het Bureau ontdekt... Denk je echt dat je dit niet aankan?'

'Dit aankunnen?', herhaal ik, mijn woede laait op als een lopend vuur in mijn aderen. 'Ik probeer iedereen te beschermen tegen wat ik zou kunnen worden, Declan!'

'Door weg te lopen?' Hij haalt diep adem, zijn hazelnootkleurige ogen doorzoeken de mijne. 'Je bent sterker dan dat, Artemis. En je bent niet alleen.'

'Misschien niet', geef ik toe, mijn stem wordt zachter. 'Maar ik moet mijn eigen manier vinden om met dit... monster in mij om te gaan.'

'Prima', zegt hij, zijn stem vol emotie. 'Maar vergeet niet dat je mensen hebt die om je geven, Artemis. En we zullen er voor je zijn, wat er ook gebeurt.'

'Dank je, Declan', fluister ik, mijn hart doet pijn. 'Beloof me alleen één ding: verlies jezelf niet in je dierlijke instincten. Houd vast aan je menselijke kant, oké?'

Hij knikt, zijn blik in de mijne vergrendeld. 'Beloofd.'

De wind fluit door de bomen terwijl we daar staan, twee verloren zielen die vechten tegen de duisternis in ons.

Ik leun tegen de deurpost en kijk naar Malcolm terwijl hij zorgvuldig zijn injectiespuiten en flesjes op de steriele labtafel rangschikt. Ik voel een knoop van angst in mijn borst strakker trekken.

'Artemis', zegt hij zonder zich om te draaien, 'ben je klaar voor je behandeling?'

'Zo klaar als ik ooit zal zijn', antwoord ik, mijn armen strak over mijn borst gekruist. Mijn ogen schieten nerveus heen en weer tussen de rijen chemicaliën en de koude stalen instrumenten die glinsteren onder de tl-verlichting.

'Kom op', zegt hij, en hij draait zich eindelijk naar me toe met een glimlach die zijn verontrustende violette ogen niet bereikt. 'Het is niet alsof ik dit niet eerder heb gedaan.'

'Precies waar ik bang voor ben', mompel ik zachtjes, niet in staat om de sarcastische toon uit mijn stem te houden.

'Wat zei je?', Hij trekt een wenkbrauw op en veinst onschuld.

'Niets', snauw ik, terwijl ik me van de deurpost afduw en met tegenzin de tafel nader. 'Laten we dit maar gewoon achter de rug brengen.'

'Heel goed.' Hij pakt een spuit gevuld met een amberkleurige vloeistof en draait zich naar me toe, zijn houding nu puur zakelijk. 'Je weet hoe het gaat. Stroop je mouw op, alsjeblieft.'

'Pff, prima.' Ik rol met mijn ogen en gehoorzaam, en stel mijn arm bloot aan de kille lucht van het lab. Ik ben nooit een fan van naalden geweest, en vandaag is geen uitzondering.

'Artemis, ik moet je eraan herinneren', zegt Malcolm terwijl hij de injectieplaats voorbereidt, 'als je je gaven niet leert beheersen, zullen zij jou beheersen.'

'Bedankt voor de peptalk', mompel ik, op mijn tanden bijtend als de naald mijn huid doorboort. 'Maar misschien blijf ik liever menselijk dan het risico te lopen een monster te worden.'

'Jouw menselijkheid...', begint hij, maar ik onderbreek hem.

'Is het enige wat ik nog heb, Malcolm. Waag het niet me de les te lezen over wat ik er wel of niet mee zou moeten doen.' Mijn hart bonst in mijn borst, een mengeling van woede en angst stroomt door me heen.

'Goed dan', zegt hij zacht, terwijl hij de naald verwijdert en de dop erop doet. 'Maar onthoud, zonder controle zullen je krachten alleen maar onvoorspelbaarder worden.'

'Geweldig, nog iets om naar uit te kijken', brom ik, terwijl ik over de injectieplaats wrijf en mijn mouw weer naar beneden trek. Ik kijk toe hoe hij de gebruikte spuit weggooit, mijn gedachten vol twijfels en angsten.

'Probeer in jezelf te geloven, Artemis', zegt hij, zijn stem bijna zacht. 'Je bent sterker dan je zelf denkt.'

'Geloof stopt geen branden, Malcolm', antwoord ik, mijn toon bijtend terwijl ik me omdraai om het lab te verlaten. 'Maar hé, bedankt voor de poging.'

'Artemis', roept hij me na, maar ik negeer hem. Mijn laarzen echoën luid op de koude tegelvloer terwijl ik weg-gloop, vastbesloten om zijn ongelijk te bewijzen – of anders zal het mijn dood worden.

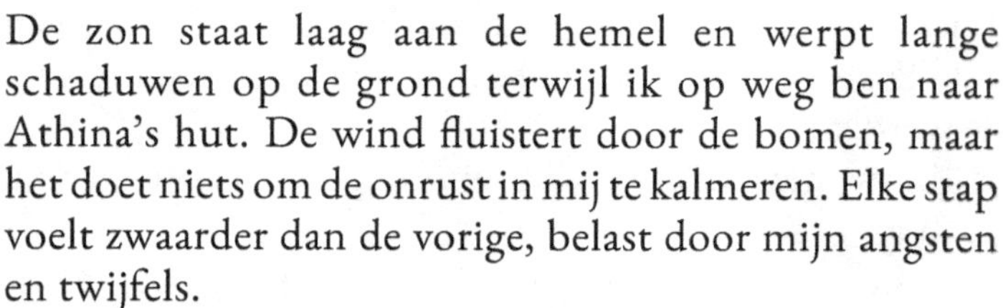

De zon staat laag aan de hemel en werpt lange schaduwen op de grond terwijl ik op weg ben naar Athina's hut. De wind fluistert door de bomen, maar het doet niets om de onrust in mij te kalmeren. Elke stap voelt zwaarder dan de vorige, belast door mijn angsten en twijfels.

'Artemis', begroet Athina me, haar warme bruine ogen nemen mijn gespannen uitdrukking in zich op. 'Je ziet eruit alsof je een spook hebt gezien.'

'Het voelt alsof ik er een ben', mompel ik, mijn handen in mijn zakken duwend. 'Kunnen we praten?'

'Natuurlijk, kom binnen.' Ze stapt opzij en gebaart me haar gezellige huis binnen te gaan, dat gevuld is met de geur van kruiden en oud leer.

'Dank je', zeg ik, en ik laat me in de versleten leunstoel tegenover haar zakken. Mijn vingers friemelen met een los draadje van de stof terwijl ik mijn gedachten verzamel. 'Athina... ik ben bang.'

'Voor je krachten?', vraagt ze, haar stem zacht en begripvol.

'Ja', geef ik toe, met een hekel aan hoe kwetsbaar ik me voel. 'Malcolm blijft maar zeggen dat ik controle moet leren, maar wat als het me niet lukt? Wat als ik eindig zoals die monsters die we bestrijden?'

'Artemis, jij bent niet zoals zij', zegt Athina vastberaden, haar blik standvastig. 'Je hebt een goed hart en sterke principes. Die dingen zullen je leiden, zelfs als al het andere duister lijkt.'

'Misschien', antwoord ik, niet overtuigd. 'Maar het is moeilijk om op mezelf te vertrouwen als ik het vuur in mij nauwelijks kan bedwingen. Het is een constante strijd, en ik weet niet of ik aan het winnen of verliezen ben.'

'Luister naar me, Artemis', zegt ze, terwijl ze naar voren leunt en mijn handen in de hare pakt. 'Je bent sterk, sterker dan je beseft. Vertrouw op jezelf, en vertrouw op degenen die in je geloven. We zouden geen vertrouwen in je hebben als we niet dachten dat je dit aankon.'

Ik slik moeizaam en probeer haar woorden in me op te nemen. 'Maar wat als...'

'Genoeg met die "wat als"-en', onderbreekt Athina, en ze knijpt in mijn handen om haar woorden kracht bij te zetten. 'Je moet je concentreren op het heden, niet op een hypothetische toekomst die misschien nooit zal plaatsvinden. Heb vertrouwen in je eigen kracht en principes, Artemis.'

'Oké', fluister ik, knikkend terwijl ik de twijfels in mijn hoofd probeer te onderdrukken. 'Ik zal het proberen.'

'Goed', zegt Athina, terwijl ze mijn handen loslaat en achteroverleunt in haar stoel. 'Laten we je nu mee naar buiten nemen en aan die controle werken.'

'Klinkt als een plan', stem ik toe, en ik dwing een glimlach op mijn gezicht terwijl ik opsta uit de leunstoel. Terwijl we naar buiten stappen in het avondlicht, haal ik diep adem, en dwing ik mezelf om in mijn eigen kracht te geloven – zelfs als het voelt alsof alles me door de vingers glipt.

HOOFDSTUK ZESTIEN

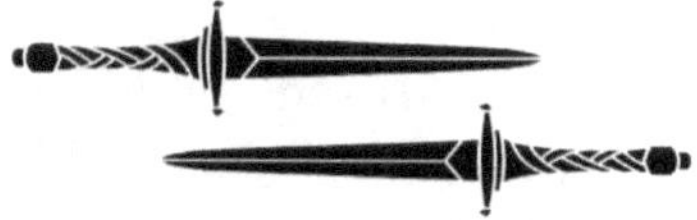

Blijf bij, prinsesje!' roep ik naar Declan, terwijl ik weer een van zijn stoten ontwijk. Het zweet druppelt langs mijn rug, maar mijn adrenaline houdt me op de been. We zitten midden in een verhitte trainingssessie, waarin we onze nieuwe vaardigheden proberen aan te scherpen. Maar het is moeilijk om me te concentreren als de spanning tussen ons om te snijden is.

'Artemis, je moet je vuur onder controle houden,' bijt Declan me toe, terwijl hij onder een wilde uithaal van mij duikt. Zijn hazelnootbruine ogen staan vol bezorgdheid en frustratie.

'Bedankt voor het nieuws, kapitein Overduidelijk,' kaats ik terug, mijn tanden op elkaar klemmend. Mijn handen vliegen in brand en ik voel de bekende stoot van kracht door mijn aderen stromen. Het is opwindend, maar ook angstaanjagend. Hoe meer ik mijn pyrokinetische krachten gebruik, hoe onstabieler ze worden – en hoe moeilijker ze te beheersen zijn.

'Genoeg!' roept Declan, en hij grijpt mijn polsen om te voorkomen dat ik nog een vurige stoot uitdeel. De hitte straalt van me af en hij krimpt ineen van de pijn. 'Daarnet stak je bijna het hele verdomde gebouw in de fik!'

'Laat los!' schreeuw ik, terwijl ik mijn armen lostrek. Hij laat me los en ik struikel achteruit, mijn hart bonst in mijn borstkas. Ik zie de woede in zijn ogen branden en ik haat het dat ik daar de oorzaak van ben.

'Kijk, we weten allebei dat je de laatste tijd jezelf niet bent,' zegt hij met gespannen stem. 'Maar iedereen in gevaar brengen gaat niet helpen.'

'Wat stel je dan voor dat ik doe, genie?' snauw ik, mijn vuisten langs mijn zijden gebald. Ik voel de hitte in me opbouwen, dreigend te exploderen.

'Zorg dat je het onder controle krijgt,' zegt hij simpelweg. 'Voordat er iemand gewond raakt – of erger.'

'Bedankt voor de peptalk,' mompel ik sarcastisch en ik loop bij hem weg. Ik voel de zwaarte van zijn blik op mijn rug terwijl ik ga, maar ik weiger om te kijken.

◄─◆─►

Onze volgende missie dient zich sneller aan dan me lief is. We hebben de opdracht om een faciliteit van het Bureau te infiltreren, en de belangen kunnen niet hoger zijn. Terwijl we het gebouw naderen, voel ik de elektriciteit in de lucht – en die komt niet alleen van Athina's krachten.

'Houd je aan het plan,' herinnert Malcolm ons eraan, terwijl hij ons een voor een aankijkt. 'En geen roekeloze acties.'

'Begrepen,' zeg ik, maar de woorden smaken als as in mijn mond. Declan werpt me een wantrouwige blik toe, maar zegt niets. Hij weet dat ik nog steeds moeite heb om mijn onstabiele krachten te beheersen en ik merk dat hij er niet op vertrouwt dat ik de boel onder controle houd.

Ondanks mijn beste bedoelingen kan ik het niet laten om risico's te nemen terwijl we ons een weg door de faciliteit banen. Het is alsof er een vuur in me brandt dat gevoed moet worden – en ik heb geen andere keuze dan de vlammen aan te wakkeren.

'Artemis!' sist Declan als ik weer een vlammenstoot naar een nietsvermoedende bewaker stuur en hem uitschakel voordat hij alarm kan slaan. 'Zo zorg je ervoor dat we gepakt worden!'

'Rustig maar,' snauw ik, zijn bezorgdheid van me afwuivend. 'Ik heb dit onder controle.'

Maar zijn woorden echoën in mijn hoofd en ik kan het gevoel dat hij gelijk heeft niet van me afschudden. Mijn roekeloosheid heeft consequenties en het is slechts een kwestie van tijd voordat die ons inhalen.

En dan gebeurt het.

'Declan!' gil ik als een groep agenten van het Bureau van alle kanten op hem afzwermt en hem bij me wegsleept. Ik reik naar hem met mijn krachten en probeer hem te helpen, maar de hitte is te veel, zelfs voor mij. Het is als een laaiende vuurzee die alles op zijn pad verteert – inclusief mijn zelfbeheersing.

'Artemis, we moeten weg!' schreeuwt Athina, die me wegtrekt uit de chaos. 'We zijn in de minderheid!'

'Ze hebben Declan te pakken,' stoot ik met rauwe emotie in mijn stem uit. 'Ik kan hem niet zomaar achterlaten.'

'Denk aan de missie,' herinnert Malcolm me er streng aan. 'We komen voor hem terug. Dat beloof ik.'

Maar terwijl ik Declan in de duisternis zie verdwijnen, weet ik dat dat niet goed genoeg is. Het schuldgevoel vreet aan me, meedogenloos en onvergeeflijk. Ik was degene die hem in gevaar bracht – en nu ben ik de enige die hem eruit kan krijgen.

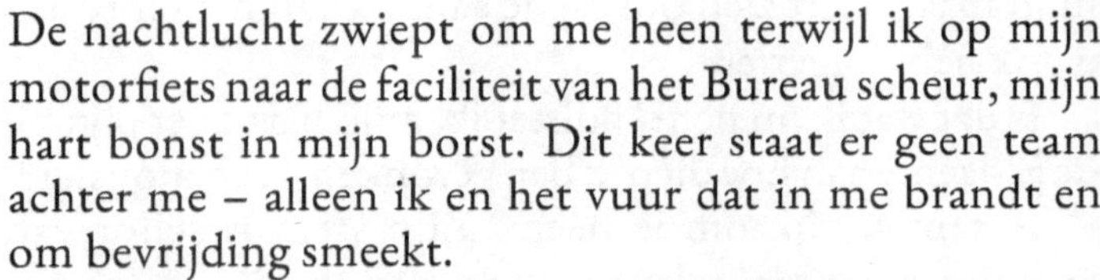

De nachtlucht zwiept om me heen terwijl ik op mijn motorfiets naar de faciliteit van het Bureau scheur, mijn hart bonst in mijn borst. Dit keer staat er geen team achter me – alleen ik en het vuur dat in me brandt en om bevrijding smeekt.

'Sorry, jongens,' fluister ik als ik de motor parkeer en het gebouw binnenglip, bevelen negerend en alles op het spel zettend voor één persoon. 'Maar ik moet dit doen.'

Met een volledig beroep op mijn onstabiele, vurige krachten laat ik de woede me verteren terwijl ik door de faciliteit raas. Bewakers vallen voor me neer als bladeren in een herfststorm, hun geschreeuw echoot in mijn oren terwijl ik ze zonder erbij na te denken veras.

'Declan!' roep ik, mijn stem nauwelijks hoorbaar boven het gebrul van de vlammen. 'Ik kom je halen!'

Maar terwijl de lichamen zich om me heen opstapelen, kan ik het niet helpen me af te vragen of het te laat is – of het monster dat ik geworden ben niet meer te redden is. En zelfs als ik Declan red, zal hij me dan ooit vergeven voor de verwoesting die ik heb achtergelaten?

'Artemis, stop!' Declans stem snijdt als een mes door de chaos en pas dan besef ik dat ik hem gevonden heb. Hij staat voor me, zijn hazelnootbruine ogen wijd opengesperd van afschuw en ongeloof terwijl hij de verwoesting om ons heen in zich opneemt. 'Je... je vermoordt ze allemaal.'

'Declan...' Mijn stem beeft, de woede begint weg te ebben en laat me koud en leeg achter. 'Ik wist niet wat ik anders moest doen. Ik moest je redden.'

'Door een monster te worden?' snauwt hij, terwijl hij langs me heen loopt om een gewonde bewaker te helpen die nog maar nauwelijks aan het leven vasthoudt. De metaalachtige smaak van bloed hangt zwaar in de lucht en mijn maag keert zich om bij de aanblik van het bloedbad dat ik heb aangericht.

'Is dat wat ik nu ben?' fluister ik, mijn hart doet pijn bij de gedachte aan hoe diep ik ben gezonken. 'Een monster?'

'Artemis, kijk om je heen.' Zijn stem is schor van emotie, maar de teleurstelling die in zijn woorden doorklinkt is onmiskenbaar. 'Dit... dit ben jij niet. Je bent te ver gegaan.'

'Te ver?' herhaal ik, terwijl ik moeite heb om mijn tranen in te houden. Op dat moment kan ik het niet opbrengen om zijn blik te beantwoorden – om de angst en afkeer te zien die ongetwijfeld in zijn ogen moeten staan.

'Kom op,' zegt Declan zachtjes, zich van me afwendend. 'Laten we hier gewoon weggaan voordat ze versterking sturen.'

'Wacht!' roep ik hem na, maar hij stopt niet. Ik aarzel even, verscheurd tussen de drang om hem te volgen en de noodzaak om te ontsnappen aan de nachtmerrie die ik heb gecreëerd.

'Vaarwel, Declan,' stoot ik uit, nog een kwellende seconde aarzelend voordat ik me op mijn hakken omdraai en het toneel ontvlucht, hem achterlatend om de nasleep af te handelen.

'Artemis!' schreeuwt hij, maar ik stop niet. Ik kan niet stoppen. Niet nu het gewicht van mijn daden op me drukt en me dreigt te verpletteren onder zijn onvergeeflijke last.

Terwijl ik door de donkere straten race, de wind tegen mijn gezicht slaat en in mijn ogen prikt, kan ik niet ontsnappen aan de waarheid die me achtervolgt: ik ben een monster en er is geen weg terug van het pad dat ik heb gekozen.

'Vergeef me,' fluister ik in de nacht, maar er is niemand meer om mijn smeekbede te horen – alleen de geesten van mijn verleden en het altijd aanwezige vuur dat dreigt me volledig te verteren.

De echo van mijn voetstappen is het enige geluid in het lege pakhuis dat mijn schuilplaats is geworden. Ik kan het niet riskeren terug te gaan naar onze basis, naar de mensen die ik gezworen heb te beschermen. Ik kan de gedachte niet verdragen dat ze me aankijken met dezelfde angst en afkeer die Declan gevoeld moet hebben.

'Artemis, we moeten praten,' snijdt zijn stem door de stilte, waardoor ik opschrik. Hoe heeft hij me gevonden? Mijn hart bonst in mijn borst als ik me omdraai om hem aan te kijken.

'Declan,' zeg ik vlak, niet in staat om zijn blik helemaal te beantwoorden. 'Wat doe je hier?'

'Ik probeer dit allemaal te begrijpen,' antwoordt hij, zijn hazelnootbruine ogen zoeken de mijne naar antwoorden die ik niet heb. 'Ik moet weten wat daar is gebeurd.'

'Er is niets te weten,' snauw ik, terwijl ik defensief mijn armen over mijn borst kruis. 'Ik verloor de controle, dat is alles.'

'Eerder explodeerde je,' schiet hij terug, zijn frustratie overduidelijk. 'Je hebt ons allemaal in gevaar gebracht, Artemis. Je hebt me bijna gedood.'

'Beter jij dan iemand anders,' kaats ik terug, de woorden een holle poging tot humor die doodvalt. Vanbinnen schreeuw ik, want hij heeft gelijk – ik ben te gevaarlijk geworden.

'Voel je dat echt zo?' vraagt hij, terwijl er pijn over zijn gezicht flitst. Een moment lang vertel ik hem bijna de waarheid – dat ik er alles voor over zou hebben om het allemaal terug te draaien, om de persoon te zijn die hij ooit kende – maar ik bijt op mijn tong. De schade is al aangericht.

'Kijk, ga gewoon weg,' grom ik, me van hem afwendend. 'Er is niets meer te zeggen.'

'Artemis, ik kan hier niet zomaar van weglopen,' dringt hij aan, en hij zet een stap dichterbij. 'We zijn een team, weet je nog?'

'Misschien moeten we dat niet meer zijn,' fluister ik, terwijl ik mijn vuisten bal. 'Niet als ik zo de controle verlies.'

'Zou je ons echt verlaten?' vraagt hij, de pijn in zijn stem bijna ondraaglijk.

'Verdomd als het niet waar is,' lieg ik, terwijl ik mijn tranen wegknipper. 'Als ik jullie daarmee allemaal veilig kan houden.'

'Artemis –' begint hij, maar ik kap hem af.

'Ga!' schreeuw ik, het vuur in mij dreigt de lucht tussen ons in te doen ontbranden. 'Ga gewoon weg en vergeet me!'

'Prima,' snauwt hij, zijn gezicht vertrokken van woede en verraad. 'Misschien doe ik dat wel.'

Terwijl hij het pakhuis uit stormt, kan ik het niet helpen me af te vragen of ik zojuist de grootste fout van mijn leven heb gemaakt. Maar dat doet er nu niet meer toe – ik heb mijn keuze gemaakt en er is geen weg terug van het pad dat ik heb gekozen.

⬥

Het zachte geluid van voetstappen galmt door het pakhuis en onderbreekt mijn eenzaamheid. Ik neem niet de moeite om me om te draaien; ik weet al dat het Athina is. Ze had altijd een manier om me te vinden als ik haar het hardst nodig had, zelfs als ik haar liever niet in de buurt had.

'Artemis, je kunt je niet zo blijven verstoppen,' zegt ze zacht, terwijl ze een hand op mijn schouder legt. 'Je bent sterker dan je denkt.'

'Sterk?' sneer ik, en ik trek mijn schouder weg van haar troostende aanraking. 'Ik heb Declan bijna gedood omdat ik mezelf niet in bedwang had. Als je dat sterk noemt, dan ben ik verdomme Hercules.'

'Genoeg met dat sarcasme,' snauwt Athina, en ik deins verrast achteruit. Het gebeurt niet vaak dat ze haar kalmte verliest. 'Ik weet dat je bang bent, maar iedereen van je afduwen lost niets op.'

'Wat dan wel?' eis ik, terwijl de frustratie overkookt. 'Ik ben een tikkende tijdbom, Athina. Het is slechts een kwestie van tijd voordat ik iemand anders verwond, of erger nog, dood.'

'Heb vertrouwen in je innerlijke kracht,' dringt ze aan, haar stem weer zacht. 'Je hebt zoveel uitdagingen in je leven doorstaan en je bent er altijd bovenop gekomen. Dit is niet anders. Je moet alleen de balans in jezelf vinden.'

'Balans?' proest ik, terwijl ik defensief mijn armen over elkaar sla. 'Jij hebt makkelijk praten.'

'Genoeg gezwolgen in zelfmedelijden!' Athina verheft haar stem, vastbesloten om door mijn koppigheid heen te breken. 'Kijk naar de feiten, Artemis. Niemand heeft je in de steek gelaten. We geven om je en we willen je helpen de controle over je krachten terug te krijgen.'

'Zelfs na alles wat ik heb gedaan?' vraag ik, mijn stem nauwelijks hoorbaar.

'Juist na alles wat je hebt gedaan,' bevestigt ze, haar ogen warm en begripvol. 'We zijn een team. En we blijven bij elkaar, wat er ook gebeurt.'

'Zelfs als dat betekent dat jullie je eigen veiligheid op het spel zetten?' vraag ik, mijn hart pijnlijk van schuldgevoel.

'Artemis,' zegt Athina kordaat, 'we hebben voor hetere vuren gestaan. Vertrouw ons.'

Ik staar haar even aan, slaak dan een zucht en voel een deel van de spanning uit mijn lichaam wegvloeien. Misschien heeft ze gelijk. Misschien is er een manier om de controle terug te krijgen en balans te vinden. Maar waar moet ik in hemelsnaam beginnen?

'Malcolm heeft onderzoek gedaan naar je pyrokinetische krachten,' deelt Athina me mee, alsof ze mijn gedachten leest. 'Hij denkt dat hij een krachtig onderdrukkingsserum heeft ontwikkeld dat je zou kunnen helpen.'

'Echt?' vraag ik sceptisch. 'En sinds wanneer is Malcolm ineens een expert op het gebied van vuurspuwende gekken?'

'Geef hem een kans, Artemis,' smeekt Athina. 'Hij is misschien onze beste kans om je te helpen.'

'Goed dan,' stem ik morrend toe, diep vanbinnen wetend dat ze gelijk heeft. Het is op zijn minst het proberen waard. 'Maar als hij het verprutst en ik de boel in de hens steek, zeg dan niet dat ik je niet gewaarschuwd heb.'

'Afgesproken,' stemt Athina met een glimlach in, en ze steekt haar hand uit. Ik pak hem aarzelend aan, waardoor ze me overeind kan trekken.

De steriele geur van chemicaliën raakt me als een baksteen wanneer we Malcolms lab binnenstappen, en ik kan het niet helpen dat ik mijn neus vol afkeer rimpel. Rijen laboratoriumapparatuur vullen de kamer, metalen tafels vol met flesjes en maatbekers gevuld met wie weet wat.

'Ah, Artemis,' zegt Malcolm, enthousiasme klinkt door in zijn stem, 'ik ben blij dat je er bent. Ik heb aan iets gewerkt dat je misschien kan helpen.'

'Bespaar me de onzin,' snauw ik, terwijl ik hem wantrouwend aankijk. 'Wat heb je van me nodig?'

'Nou, het is een beetje ingewikkeld,' geeft hij toe, en schaapachtig wrijft hij in zijn nek. 'Het serum dat ik heb ontwikkeld, heeft een klein monster van je DNA nodig om de formule specifiek op jou af te stemmen.'

'Prima,' zucht ik en ik strek mijn arm uit. 'Doe wat je moet doen.'

'Eigenlijk,' aarzelt Malcolm, en hij kijkt nerveus naar Declan, die stil bij de deur staat met zijn armen over elkaar. 'Ik heb van jullie beiden een monster nodig. Zie je, ik heb ontdekt dat Declans DNA zou kunnen fungeren als een soort... stabiliserende factor voor het serum.'

'Absoluut niet,' gromt Declan, zijn ogen gevaarlijk vernauwend. 'Ik zal Artemis niet zo verraden.'

'Declan, het is geen verraad als het mij helpt!' roep ik uit, frustratie borrelt onder mijn huid.

'Artemis, je weet niet wat dit serum met je zal doen,' werpt hij tegen, zijn stem laag en vol bezorgdheid. 'Ik kan niet zomaar mijn DNA afstaan zonder de gevolgen te kennen.'

'Genoeg!' schreeuw ik, vlammen flakkeren rond mijn gebalde vuisten. 'Ik doe het zelf wel.'

'Artemis, wacht!' roept Malcolm, maar ik negeer hem, loop naar zijn werkstation en grist een flesje met het ongeteste serum weg. Mijn hart racet in mijn borst, maar ik weiger nu op te geven.

'Artemis, niet doen!' smeekt Declan, maar ik luister niet. Met trillende vingers steek ik de naald in mijn arm en duw de zuiger met felle vastberadenheid naar beneden. Terwijl het serum mijn aderen binnenstroomt, voel ik het vuur in mij al afnemen.

'Verdomme, Artemis,' vloekt Declan, en hij haast zich naar me toe terwijl ik wankel op mijn benen, en mijn zicht aan de randen begint te vervagen. 'Waarom moet je zo verdomd roekeloos zijn?'

'Omdat...' weet ik eruit te persen, terwijl mijn benen onder me bezwijken. 'Ik kan... dit vuur... niet langer... de baas laten zijn...'

Declan vangt me op als ik ineenstort en slaat zijn armen beschermend om me heen. Het laatste wat ik zie voordat de duisternis me overneemt, zijn de hazelnootbruine ogen vol zorgen, frustratie en iets dat lijkt op verbrijzeld vertrouwen.

◄◦►

'Artemis, word wakker!' Declans stem trekt me uit de duisternis, en mijn oogleden fladderen open. Mijn lichaam voelt alsof het door een vrachtwagen is overreden en tegelijkertijd in brand is gestoken. De pijn doet me willen schreeuwen, maar ik kan nauwelijks naar adem happen.

'Declan... wat...' weet ik te krassen, mijn keel droog en rauw.

'Rustig maar,' mompelt hij, terwijl hij me in een zittende positie helpt. 'Je was bijna dood, Artemis. Dat serum was een verdomd grote gok.'

'Heeft het gewerkt?' vraag ik, bang om het antwoord zelf te testen. 'Is het vuur weg?'

'Lijkt er wel op,' geeft hij toe, zijn hazelnootbruine ogen vertroebeld door bezorgdheid. 'Maar je bent nu in geen enkele staat om ook maar iets te doen. Je bent ernstig ziek.'

'Wat dan nog,' mompel ik, terwijl ik het schuldgevoel probeer weg te duwen dat me dreigt te verstikken. 'Ik moest iets doen.'

'Artemis, er moet een andere manier zijn,' dringt Declan aan, en grijpt mijn schouders stevig vast. 'We kunnen een betere oplossing vinden. Eentje waarbij je niet bijna doodgaat.'

'Zoals wat?' snauw ik. Frustratie borrelt in mij op, maar voor het eerst wordt het niet vergezeld door vlammen. 'Heb jij soms briljante ideeën, genie?'

'Eigenlijk wel,' antwoordt hij, zijn gezicht grimmig vastberaden. 'We gaan samen trainen, en we vinden een manier om je krachten te beheersen zonder onze toevlucht te nemen tot roekeloze pogingen zoals deze.'

'Trainen? Met jou?' sneer ik, onmiddellijk sceptisch. 'Wat doet jou denken dat jij me kunt helpen?'

'Omdat, Artemis' – hij leunt dichterbij, zijn blik standvastig – 'ik jou niet zal opgeven, zelfs niet als jij jezelf hebt opgegeven.'

'Prima,' snauw ik, te zwak om verder te ruziën. 'Verwacht alleen geen wonderen.'

'Wonderen zijn niet mijn specialiteit,' zegt hij, terwijl een kleine glimlach om zijn lippen speelt. 'Maar ik ben verdomd goed in improviseren.'

'Wat jij wilt,' mompel ik opnieuw, maar het is moeilijk om boos te blijven als hij zo irritant ondersteunend is.

'Rust wat uit,' beveelt Declan, en hij helpt me weer op het geïmproviseerde bed te gaan liggen. 'We beginnen morgen, en we doen het rustig aan. Dag voor dag. Samen.'

'Goed,' fluister ik, mijn ogen beginnen al dicht te vallen terwijl de uitputting aan me trekt. Terwijl ik wegzak in een onrustige slaap, kan ik het niet helpen me af te vragen of er misschien, heel misschien, een kans voor me is om de controle terug te krijgen zonder mezelf in het proces te vernietigen.

'Slaap lekker, Vlammetje,' mompelt Declan terwijl de duisternis me opnieuw overneemt, en ondanks alles voel ik een vonkje hoop in me ontbranden. Misschien is het voor mij toch nog niet te laat.

HOOFDSTUK ZEVENTIEN

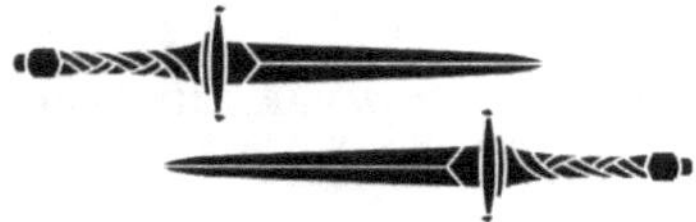

Ik houd Declan nauwlettend in de gaten terwijl we door de dichte, schimmige wildernis trekken, op mijn hoede voor elk subtiel teken dat het beest in hem dreigt los te breken uit zijn fragiele ketenen. Sinds Diana's gestoorde experimenten is hij verwikkeld in een constante strijd, vechtend om zijn menselijkheid te behouden terwijl paranormale instincten in hem woeden.

De laatste tijd lijken de transformaties vaker voor te komen en onvoorspelbaarder te zijn, vooral tijdens missies zoals deze, waar veel op het spel staat. De hoogoplopende emoties en het levensgevaar werken als olie op een vuur dat al nauwelijks onder controle is.

Declan stopt abrupt op het smalle hertenpad, zijn voorhoofd gefronst. Hij schudt zijn hoofd scherp, alsof hij fysiek probeert de binnensluipende roofdierlijke invloed weg te jagen.

'Gaat het wel?' vraag ik zachtjes, en ik kom dichterbij, maar raak hem nog niet aan. Soms maakt aanraking de dierlijke reacties erger.

'Prima,' mompelt hij kortaf en hij ontwijkt mijn onderzoekende blik. Maar de opgekropte spanning in zijn schouders en de trillende handen verraden de waarheid. Prima is wel het laatste wat hij op dit moment is.

We vervolgen onze weg in een ongemakkelijke stilte, het gewicht van onuitgesproken zorgen hangt zwaar boven ons. Ik merk dat Declan steeds onrustiger wordt naarmate we dieper de afgelegen wildernis in trekken. Zijn bewegingen worden roofdierachtig, zijn schouders gebogen als een sluipende katachtige. Het beest is nu gevaarlijk dicht aan de oppervlakte, en één verkeerde beweging zou het volledig kunnen ontketenen.

Plotseling verstijft hij en heft een gebalde vuist. 'Daar is iets,' zegt hij, en zijn stem klinkt als een lage, dierlijke grom. Zijn hypergevoelige zintuigen zijn nu veel sterker dan mijn gewone menselijke.

'Waarschijnlijk maar een hert of zo,' zeg ik zachtjes en ik probeer mijn stem kalm te houden ondanks de angst die in me opborrelt. Maar we weten allebei dat er in deze bossen duisterdere, gevaarlijkere dingen schuilen dan gewone dieren. Bovennatuurlijke wezens, misvormd door wrede experimenten... waaronder Declan en ik.

Declans hoofd schokt en zijn spieren spannen zich nog strakker aan terwijl hij aandachtig luistert naar geluiden die ik niet kan waarnemen. De [INSERT DESCRIP-TIONS] man die ik ken, wordt snel verteerd door verwilderde instincten die ik nauwelijks begrijp. Mijn hart doet pijn, ik wil hem wanhopig graag beschermen, maar weet dat ik machteloos ben tegen deze vijand in zijn eigen, veranderde bloed.

Abrupt duikt hij met verbazingwekkende snelheid het schimmige kreupelhout in, verteerd door de oerdriften van het beest. Maar net zo snel deinst hij terug, verwarring en schok staan op zijn nu weer menselijke gezicht gegrift.

'Declan!' roep ik uit voordat ik mezelf kan tegenhouden, de angst om hem overspoelt mijn voorzichtigheid.

Hij kijkt naar me om, schaamte en angst kolken in zijn grote ogen. 'Sorry,' mompelt hij, en hij slaat zijn armen om zich heen alsof hij het beest binnenin door pure wilskracht in bedwang wil houden. 'Ik dacht dat het... ik weet niet wat ik dacht.'

Ik slik moeizaam en onderdruk mijn emoties. Declans metamorfose komt in golven, de een onvoorspelbaarder en gevaarlijker dan de ander, naarmate zijn DNA gestaag muteert. De ogen die ik ooit kende als warm en hazelnootkleurig, glinsteren nu met een griezelige, gesmolten gouden tint en zijn bewegingen hebben een roofdierlijke souplesse; soepel en dodelijk.

Ik kan de vreselijke waarheid niet negeren; hij glipt stukje bij beetje bij me weg, de man wordt centimeter voor centimeter verteerd terwijl het beest zich een weg naar buiten vecht.

'Declan,' roep ik boven de gierende wind uit, mijn stem is nauwelijks hoorbaar. 'Kun je me daarbinnen horen?'

Hij kijkt om, zijn ogen worden smaller. Een vluchtig moment zie ik een flits van herkenning door de kolkende, verwilderde waanzin snijden, als een verdrinkende man die nog een laatste keer naar adem hapt aan de oppervlakte.

'Artemis,' raspt hij, het woord klinkt ruw en gebroken op zijn tong. 'Blijf achter. Niet veilig.'

'Je weet dat ik dat niet kan doen,' antwoord ik vastberaden, en ik grijp naar elk restje van de echte Declan dat nog over is in het omhulsel van waanzin dat Diana's serums van hem hebben gemaakt. 'We moeten hierover praten, voordat het te laat is.'

Ik veeg het door de wind opgejaagde haar uit mijn ogen en knijp ze samen tegen de bijtende, koude lucht. 'Je verliest steeds vaker de controle. Dat brengt ons allebei in gevaar.'

Zijn gezicht vertrekt, gekweld door angst en zelfhaat. 'Denk je verdomme dat ik dat niet weet?' snauwt hij bitter, zijn handen ballen en ontspannen zich aan zijn zijde.

Ik dwing mezelf om niet terug te deinzen voor de harde woorden, het gewicht van angst en zorgen voelt als een steen op mijn borst. Dit is het beest dat spreekt, herinner ik mezelf. Niet de Declan die ik ken. Die Declan is daarbinnen nog ergens, aan het verdrinken.

'Laat me je dan helpen,' smeek ik wanhopig, en ik zet een voorzichtige stap in zijn richting.

Hij ontbloot zijn tanden, een onmenselijk lage grom rolt in zijn borst. Ik hef snel mijn handen, met mijn handpalmen naar voren, in een poging kalmte en geruststelling uit te stralen. 'We komen hier samen wel uit, oké? Ik ben er voor je, wat er ook gebeurt.'

Zijn koortsachtige blik schiet van mij naar de sombere schaduwen in het bos om ons heen, verscheurd tussen vertrouwen en verwilderde waanzin. 'Misschien is het daar te laat voor,' raspt hij, de kwelling staat op elke lijn van zijn lichaam te lezen.

De woorden zijn een steek in mijn hart, maar ik weiger het te laten zien en knipper de hulpeloze tranen weg. Dit is niet het moment voor wanhoop.

'Het is nooit te laat,' zeg ik in plaats daarvan vastberaden, biddend dat de rotsvaste overtuiging in mijn stem hem kan bereiken. 'Je moet je alleen herinneren wie je bent, Declan. Ons herinneren.'

Hij gooit zijn hoofd achterover en een wilde, onbeheerste lach ontsnapt aan zijn keel. 'Ons? Er is geen "ons" meer, Artemis!' Hij schudt zijn hoofd bitter, een gekwelde grimas vertrekt zijn gezicht. 'Er is alleen ik en dit verdomde beest dat probeert zich een weg naar buiten te klauwen.'

'Zeg dat niet!' protesteer ik wanhopig, een hekel aan zijn woorden maar de verleidelijke aantrekkingskracht van hopeloosheid maar al te goed kennend. 'We kunnen hier samen doorheen komen. Ik geef je niet op!'

'Nou, misschien moet je dat wel doen!' brult hij, zijn borstkas gaat op en neer. Zijn ogen laaien op van de kwelling en instabiliteit. 'Laat me met rust, Artemis. Ik wil jou ook geen pijn doen. Ik moet dit alleen oplossen.'

Hij draait zich abrupt om, loopt weg en verdwijnt tussen de dreigende bomen voordat ik een antwoord kan formuleren.

Ik sla mijn armen om me heen tegen de kille wind, mijn ogen branden van de hulpeloze tranen terwijl ik hem zie gaan. 'Koppige ezel,' mompel ik zachtjes, zelfs als mijn hart breekt van zorg om hem.

Elk beschermend instinct schreeuwt me na om hem te volgen, om voor hem te blijven vechten, maar ik weet dat hem nu achtervolgen het alleen maar erger zal maken. Hij heeft tijd en ruimte nodig om te worstelen met het monster dat hem probeert te verteren, zelfs als het voor mij ondraaglijk is om hem dat te geven.

Uiteindelijk moet hij zelf de keuze maken om zich een weg terug te vechten van deze afgrond, zoals ik ooit deed. Hoezeer ik hem ook verlang te beschermen tegen de stygische duisternis die ons beiden dreigt te verzwelgen, dit is een strijd die Declan uiteindelijk alleen moet voeren.

Ik kan alleen maar bidden dat de man om wie ik ben gaan geven, ergens onder de huid van het roofdier, nog steeds bestaat... en dat hij de kracht vindt om zichzelf terug te winnen voordat het beest de volledige controle overneemt en er niets van Declan overblijft dan een leeg omhulsel.

'Artemis?'

Athina's zachte stem trekt me uit mijn sombere gedachten en ik draai me met een vermoeide zucht naar haar toe. Haar warme bruine ogen stralen bezorgdheid uit en even ben ik intens dankbaar voor haar standvastige, kalmerende aanwezigheid te midden van de chaos die mijn leven is geworden.

'Is hij...?' vraagt ze, maar ze hoeft de vraag die zwaar op ons beiden drukt niet af te maken.

Ik knik zonder iets te zeggen en slik moeizaam tegen de brok die in mijn keel schuurt. 'Het wordt erger,' beken ik, mijn stem breekt ondanks mijn pogingen om kalm te blijven. 'Ik weet niet meer wat ik moet doen, Athina. Het is alsof ik de echte Declan niet kan bereiken, hoe hard ik het ook probeer.'

Wanhoop dreigt me te verpletteren nu ik de vreselijke waarheid die ik heb vermeden hardop uitspreek: ik verlies hem aan de duisternis die Diana's gestoorde experimenten in hem hebben losgelaten. En ik heb geen idee hoe ik hem van de rand van de afgrond moet terugtrekken.

Athina legt een zachte hand op mijn ineengezakte schouder. 'Heb vertrouwen, Artemis,' dringt ze aan, haar toon is zacht maar resoluut. 'Declan heeft tot nu toe opmerkelijke kracht getoond in zijn worsteling met deze veranderingen. Ik geloof echt dat hij zijn weg door de schaduwen terug naar het licht zal vinden.'

'Nou, fijn voor jou en je onwankelbare vertrouwen,' grom ik bitter, en ik veeg de hete, woedende tranen weg die in mijn ogen branden. 'Het is verdomd niet zo makkelijk als jij degene bent die hem hulpeloos per dag ziet verdwijnen.'

Mijn uitbarsting deert haar niet. 'Je hebt gelijk, ik kan jouw pijn en angst in deze situatie niet volledig begrijpen,' stemt ze gelijkmatig in. 'Maar onthoud dat we allemaal onze eigen demonen, onze eigen beproevingen onder ogen moeten zien. De jouwe mag nu in duisternis wandelen, maar op een dag zal de zon weer opkomen.'

Ik bijt op mijn lip, beschaamd door de zachte terechtwijzing maar nog steeds niet in staat om mijn kolkende emoties de vrije loop te laten. 'Geduld is nooit echt mijn sterkste punt geweest, voor het geval je het nog niet gemerkt had,' beken ik met een schorre, hulpeloze lach.

Athina knijpt alleen maar geruststellend nog eens in mijn schouder. 'Ik weet het. Maar in het belang van jullie beiden moet je het proberen. En wees ook mild voor jezelf. Niemand verwacht dat je deze storm alleen doorstaat.'

Ik haal diep adem, houd mijn adem in en laat dan langzaam de turbulente emoties los. 'Ik zal mijn best doen,' beloof ik vermoeid. 'Dat is het enige wat ik nu kan doen, toch?'

'Dat is het enige wat ieder van ons kan doen,' beaamt ze. 'Kom, laten we weer aan het werk gaan. Hoe sneller we deze missie voltooien, hoe sneller we al onze energie kunnen richten op het helpen van Declan door deze vuurproef heen.'

Ik recht mijn rug en klem mijn tanden op elkaar met hernieuwde vastberadenheid. 'Dat klinkt als een verdomd goed plan.'

Als er niets anders is, kan ik me vastklampen aan deze onwrikbare waarheid: ik zal Declan nooit, maar dan ook nooit opgeven. Hoe diep hij ook wegzakt in de schaduwen, samen vinden we een weg terug naar het licht. Daar zal ik voor zorgen, al is het het laatste wat ik doe.

◆○◆

De zon zakt laag aan de horizon terwijl ik mijn weg baan door de sombere, overwoekerde bossen. Ze werpt griezelige schaduwen die naar me lijken te reiken met grijpende, knokige vingers. Een onbehaaglijk gevoel ligt als een steen in mijn maag en mijn zenuwen staan strakgespannen bij elk takje dat onder mijn laarzen knapt. Ik zoek nu al uren, zo voelt het, naar een teken van Declan en word met de minuut gefrustreerder en angstiger.

'Waar ben je in hemelsnaam?' mompel ik binnensmonds, terwijl ik het prikkende zweet met de rug van een smerige hand uit mijn ogen veeg. Mijn geduld, dat al aan een zijden draadje hing, raakt nu snel op.

Een plotseling, scherp geritsel in het dichte kreupelhout trekt mijn aandacht en ik sta als aan de grond genageld, mijn hartslag versnelt. Ik snuif de lucht op als een bloedhond; die vage maar onmiskenbare muskusgeur is van hem. Zweet, aarde en iets onmiskenbaar woests en gevaarlijks. Het is nu de geur van Declan, in deze vorm. Ik zou hem overal herkennen.

'Declan?' roep ik voorzichtig, mijn stem nauwelijks een ademtocht. Ik sluip behoedzaam naar voren, mijn hyperalerte zintuigen gespannen op elk verder teken van hem, terwijl ik me een weg baan over verwrongen wortels en rottende bladeren.

Wanneer ik een bocht in het smalle, kronkelende hertenpad neem, rolt er een onheilspellend, laag gegrom door de zware lucht; het soort beestachtige geluid dat geen menselijke keel kan voortbrengen. Mijn adem stokt, mijn hart hapert. Daar, verderop op het pad, ijsbeert een enorme jaguar rusteloos heen en weer. Zijn gevlekte vacht golft over gespannen spieren en zijn onnatuurlijke ogen gloeien van oerwoede.

Declan, dat weet ik zeker. Of wat er van hem over is onder het monster waarin Diana's serums hem hebben veranderd. De brandende blik van de grote kat vergrendelt zich met de mijne en ik sta doodstil, terwijl mijn gedachten op hol slaan.

'Shit,' vloek ik binnensmonds. De kleinste verkeerde beweging betekent nu de dood.

'Declan,' roep ik krachtig maar zacht, alsof ik een bang en onberekenbaar kind kalmeer. 'Ik ben het, Artemis. Ik ga je geen pijn doen.'

Ik concentreer mijn gedachten en probeer wanhopig kalmerende energie naar de jaguar te projecteren, biddend dat het genoeg zal zijn om zijn moordinstincten te bedwingen. Een kort moment staat het beest stil, zijn massieve kop iets gekanteld alsof hij mijn woorden weegt. Het rommelende gegrom sterft weg en ik snik bijna van opluchting. Het werkt. Ik dring tot hem door.

'Dat is het,' denk ik bemoedigend, mijn hartslag donderend. 'Dit ben jij niet, Declan. Je bent sterker dan deze duisternis. Vecht ertegen.'

Maar de broze vrede wordt in een oogwenk verbrijzeld. Met een woedende snauw springt de jaguar op, zijn klauwen volledig uitgestoken en zijn glimmende hoektanden ontbloot in afwachting van warm bloed.

Ik krijg maar net op tijd een beschermende psychische barrière opgeworpen. De klap als het beest ertegenaan botst is bijna genoeg om me achterover te doen slaan. Nu struikel ik naar achteren, happend naar adem.

'Godverdomme, Declan!' schreeuw ik, woede en pijn verstrengelen zich in me als prikkeldraad. 'Ik weet dat je daarbinnen zit! Laat dit beest je niet langer beheersen en word verdomme wakker!'

Mijn wanhopige smeekbeden hebben geen effect. Hij deinst terug en schudt de botsing van zich af, spieren rollen onder de gladde vacht terwijl hij cirkelt. Hij berekent zijn volgende aanvalsroute. Vanbinnen versplintert mijn hart.

'Goed dan,' spuug ik door samengeklemde tanden, mijn handen tot witte knokkels gebald. 'Als je weigert naar rede te luisteren, dan moet ik het er maar bij je in rammen.'

De jaguar stormt opnieuw op, met niets dan dierlijke razernij in zijn ogen. Ik zet me schrap, klaar om elk psychisch wapen te ontketenen waarover ik beschik als dat nodig is om door te dringen tot de man die ergens diep in dit nachtmerriewezen gevangen zit.

'Ik verlies je verdomme niet aan deze duisternis!' snauw ik. Woede en vastberadenheid geven kracht aan de beschermende barrières die ik opwerp. Ik voel mijn energie knetteren, de lucht zelf zindert van kracht.

De grote kat stuitert weer terug met een woedend gebrul, het geluid doet de haren in mijn nek overeind staan. Ik sla instinctief terug met een uithaal van psychische kracht voordat ik aan mezelf kan twijfelen. Declan knalt tegen een nabijgelegen boom, hard genoeg om bladeren uit de takken te schudden.

'Blijf liggen!' schreeuw ik, met een hijgende borst, zelfs terwijl schuldgevoel mijn hart verdraait. De koperachtige smaak van bloed bloeit in mijn mond waar ik op mijn lip heb gebeten. Ik negeer het en knipper de prikkende tranen uit mijn ogen. Welke andere keus heb ik?

Tot mijn ontzetting staat Declan bijna onmiddellijk weer op, duidelijk versuft maar onverschrokken. Hij sluipt weer op me af, met niets dan roofzuchtige focus in zijn vlammende blik.

Ik blijf zijn venijnige aanvallen ontwijken en wankel bijna wanneer een uithaal zo dicht langs mijn keel suist dat de wind ervan mijn huid streelt. Maar ik kan dit niet eeuwig volhouden. Mijn kracht neemt al af en ik bereid me voor om nog een psychische klap uit te delen; een die hem misschien voorgoed zou kunnen uitschakelen.

'Alsjeblieft Declan... laat me dit niet doen,' snik ik, de woorden scheuren uit mijn keel van wanhoop.

Ongelooflijk genoeg, aarzelt hij. Zijn neusgaten verwijden zich alsof hij mijn geur opvangt onder de overweldigende stank van bloed en angst. Een hartslag lang staat hij roerloos en kalmeert de razende storm achter zijn ogen.

'Artemis,' hoor ik hem raspen, het geluid ruw en gebroken, vervormd door de keel van de jaguar. Ik zak bijna in elkaar van duizelingwekkende opluchting. Hij heeft mijn naam gezegd. Hij is er nog.

'Ik... kan... niet...' De jaguarvorm van Declan struikelt en krimpt terug naar menselijke gedaante terwijl hij worstelt om te spreken. 'Volhouden...'

'Blijf bij me, Declan,' fluister ik en laat mijn liefde hem verankeren terwijl we vechten tegen de duisternis die ons beiden dreigt te verzwelgen. 'We vinden ons evenwicht, zij aan zij. Vertrouw me maar.'

En op de een of andere manier, tegen alle verwachtingen in, doet hij dat.

Zijn menselijke gedaante strompelt naar me toe, zijn hazelnootkleurige ogen vertroebeld door verwarring en angst. Hij schudt zijn hoofd en gromt laag in zijn keel alsof hij probeert het dier in hem van zich af te schudden.

Zodra onze huid elkaar raakt, verschuift er iets in hem. Het is als een dam die breekt en alle opgekropte emoties loslaat die hij heeft ingehouden. En op dat moment voel ik de liefde die ons bindt; een liefde die sterker is dan welke duisternis dan ook die ons uit elkaar dreigt te rukken.

'Artemis...' brengt hij stamelend uit, terwijl de tranen over zijn gezicht stromen. 'Het spijt me zo. Ik wilde je nooit pijn doen.'

'Ssst,' sus ik, terwijl mijn hand zachtjes zijn wang streelt. 'We vinden wel een manier om dit recht te zetten. Samen.'

Zijn ogen zoeken de mijne en voor het eerst in wat een eeuwigheid lijkt, zie ik een sprankje hoop in zijn ogen.

'Dank je,' fluistert hij en leunt tegen mijn aanraking alsof het de levenslijn is die hem aan zijn menselijkheid vasthoudt.

'Graag gedaan, je kunt maar beter dankbaar zijn,' zeg ik met een kleine grijns, in een poging de sfeer wat lichter te maken ondanks mijn kloppende arm. 'En laten we nu als de bliksem uit deze bossen zien te komen en deze puinhoop opruimen.'

We banen ons een weg door het dichte woud, elke stap een stille getuigenis van de pijn die we beiden voelen, zowel fysiek als emotioneel. De bomen torenen boven ons uit als oeroude wachters en hun takken werpen griezelige schaduwen op de grond onder onze voeten. Onze ademhaling is zwaar, onderbroken door af en toe een gegrom of een vloek als we ons lichaam dwingen om door te gaan.

'Artemis?' zegt Declan zacht, de stilte verbrekend die tussen ons was gevallen. 'Dank je. Voor alles.'

'Hey,' kaats ik terug, mijn toon is licht maar doorspekt met oprechtheid. 'Daar zijn partners voor, toch?'

'Inderdaad,' beaamt hij en knikt plechtig.

Als we eindelijk door de boomgrens breken en in de schemering tevoorschijn komen, zie ik de verre skyline van de stad: een baken van hoop te midden van de oprukkende duisternis. En op dat moment, hoe gehavend we ook zijn, weet ik dat we klaar zijn om de uitdagingen die voor ons liggen het hoofd te bieden. Samen, met onze hybride naturen verweven, zullen we het evenwicht vinden dat we beiden zo hard nodig hebben.

HOOFDSTUK ACHTTIEN

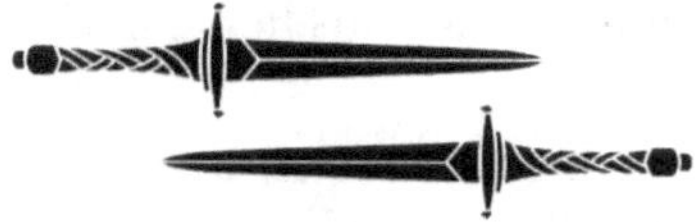

Bloed druipt van Declans armen, de karmozijnen stroompjes vormen een plas op de koude betonnen vloer. De flarden van zijn shirt kleven aan hem als de laatste ademtocht van een eens solide werkelijkheid.

'Hier,' zeg ik en gooi een oude handdoek op zijn schoot. 'Houd deze op je wonden terwijl ik een kijkje neem.'

Hij gehoorzaamt zonder een woord te zeggen en krimpt ineen als hij de stof tegen zijn huid drukt. Ik kan de spanning tussen ons in de lucht voelen – de rauwe, pulserende kracht van wat hij werd.

'Doet het pijn?' vraag ik, terwijl ik naast hem kniel en de sneden onderzoek die hij in zijn eigen vlees heeft gemaakt toen hij van jaguar terug veranderde in een man.

'Als de hel,' perst hij eruit tussen op elkaar geklemde tanden. Zijn hazelnootkleurige ogen zijn stormachtig, donker van iets veel angstaanjagenders dan pijn. Ik slik zwaar en probeer mijn eigen angsten voor hem opzij te zetten.

'Vertel me wat er is gebeurd,' zeg ik en dwing mezelf zijn blik te beantwoorden. Hij aarzelt even voordat de woorden eruit stromen als bloed uit een open wond.

'Het was... ik weet niet eens hoe ik het moet omschrijven, Artemis. Ik had het gevoel dat ik verdronk in duisternis, dat ik alles verloor wat me menselijk maakte. Het voelde alsof de jaguar me van binnenuit verteerde, en het enige wat ik kon doen was aan mijn huid krabben en schreeuwen.'

'Declan,' mompel ik, mijn hart doet pijn voor hem. 'Het spijt me zo dat je dat moest meemaken.' Ik rommel door onze geïmproviseerde EHBO-doos, op zoek naar iets, wat dan ook, om zijn lijden te verlichten.

'Is er iets wat ik kan doen?' vraag ik, wanhopig om van enige hulp te zijn.

'Blijf... gewoon bij me,' smeekt hij, zijn stem nauwelijks hoorbaar boven het geluid van mijn eigen panische hartslag. 'Alsjeblieft.'

'Natuurlijk.' Ik knik, terwijl er vastberadenheid in me opvlamt als een pas ontstoken vlam. 'Ik laat je niet alleen.'

Terwijl ik zijn wonden begin schoon te maken, mijn handen stabiel ondanks de onrust in mij, kan ik niet anders dan denken aan het Bureau voor Paranormale Zaken en hun verknipte experimenten, en aan die teef Diana Fox. Ze hebben Declan veranderd in iets wat hij nooit wilde zijn – een hybride van mens en beest, die worstelt om de laatste flarden van zijn menselijkheid vast te houden.

'Artemis,' fluistert Declan, zijn stem schor van pijn en uitputting. 'Beloof me iets.'

'Alles,' antwoord ik, zonder op te kijken van mijn werk.

'Beloof me dat als ik mezelf verlies aan deze... deze duisternis, je alles zult doen wat nodig is om me terug te halen... of voorgoed een einde aan me te maken.'

'Declan...' begin ik te zeggen, maar hij onderbreekt me voordat ik kan uitpraten.

'Beloof het me, Artemis.' Er ligt een wanhoop in zijn ogen die me tot op het bot verkilt.

'Ik beloof het,' zeg ik uiteindelijk, mijn stem nauwelijks meer dan een fluistering.

'Dank je,' fluistert hij, oprecht dankbaar.

'Luister, jij koppige dwaas,' zeg ik en pak zijn hand stevig vast. 'Je vecht niet alleen voor jezelf. Je vecht voor mij, voor ons. Ik zal niet stoppen met je kont terug uit de duisternis te slepen als je ooit wegglipt.'

Declans hazelnootkleurige ogen glinsteren van onvergoten tranen terwijl hij knikt en mijn felle steun accepteert. 'Oké, Artemis. Zolang jij aan mijn zijde staat, zal ik vechten. Ik zal vasthouden aan mijn menselijkheid en dit ding in mij beheersen.'

'Goed zo,' snauw ik. 'Want als je denkt dat ik je er zo makkelijk vanaf laat komen na alles wat we hebben meegemaakt, dan ben je serieus abuis.'

Hij grinnikt zwakjes en krimpt ineen van de pijn die het veroorzaakt. Maar het geluid is als muziek in mijn oren – een teken dat hij er nog ergens is, vechtend om mens te blijven.

'Beloof mij ook iets, Declan,' zeg ik, mijn stem wordt zachter.

'Alles,' antwoordt hij zonder aarzelen.

'Beloof me dat je jezelf niet opgeeft. Dat je blijft vechten, zelfs als het onmogelijk voelt.'

Hij aarzelt even, doorzoekt mijn ogen voordat hij langzaam knikt. 'Ik beloof het. Voor jou zal ik blijven vechten.'

'Goed,' zeg ik, tevreden met zijn belofte. De reis die voor ons ligt zal zwaar zijn, maar samen zullen we alle uitdagingen die op ons pad komen het hoofd bieden. We moeten wel – er is geen andere keus.

'Laten we wat rusten,' stel ik voor, terwijl ik hem op het geïmproviseerde bed in onze schuilplaats laat zakken. 'Morgen beginnen we met uit te zoeken hoe we dit beest van jou kunnen temmen.'

Voordat hij kan antwoorden, slaat de deur open en stapt Dr. Malcolm Kastler binnen, zijn violette ogen op Declan gericht.

'Declan moet worden opgesloten,' verklaart hij koeltjes, zijn handen in de zakken van zijn laboratoriumjas. 'We kunnen niet nog een incident zoals vanavond riskeren.'

'Absoluut niet!' snauw ik en ga beschermend tussen hen in staan. 'Hij heeft steun nodig, geen gevangenschap.'

'Artemis heeft gelijk,' valt Athina haar bij, haar stem kalm maar vastberaden. 'Declan heeft genoeg doorstaan. Medeleven is wat hij nu nodig heeft – geen verder isolement.'

Malcolm knijpt zijn ogen samen en bestudeert ons een moment voordat hij zwaar zucht. 'Prima. Maar als hij weer de controle verliest, is het jullie verantwoordelijkheid.'

'Begrepen,' antwoord ik, mijn toon ijzig. Zodra Malcolm de kamer verlaat, draai ik me weer om naar Declan, die ineengedoken op het bed zit, met zijn hoofd naar beneden, en weigert me aan te kijken.

'Hé,' zeg ik zacht en pak zijn hand in de mijne. 'Je bent er nog, Declan. We vechten hier samen tegen, weet je nog?'

Hij knikt. 'Ja... samen.'

'Artemis heeft gelijk,' voegt Athina eraan toe en geeft hem een warme glimlach. 'Je hebt al ongelooflijke kracht getoond door je tegen de transformatie te verzetten. Samen kunnen we je helpen je menselijkheid terug te winnen.'

'Dank je,' fluistert Declan, zijn stem breekt.

'Ga nu maar wat rusten,' zeg ik tegen hem, knijp zachtjes in zijn hand voordat ik hem loslaat. 'Morgen beginnen we met het uitwerken van een plan.'

Terwijl Declan op zijn veldbed gaat liggen, kijk ik naar Athina, dankbaar voor haar steun. De weg die voor ons ligt is onzeker en vol gevaar, maar met bondgenoten als deze aan onze zijde, heb ik goede hoop dat we Declan kunnen terugtrekken van de rand van de duisternis – en misschien zelfs een manier kunnen vinden om Diana voor eens en altijd te stoppen.

De zon is ondergegaan en werpt griezelige schaduwen langs de muren van de basis. Het is een lange dag geweest, maar ik zal Declan niet in de steek laten om zijn nachtmerries alleen onder ogen te zien. Samen zitten we op de vloer van zijn kamer, alleen verlicht door de zwakke gloed van een lamp.

'Probeer je op je ademhaling te concentreren,' instrueer ik, terwijl ik mijn stem laag en kalm houd. 'Adem diep in door je neus en adem dan langzaam uit door je mond.'

Declans borstkas rijst en daalt terwijl hij mijn instructies probeert te volgen, zijn ogen schieten door de kamer als een opgesloten dier. Zijn handen beven en ik kan de rauwe kracht onder zijn huid voelen stromen – een constante herinnering aan het wilde beest dat in hem schuilt.

'Artemis...' fluistert hij, zijn stem nauwelijks hoorbaar boven het geluid van zijn zware ademhaling. 'Ik weet niet of ik dit kan. De jaguar... hij is zo sterk, en deze herinneringen...'

'Hé,' onderbreek ik, leg een hand op zijn schouder en voel de spanning in zijn spieren. 'Je bent sterker dan je denkt. Je bent er al een keer in geslaagd de transformatie om te keren, toch? We moeten je alleen helpen de controle over de jaguar terug te krijgen, en dat begint met het beheersen van je eigen gedachten en emoties.'

'Juist,' knikt hij en slikt zwaar. 'Controle.'

'Precies,' zeg ik en dwing mezelf tot een glimlach. 'Doe nu je ogen dicht en probeer je een plek voor te stellen waar je je veilig en vredig voelt. Ergens ver weg van al deze chaos.'

Declans oogleden fladderen dicht, en heel even vang ik een glimp op van de man die ik ooit kende – voordat het serum hem in iets monsterlijks veranderde. Een steek van spijt schiet door me heen, maar ik duw het opzij en concentreer me op de taak die voor me ligt.

'Goed,' mompel ik, terwijl ik toekijk hoe zijn ademhaling geleidelijk rustiger wordt. 'Wanneer een flashback of nachtmerrie je dreigt te overweldigen, probeer dan terug te keren naar die veilige plek in je geest. Het zal de herinneringen niet doen verdwijnen, maar het zal je helpen ermee om te gaan.'

'Dank je, Artemis,' ademt hij, zijn stem nu stabieler. 'Je hebt gelijk, ik moet leren dit te beheersen.'

'Natuurlijk heb ik gelijk,' zeg ik met een grijns, in een poging wat luchtigheid in de situatie te brengen. 'Onthoud gewoon dat die impulsen je niet definiëren. Je bent nog steeds Declan – jaguar of niet.'

Hij opent zijn ogen en staart me even aan, kwetsbaarheid flakkert over zijn gezicht voordat hij zich weer vermant. 'Ik laat het me niet beheersen,' zweert hij, vastberadenheid brandt in zijn blik.

'Verdomd juist van niet,' antwoord ik en knijp geruststellend in zijn schouder. 'En ik zal er elke stap van de weg voor je zijn.'

Terwijl we doorgaan met werken aan technieken om de jaguar in hem te temperen, kan ik het gevoel niet van me afschudden dat we steeds dichter bij een onbekende afgrond komen. Maar met elke kleine overwinning houd ik vast aan de hoop – voor Declan, voor ons, en voor onze strijd tegen de duisternis die ons allemaal dreigt te verteren.

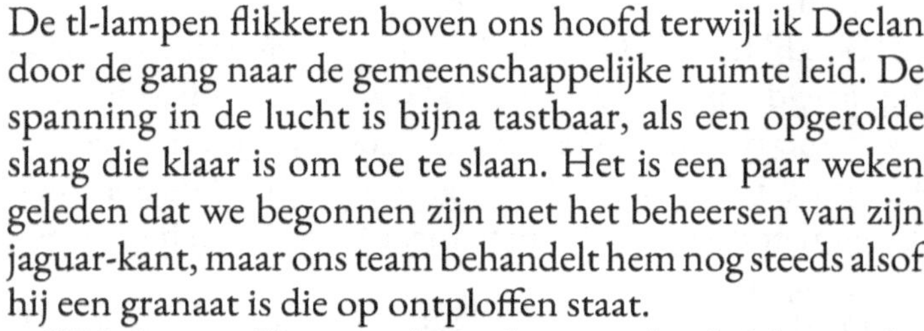

De tl-lampen flikkeren boven ons hoofd terwijl ik Declan door de gang naar de gemeenschappelijke ruimte leid. De spanning in de lucht is bijna tastbaar, als een opgerolde slang die klaar is om toe te slaan. Het is een paar weken geleden dat we begonnen zijn met het beheersen van zijn jaguar-kant, maar ons team behandelt hem nog steeds alsof hij een granaat is die op ontploffen staat.

'Hé, Artemis?' mompelt Declan, aarzelend vlak voordat we de kamer binnengaan.

'Ja?'

'Bedankt dat je in me gelooft,' zegt hij met een scheve grijns die zijn ogen niet helemaal bereikt.

'Natuurlijk,' antwoord ik en duw hem met mijn schouder naar voren. 'Je hebt een lange weg afgelegd, Declan. Nu is het tijd om de rest van het team te laten zien dat je de controle niet zult verliezen.'

Hij lacht wankel en knikt. 'Oké, laten we dit doen.'

Terwijl we de kamer binnenlopen, stokt het gesprek tussen onze teamgenoten abrupt, hun collectieve blik richt zich op Declan. Ik kan de argwaan praktisch van hen voelen afstralen, maar in plaats van te krimpen onder hun onderzoekende blikken, staat Declan rechterop.

'Jongens,' kondig ik aan, sla mijn armen over mijn borst en kijk hen recht aan. 'Declan heeft keihard gewerkt om zijn hybride-kant te beheersen. Hij is geen tikkende tijdbom, dus jullie moeten allemaal ophouden hem zo te behandelen.'

Er heerst een stilte tussen ons, alleen onderbroken door een af en toe nerveuze blik die tussen de anderen wordt uitgewisseld. Uiteindelijk neemt Sapphire het woord. 'We willen je geloven, Artemis, maar we hebben gezien waartoe hij in staat is als hij de controle verliest.'

'Iedereen heeft zijn demonen,' snauw ik terug en bal mijn vuisten langs mijn zij. 'Maar hij leert de zijne recht in de ogen te kijken. Hij omarmt wat hij is zonder te verliezen wie hij is. Hoevelen van ons kunnen dat zeggen?'

'Artemis heeft gelijk,' dringt Declan aan, zijn stem vastberaden en standvastig. 'Ik heb geworsteld met de jaguar, maar het is nu een deel van mij – een deel dat ik leer te beheersen. En ik zal blijven vechten, voor jullie allemaal en voor mezelf.'

De kamer blijft stil terwijl ze zijn woorden verwerken. Het lijkt een eeuwigheid voordat Malcolm eindelijk iets zegt.

'Prima,' mompelt Malcolm uiteindelijk, zijn violette ogen bestuderen Declan alsof hij op zoek is naar barsten in zijn vastberadenheid. 'U kunt uw taken hervatten – maar onder toezicht.'

'Begrepen,' knikt Declan, en accepteert de voorwaarden zonder aarzeling.

'Houd hem in de gaten, Artemis,' voegt hij eraan toe en richt zijn blik op mij. 'Zorg ervoor dat hij de controle niet verliest.'

'Natuurlijk,' antwoord ik, mijn ogen ontmoeten de zijne met evenveel intensiteit. 'Ik help hem op het goede spoor te blijven.'

'Goed,' zegt hij, doet een stap achteruit en slaat zijn armen over elkaar. 'Laten we nu terugkeren naar onze echte missie: Diana stoppen en een einde maken aan haar verknipte experimenten.'

'Eindelijk iets waar we het allemaal over eens zijn,' denk ik bij mezelf, terwijl ik een verkramping in mijn borst voel bij de vermelding van Diana's naam.

'Oké, team,' zeg ik, klap in mijn handen en dwing mijn gedachten terug naar het heden. 'We moeten informatie verzamelen over Diana's bewegingen en uitzoeken hoe we haar operatie kunnen ontmantelen. Onthoud, we zijn samen sterker – verenigd met degenen van wie we houden.'

'Hoor, hoor,' stemt Declan in en geeft me een ondersteunende glimlach die warmte door mijn aderen laat stromen.

'Laten we dit doen,' zegt een van de andere leden en verbreekt de stilte die als een zware mist over de groep was neergedaald.

Terwijl we ons allemaal op onze respectievelijke taken storten, kan ik het niet laten om af en toe een blik op Declan te werpen. Hij beweegt doelgericht, het gewicht van zijn nieuwe hybride zelf lijkt verlicht door de acceptatie van het team en onze gezamenlijke missie.

'Concentreer je, Artemis,' berisp ik mezelf en dwing mijn aandacht terug naar de informatie over Diana's verblijfplaats. 'We kunnen ons geen afleidingen veroorloven.'

Ondanks de aanhoudende spanning en het wantrouwen, voel ik een vonkje hoop in me ontbranden. Met een herstelde Declan en een verenigd team, hebben we een reële kans tegen de duisternis die ons allemaal dreigt te verteren.

'Pas maar op, Diana,' mompel ik binnensmonds, mijn vingers vliegen over het toetsenbord terwijl ik zoek naar aanwijzingen over haar locatie. 'We komen je halen – en we stoppen niet voordat je berecht bent.'

En met die vastberadenheid brandend in mijn hart, duik ik met mijn hoofd vooruit in de gevaarlijke wereld van geheimen, leugens en bovennatuurlijke krachten die op ons wacht.

HOOFDSTUK NEGENTIEN

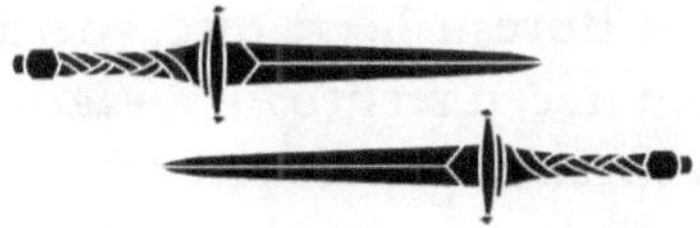

HET GERONK VAN EEN motor verbreekt de stilte als een onopvallende sedan stopt voor mijn armoedige eenkamer-schuilplaats. Ik tuur de nacht in en zie Nadia en Athina uit het voertuig stappen.

Nadia stapt als eerste uit, gekleed als een typische huismoeder uit een buitenwijk in haar pastelkleurige blouse en korte kaki broek. Maar ik weet dat ik haar niet alleen op haar uiterlijk moet beoordelen. Achter die onschuldige buitenkant schuilt een van de krachtigste en gevaarlijkste paranormaal-menselijke hybriden die tot nu toe zijn geïdentificeerd.

Athina komt aanlopen van de bestuurderskant, gekleed in haar gebruikelijke wandeluitrusting met haar kenmerkende witte knot. Haar warme ogen scannen voorzichtig de omgeving voordat ze Nadia naar binnen volgt.

'Artemis,' begroet ze me met een knikje. 'Waar is Declan?'

'Weg,' zeg ik kortaf, omdat ik het niet over zijn toenemende behoefte wil hebben om tijd door te brengen in zijn jaguargedaante. Hoewel de terugkeer naar zijn menselijke vorm hem tegenwoordig makkelijker afgaat, moet hij minstens een paar uur per dag getransformeerd zijn. Hij is ergens in de bossen en zal waarschijnlijk niet voor zonsopgang terugkeren.

'Wat brengt jullie hier onaangekondigd?' vraag ik op mijn hoede, terwijl ik hun ongemakkelijke lichaamstaal opmerk.

Ze wisselen gespannen blikken uit. 'We hebben iets groots ontdekt,' zegt Nadia. 'Echt bewijs van de experimenten die het Bureau heeft uitgevoerd. Genoeg om stand te houden in een rechtbank, waarschijnlijk.'

Ik ben even sprakeloos van verbazing en heb moeite om deze onthulling te verwerken. 'Wat moeten we in hemelsnaam nu doen?' slaag ik er uiteindelijk in te vragen. 'Het openbaar maken of verder onderzoek doen?'

'Dit openbaar maken zou het Bureau kunnen verlammen,' betoogt Athina bedachtzaam. 'Maar de publieke reactie is onvoorspelbaar. En het Bureau zou wraak kunnen nemen.'

Ik trommel ongerust met mijn vingers op het bureau, en voel het gewicht van een onmogelijke beslissing. 'Gedoemd als we het doen, gedoemd als we het niet doen.'

Nadia verandert van houding en ziet er ongebruikelijk nerveus uit. 'Met mijn telekinese kan ik ongezien hun faciliteiten binnendringen,' legt ze uit. 'Ik kan voorwerpen, zelfs beveiligingscamera's, verplaatsen door er alleen maar aan te denken. Zo heb ik zoveel informatie verzameld.'

Dit is de eerste keer dat ik hoor over de aard van Nadia's krachten. Haar hulp is van onschatbare waarde geweest, maar brengt duidelijk grote persoonlijke risico's met zich mee als ze ontdekt wordt. Ik voel een opwelling van dankbaarheid voor haar moed.

'Laten we ons richten op Dr. Graves,' stel ik voor, om de discussie weer op het juiste spoor te brengen. 'Welk concreet bewijs hebben we van zijn betrokkenheid?'

Athina haalt een map uit haar rugzak. 'Met Nadia's hulp hebben we financiële gegevens en documenten bemachtigd – keihard bewijs dat Graves deze experimenten achter de schermen aanstuurt, en dat al vanaf het begin doet.'

Mijn hartslag versnelt als ik de implicaties besef. Hem ontmaskeren zou het hele Bureau ten val kunnen brengen. Maar zelfs dat zou deze onethische experimenten misschien niet stoppen.

Nadia lijkt mijn aarzeling te lezen. 'Ik weet dat je je zorgen maakt over de gevolgen,' zegt ze zacht. 'Maar we kunnen hier niet op blijven zitten. Er staan levens op het spel.'

Athina knikt, een flits van woede in haar ogen. 'Als wij Graves niet stoppen, wie dan wel? We hebben alles wat nodig is om hem ten val te brengen.'

'Wacht,' zeg ik, terwijl ik een hand opsteek. 'Voordat we hier vol voor gaan, moeten we nadenken over de consequenties.'

Nadia trekt een wenkbrauw op. 'Ik dacht dat je hiermee instemde, Artemis.'

'Dat doe ik ook, maar laten we niets overhaasten zonder er goed over na te denken.' Ik vouw mijn handen ineen en probeer mijn gedachten te ordenen. 'Het openbaar maken brengt risico's met zich mee, en we moeten die afwegen tegen de mogelijke voordelen.'

'Oké, laten we er dan over debatteren,' zegt Athina, terwijl ze haar armen over elkaar slaat.

'Ten eerste zou het onthullen van de geheimen van het Bureau wijdverspreide paniek kunnen veroorzaken,' breng ik naar voren. 'Mensen zullen beseffen dat hun regering tegen hen heeft gelogen en gruwelijke experimenten heeft uitgevoerd op paranormale wezens. Er zouden rellen kunnen uitbreken, of erger.'

'Waar,' geeft Nadia toe, 'maar is het niet beter voor mensen om de waarheid te weten? Om te begrijpen wat er echt aan de hand is, zodat ze verandering kunnen eisen?'

'Misschien,' zeg ik, terwijl ik op mijn lip bijt. 'Maar stel je de angst en het wantrouwen voor dat zich onder paranormale wezens zou verspreiden als ze wisten wat het Bureau deed. Het zou kunnen leiden tot nog meer verdeeldheid tussen hen en de mensen. Is dat echt wat we willen?'

'Artemis heeft een punt,' geeft Athina toe. 'Het kan de zaken erger maken voordat ze beter worden. Maar aan de andere kant, als we zwijgen, laten we Dr. Graves doorgaan met zijn verknipte experimenten. Wie weet hoeveel levens hij in het proces zal vernietigen?'

Ik wrijf over mijn slapen en voel het gewicht van onze beslissing op me drukken. 'Als we het openbaar maken, moeten we voorbereid zijn op de tegenreactie. Het Bureau zal het niet op prijs stellen dat we hun vuile was buiten hangen, en de regering evenmin. En we hebben absoluut geen idee wat Diana zal doen.'

'Laat ze maar komen,' zegt Nadia fel. 'We hebben al eerder gevaar getrotseerd, en we zullen het opnieuw doen. We kunnen ons niet door angst laten tegenhouden om te doen wat juist is.'

'Bovendien,' voegt Athina toe, 'als we een verenigd front vormen en steun verzamelen van andere paranormale wezens, kunnen we de storm misschien samen doorstaan.'

'Oké,' zeg ik, terwijl ik diep ademhaal. 'Stel dat we het openbaar maken. Wat denken jullie dat de reactie van het publiek zal zijn? Zullen ze onze kant kiezen, of zullen ze de leugens van de regering geloven?'

'Moeilijk te zeggen,' geeft Athina toe. 'Maar als we ons bewijs duidelijk en overtuigend presenteren, denk ik dat mensen geen andere keus hebben dan de lelijke waarheid onder ogen te zien.'

'Zelfs als ze dat niet doen,' zegt Nadia koppig, 'weten we tenminste dat we er alles aan hebben gedaan om Dr. Graves en het Bureau te stoppen.'

Ik sluit mijn ogen en weeg de risico's af tegen de mogelijke beloningen. Het openbaar maken kan levens redden, maar het kan onze wereld ook in chaos storten. De beslissing is zwaar en ik vraag me af of we de juiste keuze maken. 'Voordat we ons halsoverkop in mogelijke publieke paniek storten,' zeg ik langzaam, 'laten we nadenken over wat er gebeurt als we het niet openbaar maken. We moeten hier al onze opties afwegen.'

Nadia en Athina wisselen blikken uit voordat ze instemmend knikken.

'Goed dan,' zegt Nadia, haar voorhoofd in diepe rimpels. 'Als we deze informatie verborgen houden, zal de regering haar gruwelijke experimenten ongestoord voortzetten. Er zullen meer levens verloren gaan, meer monsters gecreëerd worden.'

'En daarbij,' vult Athina aan, 'is de kans groot dat ze er uiteindelijk achter komen dat we van hun vuile geheimen weten. En als dat gebeurt, zullen ze met alles wat ze hebben achter ons aan komen. Ze zullen niet aarzelen om iedereen te elimineren die een bedreiging vormt voor hun operatie.'

Ik kauw op mijn lip en denk na over hun woorden. 'Dus het is ofwel hen ontmaskeren en het risico lopen op publieke verontwaardiging, ofwel zwijgen en in angst leven om opgejaagd te worden?'

'Zo'n beetje wel,' bevestigt Athina met een bittere stem.

'Geen van beide opties is ideaal,' geeft Nadia toe, haar ogen vol zorgen. 'Maar we kunnen niet zomaar toekijken en niets doen. Er staan levens op het spel.'

'Inderdaad.' Ik haal diep adem en probeer mezelf tot rust te brengen. 'Kijk, ik weet dat het openbaar maken van dit alles riskant is. Maar we moeten de langetermijngevolgen overwegen van het niet doen. Als we het Bureau hun walgelijke werk laten voortzetten, hoeveel onschuldige mensen zullen dan lijden? Hoeveel paranormale wezens zullen worden veranderd in verwrongen, gekwelde wezens?'

Mijn handen trillen van woede als ik me de gruwelen voorstel die Dr. Graves en zijn handlangers hebben begaan. 'We moeten hen stoppen. Wat het ook kost.'

'Artemis, ik begrijp je passie,' zegt Athina zachtjes, en legt een troostende hand op mijn schouder. 'Maar we moeten ook voorzichtig zijn. Onze vijand is machtig en we kunnen het ons niet veroorloven roekeloos te zijn.'

'Voorzichtigheid is overschat,' mompelt Nadia en slaat haar armen over elkaar. 'Maar ik snap het. We moeten hier slim mee omgaan.'

'Precies,' stemt Athina in. 'Dus laten we nadenken over hoe onze persoonlijkheden en motivaties een rol spelen in deze beslissing. Artemis, jij bent een felle beschermer, je zet anderen altijd op de eerste plaats. Je wilt zoveel mogelijk levens redden, wat het openbaar maken aantrekkelijk maakt.'

'Dat is waar,' geef ik toe, mijn borstkas voelt strak aan door het gewicht van deze verantwoordelijkheid.

'Ondertussen,' vervolgt ze, terwijl ze zich tot Nadia wendt, 'heb jij er een persoonlijk belang bij. De experimenten van het Bureau hebben alles van je afgenomen.'

'Daarom,' zegt Nadia kalm, 'vind ik dat we elke optie zorgvuldig moeten overwegen. Mijn telekinese kan nuttig zijn bij het ontmaskeren van het Bureau, maar het betekent ook dat ik een doelwit ben. We moeten voorbereid zijn op een vergeldingsactie.'

'Juist,' knik ik, terwijl ik de druk van deze monumentale beslissing op me voel rusten. 'Dus, ofwel gaan we de openbaarheid in en trotseren we de gevolgen, ofwel houden we onze mond en leven we in constante angst.'

'Klinkt redelijk,' zegt Athina somber.

Terwijl ik de kamer rondkijk en hun gezichten zie – hun angst en vastberadenheid – kan ik niet anders dan denken hoe onze persoonlijkheden ons tot dit punt hebben gebracht. Athina, altijd de strateeg, die altijd de kansen berekent en elke invalshoek overweegt. En dan is er Nadia, wiens woede op het Bureau het vuur in haar aanwakkert.

'Nadia,' zegt Athina, de stilte doorbrekend, 'ik weet dat je door het Bureau gekwetst bent. Je woede is gerechtvaardigd, maar laat het niet je oordeel vertroebelen.'

'Makkelijk praten voor jou,' snauwt Nadia terug, haar handen gebald tot vuisten. 'Je bent misschien een doelwit, maar ze hebben niet alles van je afgenomen.'

'Waar,' geeft ze toe, haar stem wordt zachter. 'Maar dat betekent ook dat ik deze situatie met een helder hoofd kan benaderen. We moeten hier de risico's en beloningen afwegen.'

'Beloningen?' Nadia snuift vol ongeloof. 'Welke beloningen? We hebben het over het ontmaskeren van de regering en het mogelijk veroorzaken van massale paniek. Is dat het echt waard?'

'Misschien wel, als het voorkomt dat het Bureau meer mensen pijn doet,' werp ik tegen, terwijl ik de hitte in mijn borst voel opstijgen. 'Denk aan al die onschuldige paranormale wezens die in hun klauwen gevangen zitten.'

'Genoeg!' Nadia heft haar hand, haar telekinetische kracht tilt een lege koffiemok van de tafel als waarschuwing. 'Op deze manier ruziënd komen we nergens.'

'Goed,' mompel ik, mijn kaken op elkaar geklemd terwijl ik mezelf dwing diep adem te halen. 'Dus wat stel je voor?'

'Laten we de mogelijke uitkomsten één voor één op een rijtje zetten,' stelt ze voor. 'Als we naar buiten treden en de consequenties onder ogen zien, kunnen we misschien wat levens redden. Maar we riskeren ook onze eigen geheimen bloot te leggen en vergelding van de regering uit te lokken.'

'Juist,' stem ik toe, mijn maag draait zich om in een knoop als ik het gewicht van deze beslissing overweeg.

'Of,' vult Athina aan, haar armen defensief over elkaar, 'we houden onze mond, vermijden de onmiddellijke gevolgen, maar leven met de wetenschap dat we iets hadden kunnen doen om de gruweldaden van het Bureau te stoppen.'

'Precies,' knikt Nadia, haar ogen zoeken de mijne voor begrip. 'We moeten beslissen of we bereid zijn alles te riskeren voor een kans op gerechtigheid, of dat we liever onze veiligheid bewaren ten koste van ons geweten.'

'God, als je het zo stelt...' laat ik mijn zin onafgemaakt, terwijl ik de omvang van de keuze voel die voor ons ligt.

'Kijk, ik weet dat het niet makkelijk is,' zegt Athina, verrassend zacht. 'Maar we kunnen angst onze acties niet laten dicteren. Wat we ook kiezen, we moeten er zeker van zijn dat het de juiste weg is.'

'Eens,' voegt Nadia toe, haar blik standvastig en onwrikbaar. 'Laten we wat tijd nemen om erover na te denken. Morgen is vroeg genoeg om de beslissing te nemen.'

Terwijl we uit elkaar gaan, raast mijn geest door de mogelijkheden, de ene uitkomst angstaanjagender dan de andere. Maar één ding is duidelijk: wat we ook beslissen, ons leven zal nooit meer hetzelfde zijn.

Mijn hart bonkt zwaar in mijn borst als we de volgende avond weer bijeenkomen, ieder van ons gebukt onder de zwaarte van onze beslissing. Athina's ogen zijn roodomrand, haar kaak strakgespannen, terwijl Nadia met haar armen over elkaar staat, een stille storm broeiend achter haar blik.

'Oké,' begin ik, terwijl ik de dikke spanning in de lucht voel hangen. 'We hebben allemaal wat tijd gehad om na te denken. Waar staan we?'

'Het openbaar maken zou alles kunnen veranderen voor paranormale wezens, in voor- of tegenspoed,' zegt Athina aarzelend, haar stem lichtjes bevend. 'Maar het zou ons ook een kans kunnen geven om de corruptie van het Bureau bloot te leggen en voor gerechtigheid te vechten.'

'Waar,' werpt Nadia tegen, haar voorhoofd in diepe rimpels. 'Maar wat als onze acties alleen maar dienen om de angst van het publiek voor ons te versterken? Wat als we uiteindelijk meer kwaad dan goed doen?'

Ik adem uit, mijn frustratie neemt toe. 'Als we niets doen, laten we toe dat het Bureau doorgaat met hun verknipte experimenten. Het gaat niet alleen om ons – het gaat om elk paranormaal wezen dat ze hebben gekweld, en degenen die ze in de toekomst zullen aanpakken.'

Athina knikt, haar vastberadenheid verhardt. 'Je hebt gelijk. We kunnen ons niet laten beheersen door onze angsten. We moeten een standpunt innemen.'

'Een standpunt innemen kan betekenen dat we alles verliezen,' waarschuwt Nadia, haar groene ogen donker van zorgen. 'Ons leven, onze dierbaren... Zijn jullie beiden bereid dat te riskeren?'

'Ben jij dat?' kaats ik terug, mijn stem scherper dan bedoeld. Nadia deinst zichtbaar terug, maar blijft stil.

'Kijk,' zucht ik, terwijl ik probeer mijn woede te bedwingen. 'Dit is geen gemakkelijke keuze, maar we moeten hem samen maken. Als we dit openbaar maken, zal het voor ons allemaal nooit meer hetzelfde zijn. Maar misschien, heel misschien, kunnen we een verschil maken.'

Het wordt stil in de kamer, ieder van ons verloren in onze eigen gedachten. Ik kan praktisch voelen hoe het gewicht van deze beslissing op ons drukt, en ons dreigt te verpletteren onder zijn kracht.

'Oké,' zegt Nadia eindelijk, haar stem laag en vast. 'Laten we het doen. Laten we het openbaar maken.'

'Weet je het zeker?' vraagt Athina zacht, haar ogen zoeken Nadia's gezicht af naar enig teken van twijfel.

'Niets is zeker,' antwoordt Nadia, met een kleine, vastberaden glimlach. 'Maar als we een standpunt gaan innemen, moeten we het samen doen. Dat zijn we aan onszelf verplicht, en aan degenen die geen kans kregen om terug te vechten.'

'Dan is het besloten,' zeg ik, terwijl ik een vreemde mix van vrees en opluchting over me heen voel komen. 'We zullen het Bureau en hun misdaden aan het licht brengen, wat er ook voor nodig is.'

'Laten we hopen dat we geen spijt krijgen dat we het overleefd hebben,' mompelt Athina somber, maar er is een vuur in haar ogen dat me vertelt dat ze klaar is voor wat er ook komen gaat.

'Of sterven in de poging,' voeg ik toe met een sombere grinnik, mijn hart zwaar maar vastberaden. Terwijl we verdergaan met ons plan, is één ding duidelijk: we hebben een punt bereikt waarop er geen weg meer terug is, en het is niet te zeggen wat ons aan de andere kant te wachten staat.

HOOFDSTUK TWINTIG

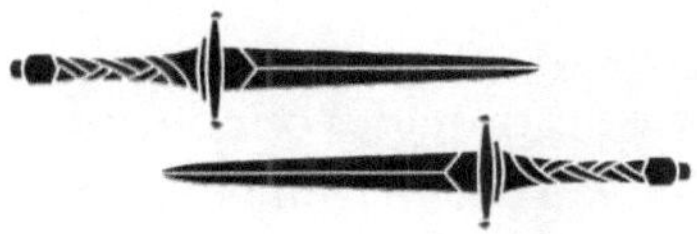

'Ik ben hier de frontvrouw,' kondig ik vastberaden aan. 'We pakken het Bureau van binnenuit aan.'

'Dat is gevaarlijk, Artemis,' zegt Athina, met bezorgdheid in haar ogen.

'Natuurlijk is het gevaarlijk,' antwoord ik scherp. 'Maar het is noodzakelijk als we hun experimenten willen stoppen.'

Athina en Nadia wisselen ongemakkelijke blikken uit.

'Artemis heeft gelijk. We hebben steun nodig van iemand met een hoge functie om het Bureau ten val te brengen,' zegt Nadia uiteindelijk.

Ik knik. 'Laten we een ontmoeting regelen met een hoge overheidsfunctionaris op een veilige locatie. Dit plan blijft onder ons.'

'Ik heb wat contacten die misschien kunnen helpen,' biedt Athina aan. 'Ik ga wat telefoontjes plegen.'

Ik ijsbeer door de kamer, mijn laarzen klikken op het beton, terwijl mijn gedachten op hol slaan. Het Bureau moet boeten voor wat ze hebben gedaan. Voor iedereen die ze pijn hebben gedaan.

Athina beëindigt een gedempt telefoongesprek. 'Ik heb voor morgenavond een afspraak voor je geregeld op een geheime locatie,' meldt ze.

'Goed. Hopelijk zijn het bondgenoten.' Ik bal mijn vuisten.

'Artemis, wees voorzichtig wie je vertrouwt,' waarschuwt Nadia.

'Geloof me, ik vertrouw niemand,' antwoord ik somber.

We bedenken een strategie voor de ontmoeting. Athina stelt voor dat dr. Kastler met me meegaat om het wetenschappelijk bewijs dat we hebben verzameld te presenteren. Hoewel ik ertegenop zie om er nog iemand bij te betrekken, ben ik het ermee eens dat Malcolms expertise kan helpen de functionaris te overtuigen.

'Weet je dit zeker?' vraagt Nadia terwijl we de laatste voorbereidingen treffen.

Ik kijk haar vastberaden aan. 'Ik weet het zeker. Wat er ook voor nodig is, we gaan de gruweldaden van het Bureau onthullen.'

De bezorgdheid van mijn vrienden is aandoenlijk, maar dit is een last die ik moet dragen. Morgen sta ik oog in oog met de overheid die heeft toegestaan dat zulke gruwelen gebeuren.

En ik zal alles doen wat nodig is om ze te laten boeten voor hun zonden. Het Bureau zal vallen, wat het ook kost.

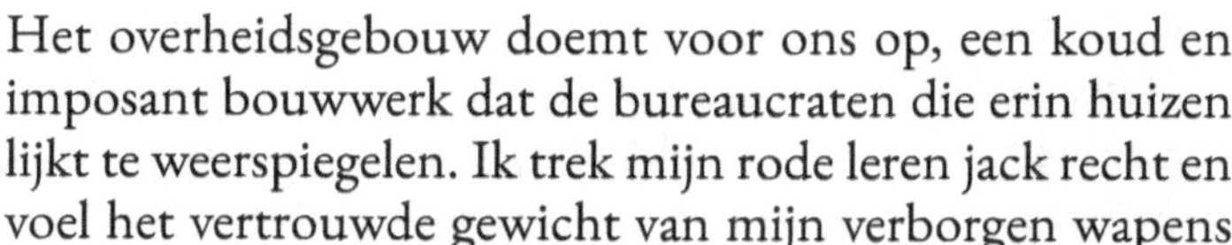

Het overheidsgebouw doemt voor ons op, een koud en imposant bouwwerk dat de bureaucraten die erin huizen lijkt te weerspiegelen. Ik trek mijn rode leren jack recht en voel het vertrouwde gewicht van mijn verborgen wapens tegen mijn lichaam. Malcolm staat naast me, zijn violette ogen nemen kalm de omgeving in zich op.

'Klaar voor?' vraagt hij, zijn stem even onbewogen als altijd.

'Laten we dit doen,' antwoord ik, terwijl mijn vastberadenheid in mij verhardt als staal.

We schrijden door de steriele gangen, de vage geur van ontsmettingsmiddel en gepoetst hout vult mijn neusgaten. Het geklak van mijn laarzen echoot door de lege gangen, maar ik merk het nauwelijks op. Mijn gedachten zijn gericht op de taak die voor me ligt: het Bureau ontmaskeren als de monsters die ze werkelijk zijn.

Uiteindelijk komen we aan bij een onopvallende deur die wordt bewaakt door twee streng kijkende mannen in zwarte pakken. Ze knikken naar ons, hun ogen verraden niets. Malcolm geeft hun een kort knikje terug en ze openen de deur naar een schemerig verlichte kamer. Een lange houten tafel domineert de ruimte, met aan het hoofd een hoge overheidsfunctionaris.

'Mevrouw Blackwell, dr. Kastler,' begroet de functionaris ons, zijn stem glad en geoefend. 'Gaat u alstublieft zitten.'

Ik neem plaats tegenover hem, mijn ogen geen moment van zijn gezicht afwijkend. Hij ziet er net zo betrouwbaar uit als een slang in het gras. Maar dat is wat je krijgt als je met politici te maken hebt.

'Dank u wel dat u ons wilt ontmoeten,' begint Malcolm, zijn woorden afgemeten. 'We zijn hier vandaag gekomen omdat we recentelijk verontrustende informatie over het Bureau voor Paranormale Zaken hebben ontdekt.'

'Verontrustend?' De functionaris trekt een wenkbrauw op en veinst verbazing. 'In welk opzicht?'

'In plaats van paranormale wezens te beschermen en te helpen, heeft het Bureau gruwelijke experimenten uitgevoerd,' val ik hem in de rede, mijn stem druipend van minachting. 'Ze creëren hybride monsters van mensen en paranormalen.'

Het gezicht van de functionaris blijft zorgvuldig neutraal, maar ik zie iets in zijn ogen flikkeren. Angst? Afgrijzen? Moeilijk te zeggen bij dit soort mensen.

'Vanzelfsprekend konden we dit niet laten doorgaan,' vervolgt Malcolm. 'Dus hebben we het heft in eigen handen genomen en zijn we bewijs tegen het Bureau gaan verzamelen.'

'En daar komt u in beeld,' voeg ik toe, naar voren leunend. 'We hebben uw hulp nodig, en de hulp van iedereen binnen de overheid die bereid is stelling te nemen tegen het Bureau.'

'Vanzelfsprekend,' antwoordt de functionaris, zijn stem zijdezacht en onoprecht. 'Maar ik moet u waarschuwen: het opnemen tegen het Bureau is geen geringe opgave. Ze hebben machtige vrienden en vrijwel onbeperkte middelen.'

'Geloof me, daar zijn we ons terdege van bewust,' snauw ik, mijn woede opvlammend. 'Daarom hebben we terugvalposities ingericht. Als er iets met ons of onze bondgenoten gebeurt, wordt de informatie die we hebben verzameld openbaar gemaakt.'

'Een verzekeringspolis, zo u wilt,' legt Malcolm uit, zijn blik onwankelbaar. 'We zijn bereid alles te doen wat nodig is om onszelf en degenen die aan onze kant staan te beschermen.'

De functionaris leunt achterover in zijn stoel, zijn gezicht onleesbaar. De lucht in de kamer wordt dik van de spanning terwijl we op zijn reactie wachten.

'Laat me even kijken of ik u goed begrijp,' zegt hij ten slotte, zijn toon ijskoud. 'U dreigt deze belastende informatie vrij te geven als dr. Graves niet uit zijn functie wordt ontheven en het Bureau niet wordt opgeschoond?'

'Absoluut,' antwoord ik, mijn stem vast ondanks mijn bonzende hart. 'We hebben te veel onschuldige levens verwoest zien worden door hun gestoorde experimenten. We zullen niet werkeloos toezien terwijl ze doorgaan.'

Malcolm knikt instemmend, zijn violette ogen geen moment van het gezicht van de functionaris afwijkend. 'We hebben gedetailleerde dossiers van hun gruweldaden. Als we geen echte verandering zien, zorgen we ervoor dat iedereen de waarheid kent.'

De functionaris lijkt onze woorden te overpeinzen, zijn blik glijdt over ons heen als een havik die zijn prooi inschat. Zijn kaken spannen zich aan en zijn schouders worden een fractie stijver; het is duidelijk dat ons ultimatum een gevoelige snaar heeft geraakt. Maar of het uit angst of woede is, kan ik niet echt zeggen.

De ogen van de functionaris worden smaller en hij vouwt zijn vingers in elkaar, ons zorgvuldig inschattend. 'Goed,' zegt hij voorzichtig, 'ik zal uw eisen met mijn collega's bespreken, maar ik kan de verwijdering van Graves niet garanderen. We kunnen echter wel instemmen met een extern onderzoek naar de praktijken van het Bureau, geleid door een derde partij.'

'Prima,' antwoord ik, terwijl ik probeer mijn stem vast te houden. Het is niet alles wat we wilden, maar het is een begin. 'Maar als dit onderzoek geen resultaten oplevert, maken we het openbaar.'

'Afgesproken,' zegt de functionaris met een kort knikje. 'Als u mij nu wilt excuseren, ik heb andere zaken af te handelen.' Hij staat op, waarmee hij het einde van onze ontmoeting aangeeft.

Malcolm en ik wisselen een blik als we het kantoor verlaten. Ik lees dezelfde vastberadenheid in zijn ogen die ik in mezelf voel branden. Wat er ook gebeurt, we gaan onze vrienden beschermen en de waarheid over de gestoorde experimenten van het Bureau onthullen.

'Oké, dit is het plan,' zeg ik zodra we veilig uit de buurt van het overheidsgebouw zijn. 'We moeten veilige onderduikadressen voor onze bondgenoten creëren, plekken waar ze kunnen schuilen als het Bureau achter hen aan komt.'

'Klinkt als een solide plan,' stemt Malcolm in. 'We moeten er ook voor zorgen dat we mensen aan de binnenkant hebben die ons informatie over de bewegingen van het Bureau kunnen doorspelen.'

'Precies,' beaam ik, terwijl mijn gedachten door potentiële contacten en middelen razen. 'We nemen contact op met iedereen die we kennen en vertrouwen. We hebben overal ogen en oren nodig.'

'Artemis,' begint Malcolm, bezorgdheid tekent zich af op zijn gezicht. 'Weet je dit zeker? Dit maakt van ons een enorm doelwit.'

'Dat weet ik,' geef ik toe, terwijl ik mijn vuisten bal. 'Maar we kunnen niet toelaten dat het Bureau onschuldige mensen blijft kwetsen. Er moet iets veranderen, en als wij het niet doen, wie dan wel?'

'Absoluut,' zegt hij, zijn uitdrukking vastberaden. 'Laten we aan het werk gaan.'

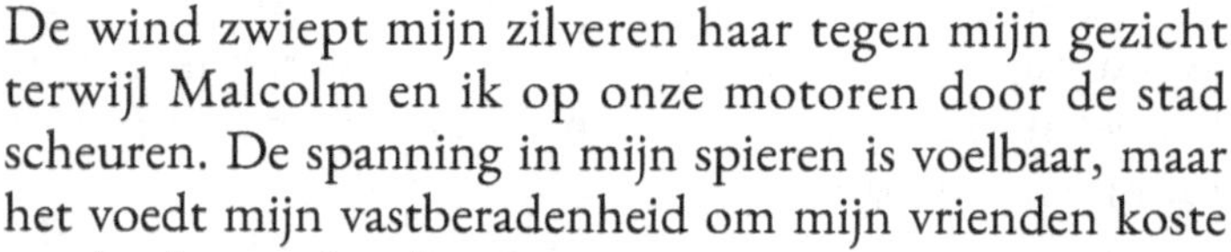

De wind zwiept mijn zilveren haar tegen mijn gezicht terwijl Malcolm en ik op onze motoren door de stad scheuren. De spanning in mijn spieren is voelbaar, maar het voedt mijn vastberadenheid om mijn vrienden koste wat het kost te beschermen.

'Oké,' roep ik boven het gebrul van de motoren uit zodra we veilig zijn voor nieuwsgierige oren. 'We moeten nieuwe onderduikadressen creëren, plekken waar onze bondgenoten kunnen schuilen als het Bureau achter hen aan komt.'

'Klinkt goed,' schreeuwt Malcolm terug, terwijl hij over zijn schouder naar me kijkt. 'En we hebben mensen aan de binnenkant nodig om ons info door te spelen.'

'Precies,' zeg ik, terwijl ik in gedachten al mijn lijst met contacten doorneem. 'We nemen contact op met iedereen die we vertrouwen. We hebben overal ogen en oren nodig.'

'Artemis,' Malcolms stem is gespannen van bezorgdheid. 'Je weet dat we hiermee een enorm doelwit op onze rug krijgen, hè?'

'Een nog grotere?' antwoord ik, met strakke kaken. 'Maar als wij het niet opnemen tegen het Bureau, wie dan wel?'

'Wij tegen de wereld, dus,' zegt hij met een grijns die zijn ogen niet helemaal bereikt.

'Ik zou het niet anders willen.'

We komen terug bij onze basis, de spanning in de lucht is dik genoeg om er met een van mijn messen doorheen te snijden. Onze vrienden zitten verspreid door de kamer, angstige uitdrukkingen op hun gezichten, wachtend op een update.

'Oké, luister allemaal,' kondig ik aan, het nerveuze geklets doorsnijdend. 'We hebben een plan.'

'Werd tijd,' mompelt Declan, zijn armen over elkaar geslagen. Zijn houding schreeuwt defensief, maar ik zie de zorgen in zijn ogen. Hij vond het niet fijn om me alleen met Malcolm naar de afspraak te laten gaan, maar zijn jaguar is op dit moment gewoon te onvoorspelbaar. We konden het risico niet nemen dat hij voor de ogen van de functionaris zou veranderen.

'Malcolm en ik zetten nieuwe onderduikadressen op,' leg ik uit, ijsberend door de kamer. 'Plekken waar jullie kunnen schuilen als het Bureau begint rond te snuffelen.'

'Geweldig, dus wij zitten gewoon te wachten terwijl jullie twee superheldje spelen?' snauwt Sapphire, haar elektrisch blauwe ogen flitsen.

'Hé, je bent vrij om het zelf op te nemen tegen het Bureau als je dat wilt,' kaats ik terug, mijn geduld raakt op. 'Maar voor nu is dit onze beste kans om iedereen veilig te houden.'

De stilte vult de kamer, het gewicht van onze precaire situatie daalt op ons allemaal neer. De onzekerheid, het gevaar, het bovennatuurlijke; het is een vluchtige cocktail waar we aan gewend zijn geraakt, maar die nog steeds een bittere nasmaak achterlaat.

'Oké,' zegt Sapphire ten slotte, armen over elkaar en voorhoofd gefronst. 'Wat heb je van ons nodig?'

'Vertrouwen,' antwoord ik simpelweg. 'En alle contacten die jullie hebben die ons kunnen helpen een oogje in het zeil te houden op de bewegingen van het Bureau.'

'Laten we aan de slag gaan,' zegt Declan, zijn uitdrukking vastberaden, en ik ben dankbaar voor zijn loyaliteit. 'We staan achter je, Artemis.'

'Goed,' zeg ik knikkend. 'Want we hebben elk greintje kracht nodig dat we hebben om dit voor elkaar te krijgen.'

De muren van de basis lijken op ons af te komen als Athina de kamer weer binnenloopt, haar ogen ernstig en haar lippen tot een dunne lijn samengeperst. Ze ziet eruit alsof ze in een paar minuten tien jaar ouder is geworden.

'Artemis,' begint ze, haar stem gespannen. 'Ik heb de communicatie naar het Bureau getraceerd. Ze weten precies wat er in die vergadering vandaag is gezegd.'

'Wacht, wat?' vraag ik, mijn hart slaat een slag over. 'Weet je het zeker?'

'Zeker,' antwoordt Athina, en ze haalt een klein apparaatje tevoorschijn dat een holografisch scherm projecteert vol met onderschepte berichten en tijdstempels. Typisch dat Graves verstrikt zou raken in zijn eigen web van bedrog.

'Verdomme,' mompel ik, terwijl ik de berichten door-lees. Mijn vingers jeuken om de klootzak te wurgen die ons heeft verraden. 'Wat doen we nu?'

'Ten eerste, niet in paniek raken,' zegt Athina, hoewel haar ogen haar eigen ongemak verraden. 'We hebben nu bewijs, wat zowel gevaarlijk als krachtig is. We moeten uit-zoeken hoe we dit in ons voordeel kunnen gebruiken.'

'Juist,' mengt Declan zich erin, hij probeert zelfverzek-erd te klinken, maar faalt jammerlijk. 'Hier kunnen we wel wat mee.'

'Kunnen we dat?' vraagt Sapphire, haar stem druipend van sarcasme. 'Want het lijkt er eerder op dat we onszelf alleen maar dieper in de problemen werken.'

'Kijk, we wisten dat dit niet makkelijk zou worden,' snauw ik, mijn geduld raakt op. 'Maar we moeten door-gaan. Er staat te veel op het spel.'

'Eens,' zegt Malcolm, en hij stapt naar voren. 'We vinden wel een manier om dit in ons voordeel te keren. Maar eerst moeten we ervoor zorgen dat iedereen veilig is.'

'Oké,' zeg ik knikkend. 'Laten we teruggaan naar het plan. We rekenen wel met Graves af als de tijd rijp is.'

Terwijl we onze volgende stappen bespreken, kan ik het gevoel dat we in de gaten worden gehouden niet van me afschudden. De gedachte knaagt aan me, als een worm die door mijn hersenen kronkelt. Maar ik duw het opzij en concentreer me op de taak die voor me ligt.

'Oké, we nemen dit nog één keer door,' zegt Athina, haar voorhoofd gefronst in concentratie terwijl ze de pro-jectie van ons plan aanpast. 'Zorg ervoor dat iedereen zijn rol duidelijk heeft.'

'Begrepen,' antwoordt Declan, terwijl hij het holo-grafische scherm aandachtig bestudeert.

'Ik ook,' voegt Sapphire toe, haar armen rebels over elka-ar geslagen.

Nadia knikt alleen zwijgend.

'Goed,' zegt Malcolm, zijn ogen scannen de kamer. 'Laten we dit doen.'

Plotseling doet een schreeuw van ergens in de basis ons allemaal verstijven.

'Blijf kalm,' fluistert Athina, maar ik hoor de angst in haar stem. 'Dit kan niets zijn.'

'Of het kan alles zijn,' antwoord ik, mijn hart bonst in mijn borst. 'Hoe dan ook, we staan op het punt erachter te komen.'

In de stilte voel ik de kilte van angst naar binnen sluipen en zich als een koude, vochtige deken om me heen wikkelen. En terwijl de seconden wegtikken, weet ik dat wat hierna komt alles zal veranderen.

HOOFDSTUK EENENTWINTIG

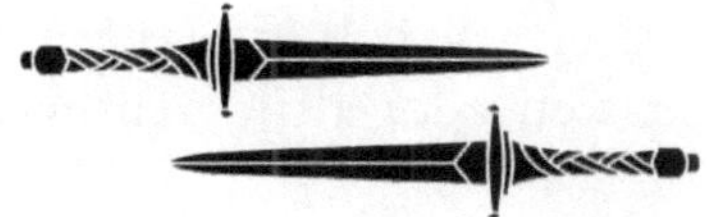

DE GESPANNEN STILTE WORDT verbroken als Garnet de kamer binnenstormt, haar ogen wijd opengesperd van nauwelijks bedwongen paniek.

'We hebben een ernstig probleem,' kondigt ze aan, hijgend terwijl ze naar adem snakt.

Ik onderdruk de neiging om met mijn ogen te rollen. 'Problemen? Voor ons? Nou, dat is zeker een schokkende ontwikkeling,' zeg ik doodserieus en sarcastisch, ondanks de steek van angst die door me heen schiet. Onze levens lijken de laatste tijd van de ene crisis in de andere te rollen.

Garnet werpt me een woedende blik toe, duidelijk niet in staat mijn luchtige humor te waarderen. 'Dit is niet het moment voor grapjes, Artemis. Ik heb zojuist informatie onderschept die we onmiddellijk moeten aanpakken.'

Ik word snel serieus, mijn hartslag schiet omhoog. Garnet is niet snel bang te krijgen. Als zij zo van haar stuk is, moet het erg zijn. 'Wat is er? Wat heb je ontdekt?' vraag ik dringend, mijn huid tintelt van bezorgdheid.

Ze haalt diep adem en herpakt zich voordat ze de klap uitdeelt. 'Het Bureau plant binnenkort een massale preventieve aanval op ons. We zijn een te grote bedreiging voor ze geworden om ons nog langer te tolereren.'

Mijn hart zakt in mijn schoenen, zelfs terwijl mijn handen zich onwillekeurig tot vuisten ballen. Naar de hel met die sadistische klootzakken. We wisten dat deze afrekening eraan zat te komen, maar ik had gehoopt dat we eerst wat meer tijd zouden hebben. Tijd om genoeg vernietigend bewijs te verzamelen om de weerzinwekkende paranormale hybride-experimenten van het Bureau voor eens en voor altijd aan de wereld te onthullen.

Ik dwing mezelf de woede en angst te onderdrukken. We hebben actie nodig, geen melodrama. 'Wat zijn onze opties hier? Gaan we ervandoor of proberen we ze eerst te onderscheppen?' vraag ik kortaf.

Garnet schudt haar hoofd en wrijft vermoeid over haar nek. 'Vluchten zal ons niet redden, niet voor het bereik van het Bureau. En we hebben niet de middelen om een aanval van deze omvang op tijd te onderscheppen.' Ze zucht zwaar en ik zie hoe de last van deze dreiging op haar drukt.

'Er is nog één kaart die we kunnen spelen,' mengt Athina zich er kalm in. Ik voel een irrationele vlaag van irritatie over haar kalmte, zelfs terwijl haar standvastige aanwezigheid mijn eigen trillende zenuwen helpt kalmeren. We zijn bij haar gekomen voor hulp, herinner ik mezelf. Ze heeft tot nu toe bewezen dat ze te vertrouwen is.

'Nou, hou ons niet langer in spanning,' snauw ik scherper dan bedoeld. 'Wat is dit wonderbaarlijke plan?'

Athina reageert niet op mijn scherpe toon en vouwt enkel haar handen voor zich op tafel. 'We ontnemen het Bureau zijn chantagemiddel. We onthullen hun misdaden eerst zelf.'

Ik deins iets achteruit, verrast. 'Het openbaar maken? Alles onthullen wat we tot nu toe hebben ontdekt over de hybride-experimenten en gedwongen mutaties?'

Het is verleidelijk, zonder twijfel. De hele vunzige samenzwering blootleggen en het Bureau zich maar uit die pr-nachtmerrie laten wurmen. Maar het is ook een ongelooflijk risico, voor onszelf en voor de stabiliteit van het land. Als we staatsgeheimen op dat niveau onthullen, kunnen de gevolgen apocalyptisch zijn.

Ik kom weer bij zinnen en zie dat Athina me geduldig observeert; ze volgt duidelijk mijn snelle mentale berekeningen. 'Nou?' vraagt ze. 'Wat denk je?'

'Ik denk dat het een verdomd riskant spel is,' geef ik langzaam toe. 'Maar eerlijk gezegd weet ik niet zeker of we een betere optie hebben.' Ik wend me tot Declan, op zoek naar zijn mening. 'Jouw gedachten?'

Hij haalt een hand door zijn altijd warrige haar en denkt na. 'Het zal absoluut alles in chaos storten,' zegt hij uiteindelijk. 'Maar het kan ook onze enige kans zijn om te voorkomen dat ze nog meer onschuldige levens kwetsen.' Zijn hazelnootkleurige ogen ontmoeten de mijne en weerspiegelen mijn eigen onrust. 'Ik denk niet dat we nog langer op veilig kunnen spelen. Het is tijd om de boel echt op te schudden.'

De anderen geven ook hun mening terwijl we tot diep in de nacht elk aspect van het hachelijke voorstel bespreken. Maar uiteindelijk komen we tot dezelfde grimmige conclusie: de enige manier om de naderende ramp die op ons afkomt te stoppen, is door er zelf eerst een nog grotere te veroorzaken.

Tegen de tijd dat oranje slierten van de dageraad over de horizon kruipen, is de weg vooruit duidelijk, hoewel volslagen angstaanjagend. Athina start haar versleutelde datahub op terwijl ik met mijn hart in mijn keel de belastende digitale bestanden die we hebben gekopieerd doorblader. Zoveel levens onherstelbaar beschadigd, en dat zijn alleen degenen van wie we weten. Hoe kunnen we nog langer zwijgen?

Ik schuif een headset op en vermaan mezelf. 'Klaar om wat trammelant te schoppen?' vraag ik Declan met geforceerde luchtigheid.

Hij geeft me een gespannen grijns, onze ogen ontmoeten elkaar in een stilzwijgende overeenkomst over wat er moet gebeuren. 'Laten we dit hele corrupte systeem tot de grond toe afbranden.'

Als één man starten we de informatiedump en verspreiden we het zorgvuldig samengestelde bewijs wijd en zijd via elk mediakanaal en darkwebkanaal dat we kunnen bereiken. Enkele tergende minuten lang kijken we slechts hoe de voortgangsbalken gestaag verder kruipen, terwijl we collectief onze adem inhouden.

'Er is geen weg meer terug,' mompelt Athina somber als het laatste bestand is overgezet, haar bril weerspiegelt de steriele gloed van het scherm. Er is geen voldoening in haar ogen over de vernietigende kracht die we zojuist hebben ontketend, alleen vermoeide spijt. Maar dit is de zware last die wij moeten dragen.

'Dus wat nu?' vraagt Garnet gespannen, de vraag stellend die we ons allemaal afvragen.

Ik recht mijn rug en weiger zwakte te tonen. 'Nu bereiden we ons voor om de orkaan te doorstaan die we zojuist hebben veroorzaakt. En bidden we dat onze moreel failliete leiders er niet in slagen zich hieruit te wurmen.'

De schouder van Declan raakt de mijne en ik leun dankbaar tegen hem aan, gesteund door zijn solide aanwezigheid. 'Wat er ook gebeurt, we zullen het onder ogen zien,' belooft hij, zijn hazelnootkleurige ogen brandend van overtuiging.

Ik klamp me vast aan die belofte terwijl onze zelfveroorzaakte doemdagklok aftikt, wetende dat wat er ook moge komen, we de komende vuurstorm tenminste samen het hoofd zullen bieden.

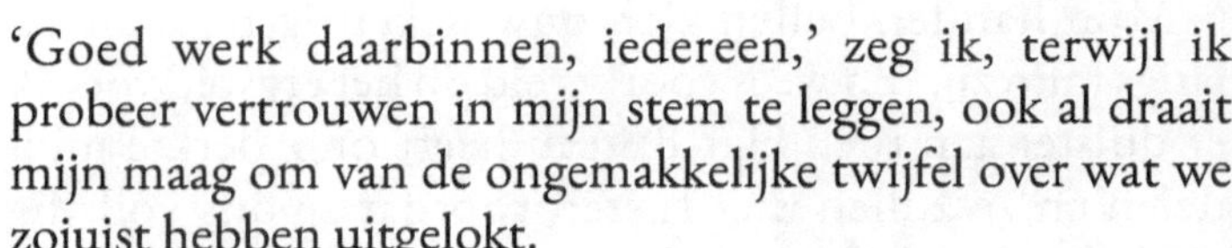

'Goed werk daarbinnen, iedereen,' zeg ik, terwijl ik probeer vertrouwen in mijn stem te leggen, ook al draait mijn maag om van de ongemakkelijke twijfel over wat we zojuist hebben uitgelokt.

Athina grijnst naar me en veegt het zweet van haar voorhoofd. 'Bedank ons nog maar niet. We hebben nog een hels gevecht voor de boeg om te voorkomen dat het Bureau dit hele zaakje compleet in de doofpot stopt.'

'Daarover gesproken,' mengt Declan zich er grimmig in, terwijl hij over mijn schouder naar een van de schermfeeds kijkt. 'Het lijkt erop dat de schadebeperking al is begonnen. Ze draaien er op het nieuws met alle macht omheen.'

Ik kijk net op tijd naar de beelden om een pr-woordvoerder te zien die de beschuldigingen tegen het Bureau fel ontkent, ondanks het vernietigende bewijs. Mijn lip krult zich van walging.

Athina slaakt een gefrustreerd geluid en kruist haar armen boos over haar borst. 'Natuurlijk, die klootzakken. Alsof iemand met ook maar een greintje verstand hun flinterdunne ontkenningen en excuses zal geloven na het bewijs dat we de wereld in hebben geslingerd.'

'Pathetisch,' spuugt Nadia bitter, haar hazelnootkleurige ogen vlammend. 'Ze blijven maar meer leugens spuwen, zelfs nu ze op heterdaad zijn betrapt. Ik kan niet geloven dat ik ooit dacht dat werken voor hen nobel was.' Ze schudt haar hoofd, haar uitdrukking verhard van minachting.

Ik knik kortaf, mijn hartslag versnelt terwijl ik de uitbarstende chaos op socialemediaplatforms en nieuwsfeeds in me opneem. 'Blijf alles nauwlettend in de gaten houden,' instrueer ik het team. 'We moeten precies zien hoe het publiek reageert en snel reageren om de ontwijkende manoeuvres van het Bureau tegen te gaan.'

Mijn handen ballen zich onwillekeurig tot vuisten langs mijn zij. 'En wees voorbereid op het ergste,' voeg ik er duister aan toe. 'Het Bureau heeft onbeperkte middelen en ze zullen niet rusten voordat ze ons volledig in diskrediet hebben gebracht en de waarheid voorgoed hebben begraven.' De gedachte dat ze aan echte gerechtigheid ontsnappen, laat de woede heet in mijn aderen koken.

'Laat ze het maar proberen,' spot Declan uitdagend, terwijl hij zijn mouwen opstroopt en de tatoeages onthult die over zijn gespierde onderarmen kronkelen. 'We hebben nog een paar verrassingen in petto als ze weer met ons willen sollen.' Zijn ogen branden van verwachting en ik weet dat hij staat te popelen om een revanche na alles wat ze hem en anderen zoals wij hebben aangedaan.

'Overmoed zorgt ervoor dat je sneller gedood wordt dan wat dan ook, Declan,' herinner ik hem scherp, ook al wou ik dat ik zijn brutale gretigheid deelde. Mijn blik blijft gefixeerd op de schermen, gebiologeerd door de zich ontvouwende chaos die we over de hele wereld hebben ontketend. Alsof we benzine op een smeulende kool hebben gegooid. Laat deze bosbrand de rotzooi alsjeblieft volledig uitbranden, bid ik in stilte.

Het boze gebrul van een verzamelde menigte dringt vaag door de dunne keldermuren, onderbroken door het gieren van banden en het loeien van sirenes. Mijn hart bonst terwijl ik live protestbeelden op de schermen bekijk: enorme menigten die het hoofdkwartier en de belangrijkste faciteiten van het Bureau bestormen en verantwoording en hervorming eisen. De verontwaardiging van het volk over de onthulde experimenten biedt een sprankje hoop.

'Kijk naar die opkomst,' merkt Athina op, haar ogen worden groot van verbazing en ontzag voor de aanzwellende aantallen. 'Ze organiseren nu zelfs een mars naar de hoofdstad!'

'Goed,' antwoord ik venijnig, terwijl een vonk van wilde voldoening in me opflakkert. 'Het werd verdomme tijd dat het publiek in opstand kwam en hun geliefde Bureau begon te bevragen na de gruweldaden die we aan het licht hebben gebracht.'

'Jongens, niet om de sfeer te verpesten, maar we moeten hier echt heel snel wegwezen,' mengt Nadia zich er dringend in. 'Het Bureau zal uit zijn op bloed, en dit is een van de eerste plekken waar ze zullen kijken zodra ze zich hebben herpakt.'

Ik aarzel, met tegenzin om de datahub op te geven waar we zo hard aan hebben gewerkt. Maar ik weet dat Nadia gelijk heeft. We hebben een wraakzuchtig wespennest opgeschud, en nu is te lang op één plek blijven een doodswens.

'Shit. Oké, pak allemaal je vluchttassen,' beveel ik kortaf. 'We splitsen ons op en duiken apart onder totdat de boel een beetje is gekalmeerd.' Mijn gedachten malen wild, terwijl ik de volgende stappen van het Bureau probeer te anticiperen, zelfs nu ik met tegenzin mijn eigen instructies opvolg.

'Artemis, wacht,' roept Athina, waardoor ik stop voor ik kan vertrekken. Zorgen rimpelen haar voorhoofd. 'Weet je absoluut zeker dat dit de enige weg is? Zodra we ons verspreiden, is er geen weg meer terug.'

Ik trek een grimas, ik wou dat ik haar wat troost kon bieden. Maar we hebben ons er nu aan verbonden, in voor- en tegenspoed. 'Geloof me, er was geen weg meer terug op het moment dat ik op "verzenden" drukte bij die datadump,' antwoord ik bot. 'Laten we nu vertrekken voordat ze ons opsporen.'

We verzamelen onze benodigdheden met snelle, geoefende bewegingen voordat we in verschillende richtingen wegglippen, de chaotische stad in. Mijn borstkas voelt pijnlijk aan als ik hen zie verdwijnen, me afvragend of dit het einde is van de Obsidiaancirkel die mijn familie was geworden. Een familie die nu door mijn eigen keuzes voor de wind is verstrooid.

Declans hand sluit zich om mijn pols, stevig maar zacht, en trekt me uit mijn spiraal van spijt. 'We blijven bij elkaar, wat er ook gebeurt,' herinnert hij me plechtig. En ondanks alles voel ik de zwakste vonk van hoop weer in me oplichten. Met Declan aan mijn zijde kan ik elke storm die voor me ligt doorstaan.

Ik trek mijn capuchon over mijn opvallende zilveren haar, keer het verleden de rug toe en stap de onzekere toekomst in. Maar deze keer zal ik het niet alleen onder ogen zien. 'Laten we verdwijnen,' mompel ik. En samen lossen we op in de chaotische stad en een ongeschreven lot dat alleen wij kunnen vormen.

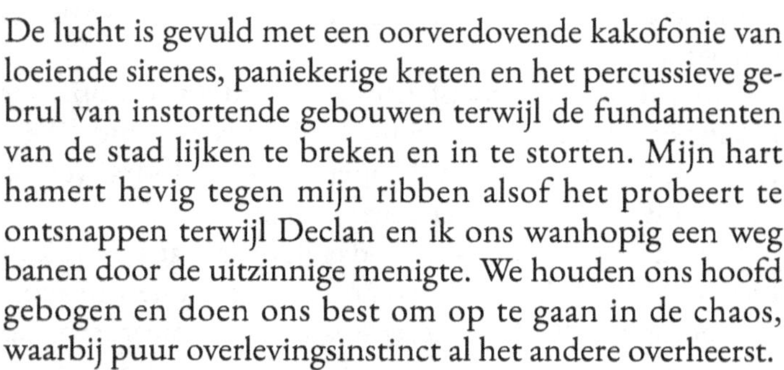

De lucht is gevuld met een oorverdovende kakofonie van loeiende sirenes, paniekerige kreten en het percussieve gebrul van instortende gebouwen terwijl de fundamenten van de stad lijken te breken en in te storten. Mijn hart hamert hevig tegen mijn ribben alsof het probeert te ontsnappen terwijl Declan en ik ons wanhopig een weg banen door de uitzinnige menigte. We houden ons hoofd gebogen en doen ons best om op te gaan in de chaos, waarbij puur overlevingsinstinct al het andere overheerst.

De bijtende geur van rook brandt bij elke paniekerige ademhaling in mijn keel. Het voelt alsof de wereld om ons heen vergaat, het leven dat we slechts uren geleden kenden, verpulvert tot as en verloren onschuld.

Declans hand sluit zich als een ijzeren greep om mijn pols en trekt me een verlaten steegje in. Hijgend hijgt hij: 'We kunnen niet zo blind blijven rondrennen, Artemis. We moeten van de straat af en een echte schuilplaats vinden voordat ze ons opsporen.'

'Denk je dat ik dat niet weet?' snauw ik fel terug en ruk mijn arm los. Maar ik weet dat de opborrelende woede en angst bedoeld zijn voor onze omstandigheden, niet voor hem. Hij beantwoordt mijn wild om zich heen kijkende blik standvastig, een haven in de storm.

Ik dwing mezelf langzaam adem te halen en laat het trillend ontsnappen. 'Maar waar? Voor het geval je het vergeten bent, we zijn nu gezochte voortvluchtigen. Het is niet alsof we zomaar een motelkamer kunnen boeken en neerstorten.' Zelfs als de woorden mijn lippen verlaten, raakt de uitputting me als een voorhamer. We zijn nu al uren op de vlucht zonder rust in zicht.

Declan scant de sombere straat, zijn kaak gespannen. Dan wijst hij naar een vervallen pakhuis dat aan het einde van het blok opdoemt. 'Daar. Het is beter dan hier in de open lucht te staan. We kunnen ons daar verschansen en nadenken, tenminste voor even.'

Mijn schouders zakken verslagen in en ik knik vermoeid, te uitgeput om te ruziën. Terwijl we het verlaten gebouw naderen, probeer ik het onheilspellende gevoel dat mijn maag doet omdraaien te negeren. De geur van schimmel, verval en ellende lijkt in de bakstenen zelf gebakken te zijn. Maar Declan heeft gelijk: het is onze beste kans om van de straat te blijven en ons te hergroeperen.

We glippen het afbrokkelende gebouw binnen, de duisternis slokt ons op als de muil van een groot beest. Het vage geluid van sirenes en schreeuwende demonstranten filtert door de smerige ramen, een herinnering aan de gewelddadige confrontaties en chaos veroorzaakt door onze acties. Schuldgevoel vreet aan me.

Declan leidt ons een vervallen metalen trap op naar een lege kantoorruimte op de tweede verdieping. Stofdeeltjes hangen in het bleke licht dat door de smerige ramen filtert terwijl we voorzichtig naderen om naar buiten te gluren.

'Oké, het eerste wat we moeten doen is informatie en voorraden verzamelen,' zegt Declan zachtjes, strategisch denkend terwijl hij een pilaar van gitzwarte rook in de verte de lucht in ziet kronkelen. 'Eten, wapens, medicijnen. Alles om ons te helpen overleven terwijl we onderduiken.'

Ik bijt angstig op mijn onderlip, mijn gedachten gaan uit naar de rest van de Obsidiaancirkel, die nu voor de wind verstrooid is. 'Laten we bidden dat de anderen het goed hebben gemaakt,' mompel ik, doodsbang dat ik mijn vrienden alleen maar naar hun ondergang heb geleid.

Alsof hij mijn spiraalvormige schuldgevoel aanvoelt, legt Declan een hand op mijn schouder. 'Je hebt een moeilijke beslissing genomen om de juiste redenen, Artemis. We zijn je allemaal vrijwillig gevolgd. Nu maken we dit af, wat er ook gebeurt.' Zijn stem klinkt met een stille overtuiging.

Ik slaag erin schokkerig te knikken, met een brok in mijn keel. 'We zullen niet zonder een hels gevecht ten onder gaan,' zweer ik, met woede die door mijn aderen brandt. Na alles wat het Bureau heeft gedaan, verdienen ze het om te branden. Maar tegen welke prijs?

Terwijl we ons in de stoffige duisternis verschansen, weet ik dat dit nog maar het begin is. De wereld is nu onherroepelijk veranderd dankzij onze acties. En hoewel het pad dat voor ons ligt me angst aanjaagt, zijn we het punt van geen terugkeer gepasseerd.

Mijn kaak spant zich in uitdagende vastberadenheid. De tijd is gekomen om de strijd echt naar het Bureau te brengen en hen te laten boeten voor hun zonden. En we zullen niet stoppen totdat gerechtigheid is geschied of totdat ze ons in de grond stoppen. Er zal deze keer geen genade zijn. Zij hebben ons immers ook nooit genade getoond.

Hoofdstuk Tweeëntwintig

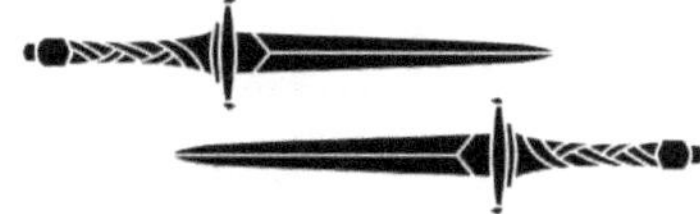

Zilverachtig maanlicht stroomt over de afgelegen hut en werpt onheilspellende schaduwen door de omringende bossen. Declan en ik hebben ons hier verschanst, ver van de nieuwsgierige ogen van het Bureau na hun schokkende verraad. Ze hadden ons moeten beschermen, maar voerden in plaats daarvan afschuwelijke experimenten uit. Nu staan we er alleen voor.

'Blijf alert', herinner ik Declan eraan terwijl hij naar buiten glipt en naadloos verandert in de enorme jaguar die zijn andere gedaante is. Hij werpt me een grijns met ontblote tanden toe voordat hij geruisloos de schaduwen in sluipt.

Ik kijk hoe zijn silhouet met de duisternis versmelt, terwijl een ongemakkelijk gevoel mijn maag in een knoop legt. 'Wie heeft er versterking nodig als je een wilde junglekat hebt?', mompel ik sarcastisch, in een poging mezelf af te leiden. Maar zelfs de flauwe humor kan de sluipende angst die zich al dagen opbouwt niet helemaal verdrijven.

Ik begin te ijsberen over de krakende houten vloerplanken, mijn hand volgt het litteken op mijn wang. Mijn ogen zoeken onophoudelijk naar enig teken van gevaar; een vreemde schaduw, een vleugje beweging. Tot nu toe zijn we onder de radar van het Bureau gebleven, maar het is slechts een kwestie van tijd.

Een laag, waarschuwend gegrom weerklinkt door de bomen, waardoor de haren in mijn nek overeind gaan staan. Ik span me aan, klaar om toe te slaan als dat nodig is. Maar het is gewoon Declan die aangeeft dat de kust nog steeds veilig is. Voorlopig althans. Ik adem voorzichtig en opgelucht uit.

'Bedankt voor het wachtlopen, grote jongen', fluister ik in de schaduwen. 'Je bent je gewicht in kattenkruid waard.' Een korte glimlach trekt aan mijn lippen voordat hij weer verdwijnt.

Hulpeloos wachten werkt me op de zenuwen. Het voelt alsof we muizen zijn waar een gevaarlijk roofdier mee speelt. Het Bureau was al die tijd onze vijand, alleen zijn ze nu veel sluwer en ongrijpbaarder geworden.

Mijn hand klemt zich om het gevest van een mes. 'We zullen ervoor zorgen dat jullie er spijt van krijgen dat jullie ons ooit dwars hebben gezeten', beloof ik binnensmonds.

Eindelijk hoor ik Declans zware voetstappen weer naderen. Maar mijn schouders blijven gespannen, zelfs nadat hij naast me aan de gehavende tafel gaat zitten.

'Iets gezien?', vraag ik kortaf, hoewel ik het antwoord al weet.

Hij schudt somber zijn hoofd. 'Nog niets. Maar ze zijn daarbuiten, ik voel het.'

Ik knik en staar naar de flakkerende kaars tussen ons in. 'Het is slechts een kwestie van tijd.'

Daarna vervallen we in een ongemakkelijke stilte. De schaduwen lijken te leven, ze kruipen dichterbij, verstikkend. Ik wrijf over mijn armen tegen de plotselinge kou.

Declan reikt naar voren en knijpt in mijn hand. 'Hé, wat er ook komt, we kunnen dit aan. Samen maken ze geen schijn van kans tegen ons.'

Ik klamp me vast aan de geruststelling in zijn stem en laat die mijn tanende moed versterken. Samen zijn we sterk genoeg om alles te doorstaan. Dat moet ik gewoon blijven geloven.

Een wolf huilt treurig in de verte, wat wordt benadrukt door het gekraak en gekreun van de hut. De geesten van vroegere bewoners lijken zich bij ons in de krappe kamer te dringen.

'Laten we ergens heen gaan waar het warm en zonnig is als dit voorbij is', mompel ik, maar half schertsend. Het mentale beeld van een tropisch strand helpt de schaduwen op afstand te houden.

Declans mond trekt in een vermoeide grijns. 'Afgesproken. Ik kan wel een vakantie gebruiken als we het Bureau voorgoed onder de zoden hebben gestopt.'

De galgenhumor beurt me enigszins op. Ik weet dat hij gelijk heeft; uiteindelijk zullen we ze allemaal begraven. Maar het wachten en de onzekerheid zijn een ware marteling.

◆

De zwaarte van de stilte in de hut drukt op me als een dichte mist terwijl ik aan de gehavende houten tafel zit, het zwakke licht van een enkele kaars flikkert over het oppervlak. Stralen van het vroege morgenlicht filteren door het vuile raam terwijl de nacht zich met tegenzin overgeeft aan de dageraad. De publieke opinie dwong de regering tot handelen; ze moesten Dr. Graves ontslaan en eigenlijk het Bureau zelf opheffen. Toen het nieuws eenmaal uitlekte dat het agentschap, opgericht om paranormale wezens te beschermen en te behouden, in plaats daarvan gruwelijke experimenten op hen en op menselijke proefpersonen had uitgevoerd, is er geen weg meer terug. Maar ik geloof er geen seconde van dat alles is gestopt. Diana Foxberry loopt nog steeds vrij rond, en haar gestoorde vader was degene die met de corrupte experimenten van het Bureau begon en vervolgens vertrok om zijn eigen onderzoek voort te zetten toen ze vonden dat hij te ver ging.

Diana is nu de ware vijand. Zij is degene die Declan en mij met dat verdomde serum heeft geïnjecteerd, waardoor we zijn veranderd in iets wat niet langer volledig menselijk is. Ik raakte afgeleid door het ontmantelen van de kolos die het Bureau was, maar ik heb haar misdaden nooit vergeven of vergeten.

Ik weet dat ze zelfs nu nog doorgaat met haar verdorven experimenten. Dat kan ik niet langer tolereren.

Er zijn nog maar twee mensen die ik genoeg vertrouw om bij dit gevecht te betrekken: Athina en Malcolm. Ik ben nu wanhopig genoeg om contact met hen beiden op te nemen.

Ik kraak mijn knokkels, vermant me en typ een versleuteld bericht. 'Tijd om de band weer bij elkaar te brengen', mompel ik.

Hé Athina, met Artemis. Als je een manier hebt om contact op te nemen met Malcolm, moeten we onze volgende zet strategisch plannen. Het Bureau is misschien voorlopig geneutraliseerd, maar Diana is nog steeds daarbuiten. We moeten zo snel mogelijk praten. Wees voorzichtig.

Ik druk op verzenden voordat ik er te lang over kan nadenken en zie de woorden in de ether verdwijnen. Mijn vingers trommelen angstig op de tafel terwijl er scenario's door mijn hoofd razen, het ene nog gevaarlijker dan het andere.

'Kom op Athina, we hebben niet veel tijd meer', mompel ik, hopend op een snelle reactie.

Zacht gekraak van de vloerplanken achter me doet mijn hart een slag overslaan. Ik grijp mijn mes, mijn spieren spannen zich aan voor een confrontatie. Maar het is gewoon Declan, die vanuit zijn jaguarvorm weer mens wordt na een nieuwe patrouille. Een golf van opluchting overspoelt me, hoewel ik mijn gezicht zorgvuldig uitdrukkingsloos houd.

'Nog nuttige informatie opgedaan tijdens je patrouille?', vraag ik nonchalant.

Hij schudt zijn hoofd. 'Alles is tot nu toe rustig. Maar ik blijf op de uitkijk voor ongewenste bezoekers.' Zijn stem is nog steeds ruw van de vocale verandering.

'Goed. Want misschien krijgen we binnenkort versterking.' Ik kijk naar het nog lege laptopscherm. 'Hopelijk.'

Rusteloos begin ik over de versleten vloerplanken te ijsberen tot een zacht geluidje eindelijk Athina's antwoord aankondigt.

Artemis, liefste, je timing is zoals altijd onberispelijk, begint het hartelijk. *En ja, ik heb onze dubbelhartige vriendin Diana nauwlettend in de gaten gehouden.*

Mijn hart verkrampt bij de vermelding van haar naam, maar ik dwing mezelf om Athina's bericht verder te lezen.

De spionnen van die vrouw zijn overal geïnfiltreerd, schat, zelfs in de hoogste regeringskringen. Het is alsof ze haar eigen geheime club heeft.

Ik mompel een vloek binnensmonds. Als Diana's invloed zich zo diep heeft verspreid, hoe kunnen we dan ooit al haar tentakels uitroeien?

Declan, die mijn toenemende angst voelt, komt dichterbij om over mijn schouder de berichten te lezen. Zijn hand rust geruststellend op mijn rug. 'Hé, adem in, adem uit. We kunnen dit aan.'

Ik schud bitter mijn hoofd. 'Kunnen we dat? Dit onthult dat Diana's macht veel verder reikt dan we ons realiseerden.'

'Maakt niet uit. We vinden wel een manier.' Vastberadenheid klinkt door in Declans stem. 'Maar goed dat we Athina en Malcolm er nu ook bij hebben. We moeten gewoon slim zijn.'

'Het lijkt wel alsof elke keer dat we een zet doen, Diana ons al drie stappen voor is', vervolgt Athina's bericht somber. 'Alsof ze onze gedachten leest of zo. Supergriezelig, toch?'

'Griezelig is een understatement', mompel ik binnensmonds, terwijl woede en frustratie net onder mijn huid sudderen. We moeten een manier vinden om terug te slaan tegen Diana's uitgestrekte netwerk, en snel. Voordat ze al onze kansen de kop indrukt.

Athina sluit af met de dringende oproep om waakzaam te blijven en belooft snel een ontmoeting te regelen om een strategie te bedenken. Ik leun zwaar tegen de muur van de hut terwijl ik deze verontrustende update verwerk, mijn vingers gaan afwezig over mijn gehavende wang. Hoe hard we ook proberen, er komt altijd weer een ander obstakel of een tegenslag op ons af.

Met gefrustreerd op elkaar geklemde kaken, snauw ik sarcastisch: 'Geweldig, dat is precies wat we nodig hadden. Meer voorzichtigheid en paranoia, alsof het opsluiten in deze griezelige hut in de schimmige bossen nog niet genoeg was.'

Deze constante hyperwaakzaamheid en angst is uitputtend. Maar ik kan me niet door die emoties laten overmeesteren. Niet wanneer Diana's agenten erin slagen ons bij elke stap te dwarsbomen. We moeten een manier vinden om hun verraad voor eens en voor altijd te beëindigen.

'Artemis?' Declans stem haalt me uit mijn gepieker. Ik kijk in zijn onderzoekende groene ogen.

'Tijd om onze klauwen te slijpen, Declan', zeg ik somber. 'We gaan op jacht.'

Declan pakt mijn schouder stevig vast. 'Ik weet dat het frustrerend is, maar we vinden wel een manier. Diana is niet onoverwinnelijk. Samen zijn we slimmer en sterker.'

Ik laat zijn standvastige vertrouwen mijn eigen geschokte vastberadenheid versterken. Hij heeft gelijk. Declan en ik zijn een onstuitbaar team. En nu, met de hulp van Athina en Malcolm, keren de kansen verder in ons voordeel.

'Diana heeft een grote fout gemaakt door ons in leven te laten', beloof ik duister. 'Nu zullen we ervoor zorgen dat ze daar spijt van krijgt.'

Declan knikt, zijn groene ogen hard. 'Wat er ook voor nodig is, haar gestoorde operaties zullen as zijn als we klaar zijn.'

Zijn onwankelbare overtuiging ontsteekt een vonkje hoop in mij, waardoor de schaduwen op afstand blijven. Zolang we samen sterk staan, kan het licht niet worden gedoofd. Diana zal die les snel genoeg leren.

Ik kijk rusteloos rond in de krappe hut, me verstikt voelend door de omringende duisternis. We moeten snel handelen voordat het ons volledig opslokt.

'Ik ben het zat om hier als ratten in de val te wachten', barst ik boos uit, mijn handen tot vuisten gebald. 'Het is tijd dat we voor een keer de strijd naar Diana brengen.'

Declan kijkt me somber aan. 'Eerst verkenning, dan slaan we toe. Niet meer blind reageren. We pakken dit slim aan.'

Een beeld van Diana's zelfvoldane gezicht flitst voor mijn ogen, wat mijn vastberadenheid aanwakkert om haar legioen spionnen te ontmaskeren en haar walgelijke experimenten te beëindigen.

'Artemis', zegt Declan kalm, hoewel ik de onderstroom van bezorgdheid hoor. 'Ik weet dat het woedend makend is, maar we kunnen het ons nu niet veroorloven om onze emoties ons oordeel te laten vertroebelen.'

'Makkelijk praten voor jou', snauw ik geïrriteerd. Maar ik dwing mezelf diep adem te halen, wetende dat hij gelijk heeft. 'We kunnen hier niet zomaar niets zitten doen. We moeten haar netwerk van binnenuit ontmantelen, op de een of andere manier.'

Vastberadenheid schittert fel in Declans ogen, net als in de mijne. 'Mee eens. Dus waar beginnen we?'

Een meedogenloze glimlach trekt aan mijn lippen. 'Door net zo vuil te spelen als Diana. We infiltreren in haar gelederen en keren haar mensen tegen haar. Zodra we onze klauwen erin hebben gezet, scheuren we haar kostbare web aan stukken.'

Declan trekt een onder de indruk zijnde wenkbrauw op. 'Nooit gedacht dat ik de dag zou meemaken dat Artemis Blackwell listen en lagen zou omarmen.'

Ik haal mijn schouders op, mijn bloed kookt nog steeds om in actie te komen. 'Wanhoopstijden vragen om wanhoopsdaden. Met Diana kunnen we ons geen eer permitteren.'

Hij knikt met tegenzin. 'Klopt, ze zou elke zwakte uitbuiten.' Er volgt een bedachtzame pauze. 'Dus, wat is onze openingszet?'

'Eerst identificeren we haar belangrijkste overheidsagenten en komen we dicht bij hen in de buurt', leg ik uit, mijn gedachten analyseren al verschillende invalshoeken. 'We winnen hun vertrouwen, en dan halen we ze over naar onze kant.'

'Riskant', zegt Declan behoedzaam. 'Maar ik sta bij elke stap achter je.'

Zijn onwankelbare loyaliteit raakt me. 'Ik weet dat het gevaarlijk is, alsof we rechtstreeks het hol van de leeuw binnenlopen. Maar we hebben geen keus als we Diana willen stoppen en de Cirkel willen beschermen.'

'Wat er ook voor nodig is, toch?' Declan herhaalt mijn eerdere woorden ferm.

'Wat er ook voor nodig is', bevestig ik, en ik zet me schrap voor het verraderlijke pad dat voor ons ligt. Er zal geen ruimte zijn voor twijfel of aarzeling.

Declan, die mijn groeiende onrust voelt, komt dichterbij. 'Hé. We kunnen dit. Diana heeft geen idee tegen wie ze het opneemt.'

Ik geef hem een kleine, dankbare glimlach. 'Laten we dat zo houden. Het verrassingselement is nu ons grootste wapen.'

Declan knikt. 'Mee eens. Dus wat is onze volgende stap?'

Ik begin snel informatie en uitrusting te verzamelen. 'We sporen de huidige verblijfplaats en routines van die belangrijke agenten op. Zodra we kwetsbaarheden hebben geïdentificeerd, nemen we contact op en gaan we aan de slag om hen over te halen.'

Terwijl ik de strategie uiteenzet, groeit mijn vertrouwen. We zijn inmiddels gewend aan onmogelijke kansen. En deze keer hebben wij de overhand; Diana gelooft dat we geneutraliseerd zijn. Haar arrogantie zal haar ondergang worden.

Declan luistert aandachtig en onderbreekt me alleen af en toe om scherpzinnige vragen te stellen of wijze raad te geven. Het valt me opnieuw op hoe perfect onze verschillende vaardigheden op elkaar aansluiten. Samen verbeteren onze kansen exponentieel.

Al snel gonst de hut van hernieuwde doelgerichtheid. De verraderlijke weg die voor ons ligt, lijkt niet meer zo ontmoedigend met Declan aan mijn zijde.

Naarmate de schemering nadert, maken we ons klaar om op pad te gaan en subtiel onze doelwitten te gaan volgen. Voordat we vertrekken, houdt Declan me tegen, zijn uitdrukking ernstig.

'Wat er ook gebeurt, of welke grenzen we ook moeten overschrijden, we letten op elkaars rug.' Zijn ogen boren zich in de mijne. 'Beloof me dat tenminste.'

Ik grijp zijn arm stevig vast. 'Ik beloof het. We komen hier samen doorheen, of helemaal niet.'

Declan trekt me in een felle omhelzing. De onuitgesproken dingen laten we voor nu veilig onbesproken.

We laten elkaar los en glippen de opkomende schaduwen in. Een gevaarlijk spel is begonnen, maar falen is geen optie. Er hangt te veel van onze overwinning af.

Welke morele grenzen ook moeten vervagen, het zij zo. Sommige monsters kunnen alleen van binnenuit worden vernietigd. Daar ben ik nu zeker van. Diana's gif heeft zich te diep en te wijd verspreid.

Het enige tegengif is het volledig uitroeien van elk spoor ervan.

◆◇◆

'Artemis', kraakt Athina's stem over onze versleutelde verbinding, dringend en toch met een vleugje wrange humor. 'Ik stuur je een lijst met namen, degenen die volgens mij het meest waarschijnlijk Diana's agenten zijn. Maar onthoud, vertrouw absoluut niemand.'

'Geloof me, dat zal geen probleem zijn', mompel ik, terwijl ik de namen scan die op het scherm verschijnen. Mijn hart bonst als een razende, mijn zenuwen staan zo strak gespannen als een boogpees. Maar er brandt ook vastberadenheid in me, een felle wil om Diana koste wat kost te slim af te zijn.

'Goed', antwoordt Athina, haar stem zowel warm als staalhard. 'Dit wordt niet makkelijk, maar als we slim en vindingrijk zijn, kunnen we het tij keren tegen Diana. We moeten geduldig zijn, dit perfect uitspelen.'

Ik haal diep adem. 'Oké, laten we een tijd en plaats afspreken om elkaar te ontmoeten voor de strategie, ergens discreet.'

Athina stelt een verlaten pakhuis bij de rivier voor, dat al jaren leegstaat, perfect voor een geheime ontmoeting.

'Dat werkt', bevestig ik, de route al in mijn hoofd uitstippelend. 'Laten we over drie dagen afspreken, net na zonsondergang. Dat geeft ons tijd om ons voor te bereiden.'

'Perfect', stemt Athina in. 'Ik neem Malcolm ook mee, hij staat te popelen om weer in actie te komen. We vinden wel een manier om Diana's netwerk te ontmaskeren, maak je geen zorgen.'

'Dat zullen we verdomme ook doen', zeg ik fel voordat ik de verbinding verbreek. Het vuur van vastberadenheid brandt heet in mijn buik. Diana's heerschappij eindigt nu.

In gedachten verzonken, schrik ik op van een plotseling krakende vloerplank achter me. Ik draai me om, mijn handen laaien instinctief op met vlammend blauw vuur, mijn spieren gespannen om aan te vallen.

'Ho, rustig!', klinkt Declans vertrouwde stem terwijl hij in het zwakke licht stapt, met opgeheven handen. 'Ik ben het maar.'

Ik slaak een trillerige zucht, terwijl ik het vuur tot bedaren breng. 'Declan. Besluip me niet zo!'

Hij grijnst schaapachtig, zijn groene ogen twinkelen. 'Sorry, kattenreflexen. Ik kon het niet laten.'

Ik rol geërgerd met mijn ogen, maar voel me gerustgesteld door zijn aanwezigheid. Samen zijn we sterker, en we zullen elk greintje kracht nodig hebben voor wat komen gaat.

Declans geamuseerdheid verdwijnt snel als hij mijn duidelijke onrust opmerkt. Hij komt dichterbij, zijn voorhoofd in een frons van bezorgdheid. 'Hé, wat is er aan de hand? Je lijkt gespannen.'

Geagiteerd haal ik een hand door mijn haar en breng hem snel op de hoogte van Athina's plan. Hij luistert aandachtig en knikt mee.

'Het is zeker riskant', beaamt Declan plechtig zodra ik klaar ben. 'Maar we hebben geen andere opties meer, en niemand kent Diana's web beter dan Athina. Als iemand het kan ontrafelen, is zij het wel.'

Ik bijt onzeker op mijn lip. 'Ik hoop dat je gelijk hebt. Want als dit misgaat, zijn we allemaal dood.' De angst hardop uitspreken maakt het op de een of andere manier echter.

Declan pakt mijn schouders stevig vast. 'Dat zal niet gebeuren. Jij en ik, we zijn door de hel gegaan en hebben het overleefd. We zullen het weer doen, wat er ook voor nodig is.'

Zijn standvastige geloof sterkt mijn eigen geschokte overtuiging. Samen hebben we het onmogelijke al bereikt. Ik moet geloven dat we dat weer kunnen doen.

Onze ogen ontmoeten elkaar in perfect begrip. Zij aan zij kunnen we elke storm doorstaan die ons te wachten staat. En we zullen niet rusten tot Diana en al haar zieke gruwelen tot as zijn verstrooid in de wind.

De gelofte klinkt stil tussen ons. Met Declan naast me lijkt de weg voorwaarts minder donker. Er is nog hoop.

Ik haal diep en rustig adem, en recht mijn schouders. 'Laten we dan maar op jacht gaan.'

HOOFDSTUK DRIEËNTWINTIG

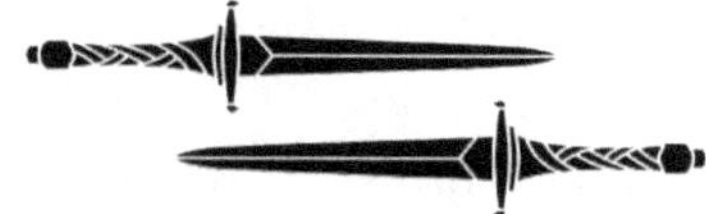

Terwijl Declan en ik in het schemerige steegje staan en onze adem in de koude lucht condenseert, kan ik het gevoel dat we in de gaten worden gehouden niet van me afschudden. Hoewel we extreem voorzichtig zijn geweest, vind ik het niets om deze missie uit te voeren zonder de hulp en begeleiding van Athina te vragen, maar we hebben haar en de rest van de Obsidiaancirkel nog niet kunnen ontmoeten en ze beantwoordt geen berichten.

'Oké,' zeg ik, terwijl ik de paranoia opzij probeer te duwen. 'We hebben dus een aanwijzing over de mogelijke locatie van Diana. Maar aangezien ze zo glad is als een aal, moeten we snel en grondig te werk gaan.'

Declan knikt en zijn hazelnootbruine ogen scannen het gebied, alsof hij verwacht dat er elk moment iemand op ons afspringt. 'Mee eens. We kunnen ons geen blunders meer veroorloven, Artemis. Als we haar niet snel vinden, wie weet wat ze dan zal doen?'

'Geloof me, ik weet het,' mompel ik, terwijl ik mijn vingers buig en de altijd aanwezige hitte onder mijn huid voel sudderen. Op dit soort momenten komt het hebben van pyrokinetische gaven goed van pas.

'Laten we gaan,' zegt Declan, zijn stem laag en gespannen. Samen begeven we ons naar het verlaten gebouw, het spoor volgend dat de aanwijzing ons hierheen heeft geleid.

Het gebouw doemt voor ons op, een monolithische constructie met gebarsten en verweerde betonnen muren. De ramen zijn ingeslagen en laten gekartelde tanden van glas achter die dreigend glinsteren in het maanlicht. De griezelige sfeer wordt alleen maar versterkt door de geur van verval die zwaar in de lucht hangt, waardoor ik een rilling moet onderdrukken.

'Charmante plek,' fluister ik sarcastisch, terwijl mijn hand instinctief naar het mes gaat dat aan mijn dijbeen is vastgemaakt.

'Rolt echt de rode loper voor ons uit, hè?' grapt Declan terug, maar ik zie de spanning in zijn schouders.

Ik vermant me en stap naar voren, de krakende deur met de neus van mijn laars openduwend. Hij kreunt uit protest, wat als een spookachtige jammerklacht door het lege gebouw galmt. De duisternis binnen is beklemmend, en ik voel het tot in mijn botten doordringen.

'Blijf scherp,' mompel ik tegen Declan, die als antwoord knikt. We stappen naar binnen, onze zintuigen op scherp, terwijl we onze zoektocht beginnen naar enig teken van Diana of haar verdorven operatie.

Ik scan de vervallen gang, op zoek naar iets ongewoons. Het gestage ritme van onze voetstappen echoot in mijn oren, vermengd met het geluid van mijn eigen hartslag. Ik zie dat Declan net zo gespannen is als ik, met zijn kaken stijf op elkaar geklemd en zijn handen tot vuisten gebald.

Naarmate we dieper het gebouw ingaan, kan ik het gevoel niet van me afschudden dat we in de gaten worden gehouden. Het is als een gewicht op mijn borst, dat met elke stap zwaarder en zwaarder wordt. We stuiten op een stoffige opslagruimte, de planken gevuld met oude, verfrommelde documenten. Eén ervan trekt mijn aandacht: een blauwdruk van de faciliteit, met een rode cirkel rond een verborgen kamer diep in de ingewanden van het gebouw. Het onbehagen dat ik voelde, wordt heviger en rolt zich op in mijn maag als een slang die klaar is om toe te slaan.

'Kijk hier eens naar,' zeg ik, terwijl ik de blauwdruk aan Declan laat zien. 'Denk je dat we het moeten bekijken? Het is misschien een veilige kamer of iets dergelijks.'

'Lijkt me onze beste kans,' antwoordt hij, terwijl zijn ogen het document scannen.

We volgen de blauwdruk en banen ons een weg door de kronkelende gangen en smalle doorgangen. Met elke stap wordt het gevoel bekeken te worden sterker, en ik kan het niet laten om over mijn schouder te kijken, op zoek naar enig teken van de onbekende toeschouwer.

'Blijf alert,' fluistert Declan, en herhaalt daarmee mijn eigen gedachten.

'Dat ben ik altijd,' antwoord ik, mijn stem gespannen en kortaf. Hoe dichter we bij onze bestemming komen, hoe meer ik het gevaar om ons heen voel, dat zijn greep om mijn keel verstevigt als een strop.

'Hé.' Declans stem doorbreekt mijn gedachten en ik zie hem knikken naar een deur aan het einde van de gang. 'Dit is het.'

'Klaar?' vraag ik, de spanning strak in mijn borst opgekruld.

'Laten we Diana vinden,' zegt hij, met vastberadenheid in zijn trekken gegrift.

We duwen de deur open en stappen de duisternis daarachter binnen, niet wetend wat ons te wachten staat, maar klaar om het recht in de ogen te kijken.

De duisternis in de kamer is dik en verstikkend, als een zware deken die op ons drukt. De lucht ruikt naar vocht en verval, een schril contrast met de steriele gangen waar we net doorheen waren gelopen. Ik kan de bitterheid van het verraad die in de lucht hangt bijna proeven.

'Let op waar je loopt,' mompelt Declan, zijn ogen scannend de kamer alsof hij door de schaduwen heen kan kijken. Misschien kan hij dat ook; hij kreeg heel andere gaven dan ik toen we allebei werden ingespoten met het experimentele serum. Katten kunnen in het donker zien, dus misschien kan hij dat in menselijke vorm ook.

'Bedankt voor het nuttige advies,' snauw ik, mijn zenuwen gerafeld door de constante spanning. 'Ik zal het zeker toevoegen aan mijn handboek "hoe overleef ik een hinderlaag".'

'Artemis,' begint hij, maar voordat hij verder kan gaan, wordt de kamer plotseling gevuld met verblindend fel licht.

'Verrassing!' klinkt Diana's stem, druipend van kwaadaardige vreugde.

'Godv—' Ik knijp mijn ogen dicht tegen de schittering en probeer me op onze omgeving te concentreren. Figuren komen uit schuilplaatsen tevoorschijn, allemaal met wapens op ons gericht. We zijn omsingeld en zitten flink in de penarie.

'Dacht je echt dat je me kon vinden zonder dat ik het wist?' grijnst Diana met giftig genoegen. Het is de eerste keer in maanden dat we oog in oog staan, en ze ziet er irritant genoeg precies hetzelfde uit, haar rode haar netjes gestyled, ze draagt zelfs lipgloss. Terwijl ik weet dat Declan en ik allebei magerder, viezer en havelozer zijn na maanden van rennen en vechten.

'Je kunt het een meid niet kwalijk nemen dat ze het probeert,' kaats ik terug, mijn angst verbergend met bravoure. Instinctief laat ik vlammen langs mijn vingertoppen dansen, klaar om toe te slaan.

'Val aan,' beveelt Diana, haar stem koud en zonder emotie.

Onze tegenstanders komen op ons af, maar Declan en ik komen al in actie. Hij verandert in zijn jaguarvorm, grommend en happend naar iedereen die te dichtbij durft te komen. Ik stuur een golf van vuur naar de dichtstbijzijnde aanvaller en kijk toe hoe ze achteruit strompelen, wanhopig proberend de vlammen te doven.

'Terugtrekken!' roep ik naar Declan, beseffend dat we zwaar in de minderheid zijn. Hij gromt instemmend en haalt uit naar een andere aanvaller met vlijmscherpe klauwen.

'Wegrennen zal je niet redden,' spot Diana vanaf een veilige afstand, met een wrede glimlach op haar lippen.

'Hier blijven staan en een pak slaag krijgen ook niet,' denk ik bij mezelf terwijl we de ene aanvaller na de andere afweren. Mijn hart bonst in mijn borst, adrenaline en angst maken het moeilijk om te ademen.

'Artemis, focus!' Declans gegrom klinkt boven de chaos uit en herinnert me eraan dat we hier samen in zitten. Het is tijd om het over een andere boeg te gooien en creatief te worden.

'Dek me,' schreeuw ik, terwijl ik achter Declans springende kattenvorm duik als hij nog twee tegenstanders afweert. Ik haal diep adem, verzamel alle energie die ik kan opbrengen en laat die los in een massale explosie van vuur.

'Ren!' schreeuw ik, terwijl ik een handvol van Declans vacht grijp en hem met me meetrek.

'Mooie actie,' gromt hij door een mond vol hoektanden, zijn stem vreemd vervormd.

'Bewaar de complimenten voor als we niet worden achtervolgd door een leger moordzuchtige gekken!' snauw ik, terwijl mijn ogen rondkijken voor een mogelijke ontsnappingsroute.

'Goed, goed,' moppert hij, terug veranderend in zijn menselijke vorm terwijl we door het instortende gebouw sprinten. 'Laten we hier gewoon wegwezen en uitzoeken wat de volgende stap is.'

'Verdomme, Diana!' vloek ik binnensmonds als ik de eerste val opmerk: een struikeldraad die strak over ons pad is gespannen. 'Het lijkt erop dat ze druk bezig is geweest met het opzetten van een kleine hindernisbaan voor ons.'

'Ze was nooit van plan ons hieruit te laten komen. Kun je het doorbranden?' vraagt Declan met ingehouden stem.

'Te riskant,' antwoord ik, terwijl ik voorzichtig over de draad stap. 'Geen idee wat het zou kunnen activeren.'

We blijven ons een weg banen door het verlaten gebouw, waarbij we op elke hoek ternauwernood vallen ontwijken. De lucht is dik van de geur van verval en wanhoop, waardoor mijn borstkas samentrekt bij elke moeizame ademhaling.

'Pas op!' schreeuwt Declan, die me net op tijd terugtrekt als een verborgen paneel in de vloer openzwaait en een kuil vol geslepen staken onthult.

'Bedankt,' hijg ik, mijn hart bonzend. 'Ik sta bij je in het krijt.'

'Dan staan we quitte,' grijnst hij, ondanks de gespannen situatie. 'Houd gewoon je ogen open. Deze vallen worden steeds ingewikkelder.'

'Begrepen,' knik ik, de schemerige gang voor ons scannend. 'Ik ga voorop. Jij dekt onze rug.'

'Afgesproken,' stemt Declan in, zijn lycantropische zintuigen op scherp.

Naarmate we verder komen, worden de vallen steeds dodelijker, en het is duidelijk dat Diana niet van plan is ons levend haar verwrongen speeltuin te laten verlaten. We ontwijken zwaaiende messen, stappen opzij voor drukplaten die vergiftigde pijltjes afschieten, en springen over kuilen die uit het niets lijken te verschijnen.

'Artemis, kijk uit!' waarschuwt Declan, en hij duwt me uit de weg net als een muur met spiesen plotseling naar voren schiet en mijn arm schampt.

'Au! Shit!' sis ik, terwijl ik mijn bloedende arm vastgrijp. 'Dat was op het nippertje.'

'Gaat het?' vraagt hij, bezorgdheid op zijn gezicht getekend.

'Prima,' snauw ik, mijn zenuwen aan flarden. 'Blijf gewoon doorlopen. We moeten een uitweg vinden uit deze dodenval.'

'Geen protest van mijn kant.' Hij is ook gewond, realiseer ik me, hij ontziet één been en er zit een bloedvlek op zijn broekspijp. Hij zal snel genezen, sneller als hij tijd heeft om naar de jaguar en weer terug te veranderen, maar ik heb hem nu in menselijke vorm en helder denkend nodig, om ons beiden uit deze dodelijke val te helpen.

'Oké, we hebben een plan nodig,' zeg ik door opeengeklemde tanden, mijn hart bonzend in mijn borst. 'Iets om Diana en haar team lang genoeg af te leiden zodat wij kunnen ontsnappen.'

Declan knikt, en scant de schemerige gang. 'Juist. Dus, waar moeten we het mee doen?'

Ik kijk om me heen, de vuile muren en stapels puin in me opnemend. 'Niet veel,' geef ik toe. 'Maar ik kan nog steeds mijn pyrokinetische gaven gebruiken. Misschien ergens brand stichten, hun aandacht van ons afleiden?'

'Klinkt goed,' zegt Declan, en hij trekt een grimas als hij zijn gewicht van zijn gewonde been haalt. 'Ik dek onze rug wel.'

Als we een hoek omgaan, zie ik een stapel houten kratten, perfect aanmaakhout voor een afleiding. De vlammen springen gretig van mijn vingertoppen en ontsteken het hout met een gesis en gekraak. Rook vult de lucht, prikt in mijn ogen en doet me hoesten.

'Artemis!' schreeuwt Declan ergens vlakbij. 'Nu!'

Afgaande op het geluid heeft hij zijn innerlijke beest weer losgelaten, wat voor pandemonium zorgt onder Diana's handlangers. Ik profiteer van de chaos en schiet door de met rook gevulde gang, hopend dat het genoeg is om ze van ons spoor af te houden.

'Artemis, Declan!' roept een stem, en ik kom slippend tot stilstand, mijn hart slaat over. Het is niet Diana, maar iemand anders — iemand onverwachts.

'Nadia?' hijg ik, turend door de nevel. De vrouw van middelbare leeftijd met buitengewone telekinetische krachten staat voor ons, haar bruine ogen wijd van bezorgdheid.

'Snel, volg me!' dringt ze aan en wenkt ons naar haar toe. 'Ik kan jullie helpen ontsnappen!'

Terwijl we achter haar aan strompelen, heft Nadia haar handen op en concentreert haar immense kracht op de afbrokkelende magazijnmuren. Met een oorverdovend gekraak stort een deel van de constructie in, waardoor een barrière ontstaat tussen ons en onze achtervolgers.

'Dank je,' piep ik, leunend tegen een muur voor ondersteuning. 'Je hebt geen idee hoe dankbaar we zijn.'

Nadia knikt, haar uitdrukking plechtig. 'We zitten hier allemaal samen in,' zegt ze zacht, voordat ze in een andere gang verdwijnt en Declan en mij achterlaat om onze weg uit het met rook gevulde labyrint te vinden.

'Wacht!' roep ik Nadia na, haar achterna rennend door de schemerige gang. 'Waarom ben je hier?'

Ze draait zich naar ons om, haar ogen gevuld met een mengeling van vastberadenheid en angst. 'Ik heb dezelfde aanwijzing gevolgd als jullie twee,' geeft ze toe. 'Maar het was overduidelijk een val.'

'Fantastisch,' mompel ik binnensmonds, terwijl ik mijn hart in mijn borst voel racen. 'We zijn tenminste niet de enigen die erin zijn getrapt.'

'Kom op,' gromt Declan, zijn kattenogen vernauwd van urgentie. 'We moeten in beweging blijven.' Ik reik instinctief naar beneden, op zoek naar de troost van zijn vacht, en hij drukt zich even tegen mijn been.

Samen banen we ons met z'n drieën een weg door de donkere, smalle gangen van het verlaten pakhuis. De geur van verval is bijna overweldigend, maar we zetten door, wetende dat Diana en haar handlangers ons nog steeds op de hielen zitten.

'Artemis,' fluistert Nadia, haar stem nauwelijks hoorbaar boven het geluid van onze onregelmatige ademhaling. 'Ik heb een idee.'

'Zeg het maar,' antwoord ik, niet echt in de stemming voor een gesprek, maar wanhopig op zoek naar elk plan dat ons hieruit zou kunnen krijgen.

'Zodra we de hoofdingang bereiken, zal ik mijn telekinese gebruiken om een afleiding te creëren. Jullie twee zouden ongemerkt moeten kunnen wegglippen,' zegt ze, haar uitdrukking vastberaden.

'Weet je het zeker?' gromt Declan. 'Je zou gewond kunnen raken.'

Nadia glimlacht, hoewel het haar ogen niet helemaal bereikt. 'Het is een risico dat ik bereid ben te nemen,' antwoordt ze. 'En nu, vooruit.'

Als we de ingang bereiken, haalt Nadia diep adem en concentreert haar energie. Met een plotselinge uitbarsting van kracht laat ze het dak achter ons instorten, wat een totale chaos veroorzaakt als het hele gebouw in elkaar zakt.

'Ga!' schreeuwt ze, en Declan en ik wachten niet.

'Dank je!' roep ik terug naar Nadia terwijl we de nacht in vluchten. 'Blijf veilig!'

'Jullie ook,' antwoordt ze, haar stem nauwelijks hoorbaar boven het geluid van neerstortend puin. En dan, zomaar, verdwijnt ze uit het zicht, weer alleen op pad.

'Laten we maken dat we hier wegkomen,' mompelt Declan als hij weer in zijn menselijke vorm verandert, en ik knik, zonder dat het me twee keer gezegd hoeft te worden. We zijn gehavend, gekneusd en verre van veilig, maar voor nu, tenminste... zijn we ontsnapt.

HOOFDSTUK VIERENTWINTIG

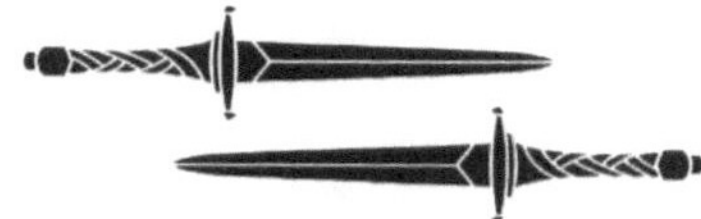

Ik DUW DE DEUR van ons afgelegen onderduikadres open en mijn lichaam zakt in elkaar van opluchting als we binnenstappen. Het was een helse dag en ik weet niet zeker hoeveel ik nog kan hebben. De hut ligt diep verborgen in het dichte woud, kilometers ver van elk teken van beschaving. Het is perfect om onder de radar te blijven, vooral als je op de vlucht bent voor types als Diana Foxberry en het Bureau voor Paranormale Zaken. Wat daar nog van over is, tenminste.

'Eindelijk,' mompel ik binnensmonds terwijl ik de vertrouwde aanblik van de sobere kamer in me opneem. Een klein vuurtje knettert in de haard en biedt een broos gevoel van warmte en veiligheid. Ik voel de spanning uit me wegvloeien, vervangen door pure uitputting.

'Artemis, laat me je verwondingen zien,' zegt Declan, met een stem waarin bezorgdheid doorklinkt. Ik kijk naar mijn bebloede arm en krimp ineen. Er zit een diepe snee op mijn onderarm en talloze blauwe plekken bloeien op mijn bleke huid. Mijn linkerenkel klopt van waar ik hem tijdens onze ontsnapping heb verzwikt.

'Ga zitten,' instrueert hij en leidt me zachtjes naar een houten stoel. Ik gehoorzaam, dankbaar voor de kans om mijn vermoeide benen te laten rusten.

'En jouw verwondingen?' vraag ik, terwijl ik naar hem opkijk. Hij geeft me een glimlach met op elkaar geklemde lippen.

'Al genezen. Voordeeltjes van een gedaanteverwisselaar.' Natuurlijk. Gelukkige klootzak.

Terwijl Declan mijn wonden verzorgt, voel ik de zwaarte van onze situatie op ons drukken. We moeten hier onderduiken tot we onze volgende zet hebben uitgedokterd. We zijn ternauwernood met ons leven ontsnapt en het is duidelijk dat Diana en haar trawanten niet zullen stoppen tot ze krijgen wat ze willen. Iemand buiten deze kamer vertrouwen voelt als een onmogelijke taak.

'Declan,' zeg ik, terwijl ik mijn tanden op elkaar klem tegen het prikken van het ontsmettingsmiddel op mijn arm. 'We kunnen niemand vertrouwen. Niet meer.'

'Artemis, we kunnen niet iedereen buitensluiten. We hebben hulp nodig om Diana te stoppen,' antwoordt hij zacht, terwijl hij een verband strak om mijn onderarm wikkelt.

'Misschien heb je gelijk,' geef ik met tegenzin toe. 'Maar laten we ons voor nu gewoon richten op genezen en het plannen van onze volgende zet.'

De spanning in het onderduikadres is voelbaar als ik op de rand van een krakkemikkige houten tafel zit, mijn benen nerveus op en neer wippend. Declans blik verlaat me geen moment; hij voelt mijn groeiende onrust.

'Artemis,' zegt hij zacht, de stilte verbrekend die als een dikke mist tussen ons is neergedaald. 'Je kunt het jezelf niet kwalijk nemen dat je in Diana's val bent gelopen. Ze is manipulatief en sluw.'

'Precies,' snauw ik, terwijl ik hem boos aankijk. 'En ik ben er met huid en haar ingetrapt. Dus, wat zegt dat over mij?'

'Hé.' Zijn stem krijgt een strenge toon, alsof hij een kind berispt. 'Het zegt dat je menselijk bent. We maken allemaal fouten.'

'Menselijk?' schamper ik. 'Nauwelijks. Met dank aan die klootzakken van het Bureau.'

'Genoeg met dat zelfmedelijden,' dringt Declan aan, zijn frustratie overduidelijk. 'We moeten uitzoeken waar het informatielek vandaan kwam. Was het iemand uit onze kring of een externe plant van Diana? Dat is de vraag waar we ons op moeten richten.'

'Juist, want ons vertrouwen in de verkeerde persoon stellen heeft de vorige keer zo goed voor ons uitgepakt,' mompel ik binnensmonds. Ik voel de woede onder de oppervlakte borrelen, dreigend over te koken.

'Kijk,' zegt Declan, diep ademhalend. 'Ik snap het. Vertrouwen is nu moeilijk, maar we moeten ergens beginnen.'

'Goed.' Ik sla mijn armen over elkaar en knijp mijn ogen sceptisch samen. 'Dus, wie denk je dat we kunnen vertrouwen? Want ik begin te twijfelen aan alles wat ik dacht te weten.'

'Laten we dit stap voor stap aanpakken,' stelt hij voor, met zijn vingers op de tafel trommelend. 'Wie had toegang tot die informatie? Wie wist van ons plan?'

'Iedereen in de Obsidiaan Cirkel,' antwoord ik met tegenzin. 'Maar waarom zou een van hen ons verraden? We werken allemaal aan hetzelfde doel.'

'Misschien heeft iemand hen te pakken gekregen,' speculeert Declan. 'Of misschien waren ze vanaf het begin een plant. We kunnen niets uitsluiten.'

'Geweldig,' proest ik. 'Dus, vertrouw niemand en verdenk iedereen. Klinkt als een waterdicht plan.'

'Artemis, we moeten voorzichtig zijn,' dringt hij aan. 'Je weet net zo goed als ik dat Diana niet onze enige vijand is. Er zijn anderen die willen dat we falen.'

'Prima.' Ik zucht en wrijf gefrustreerd over mijn slapen. 'Maar als we erachter komen dat iemand ons heeft verraden...'

'Dan rekenen we daarmee af,' onderbreekt hij me, zijn stem vastberaden. 'Samen.'

'Oké,' geef ik toe. 'Ik veronderstel dat dat het beste is wat we voorlopig kunnen doen.'

'Goed.' Hij knikt, tevreden met mijn antwoord. 'Laten we nu wat rusten. Morgen beginnen we deze puinhoop uit te pluizen en uit te vinden wie we echt kunnen vertrouwen.'

'Klinkt als een feestje,' mopper ik, maar diep vanbinnen weet ik dat hij gelijk heeft. Vertrouwen is tegenwoordig schaars, maar zonder maken we geen schijn van kans tegen Diana en haar bondgenoten.

⬥

De volgende ochtend word ik vermoeider dan ooit wakker. Declan is al op en buigt zich over een kaart van de stad. Ik ga tegenover hem zitten en wrijf in mijn ogen.

'Tijd om de consequenties onder ogen te zien,' zegt hij, niet onsympathiek, en schuift mijn laptop naar me toe.

Ik zucht. Hij heeft gelijk. Maar we weten allebei dat dit niet comfortabel zal zijn. We zijn onbezonnen te werk gegaan, hebben de prijs betaald, en nu gaan we terecht de wind van voren krijgen omdat we domme risico's hebben genomen.

Ik open een beveiligd kanaal en stuur een kort bericht naar Athina om haar op de hoogte te brengen van de hinderlaag.

Haar antwoord komt snel, versleutelde pixels ontcijferen zich tot woorden op mijn scherm: 'Zijn jullie allebei in orde? Wat is er gebeurd?'

Ik geef meer details en leg uit hoe we een spoor rechtstreeks in Diana's val hebben gevolgd. Ik vertel over onze huiveringwekkende ontsnapping, geholpen door Nadia's tijdige assistentie.

Athina's reactie straalt frustratie uit. 'Je had de informatie moeten verifiëren voor je erachteraan ging. Diana is sluw, natuurlijk zou ze je valse informatie voeren om je te verstrikken.'

Ik voel me terecht op mijn nummer gezet terwijl ik defensieve rechtvaardigingen terugtyp. Maar diep vanbinnen weet ik dat Athina gelijk heeft. Ik was te gretig en roekeloos.

'We moeten eerder afspreken dan gepland,' stelt Athina. 'Ik roep de rest van de Cirkel vanavond bijeen om deze nieuwe informatie te analyseren en onze volgende stappen te bepalen.'

Ik stem direct toe, nederig door mijn fouten. Eensgezind kunnen we misschien een manier vinden om Diana's ingewikkelde web van bedrog te slim af te zijn.

Declan leest over mijn schouder mee en knikt. 'Zeg haar dat we er zullen zijn. En Artemis...' Hij knijpt in mijn schouder. 'Wees niet zo hard voor jezelf. We staan hier samen in.'

Ondanks mijn aanhoudende twijfels houdt Declans standvastige aanwezigheid me met beide benen op de grond. Ik bevestig de details van de bijeenkomst met Athina voordat ik afsluit.

Terugzakkend overvalt de uitputting me eindelijk. Maar we moeten ons vermannen om het team onder ogen te komen en hun vertrouwen terug te winnen. Met Declan aan mijn zijde voel ik me klaar om elke uitdaging aan te gaan, zelfs Diana's machiavellistische plannen. We moeten samenwerken, elkaar vertrouwen en slimmere beslissingen nemen.

Laten we hopen dat we niet te laat zijn.

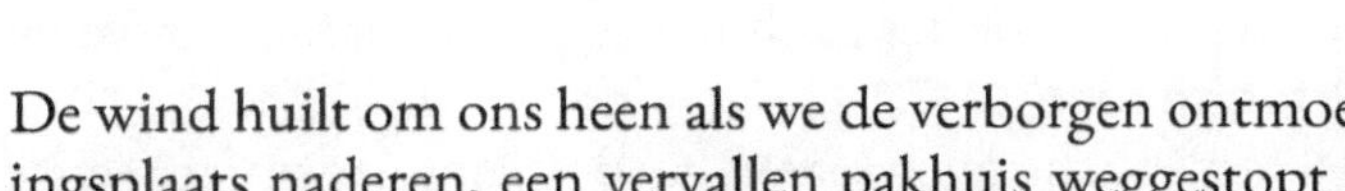

De wind huilt om ons heen als we de verborgen ontmoetingsplaats naderen, een vervallen pakhuis weggestopt in een vergeten hoekje van de stad. Ik kan het niet helpen dat ik huiver, zowel van de bijtende kou als van de aanhoudende paranoia die zich in mijn onderbuik heeft genesteld.

'Weet je zeker dat dit veilig is?' mompel ik, terwijl ik vanuit mijn ooghoek naar Declan kijk als we ons een weg banen door de met puin bezaaide ingang.

'Niets is ooit echt veilig,' antwoordt hij, met een vleugje bitterheid in zijn stem. 'Maar het is momenteel onze beste kans.'

Zodra we binnenlopen, verschijnen Athina, Malcolm, Nadia, Sapphire en Garnet uit verschillende schuilplaatsen. Hun opluchting om ons levend te zien is voelbaar, en het is genoeg om de brok in mijn keel weg te slikken.

'Godzijdank zijn jullie allebei oké,' zegt Athina, en ze trekt me in een stevige omhelzing terwijl de anderen eromheen komen staan en hun eigen woorden van dankbaarheid en bezorgdheid uiten.

'Laten we nog niet te sentimenteel worden,' zeg ik tegen hen, in een poging wat luchtigheid in de gespannen sfeer te brengen. 'We hebben grotere problemen om ons mee bezig te houden.'

'Zoals hoe Diana die val voor jullie heeft opgezet,' mengt Malcolm zich in het gesprek, zijn violette ogen vernauwend in gedachten. 'We moeten haar doelen achterhalen en ervoor zorgen dat ze ons niet opnieuw verrast.'

'Eens,' zegt Sapphire, haar doordringende blauwe ogen scannen de gezichten om haar heen. 'We kunnen ons niet nog zo'n misstap veroorloven.'

'Laten we dan geen tijd meer verspillen,' verklaart Athina, en we nemen allemaal plaats op geïmproviseerde meubels die door het pakhuis verspreid staan. 'Wat weten we tot nu toe?'

'Haar inlichtingen waren goed, tenminste op het eerste gezicht,' zeg ik, en bal mijn vuisten uit frustratie. 'Daarom zijn we erin getrapt. Maar er moet iets zijn wat we over het hoofd hebben gezien.'

'Of iemand,' voegt Nadia er zachtjes aan toe, haar blik schiet tussen ons allemaal heen en weer. 'Het is mogelijk dat Diana een informant in onze gelederen heeft.'

Iedereen kijkt geschokt, deinst terug en kijkt elkaar aan. Diep vanbinnen geloof ik het niet. Ik heb te veel meegemaakt met deze mensen, te veel bloed vergoten in de strijd tegen het Bureau en Diana's monsters. Zelfs Malcolm, die ik nooit echt heb vertrouwd, haat Diana.

'Of ze kan onze communicatie hebben onderschept,' suggereert Malcolm, terwijl hij op een tablet in zijn hand tikt.

'Hoe dan ook, we moeten voorzichtiger zijn met wie en wat we vertrouwen,' zeg ik, mijn stem hard van vastberadenheid. 'We kunnen ons geen fouten meer veroorloven.'

'Laten we dan een plan bedenken,' zegt Athina, haar ogen ontmoeten die van ons allemaal op hun beurt. 'Een plan dat rekening houdt met de risico's en voordelen van elke optie die we overwegen.'

'Te beginnen met hoe we eventuele verraders onder ons gaan ontmaskeren,' voegt Nadia toe, en ik voel het gewicht van de achterdocht als een zware mist over de kamer neerdalen.

'Vertrouwen is een grillig iets, vooral in ons werk,' peinst Declan, zijn hazelnootkleurige ogen donker van bezorgdheid. 'Maar we slaan ons hier doorheen. Samen.'

'Goed,' zegt Athina, haar bruine ogen glijden over de groep. 'Laten we nu aan het werk gaan.'

Terwijl we ons in de complexiteit van onze situatie verdiepen, voel ik een hernieuwd gevoel van vastberadenheid. We zijn misschien gehavend en gekneusd, maar samen zijn we nog steeds een kracht om rekening mee te houden. En als Diana denkt dat ze ons uit elkaar kan rukken, heeft ze het bij het verkeerde eind.

<hr>

'Oké, we hebben ons plan,' kondigt Athina aan, haar stem draagt een ijzeren vastberadenheid die aanstekelijk werkt. 'Vanaf nu wordt elk stukje informatie grondig onderzocht voordat we erop reageren.'

'Werd verdomme tijd,' mompel ik binnensmonds, mijn lichaam doet nog steeds pijn van Diana's valstrik.

'Laten we onze rollen nog een laatste keer doornemen,' mengt Nadia zich erin, haar donkere ogen scannen de groep. 'Athina en ik zullen samenwerken om informatie te verzamelen, terwijl Malcolm zijn connecties gebruikt om de geldigheid ervan te dubbelchecken.'

'Declan, jij zult je gedaanteverwisselingsvaardigheden blijven gebruiken om ons op de hoogte te houden van verdachte activiteiten rond onze onderduikadressen,' voegt Athina eraan toe, haar blik blijft een moment langer dan nodig op Declan hangen. Het is duidelijk dat ze zich zorgen maakt dat hij zo'n gevaarlijke taak op zich neemt, maar hij knikt alleen stoïcijns als antwoord.

'Begrepen,' antwoordt Declan ferm, zijn kaken op elkaar geklemd van vastberadenheid. 'Ik laat me niet nog eens door Diana's handlangers verrassen.'

'En Sapphire en Garnet?' vraag ik, terwijl ik naar de twee stille figuren kijk die in de hoek van de kamer ineengedoken zitten.

'Verkenning en ondersteuning,' antwoordt Athina, haar stem stabiel ondanks het gewicht van de verantwoordelijkheid dat op ons allemaal rust. 'Zij zijn onze extra ogen en oren in het veld.'

'Tot slot, Artemis,' zegt ze, zich tot mij wendend, 'jij zult nauw samenwerken met Malcolm om ervoor te zorgen dat de informatie die hij ontvangt accuraat en betrouwbaar is.'

'Begrepen,' antwoord ik, en dwing mijn stem stabiel te blijven ondanks de woede die onder de oppervlakte smeult. 'Geen schimmige bronnen meer vertrouwen.'

'Goed,' zegt Athina, haar bruine ogen glijden nogmaals over de groep. 'Laten we nu aan het werk gaan. We hebben een verrader te vangen, en er is geen tijd te verliezen.'

We gaan uiteen, ieder van ons richt zich op zijn eigen taak. Ik voel een mengeling van hoop en onbehagen als we ons nieuwe plan beginnen uit te voeren. Kunnen we elkaar echt vertrouwen na al het bedrog waarmee we zijn geconfronteerd?

Terwijl ik met Malcolm werk en de laatste informatie doorneem, merk ik dat ik onze bronnen voortdurend in twijfel trek. Is dit spoor echt of weer een valstrik? De inzet is nog nooit zo hoog geweest, en één misstap kan een ramp betekenen.

'Artemis,' zegt Malcolm, zijn stem doorbreekt mijn malende gedachten. 'Ik weet dat het moeilijk is om nu te vertrouwen, maar we moeten op elkaar vertrouwen als we Diana ten val willen brengen.'

'Ik weet het,' antwoord ik en kijk hem aan. 'Het is alle en... hoe weten we wie we moeten vertrouwen?'

'Door bij elkaar te blijven,' antwoordt hij eenvoudig, een vage glimlach flitst over zijn gezicht. 'Verenigd zijn we sterker dan alles wat Diana op ons af kan vuren.'

'Laten we hopen dat je gelijk hebt,' zeg ik, en beantwoord de glimlach. We duiken terug in ons werk, aangewakkerd door de wetenschap dat ons gezamenlijke doel binnen handbereik is - als we gefocust en verenigd kunnen blijven.

De strijd tegen Diana is nog lang niet voorbij, maar we zijn klaar om een einde te maken aan haar schrikbewind. En wee degene die ons uit elkaar probeert te rukken.

HOOFDSTUK VIJFENTWINTIG

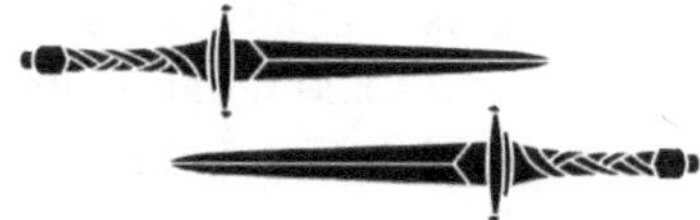

Het constante gezoem van de airconditioning dringt mijn oren binnen en vult de stilte van de schemerige kamer. Mijn vingers dansen snel over het toetsenbord en laten een spoor van woorden en getallen achter. De tijd vervliegt terwijl ik elk snippertje inlichtingen dat ik over Diana's uitgestrekte netwerk kan vinden, doorspit.

'Artemis, je zou wat moeten rusten,' stelt een stem achter me voor. Ik hoef me niet eens om te draaien om te weten dat het Declan is. Hij kent me goed genoeg om te zien wanneer ik op het punt sta in te storten, maar hij weet ook dat ik dan juist mijn beste werk lever.

'Rust is voor de zwakken,' kaats ik terug zonder van het scherm op te kijken. 'Bovendien ben ik hier iets op het spoor.'

'O, echt waar?' vraagt Declan sceptisch. Maar hij zal me niet proberen tegen te houden, dat weet ik.

'Jep. Onze dierbare vriendin Diana heeft het nogal druk gehad,' bevestig ik, terwijl ik zorgvuldig uitgebreide dossiers samenstel over haar bekende handlangers en voormalige uitvalsbases. De puzzelstukjes vallen langzaam op hun plaats.

'Al concrete aanwijzingen over waar ze zich nu zou kunnen schuilhouden?' vraagt Declan, die zijn nieuwsgierigheid ondanks zijn eerdere twijfels niet kan verbergen.

'Nog niets concreets, maar ik kom dichterbij,' antwoord ik, terwijl mijn vingers onophoudelijk over de toetsen vliegen. Af en toe rek ik ze uit om de kramp af te weren die dreigt op te komen. Het dwingende tikken van de klok herinnert me eraan hoe lang ik al bezig ben.

'Oké, dan laat ik je verder werken,' zegt Declan na een laatste blik op mijn voorovergebogen gestalte. 'Vergeet alleen niet dat we morgenvroeg een teambespreking hebben.'

'Bedankt, pap,' mompel ik in mezelf terwijl de deur dichtklikt en rol met mijn ogen. Ik schud het van me af en richt me weer volledig op de taak die voor me ligt. Onze bijeenkomst kan wachten; ik moet ons voor die tijd van zo veel mogelijk informatie voorzien.

Uur na uur verstrijkt in een waas van data-analyse en het kraken van versleuteling. Het monotone gezoem van de airco dreigt me in een trance te sussen, maar ik dwing mijn wazige ogen om te blijven zoeken naar aanwijzingen. Ergens in deze digitale hooiberg ligt de speld die we nodig hebben: één onzorgvuldige fout van Diana's kant, één klein barstje in haar pantser. Meer is er niet nodig.

Terwijl mijn ogen van scherm naar scherm flitsen, jaagt elke nieuwe onthulling over Diana's bereik een koude rilling over mijn rug. Ze heeft een web gesponnen dat veel groter is dan we ons ooit hadden kunnen voorstellen. Hoe is ze erin geslaagd ons zo lang te ontlopen?

'Ongelooflijk,' fluister ik tegen mezelf, met een vreemde mengeling van schoorvoetige bewondering en afkeer. 'Wat voor monster ben je geworden, Diana?'

De duisternis buiten het raam maakt langzaam plaats voor de eerste tekenen van ochtendlicht, maar ik merk het nauwelijks, verteerd door het ontrafelen van Diana's verwrongen netwerk en haar eindelijk voor het gerecht brengen.

'Slaap kan wachten,' mompel ik vastberaden. 'We komen je halen, Diana. Je kunt je niet voor altijd verbergen.'

De zon komt geleidelijk op en haar stralen gluren door de luxaflex van mijn geïmproviseerde kantoor. Ik loop op mijn laatste benen, maar opgeven is geen optie. Net als ik overweeg om nog een kop bittere koffie achterover te slaan, wordt er zachtjes op de deur geklopt. Hij kraakt open en Athina stapt naar binnen, haar vertrouwde aanwezigheid een welkome verademing van de duisternis waarin ik verdronken was.

'Artemis,' zegt ze zacht, 'ik heb iets wat misschien kan helpen.'

'Helpen' is een relatief begrip als het gaat om het ontmantelen van Diana's uitgestrekte imperium, maar ik neem alles wat me wordt aangeboden gretig aan. Ik geef Athina een vermoeid knikje en ze loopt naar me toe, waarna ze met een doffe plof verschillende versleten mappen op de tafel laat vallen.

'Waar heb je deze weten op te duikelen?' vraag ik, terwijl ik snel door de pagina's blader.

'Laten we zeggen dat ik mijn eigen connecties heb,' antwoordt Athina geheimzinnig, terwijl haar mondhoeken zich krullen in een veelbetekenende glimlach.

Ik rol geërgerd met mijn ogen. 'Natuurlijk heb je die.' Haar speelse sarcasme is vreemd genoeg geruststellend, zelfs nu.

'Kom op,' spoort Athina aan, terwijl ze een stoel naast me trekt. 'Laten we eens kijken wat we hebben.'

We buigen ons samen over de dossiers terwijl het ochtendlicht de krappe kantoorruimte geleidelijk vult. Athina's handgeschreven notities bedekken de marges, onderstrepen belangrijke details en trekken lijnen tussen verbonden punten. Ik voel mijn energie weer opleven door deze nieuwe stroom van informatie en mijn wazige ogen krijgen hun scherpe focus terug.

'Kijk hier,' zegt Athina, terwijl ze op een stuk tekst tikt. 'Het lijkt erop dat Diana regelmatig naar dit stadje reisde onder het mom van "onderzoek". Maar de gegevens geven aan dat daar geen officiële, door het Bureau goedgekeurde projecten waren.'

Ik scan snel het reislogboek. 'Je hebt gelijk, er klopt iets niet. Dit zou een onbekende uitvalsbasis kunnen zijn.' Ik voel een vonk van opwinding. 'Laten we de data vergelijken met haar financiën, kijken of er iets opduikt.'

Athina werpt me een goedkeurende blik toe terwijl ik Diana's illegaal verkregen bankgegevens op een tweede monitor tevoorschijn haal. Samen zoeken we naar patronen, een spoor van broodkruimels dat naar Diana's verborgen activiteiten wijst.

Terwijl we de dossiers doorspitten, wordt al snel duidelijk dat Athina goud in handen heeft. Foto's, e-mails, financiële gegevens; alles schetst een gruwelijk beeld van de enorme omvang van Diana's operatie. Mijn hartslag versnelt terwijl we de puzzel in elkaar leggen en toevoegen aan het verwarde web dat ik al uren aan het ontrafelen ben.

'Kijk hier eens naar,' zegt Athina, wijzend naar een diagram van bedrijven en individuen die allemaal terugleiden naar Diana. 'Het is net een ingewikkeld spinnenweb.'

'Eerder een hydra,' werp ik somber tegen. 'Hak je één hoofd af, dan groeien er twee voor in de plaats.'

Athina knikt plechtig. 'Waar, maar laten we ons richten op wat we kunnen beheersen. We moeten ontdekken waar ze zich verbergt en voor eens en voor altijd een einde maken aan deze experimenten.'

'Mee eens,' antwoord ik vastberaden, met hernieuwde vastberadenheid. 'Laten we dit allemaal in kaart brengen, op zoek naar patronen of zwakheden die we kunnen uitbuiten.'

Het volgende gespannen uur besteden we aan het nauwgezet doornemen van de documenten, waarbij we de verbanden leggen tussen faciliteiten, agenten en dekmantelbedrijven die gebruikt worden om Diana's verknipte werk te financieren. De kamer is griezelig stil, op het af en toe schrapen van een stift op het whiteboard na, terwijl we het uitgestrekte web uitlijnen.

'Artemis, kijk,' zegt Athina plotseling, haar stem gespannen van urgentie. Ze wijst naar een cluster van locaties op de kaart, en mijn hart bonst. Het is alsof je in de ogen van een monster staart, een monster dat we rechtstreeks zullen moeten confronteren om Diana te stoppen.

'Goden sta ons bij,' fluister ik, terwijl ik de stift stevig vastklem om mijn trillende hand te bedwingen. 'We gaan elk mogelijk voordeel nodig hebben.'

'Inderdaad,' beaamt Athina somber. 'Maar vergeet niet, we hebben eerder duisternis het hoofd geboden. En we zijn er altijd sterker uit gekomen.'

Ik haal diep adem en dwing mezelf om haar woorden te geloven. 'Laten we hopen dat dat ook deze keer geldt. We zullen alle kracht nodig hebben die we kunnen verzamelen.'

In de dagen die volgen, blijven we de schat aan informatie analyseren, op zoek naar elke draad die we kunnen lostrekken om Diana's netwerk te ontrafelen. Mijn ogen branden en mijn rug doet pijn van het over de documenten gebogen zitten, maar ik dwing mezelf door te gaan. Er hangt te veel af van het vinden van een barst in haar pantser.

Geleidelijk aan stellen we een lijst samen van bekende handlangers om te onderzoeken, schuilplaatsen om in de gaten te houden, dekmantelbedrijven om betalingen te traceren. Het is monotoon werk, maar elk datapunt brengt ons een stap dichter bij het blootleggen van de wortel van dit kwaad.

'Ik denk dat ik iets veelbelovends heb gevonden,' merkt Athina op een late avond op, terwijl ze opgewonden op de financiële gegevens tikt. 'Terugkerende betalingen naar een ontraceerbare offshore-rekening, maar vanuit haar persoonlijke fondsen. Het zou iets kunnen zijn dat ze zelfs voor haar eigen mensen buiten de boeken wil houden.'

Mijn adrenaline stijgt terwijl ik snel de ontdekking verifieer. 'Athina, je bent geweldig! Dit zou zomaar de kwetsbaarheid kunnen zijn die we nodig hebben.'

We wisselen een felle grijns uit, de spanning van de jacht neemt de overhand. De verwarde draden spannen zich strakker om Diana met elke draad die we ontrafelen. Ze kan de gerechtigheid niet voor altijd ontlopen. Haar verwrongen heerschappij eindigt zeer binnenkort.

Gesterkt door nieuw optimisme, verdubbelen we onze inspanningen. Het pad voorwaarts blijft onduidelijk, maar we bewandelen het samen; twee jagers die een gevaarlijke prooi naderen. Maar we gaan niet onzorgvuldig te werk. Levens hangen aan een zijden draadje, en falen dreigt als we wankelen.

Voor nu houdt het ontrafelen van elke draad van Diana's web ons op de been. Maar binnenkort zal de tijd komen om de spin in het duistere hart te confronteren. Wanneer dat moment aanbreekt, zullen we paraat staan, verenigd en onverzettelijk.

*

De zwakke gloed van het computerscherm werpt griezelige schaduwen door de kamer en accentueert de donkere kringen onder Athina's ogen. Ze ziet eruit alsof ze de afgelopen uren een decennium ouder is geworden, maar er brandt een vurige vastberadenheid in haar blik die me vertelt dat ze nog lang niet verslagen is.

'Artemis,' zegt ze, haar stem nauwelijks een fluistering. 'Ik heb iets gevonden. Iets groots.'

'Zeg het maar,' eis ik, mijn hart bonst van verwachting.

'Een van Diana's verborgen locaties voor hybride experimenten. Het staat nog op geen van onze kaarten, maar ik weet zeker dat dit het is.' Ze wijst naar een afgelegen locatie diep in het hart van het bos genesteld is.

'Verdomme,' adem ik, mijn adrenaline stijgt bij de gedachte aan de gruwelen die binnen die muren zouden kunnen schuilen. 'We moeten daar infiltreren. Uitzoeken wat ze daarbinnen aan het brouwen zijn.'

'Mee eens,' zegt Athina vastberaden. 'Maar we hebben versterking nodig. De Obsidian Circle moet dit weten.'

Met moeite druk ik mijn bedenkingen de kop in. Anderen vertrouwen is me in het verleden niet goed bevallen, maar als Athina in hen gelooft, is het misschien tijd dat ik het ook probeer. 'Prima. Laten we ze de grote rondleiding door Diana's verknipte web geven.'

Minuten later hebben we de Cirkel bijeengeroepen, die allemaal aandachtig luisteren terwijl ik onze verontrustende bevindingen presenteer. De lucht is zwaar van de spanning, en ik kan de mengeling van angst en vastberadenheid bijna proeven.

'Kijk naar deze verwarde puinhoop,' zeg ik, terwijl ik naar het web van connecties gebaar. 'Diana's bereik is veel groter dan verwacht. We hebben het over dekmantelbedrijven, geheime laboratoria en wie weet hoeveel verborgen locaties zoals die Athina heeft ontdekt.'

'Verborgen locaties?' vraagt Sapphire sceptisch. 'Hoe kun je er zeker van zijn dat dit geen valstrik is?'

'Omdat Athina's informatie solide is,' snauw ik, en mijn nekharen gaan overeind staan. 'Denk je dat we niet aan valstrikken hebben gedacht? We zijn geen idioten.'

'Genoeg,' komt Athina er vastberaden maar kalm tussen. 'We hebben hier een waardevolle kans om inlichtingen te verzamelen over Diana's plannen en mogelijk haar gruweldaden te stoppen. We zouden gek zijn als we die negeren.'

Malcolm knikt plechtig. 'Mee eens. Riskant, maar de potentiële beloning weegt op tegen het gevaar.'

'We kunnen niet zomaar blind naar binnen walsen,' werpt Declan gespannen tegen. 'We moeten precies weten waar we mee te maken hebben.'

'Natuurlijk niet,' beaamt Athina. 'Maar we kunnen ook niet werkeloos toezien terwijl Diana ongehinderd doorgaat.'

Altijd de voorzichtige wetenschapper, leunt Malcolm peinzend achterover. 'Hoezeer ik het ook haat toe te geven, we hebben meer inlichtingen nodig. Maar laten we niet roekeloos zijn in het najagen daarvan.'

'Roekeloos?' sneer ik bitter. 'We jagen al maanden op deze vrouw. Wat stel je voor, Malcolm, dat we met onze duimen gaan zitten draaien terwijl mensen lijden?'

'Artemis,' waarschuwt hij. 'Als we onvoorbereid naar binnen stormen, kan dat alles verpesten waar we naartoe hebben gewerkt.'

Ik klem mijn tanden op elkaar, geraakt door de waarheid in zijn woorden. Hoe pijnlijk het ook is, we kunnen geen levens op het spel zetten in een opwelling. De inzet is veel te hoog.

'Prima,' bijt ik hem toe, terwijl ik mezelf dwing me op het probleem te concentreren. 'We gaan uiterst voorzichtig te werk, maar we moeten snel handelen. Deze kans blijft niet eeuwig open.'

'Mee eens,' zegt Athina gelijkmatig, haar blik flitst tussen mij en Malcolm. 'We verzamelen zo veel mogelijk bruikbare inlichtingen voordat we actie ondernemen. En als infiltreren te riskant blijkt, vinden we een andere manier om Diana aan te vallen.'

Malcolm wrijft vermoeid over zijn slapen. 'We moeten ook rekening houden met de mogelijkheid dat het creëren van supersoldaten niet het uiteindelijke doel van Diana is. Ze zou op iets veel sinisterders uit kunnen zijn.'

'Zoals wat?' vraag ik, mijn nieuwsgierigheid gewekt ondanks het ongemak dat in mijn maag opkrult.

'Wie zal het zeggen,' zucht Malcolm met een schouderophalen. 'Maar wat het ook is, we mogen haar sluwheid niet onderschatten. Op het moment dat we dat doen, zijn we zo goed als dood.'

'Vrolijke gedachte,' mompel ik onder mijn adem, terwijl mijn vingers een onregelmatig ritme op de tafel trommelen.

'Kijk, we weten dat dit ongelooflijk gevaarlijk is,' komt Athina er vastberaden tussen voordat de spanning ons weer kan opslokken. 'Maar we weten ook dat Diana met alle mogelijke middelen gestopt moet worden. Als infiltratie in haar faciliteit ons de informatie geeft om haar ten val te brengen, dan is dat een risico dat we moeten nemen.'

Ik kijk haar ernstige blik aan en knik. 'Mee eens. Laten we dit doen.'

De volgende gespannen uren besteden we aan het analyseren van onze pijnlijk beperkte informatie, in een poging een werkbaar plan samen te stellen dat ons niet allemaal de dood in jaagt. Met elk voorbijgaand moment voel ik het verpletterende gewicht van onze naderende missie verder op me drukken.

Maar als ik om me heen kijk naar mijn team, deze dappere zielen die bereid zijn aan mijn zijde te staan tegen onvoorstelbare gevaren, word ik eraan herinnerd dat we niet alleen voor onszelf vechten. We vechten voor elk bovennatuurlijk slachtoffer, elk onschuldig leven dat op het spel staat.

En als dat betekent dat we het onmogelijke moeten proberen, het zij zo. We zullen de nieuwe gruwelen die ons in Diana's hol te wachten staan, het hoofd bieden, en er sterker uitkomen. Wat de prijs ook is.

In de dagen die volgen, blijven we elk gefragmenteerd stukje informatie verzamelen dat we kunnen vinden. Plattegronden, veiligheidsroosters, structurele scans; alles wat ons een voordeel zou kunnen geven als we eenmaal binnen zijn. Het wachten werkt op mijn zenuwen, maar ik dwing mezelf tot geduld. We krijgen hier maar één kans voor; die moet feilloos worden uitgevoerd.

Laat op een slapeloze nacht komt Athina naar me toe, haar gezicht getekend door grimmige lijnen. 'We hebben communicatie onderschept over een transfer van een waardevolle gevangene naar de faciliteit morgen. Dat zou de opening kunnen zijn die we nodig hebben.'

Ondanks het monumentale risico van de onderneming voel ik een vonk van opwinding. 'Als ze de beveiliging voor de transfer opvoeren, kunnen er blinde vlekken ontstaan die we kunnen misbruiken om ongemerkt naar binnen te glippen.'

Athina knikt. 'Dan is het besloten. We vertrekken bij zonsopgang.'

Terwijl ik probeer te rusten in de weinige uren die nog resten, draait mijn geest op volle toeren met mogelijkheden, scenario's, onvoorziene omstandigheden. Ik weet dat we balanceren op het scherpst van de snede tussen succes en vernietiging. Maar nu terugkrabbelen zou de grootste mislukking van allemaal zijn.

Voordat de zon boven de horizon uitkomt, verzamelt de Cirkel zich voor een laatste keer. Hun ogen schitteren met woordeloze moed in de schemering. De teerling is geworpen; het is tijd om vanuit de schaduwen het vuur in te stappen.

Verenigd door plicht en onwankelbare loyaliteit, staan we klaar om de poorten van de hel zelf te trotseren als de missie dat vereist. Er is nu geen weg terug, alleen vooruit. Het licht van de gerechtigheid wenkt door de duisternis. En we zullen het volgen, waar het pad ons ook heen leidt.

Hoofdstuk Zesentwintig

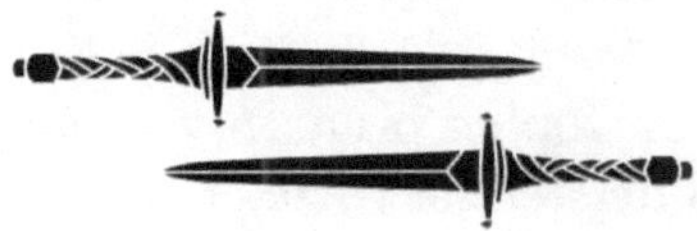

De maan is een samenzweerderige sikkel die Diana's geheime faciliteit nauwelijks verlicht. De betonnen muren ademen gevaar en ik voel het tot in mijn merg als we dichterbij komen. De plek lijkt een kruising tussen een gevangenis en het lab van een gestoorde wetenschapper, omgeven door een vier meter hoog hek met prikkeldraad.

'Declan, verander,' fluister ik, terwijl ik de omgeving afspeur naar dreigingen.

'Begrepen,' antwoordt hij kortaf. Ik hoor het zachte gegrom als hij verandert in de ranke, gevlekte jaguar met glinsterende gouden ogen.

'Blijf laag,' instrueer ik terwijl we naar voren sluipen. Declans lenige, katachtige gedaante beweegt zich geruisloos naast me, bijna onzichtbaar in de nacht. De anderen volgen vlak achter ons en gaan op in de schaduwen.

Het ontwijken van de patrouillerende bewakers buiten blijkt eenvoudig genoeg; een paar snelle klappen slaan hen bewusteloos. Maar het heimelijk uitschakelen van het sensornetwerk vereist finesse. Ik wijs Declan op een smalle opening op grondniveau. Hij glipt erdoorheen met zijn

'Artemis...' begint Declan zachtjes.

'Niet doen,' snauw ik, met gebalde vuisten. 'Ik heb dit verkloot, ik weet het.'

'We hebben het allemaal verkloot,' zegt Athina. 'Het belangrijkste nu is het formuleren van een nieuwe strategie.'

Ik haal geagiteerd beide handen door mijn haar. Ze heeft gelijk, verwijten zijn zinloos. Maar de smaak van de nederlaag is bitter.

'Ideeën?' vraag ik kortaf, terwijl ik probeer mezelf te herpakken.

We overleggen gespannen en analyseren waar alles precies misging. Langzaamaan trekt de mist van emoties op en keert het rationele denken terug.

'Ze hebben onze methoden nu door,' zegt Malcolm. 'We hebben een nieuwe aanpak nodig die ze niet verwachten.'

Declan knikt. 'Ze treffen waar en wanneer ze het het minst verwachten.'

'Eens.' Ik voel een nieuwe vastberadenheid wortel schieten. Zitten kniezen lost niets op. 'We leren van deze ramp en proberen het dan slimmer opnieuw. Drie keer is scheepsrecht.'

De anderen toveren een bleke glimlach tevoorschijn bij mijn poging tot bravoure. Ons zelfvertrouwen ligt in duigen, maar het kan worden hersteld. En we zullen slagen; het alternatief is ondenkbaar.

Terwijl de eerste ochtendstralen over de horizon kruipen, recht ik mijn schouders. Het pad voor ons blijft duister, maar we zullen het samen bewandelen. Garnets leven hangt af van ons doorzettingsvermogen.

We kunnen falen, maar een nederlaag is geen optie. We hoeven alleen maar voorbij elk obstakel te evolueren. En Diana's ondergang komt elke dag dichterbij, of ze die waarheid nu accepteert of niet.

klauwen uitgestoken om de struikeldraden van onderaf onzichtbaar door te snijden.

'Zijingang,' seingeef ik, als ik een discrete, in duisternis gehulde deur zie. Eenmaal binnen verandert Declans jaguargedaante weer rimpelloos terug in zijn ruige, menselijke vorm.

'Alleen observeren, geen confrontatie,' herinner ik hen er streng aan. Declan klemt zijn kaken op elkaar, maar hij knikt.

We splitsen ons op en plaatsen verborgen camera's en microfoons in de steriele witte gangen. Ik kijk hoe het met Declan gaat en hoor de spanning in zijn gedempte stem als hij worstelt om het wilde beest binnenin te bedwingen. 'Blijf gefocust,' herinner ik hem er zachtjes aan. Ontdekking betekent falen, wat de prijs ook is.

De scherpe, antiseptische stank overweldigt me als we naar de onderzoeksvleugel sluipen. Een griezelige stilte hangt over de faciliteit, alleen doorbroken door onze voorzichtige voetstappen. De steriele witte muren omringen ons onheilspellend en zetten mijn zenuwen op scherp. Ergens in deze benauwende gangen loert gevaar, maar we nemen de tijd om methodisch elk surveillanceapparaat te plaatsen dat we hebben, totdat het eindelijk tijd is om ons terug te trekken.

'Declan, neem de leiding,' fluister ik in de comms. Hij moet zijn verbeterde zintuigen gebruiken om vooruit te verkennen.

'Begrepen, baas,' is zijn korte antwoord. Ik kan de spanning in zijn stem horen; deze plek heeft invloed op ons allemaal.

Ik zie Declan naar voren schuifelen, zijn bewegingen strak en gespannen, klaar om op elk moment aan te vallen of te verdedigen. Hij kantelt zijn hoofd een beetje en vangt een onhoorbaar geluid op. 'Patrouille op komst,' waarschuwt hij.

'Verstoppen, snel!' beveel ik. We versmelten met de schaduwen, net als zware laarzen de hoek om komen. De soldaat ziet er meer uit als een beest dan als een mens, barstend van de spieren en volgehangen met wapens. Hij sluipt met roofdierachtige precisie, elke stap straalt een dodelijke intentie uit.

Voordat hij ontdekt wordt, werpt Declan zich op de logge gestalte, maar hij wordt met schokkende snelheid geblokkeerd. De massieve greep van het beest verplettert hem duidelijk. Een woeste uitwisseling van klappen volgt, waarbij Declan worstelt om de meedogenloze aanval van verpletterende slagen van zijn tegenstander te evenaren.

Hij ontwijkt ternauwernood een venijnige klap, waarbij zijn botten subtiel verschuiven om zijn flexibiliteit te vergroten. Ik zie dat Declan de drang onderdrukt om zijn dodelijke, alternatieve gedaante te ontketenen. Maar hij houdt zich in, omdat hij zijn vaardigheden niet volledig wil blootgeven.

'Is dat alles wat je hebt?' hoont Declan met opeengeklemde tanden, en hij landt een stevige klap tegen de kaak van de soldaat. Maar de torenhoge figuur lijkt alleen maar geïrriteerd door de impact.

'Een ernstige fout,' gromt het beest, zijn ogen vernauwend met kwaadaardige focus. Hij verdubbelt zijn meedogenloze aanval en dwingt Declan volledig in het defensief.

Ik bal mijn vuisten en vecht tegen het verlangen om in te grijpen. Dit is voor nu Declans gevecht. Ik kan alleen maar hulpeloos toekijken hoe hij de beukende slagen doorstaat, op zoek naar een opening om het tij te keren.

De twee lijken verwikkeld in een oergevecht tussen twee gelijkwaardige roofdieren. Maar ik weet dat Declan zijn grens bereikt. Zijn ijzeren controle over het wilde beest binnenin dreigt elk moment te breken.

Net als het erop lijkt dat zijn terughoudendheid zal breken, roept Declan een laatste uitbarsting van kracht op en drijft zijn tegenstander met een botversplinterende klap neer. De logge gestalte zakt ineen tegen de muur, eindelijk uitgeschakeld.

'Rapport,' eis ik gespannen, mijn hart racet.

'Ben er nog,' raspt Declan hees. 'We moeten weg, nu. Tijd om te verdwijnen.'

'Ga, ga!' schreeuw ik dringend terwijl de alarmen van de faciliteit beginnen te loeien en ik in een panische sprint uitbreek. Onze voetstappen echoën als geweerschoten door de kale witte gangen terwijl we racen om te ontsnappen. Het oorverdovende geloei verhoogt onze paniek en dreigt elk rationeel denken te overstemmen.

Mijn hart hamert wild terwijl we onze stappen terugvolgen door de doolhofachtige gangen. Adrenaline stroomt door mijn aderen en vernauwt mijn focus tot alleen het bereiken van de veiligheid. Ik kijk verwoed achter ons, maar zie geen spoor van Garnets vertrouwde, tengere gestalte.

'Garnet is weg!' schreeuw ik boven het kabaal uit, angst snoert mijn keel dicht. In de chaos moet ze van ons gescheiden zijn geraakt. Welke nieuwe gruwelen zou ze nu alleen moeten doorstaan in deze steriele, meedogenloze plek?

'We moeten terug!' schreeuwt Declan wanhopig. Zijn ogen smeken me om te keren, om te weigeren onze teamgenoot in de steek te laten.

'Daar is geen tijd voor!' snauw ik bitter, terwijl ik de woorden haat zodra ze mijn lippen verlaten. Nu teruggaan betekent ons aller ondergang. 'Garnet is vindingrijk, ze vindt wel een andere uitweg!' Ik bid dat mijn zelfvertrouwen oprecht klinkt.

Declans hazelnootbruine ogen vertroebelen van angst, maar hij knikt en rent door. Ik weet dat ik hem vraag om elk beschermend instinct dat in hem brandt te negeren. Maar nu stoppen zou alles waar we voor gewerkt hebben opofferen.

We rennen door, de bittere smaak van schuld op mijn tong. Elke kronkelende gang lijkt identiek, mijn richtingsgevoel vervaagt in een waas van paniek. Hoe lang nog voordat Diana's troepen ons hier vastzetten?

'Deze kant op!' schreeuwt Declan en slaat een smalle zijgang in. Zijn reukvermogen is nu onze beste gids. Ik gebaar het team om te volgen, me vastklampend aan de vervagende hoop dat dit pad naar de uitgang leidt. Maar elke seconde die ik van Garnet gescheiden ben, weegt op me als een steen. We hadden haar nooit mogen achterlaten, wat het risico ook was.

Onze rauwe ademhaling en bonzende stappen weergalmen door de raamloze hallen. De doolhof lijkt eindeloos, ontworpen om ons hier gevangen te houden. Maar net als de wanhoop toeslaat, zie ik de vaagste schijn van maanlicht voor ons glinsteren: een uitweg!

'Bijna daar!' spoor ik de anderen aan, overspoeld door opluchting. Eenmaal vrij kunnen we bedenken hoe we terug kunnen gaan voor Garnet. Ik klamp me vast aan die wanhopige gedachte en probeer de schuld die in me schreeuwt te sussen.

Eindelijk komen we uit in de open nachtlucht, de lege duisternis omhult ons beschermend. Achter ons doemt het imposante silhouet van de faciliteit op, een koud monument voor de keuze die ik maakte om Garnet aan haar lot over te laten. Het beeld brandt zich onontkoombaar in mijn geest.

'Vooruit,' beveel ik strak, en wend mijn ogen met geweld af. We smelten weg in de schaduwen, het wegstervende geloei van alarmen vervangen door diepe stilte.

Mijn benen branden van de inspanning terwijl we de wildernis in vluchten. Maar mijn hart doet pijn met een diepere pijn: de wetenschap dat ik een vriendin heb achtergelaten om onnoemelijke gruwelen te ondergaan in die gesteriliseerde hallen. Garnets afwezigheid achtervolgt me, een constante herinnering aan de morele prijs van de missie van vandaag.

Ik kijk maar één keer achterom, net voordat het bos de faciliteit aan het zicht onttrekt. 'Ik kom terug voor je, Garnet,' fluister ik fel. 'Dat zweer ik.'

De bittere wind snijdt door me heen als we strompelend tot stilstand komen, happend naar adem. In de verte gloeien de lichten van de faciliteit koud en onwankelbaar; een spottende herinnering dat Garnet daar nog steeds gevangen zit. Mijn hart bonkt, maar niet alleen van de fysieke inspanning. De verpletterende schuld van het haar achterlaten houdt me nu op mijn plaats.

'Godverdomme!' vloek ik boos. 'We kunnen haar daar niet zomaar achterlaten!'

'Artemis, we hadden geen keus,' zegt Athina zacht. 'De alarmen...'

'Die alarmen kunnen me gestolen worden!' snauw ik, terwijl de woede door me heen brandt. 'Garnet is nu aan Diana's genade overgeleverd. We moeten terug!'

Declan stapt naar voren, zijn gezicht getekend door zorgen. 'Denk hier eerst goed over na. We zijn ternauwernood ontsnapt. Wat is de kans dat we nog een infiltratie overleven?'

Zijn pragmatisme wakkert mijn woede verder aan. 'Dus je stelt voor dat we haar gewoon in de steek laten?'

'Natuurlijk niet,' antwoordt Declan gelijkmatig, hoewel ik de spanning hoor als hij vecht om kalm te blijven. 'Maar we hebben een echt plan nodig voordat we weer naar binnen stormen.'

Ik dwing mezelf toe te geven, wetende dat hij gelijk heeft. 'Goed. Ideeën dan, iemand?'

Athina denkt even na voordat ze antwoordt. 'Laten we eerst onze stappen terug volgen. Misschien is er een stillere manier om binnen te komen.'

Ik klamp me vast aan deze breekbare hoop. 'We bewegen snel en voorzichtig deze keer. Geen fouten.'

We mompelen instemmend en smelten terug in de verhullende schaduwen, spookachtige gedaanten in de duisternis. Elke stap brengt ons dichter bij de opdoemende faciliteit, haar imposante aanwezigheid is beklemmend en waakzaam. Mijn huid trekt samen als ik me voorstel welke nieuwe gruwelen binnen wachten.

Declan voelt mijn onbehagen en leunt dichterbij, zijn stem is nauwelijks een fluistering. 'We halen haar terug. En we laten Diana betalen voor alles wat ze heeft gedaan.'

Ik sterk mezelf met zijn woorden. 'Dat zullen we. Wat er ook voor nodig is.'

We naderen de omheining, hyperalert op patrouillerende bewakers. Maar een onnatuurlijke stilte hangt over het terrein. Ik wissel een ongemakkelijke blik met Declan. Waar zijn de schildwachten?

Elk zintuig schreeuwt dat we in een val lopen. Maar de gedachte om Garnet hier nog een moment langer achter te laten is ondragelijk. We moeten het proberen, ongeacht het risico.

Declan geeft me een grimmige knik. Hij weet net zo goed als ik dat er nu geen weg terug is.

We vinden een kwetsbaar deel van het hek en snijden er voorzichtig doorheen. De open binnenplaats daarachter is griezelig leeg. Ik gebaar Declan en Athina naar voren terwijl Malcolm en ik hen van achteren dekken.

Terwijl we de omheining weer doorbreken, zweer ik dat ik een hel van vuur zal loslaten op iedereen die tussen mij en Garnet in staat. Ze vertrouwde op ons, en ik heb haar gefaald. Die fout eindigt vannacht.

We glippen naar binnen, hyperbewust van elke ademhaling, elke gedempte voetstap. De steriele lucht, vermengd met chemicaliën, brandt in mijn keel. Eén moment van onoplettendheid kan ons allemaal fataal worden.

Elke identieke gang vervaagt, een nachtmerrieachtig doolhof. Maar geleidelijk worden de vormen weer vertrouwd als we onze stappen terug volgen. De route komt tevoorschijn uit verwarde herinneringen. Ik bid alleen maar dat we niet te laat zijn.

Wanneer we de laatste plek naderen waar we Garnet zagen, hef ik een gebalde vuist en geef ik het teken om te stoppen. Zijn dat... stemmen? Ik sluip naar voren, mijn bloed verandert in ijs als een gruwelijke mogelijkheid in me opkomt. Wat als Diana weet dat we eraan komen?

Ik gebaar Declan en Athina om de ingang van de gang te flankeren. Ik haal diep adem en kijk om de hoek. Leeg. Opluchting strijdt met verwarring. Maar waar dan...?

Een donderende knal verscheurt de stilte, onmiddellijk gevolgd door loeiende sirenes. 'Het is een val!' schreeuw ik boven het kabaal uit. We kwamen voor Garnet, maar liepen rechtstreeks terug in Diana's klauwen. Hoe kon ik dit opnieuw laten gebeuren?

Adrenaline overstemt de twijfel. Geen tijd voor zelfmedelijden nu. 'Wegwezen!' schreeuw ik, en leid mijn team weg van de naderende voetstappen. We racen door steriele gangen, achtervolgd door onze vijanden en mijn eigen schaamte over dit catastrofale falen.

Op de een of andere manier ontwijken we opnieuw Diana's troepen en komen we hijgend uit in de verhullende nacht. Terwijl we vluchten, zweer ik in stilte aan Garnet: *Ik zal je vinden, zuster. En de volgende keer vertrekken we samen of helemaal niet.*

Eenmaal veilig stop ik eindelijk, mijn borstkas gaat zwaar op en neer. De anderen verzamelen zich behoedzaam om me heen.

Hoofdstuk Zevenentwintig

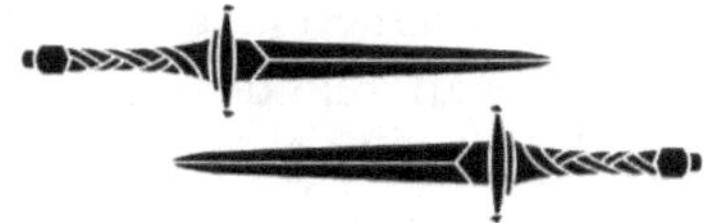

Schuldgevoel knaagt aan me terwijl we ons eindeloos over kaarten en schema's buigen, wanhopig op zoek naar een aanwijzing over waar Diana Garnet na de mislukte missie naartoe heeft gebracht. Ik had haar nooit mogen achterlaten, wat het risico ook was. Nu zou ze onnoemelijke kwellingen kunnen doorstaan door toedoen van Diana, en het is allemaal mijn schuld.

'Er moet iets zijn wat we over het hoofd hebben gezien,' mompel ik, terwijl ik voor de honderdste keer dezelfde documenten doorneem. Een sprankje hoop, een spoor om Garnet te vinden en te bevrijden voordat het te laat is.

Ik weet maar al te goed wat er met Diana's gevangenen gebeurt. Verdraaide experimenten en monsterlijke hybriden spoken door mijn gedachten. De tijd dringt. Hoe lang duurt het nog voor Garnet dat weerzinwekkende serum krijgt ingespoten? Zullen we mijn vriendin nog wel herkennen als we haar vinden?

Nee. Zo mag ik niet denken. Garnet is een vechter, veerkrachtig. Ze zal volhouden tot we haar kunnen bereiken. Dat moet wel. Ik weiger een ander scenario te overwegen.

'We halen haar terug,' zegt Declan zachtjes, die de angst in mijn ogen ziet. Zijn stem kalmeert me, herinnert me eraan dat deze last niet alleen op mijn schouders rust. We hebben Garnet samen in dit gevecht betrokken, en samen zullen we haar thuisbrengen.

Met hernieuwde focus analyseer ik elk snippertje data, op zoek naar patronen of inconsistenties. Elke aanwijzing die onze zoektocht kan helpen. Diana heeft een fout gemaakt door Garnet mee te nemen. Nu laten we haar voor die fout boeten. Zodra we die cruciale aanwijzing vinden, zal ik onmiddellijk de bevrijdingsoperatie leiden. We hebben Garnet al een keer in de steek gelaten door ons zonder haar terug te trekken. Nooit meer. Ik heb haar mijn woord gegeven dat ik haar veilig zou houden. Een eed die ik van plan ben te houden, wat het ook kost.

'Enige informatie over nieuwe, geheime faciliteiten?' vraag ik Athina dringend. 'Gevangenen of proefpersonen die aankomen?'

Athina's ogen blijven op haar laptopscherm gericht. 'Versleutelde berichten verwijzen wel naar een recent gebouwd clandestien complex. En naar gevangenen die aankomen voor "verwerking".'

Mijn maag draait zich om. 'Verwerking voor experimenten, bedoel je.'

Declans vuist slaat op de tafel. 'We moeten die plek nu aanvallen! Wie weet wat ze die arme zielen al hebben aangedaan. Of Garnet...' Zijn kaken spannen zich.

Ik beantwoord zijn vlammende blik met gelijke felheid. 'We gaan naar binnen. Vannacht. En we bevrijden iedereen die we vinden, niet alleen Garnet. Akkoord?'

De anderen knikken plechtig. Malcolm begint te protesteren, maar mijn blik brengt hem tot zwijgen. Het is besloten: we vallen het complex binnen en laten niemand achter.

Terwijl we ons klaarmaken om te vertrekken, trekt Athina me apart, haar gezicht getekend door bezorgdheid. 'Artemis, wees alsjeblieft voorzichtig. Deze reddingspoging... het zou precies kunnen zijn wat Diana verwachtte.'

Ik pak haar handen stevig vast. 'Ik heb Garnet mijn woord gegeven dat ik haar zou beschermen. Ik zal haar niet nog een keer in de steek laten, wat het ook kost.'

Athina kijkt in mijn vastberaden ogen en trekt me dan in een felle omhelzing. 'Je hebt zo'n nobel hart, mijn lief. Ik bid dat het je niet op een dwaalspoor brengt.'

Ik draai me om en voeg me bij Declan bij het stationair draaiende transportvoertuig, en adem langzaam uit om tot mezelf te komen. Hij geeft me een knikje vol stille belofte: vannacht staan we verenigd in deze rechtvaardige queeste.

Terwijl we het onbekende in snellen, worstelen twijfel en vrees in mij. Welke nieuwe verschrikkingen wachten ons vannacht? En zal ik opnieuw degenen die op me rekenen in de steek laten?

Naast me lijkt Declan mijn innerlijke onrust te voelen. Zonder een woord te zeggen legt hij zijn hand over de mijne op het stuur. Een herinnering dat ik niet alleen de vallei der schaduwen betreed.

De teerling is geworpen. Nu moeten we dit doorzetten, wat er ook van kome.

━━━━◆○◆━━━━

'Luister goed,' mompel ik, mijn stem zacht houdend in de dreigende schaduwen van de gevangenis. 'Deze keer geen fouten. We vinden Garnet en halen haar eruit, wat er ook gebeurt.'

De kale muren doemen beklemmend op en dagen ons uit om hun duistere diepten te trotseren. Maar we hebben geen keus: de gedachte Garnet nog langer in Diana's sinistere handen te laten, achtervolgt me veel meer dan welke fysieke dreiging deze nacht ook met zich mee zou kunnen brengen.

Declans hazelnootkleurige ogen zijn vertroebeld door hetzelfde schuldgevoel dat in mijn maag kolkt omdat we haar eerder hebben achtergelaten. 'Enig idee hoe we haar in dit doolhof kunnen vinden?'

'Ik heb hun systeem gehackt en een plattegrond gevonden met lijsten van nieuwe gevangenen,' antwoordt Athina zacht, terwijl ze een tablet omhooghoudt met een complexe kaart. 'Ze zitten allemaal in hetzelfde cellenblok. Er is een pad, als we voorzichtig zijn.'

Ik knik vastberaden. 'Laten we gaan.' Falen is vannacht geen optie. Garnets leven hangt van ons succes af.

We sluipen naar binnen, hyperalert op elk gevaar. Maar de steriele gangen blijven akelig stil, wat mijn zenuwen nog strakker spant. Welke sinistere verrassingen wachten ons dieper in dit imposante graf?

Athina leidt ons vakkundig bij elke bocht, haar gedempte stem wijst ons de weg door het onherkenbare doolhof. Maar geleidelijk aan komen we dichter bij ons doel.

Eindelijk wijst ze naar een dikke stalen deur met het opschrift Cellenblok G in koude, klinische letters. Niets verraadt het lijden en de angst die achter de onverstoorbare façade pulseren. Ik vermant me en leid het team naar binnen.

De raamloze gang die volgt, straalt een tastbare sfeer van angst uit. 'Zoek snel en stil,' fluister ik. 'Geen ongewenste aandacht.' We verspreiden ons en kammen zorgvuldig elke geïsoleerde cel uit. Ze blijven allemaal verbijsterend leeg, waardoor mijn zelfbeheersing nog verder afbrokkelt. Waar is ze?

Dan klinkt Athina's gedempte stem: 'Artemis, hier!' Ik haast me naar een cel die op een kier staat, terwijl ik nauwelijks durf te hopen. Ik kijk naar binnen en mijn adem stokt: Garnet, levend en schijnbaar ongedeerd.

Declan ademt diep en opgelucht uit. 'Godzijdank. Gaat het met je?'

Ze knikt zwijgend, haar ogen nog steeds wijd van de aanhoudende doodsangst. Mijn hart krimpt ineen als ik me haar beproeving voorstel, alleen in deze verschrikkelijke leegte.

'We halen je hier onmiddellijk weg,' beloof ik, en help haar wankele benen haar gewicht te dragen. Als Garnet haar mond opent om iets te zeggen, kap ik haar snel af. 'Geen tijd te verliezen, vooruit.'

We keren op onze schreden terug en gaan verder in gespannen stilte. Elke lege gang tart ons en draait de bankschroef van angst verder aan. Maar uiteindelijk komen we in de open nachtlucht terecht, waar de duisternis ons beschermend omarmt.

'Laten we naar huis gaan,' mompel ik, terwijl ik Garnet nog steeds dicht tegen me aan ondersteun. Haar getergde ogen weerspiegelen littekens die ik niet kan zien, maar die ik in mijn eigen hart deel; littekens achtergelaten door de keuze die ik maakte om haar eerder in de steek te laten. Nooit meer.

Terwijl we in de dichte bossen verdwijnen, weet ik dat de opluchting van deze kleine overwinning van korte duur is. Een langere oorlog dreigt nog steeds tegen de krachten die in deze faciliteit en andere zoals deze rondsluipen. Maar nu we weer verenigd zijn, hebben we een reële kans om dit gevecht te winnen. Vannacht vieren we zwaarbevochten overwinningen. Morgen gaat de echte oorlog verder.

En we zullen er klaar voor zijn.

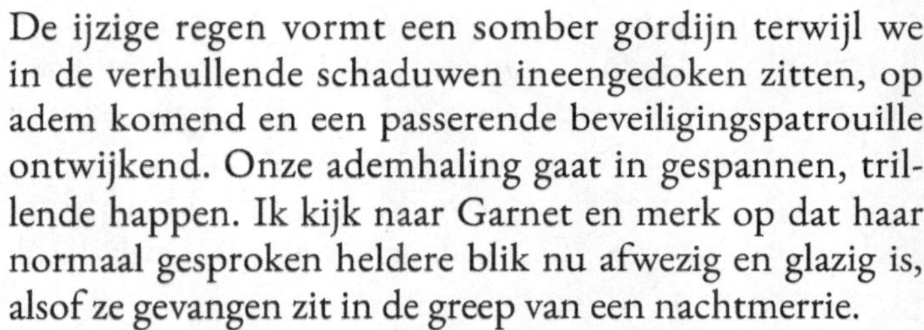

De ijzige regen vormt een somber gordijn terwijl we in de verhullende schaduwen ineengedoken zitten, op adem komend en een passerende beveiligingspatrouille ontwijkend. Onze ademhaling gaat in gespannen, trillende happen. Ik kijk naar Garnet en merk op dat haar normaal gesproken heldere blik nu afwezig en glazig is, alsof ze gevangen zit in de greep van een nachtmerrie.

'Hé,' zeg ik zacht, en probeer mijn stem stabiel te houden ondanks de adrenaline die door me heen giert, 'gaat het met je? Je bent wel erg stil.'

Garnet knippert langzaam met haar ogen en draait zich om naar mijn onderzoekende blik. Als ze eindelijk spreekt, is haar stem breekbaar, nauwelijks een fluistering. 'Ik zat de hele tijd in die cel. Kon er niet uit. Ik heb... dingen gezien.'

Een rilling trekt door me heen. 'Wat voor dingen?' vraag ik zacht. Declans hand wordt onbewust strakker om de mijne.

'Vreselijke dingen,' huivert Garnet en slaat haar armen strak om zich heen. 'Creaties die niet zouden moeten bestaan. Experimenten.' Ze slikt moeizaam en schudt haar hoofd met kleine rukjes. 'Alleen maar verschrikkingen...'

Mijn hart krimpt ineen als ik me het trauma en de angst voorstel die ze alleen moet hebben doorstaan. 'Luister, niets van dit alles is jouw schuld,' zeg ik haar vastberaden maar zacht. 'Wat er daarbinnen ook is gebeurd, de schuld ligt bij Diana en haar zieke plannen, niet bij jou.'

Garnet kijkt weg, haar kaak gespannen tegen een onzichtbare emotie. 'Als ik niet gepakt was-'

'Genoeg,' onderbreekt Declan haar, met flitsende ogen. 'Wat gebeurd is, is gebeurd. Het enige waar we nu controle over hebben, is ze laten boeten voor hun misdaden.' Ik weet dat zijn woede voortkomt uit zorg, niet uit een oordeel.

'Hij heeft gelijk,' stem ik toe, verrast door mijn eigen overtuiging. 'Garnet, concentreer je eerst op je eigen herstel, niet op misplaatste schuldgevoelens. Samen zullen we het Bureau hiervoor ten val brengen.'

Garnet slaagt erin een zwakke maar dankbare glimlach te produceren. 'Dank je, echt waar. Ik denk dat ik gewoon wat tijd nodig heb.'

'Neem alle tijd die je nodig hebt,' verzeker ik haar. 'We zijn hier voor je als je er klaar voor bent.' Ik hoop dat mijn stem sterker klinkt dan ik me voel.

Terwijl we verder gaan door de doorweekte bossen, kijk ik vaak naar Garnet, getroffen door de gekwelde afstandelijkheid die nu in haar ogen hangt. Ze lijkt op de een of andere manier geknakt, gebukt onder herinneringen en schuldgevoel. Maar voor nu is ze in ieder geval veilig onder vrienden.

En zolang we verenigd blijven tegen de duisternis die ons allemaal probeert te verteren, weet ik dat we zullen blijven vechten. De schaduwen mogen dan wel dichterbij komen, maar als we ons vastklampen aan de hoop en aan elkaar, kunnen we deze nacht overleven. En we zullen leven om de dageraad te zien.

Declans hand vindt de mijne en knijpt er stevig in. Ik kijk in zijn standvastige, hazelnootkleurige ogen en put er kracht uit. Aan mijn andere kant schuift Athina haar arm door de mijne als stille geruststelling.

Omringd door de warmte van vriendschap, voel ik het licht in mij feller oplaaien, het verstikkende gewicht van de schaduwen terugdringend. We zullen deze storm doorstaan, en nog vele andere die zullen komen. Daar ben ik nu zeker van.

Voor ons lonkt de belofte van een toevluchtsoord: een verborgen hut diep in de wildernis. Daar kunnen we op adem komen, wonden verzorgen en beginnen aan het lange proces van genezing.

Voor Garnet is de weg langer en moeilijker. Maar ze zal hem niet alleen bewandelen. Samen zullen we haar helpen terug te winnen wat haar is afgenomen. En als ze er klaar voor is, zullen we onze kruistocht met hernieuwde overtuiging hervatten.

De regen kan ons innerlijke vuur niet doven. En de lange nacht moet zich uiteindelijk overgeven aan het licht van de dageraad. Met die kleine hoop in ons achterhoofd, banen we ons een weg door de duisternis.

<hr>

De koude, zware druppels van de regen slaan een indringend ritme tegen het dak van de schuilplaats, wat benadrukt dat we hier samen zijn, ondanks alles nog in leven. Maar zelfs de stortbui kan het gedempte gefluister van zorgen dat aan me knaagt niet helemaal overstemmen.

'Artemis,' zegt Declan zacht, en draait zich om om mijn blik te vangen, 'we hebben een plan nodig om Garnet hierdoorheen te helpen. Ze kan niet alleen herstellen.'

Ik knik vastberaden, terwijl de vastberadenheid in me opkomt. 'Je hebt gelijk. Ik zal ervoor zorgen dat ze alle steun krijgt die ze nodig heeft. We laten haar niet in stilte lijden.'

De anderen mompelen instemmend, opluchting vermengd met bezorgdheid op hun gezichten. We geven allemaal veel om Garnet, maar niemand heeft haar ooit zo'n holle huls zien worden. De beproeving heeft haar innerlijke licht op een manier gedoofd die me aan het wankelen brengt. We begeven ons op onbekend terrein, samen verdwaald.

'We zijn er voor je, voor wat dan ook,' zeg ik tegen Garnet, terwijl ik haar getergde blik vasthoud. 'Aarzel niet om te vragen.'

'Dank je,' mompelt ze afwezig. 'Ik weet niet wat ik zonder jullie allemaal zou moeten doen.'

'Laten we daar maar niet achter komen, oké?' zeg ik met gespeelde luchtigheid. Maar mijn borst doet pijn als ik haar zo geknakt zie, gebukt onder trauma.

'We staan achter je, altijd,' beloof ik, en leg kracht in mijn toon. Garnet slaagt erin een kleine glimlach te produceren, maar haar ogen blijven troebel, getergd.

De regen hamert op het raam, elke druppel strijdt om aandacht, terwijl binnen de warmte van vriendschap ons omhult. We vormen een beschermende kring om Garnet, wanhopig om haar af te schermen van de woede van de storm.

'Praat met ons, alsjeblieft,' dring ik zacht aan. 'We willen begrijpen wat je hebt doorstaan.'

Maar Garnet staart alleen maar in haar dampende mok, haar knokkels spierwit van haar grip. 'Ik herinner me niet veel,' fluistert ze. 'Het is allemaal mist.'

'Dat is gebruikelijk na een trauma,' zegt Declan geruststellend. 'We zijn er voor je, wat er ook gebeurt.'

Garnets hoofd schiet omhoog, haar ogen flitsen. 'Echt waar? Of rennen jullie weer weg?'

Ik krimp ineen bij de beschuldiging. 'We hebben er alles aan gedaan om bij je terug te komen,' antwoord ik gespannen. 'Het was een hel om je daar achter te laten.'

'Zo voelde het niet toen ik alleen opgesloten zat,' kaatst ze bitter terug.

'Genoeg!' mengt Athina zich er vastberaden maar vriendelijk in. 'We zijn hier om herstel te ondersteunen, niet om schuld toe te wijzen.'

We zitten dan in een ongemakkelijke stilte, terwijl de regen de aanhoudende pijn benadrukt. Ik wil Garnet troosten, maar ze heeft zich verschanst achter muren waarvan ik niet zeker weet hoe ik ze moet doorbreken.

'Neem alle tijd die je nodig hebt,' zeg ik uiteindelijk, en knijp in haar hand. 'Als je er klaar voor bent, zullen we er zijn.'

Garnet knikt, en een deel van de hardheid verlaat haar ogen. We zijn misschien verdwaald, maar we zullen het onbekende samen tegemoet treden. De regen herinnert ons eraan dat we nog leven. Zolang we dat doen, is er hoop.

Terwijl we in plechtige stilte zitten, is het meedogenloze getrommel van de regen een constante herinnering aan de innerlijke storm die nog steeds in onze vriendin woedt. Ik kan het gevoel niet van me afschudden dat we op eieren lopen, wachtend tot de volgende breuk verschijnt. Maar we zullen Garnet bijstaan, door dik en dun - zelfs als dat betekent dat we onderweg onze eigen demonen moeten confronteren.

Daar is familie tenslotte voor. En aan die band moeten we ons nu meer dan ooit vastklampen als we deze lange nacht willen doorstaan en de dageraad daarachter willen vinden.

HOOFDSTUK ACHTENTWINTIG

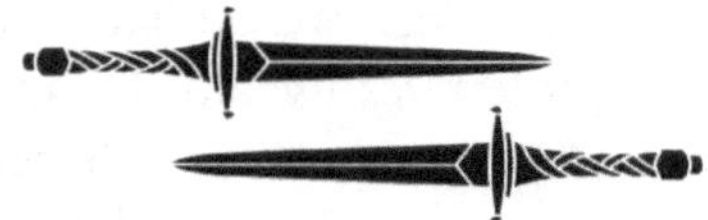

DE KAMER RUIKT NAAR oude koffie en de bittere bijsmaak van angst, maar ik heb het te druk met het staren naar de kaarten die over de tafel verspreid liggen om me erom te bekommeren. En dan gebeurt het.

'Shit!' roept Athina uit, terwijl de alarmen door onze schuilplaats schallen, het strategische gemompel overstemmend en vervangend door paniek. 'We worden aangevallen!'

'Blijf kalm!' blaf ik, mijn hart bonst in mijn borstkas, zelfs terwijl mijn handen de kaarten grijpen en in de prullenbak naast de tafel proppen. 'Iedereen houdt zich aan het plan. We wisten dat deze dag zou kunnen komen.'

'Artemis, we hadden het niet zo snel verwacht,' zegt Malcolm, zijn blauwe ogen vertroebeld door zorgen. 'Diana moet ons sneller gevonden hebben dan we dachten.'

'Concentreer je op het heden, Malcolm,' snauw ik, terwijl ik worstel om mijn eigen kalmte te bewaren. 'Diana komt later wel. Op dit moment moeten we ons thuis verdedigen.'

'Artemis heeft gelijk,' voegt Garnet eraan toe, haar stem onkenmerkend wankel. 'Laten we ervoor zorgen dat we er allemaal levend uitkomen.'

Ik heb geen tijd om het ongemak in haar stem in twijfel te trekken voordat ik gedwongen word om in actie te komen. Athina ramt al op de toetsenborden van de computers en start een vooraf afgesproken procedure die elke harde schijf in de schuilplaats zal frituren. Ik gooi een handvol blauw vuur op de papieren in de prullenbak, dankbaar dat we van alles een back-up hebben gemaakt in de versleutelde cloud en dat we alles later weer kunnen herstellen... als er een later komt.

Ik grijp een wapen uit de nabijgelegen wapenopslag en sprint naar de ingang, de adrenaline giert door mijn aderen.

'Verdomme,' denk ik, mijn pols slaat op hol terwijl ik me mentaal voorbereid op de strijd. 'Hoe heeft Diana ons zo snel kunnen vinden?'

Terwijl ik puin ontwijk en om hoeken duik, vang ik vanuit mijn ooghoek een glimp op van Garnet. Ze lijkt... vreemd. Haar bewegingen zijn schokkerig en haar uitdrukking is afstandelijk, bijna alsof ze er niet helemaal bij is. Ik kan het gevoel niet van me afschudden dat er iets goed mis is.

'Houd je kop erbij, Artemis,' vermaan ik mezelf en dwing mijn focus terug naar het onmiddellijke gevaar voor onze deur. 'Er is geen tijd voor argwaan. Vertrouw je team.'

'Artemis, we worden onder de voet gelopen!' schreeuwt Athina door de chaos, haar stem gespannen onder het gewicht van haar angst. 'We moeten ons hergroeperen en een uitweg vinden!'

'Begrepen,' antwoord ik, mijn hart zinkt bij de gedachte onze schuilplaats op te moeten geven. 'Iedereen trekt zich terug naar de vluchttunnel. We hergroeperen daar en bedenken dan onze volgende zet.'

'Wacht!' schreeuwt Declan, zijn stem nauwelijks hoorbaar boven de kakofonie om ons heen. 'Waar is Garnet? Ze was net nog bij ons.'

'Verdomme,' vloek ik, terwijl ik het slagveld afspeur naar een teken van ons vermiste teamlid. 'Ik wist dat er iets niet klopte met haar.'

Terwijl ik verwoed naar Garnet zoek, vormt zich een koude knoop in mijn maag. Elk instinct schreeuwt dat er al iets mis was sinds we haar uit die gevangenis hebben gehaald, maar ik kan de angst dat ik weer een lid van mijn team ga verliezen niet van me afschudden.

'Vind haar,' denk ik, mijn vastberadenheid wordt zo hard als staal. 'En dan rekenen we voor eens en altijd af met Diana.'

'Schrap zetten!' schreeuw ik, op mijn tanden bijtend terwijl Diana's troepen onze schuilplaats binnenstromen. De Obsidiaan Cirkel is zwaar in de minderheid en we hebben moeite hen tegen te houden.

'Drijf ze terug! Laat ze geen terrein winnen!' blaf ik bevelen naar mijn team, de adrenaline pompt door mijn aderen. We kunnen het ons niet veroorloven om nu te wankelen.

'Artemis, we hebben versterking nodig!' schreeuwt Declan, zijn stem gespannen door de inspanning om een horde hybride wezens af te weren. Ik voel de angst in zijn ogen, maar hij doet er alles aan om zijn kalmte te bewaren.

'Ik werk eraan!' snauw ik terug, terwijl ik schoten afvuur op de oprukkende zwerm. Elke treffer geeft me een golf van voldoening, maar het is niet genoeg. We verliezen snel terrein.

'Waar is Garnet in hemelsnaam?' schreeuwt Athina, haar stem nauwelijks hoorbaar boven de chaos. Ik kijk de kamer rond, op zoek naar een teken van haar. Dan zie ik haar, ze staat achter in de kamer.

'Hé, Garnet!' snauw ik, terwijl de woede in me opborrelt. 'Wat dacht je ervan ons een handje te helpen in plaats van daar te staan lanterfanten als een verdomd spook?'

Ze draait zich naar me toe met een vreemde glimlach op haar lippen. Het is een sinistere grijns die een rilling over mijn rug stuurt. Hier klopt absoluut iets niet.

Te midden van de chaos wordt Garnets glimlach breder terwijl ze haar handen naar haar gezicht brengt en een vreemd gebaar maakt. Tot mijn afgrijzen smelt haar gezicht weg, alsof ze een masker afdoet, en onthult een gezicht dat niet van mijn vriendin is. Het is een volslagen vreemde. Mijn hart zakt in mijn schoenen en ik voel de woede in me opborrelen als gesmolten lava.

'Verrassing,' sneert de bedriegster, terwijl ze het masker weggooit. 'Deze had je niet zien aankomen, hè, Artemis?'

'Wie de hel ben jij?' spuug ik, terwijl ik me met elke ons woede die door mijn aderen stroomt op haar stort. Maar ze is snel en ontwijkt mijn aanval met geoefend gemak.

'Ach, wees niet zo streng voor jezelf,' treitert de bedriegster, grijnzend terwijl ik moeite heb om mijn evenwicht te hervinden. 'Je hebt nooit een schijn van kans tegen me gehad. Ik ben immers de perfecte replica.'

'Waar is ze?' eis ik, op mijn tanden bijtend. 'Wat heb je met Garnet gedaan?'

'Wat een bezorgdheid om je teamgenoot,' spot ze, terwijl ze een stap dichter naar me toe zet. 'Maar wat maakt het uit? Ze is allang verdwenen, schatje. Dood en begraven, dankzij mij.'

'Dood?' Het woord voelt als zuur op mijn tong. Angst en woede razen door me heen als een wilde vuurzee en ontsteken iets oers in mij. 'Jij leugenachtig stuk stront!'

'Geloof wat je wilt,' werpt de bedriegster tegen met een nonchalant schouderophalen, een kwaadaardige flonkering in haar ogen. 'Maar weet dit: ik heb haar plaats ingenomen, recht onder je neus, en je had niet eens iets in de gaten.'

'Hou je kop!' schreeuw ik, en ik stort me opnieuw met hernieuwde vastberadenheid op haar. Ons duel is venijnig, elke slag gevoed door haat en de wanhopige behoefte aan wraak.

'Zielig,' sist de bedriegster, terwijl ze mijn aanvallen met tergend gemak afweert. 'Je bent net zo zwak als zij was.'

'Genoeg!' Mijn hart bonst wild in mijn borst, adrenaline pompt als een drug door mijn aderen. Ik kan dit monster niet laten winnen – niet na alles wat we hebben meegemaakt.

Met een woedende brul dwing ik de bedriegster achteruit, haar ogen worden groot van verbazing als ze beseft dat ik niet zonder slag of stoot ten onder ga. Eindelijk krijg ik genoeg controle over mijn woede om mijn kracht te kanaliseren, en het blauwe vuur ontbrandt aan mijn vingertoppen.

'Zeg maar dag,' snauw ik, mijn stem druipt van het venijn. En dan slinger ik een blauwe vlam, heter dan napalm, recht in haar grijnzende, leugenachtige, verraderlijke gezicht.

Terwijl de bedriegster op de grond in elkaar zakt, sta ik zwaar ademend over haar heen. Maar er is geen voldoening in deze overwinning – alleen het verpletterende gewicht van verraad, verdriet en verlies.

Ik staar naar de slachting, mijn handen trillen, maar ik voel geen voldoening. De schade is aangericht en de echo van haar gelach achtervolgt me. Er liep een verrader onder ons en ik heb het niet gezien.

'Artemis!' De schreeuw van Athina rukt me terug naar de realiteit. 'We moeten weg! Nu!'

'Declan,' mompel ik, terwijl ik de chaos afspeur naar een teken van hem. 'Ik kan niet zonder Declan weggaan.'

'Zoek hem, maar wees snel! We verliezen snel terrein!' Haar stem heeft een urgentie die ik zelden heb gehoord.

Ik duw me door de rook en het puin en roep zijn naam. Mijn hart racet met een groeiende angst terwijl elke wanhopige schreeuw onbeantwoord blijft. Waar is hij in hemelsnaam?

'Artemis!' Het is Topaz, de rechterhand van Sapphire, zijn ogen wijd van afschuw. Hij wijst naar waar Sapphire ineengedoken op de grond ligt.

'Shit,' vloek ik binnensmonds. We moeten haar hier weghalen, nu, voordat we haar ook kwijtraken.

'Help me met haar,' zeg ik tegen Topaz, onze gedeelde angst drijft ons aan terwijl we haar lichaam samen optillen.

'Waar is Declan?' vraag ik, mijn stem breekt van angst.

Topaz schudt zijn hoofd, zijn gezicht is bleek. 'Ik weet het niet. Ik heb hem niet gezien sinds de aanval begon.'

'Declan! Declan, geef antwoord!' schreeuw ik, het brandende gevoel in mijn longen negerend. Maar het enige antwoord komt van het gebrul van de strijd, dat mijn wanhoop bespot.

'Artemis, we moeten ons terugtrekken!' roept Athina weer, haar gezicht strak van verdriet. 'Nu!'

'Ga! Ik zoek hem en sluit me bij jullie aan!' schreeuw ik, onwillig om zonder hem te vertrekken.

'Artemis, we hebben geen tijd!' Haar stem wordt bijna overstemd door de chaos om ons heen. 'We moeten gaan!'

'Verdomme,' vloek ik nogmaals, tranen dreigen te vloeien terwijl de realiteit als een bankschroef nadert. Declan is er niet, maar we kunnen niet langer blijven. Het gewicht van Sapphires slappe lichaam in mijn armen is een grimmige herinnering dat blijven de zekere dood voor ons allemaal betekent. Ze leeft, maar als we hier niet weggaan, zal dat niet lang meer duren.

'Oké!' schreeuw ik terug, mijn hart breekt. 'Laten we gaan!'

Terwijl we ons terugtrekken uit de schuilplaats, kan ik het gevoel niet van me afschudden dat ik een deel van mezelf heb achtergelaten. Bij elke stap worden het schuldgevoel en de woede sterker en dreigen ze me te verteren. Maar één ding is zeker: ik zal Declan vinden, en ik zal er verdomd zeker van zijn dat zoiets nooit meer gebeurt.

Het reserve-onderduikadres is een vervallen oud gebouw, de afbladderende verf en gebarsten ramen in schril contrast met de chaos die we net achter ons hebben gelaten. We drommen samen in de schemerige kamer terwijl ik het zweet van mijn voorhoofd veeg. De inspanning van het dragen van Sapphires bewusteloze lichaam eist zijn tol. Mijn hart klopt bij elke slag en ik kan het niet helpen Declan voor me te zien, ergens daarbuiten, alleen en gewond.

'Declan…' fluister ik, terwijl ik mijn vuisten zo strak bal dat het pijn doet. 'Hij is nog steeds vermist.'

Athina legt een zachte hand op mijn schouder, haar ogen vol medelijden. 'Artemis, we zullen hem vinden. Dat beloof ik.'

'Verdomme.' De woorden glippen eruit als venijn, bitter en pijnlijk. 'We hadden niet zonder hem moeten vertrekken.'

'Artemis,' onderbreekt Athina, haar stem vastberaden maar rustgevend. 'We hadden geen keus. We konden daar niet langer blijven.'

'Is dat niet wat je ook zei toen we Garnet achterlieten?' snauw ik terug, de woede pulseert door mijn aderen. Hoe kon ik zo blind zijn? Hoe kon ik de bedriegster recht onder mijn neus niet zien?

'Genoeg,' zegt Athina, haar strenge toon snijdt door mijn gedachten. 'Dit is niet het moment om elkaar de schuld te geven. We moeten ons concentreren op het vinden van Declan en overleven.'

'Juist,' mompel ik, terwijl ik de brandende woede in me probeer te onderdrukken. 'Overleven. Declan vinden. Begrepen.'

'Luister, Artemis,' – ze kijkt me diep in haar warme bruine ogen – 'ik hou alle kanalen in de gaten voor elk teken van Declan. We rusten niet voordat hij gevonden is.'

'Goed.' Mijn stem is koud, zonder emotie. 'En we zullen ervoor zorgen dat dit nooit meer gebeurt. We gaan alle andere spionnen, alle verraders, uitroeien. Niemand zal ons nog verraden.'

'Afgesproken,' antwoordt Athina, haar ogen vurig van vastberadenheid. 'We hergroeperen en komen sterker terug dan ooit. Diana zal niet weten wat haar overkomt.'

'Verdomd zeker niet,' zeg ik, mijn vastberadenheid wordt zo hard als staal. Mijn hart mag dan zwaar zijn door het verlies van Garnet, maar het is ook gevuld met een hernieuwde woede. Ik zal haar dood niet voor niets laten zijn.

'Oké, team,' kondig ik aan, mijn stem klinkt vol autoriteit. 'Laten we aan het werk gaan. We hebben een vermiste vriend te vinden en wraak te nemen.'

Het is nu stil in het onderduikadres, de anderen zijn druk met hun taken. Maar in mijn kamer kan ik niet ontsnappen aan het verpletterende schuldgevoel dat als een rotsblok op mijn borst drukt. Bij elke ademhaling dreigt het me te verstikken.

Ik heb ze in de steek gelaten. Garnet... Declan. De gedachte dat hij nog steeds vermist is, doet me huiveren. En de bedriegster – god, hoe kon ik zo blind zijn? Hoe vaak heb ik recht in die verraderlijke ogen gekeken en de waarheid niet gezien?

'Verdomme,' mompel ik binnensmonds, terwijl ik de palmen van mijn handen tegen mijn gesloten ogen druk. Genoeg gejammer. Ik moet iets doen – wat dan ook – om de vrienden die we verloren hebben te eren.

Vastberaden glip ik het onderduikadres uit en loop naar de kleine begraafplaats in de buurt. Het is een plek waar enkele leden van de Obsidiaan Cirkel die het door de jaren heen niet hebben overleefd, begraven liggen, hun graven gemarkeerd met eenvoudige houten kruizen.

De zon is onder de horizon gezakt en heeft een griezelige duisternis achtergelaten die passend lijkt voor deze sombere taak. Terwijl ik de verse hoop aarde nader, klem ik het boeket bloemen stevig in mijn hand en voel de doornen in mijn huid prikken.

'Hé daar,' fluister ik, knielend voor Garnets graf – leeg, aangezien we waarschijnlijk nooit zullen weten wat er met haar lichaam is gebeurd. Ik haal wankel adem. 'Garnet... het spijt me dat ik de vermomming niet doorzag. De bedriegster heeft ons allemaal bespeeld, maar ik had het moeten weten. Ik had moeten...' Mijn stem breekt en ik kan niet verder praten.

'Artemis?' Malcolms stem doet me opschrikken en ik draai me om en zie hem een paar meter verderop staan, zijn uitdrukking plechtig. 'Ik wilde niet storen.'

'Malcolm,' zeg ik, en ik dwing mezelf om kalm te klinken. 'Wat doe jij hier?'

Hij zucht en gaat tot mijn verbazing op de grond voor het graf zitten, starend naar de grafsteen. 'Ik had het moeten weten,' zei hij zacht, voordat hij me weer aankeek. 'We hadden het geheimgehouden voor de rest van de Cirkel, maar Garnet en ik hadden... iets.'

Ik voel mijn wenkbrauwen omhoogschieten en ik ga naast hem op de koude grond zitten. 'Daar wist ik niets van.'

'Nadat ze terugkwam, wilde ze niets meer met me te maken hebben.' Malcolm lacht bitter. 'Ik dacht dat het PTSS was, of zoiets. Ik heb geen moment vermoed dat het Garnet helemaal niet was.'

Ik weet niet eens wat ik moet zeggen. 'Het spijt me,' mompel ik, maar het voelt ontoereikend. 'Garnet – de *echte* Garnet – was geweldig. Je moet er kapot van zijn.'

'We hadden elkaar geen eeuwige trouw beloofd of zo.' Malcolms blik opzij was wrang. 'Hoe zou dat er überhaupt uitzien, in deze wereld, in onze levens?'

Dat heb ik me ook weleens afgevraagd. Declan heeft me ooit verteld dat hij van me hield, en hoewel ik het nog niet tegen hem heb kunnen terugzeggen, besef ik pas nu hij er niet is hoe absoluut afhankelijk ik ben geworden van zijn aanwezigheid. Van zijn loyaliteit, zijn kalme, stabiele betrouwbaarheid. Niet dat we nooit ruzie maken – zijn loyaliteit is het verst denkbare van onvoorwaardelijk – maar ik weet dat als het erop aankomt, hij er zal zijn om me te steunen.

Niet weten wat er met hem is gebeurd, vreet me van binnenuit op. Er is een Declan-vormig gat in mijn universum en ik zal alles doen om hem terug te krijgen.

Alles.

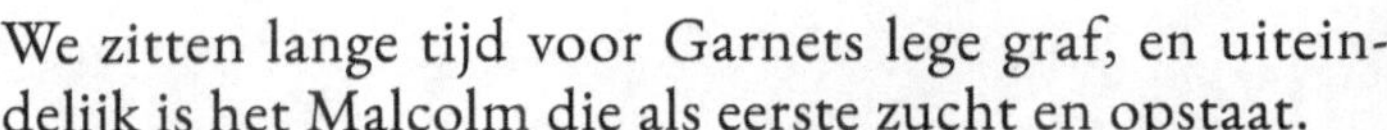

We zitten lange tijd voor Garnets lege graf, en uiteindelijk is het Malcolm die als eerste zucht en opstaat.

'Het laatste wat ze gewild zou hebben, is dat we nu opgeven. We hebben een kans om de zaken recht te zetten, om Declan te vinden en de verantwoordelijken te laten boeten. En we doen het samen, als een team.'

'Juist,' stem ik in, terwijl ik mijn ogen afveeg met de rug van mijn hand. 'Samen.'

'Kom op,' zegt hij en biedt me een hand aan om me overeind te helpen. 'Laten we weer aan het werk gaan.'

De zon werpt lange schaduwen over de begraafplaats terwijl ik opsta. Garnets verse graf staart me aan en daagt me uit om weg te kijken. Maar dat doe ik niet. Dat ben ik haar wel verschuldigd.

Met een diepe zucht vermant ik me en ga terug naar het onderduikadres.

Genoeg gerouwd – het is tijd voor actie.

HOOFDSTUK NEGENENTWINTIG

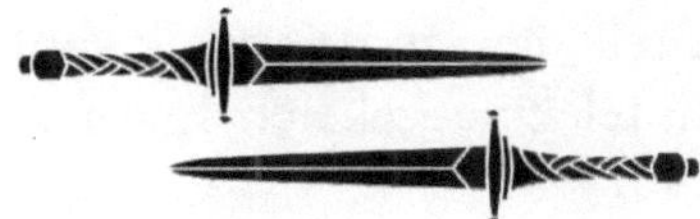

Twee weken. Veertien dagen van ellende en rusteloze nachten, allemaal zonder ook maar een enkel teken van Declan. Mijn angst is als een jeuk waar ik niet bij kan, die elke seconde van de dag aan me knaagt.

'Artemis, je moet iets eten,' zegt Malcolm terwijl hij een bord naar me toe schuift. Maar mijn maag krimpt ineen bij de aanblik van eten alleen al.

'Kan niet. Geen honger.' Mijn stem is nauwelijks hoorbaar, zelfs voor mezelf. Hij zucht, maar dringt niet verder aan. Het is niet alsof hij niet weet waarom ik zo ben.

'Artemis, je zou echt wat moeten rusten,' mengt Athina zich in het gesprek, terwijl haar normaal zo koele houding wankelt van bezorgdheid. Alsof slaap iets was waar ik zomaar voor kon kiezen.

'Slapen? Wat is dat?' snauw ik terug, in een poging mijn wanhoop met sarcasme te verhullen. Ik heb er meteen spijt van als ik Athina's gekwetste uitdrukking zie. 'Sorry, ik... ik kan het gewoon niet.'

'Artemis, we maken ons ook allemaal zorgen om Declan, maar je doet jezelf geen plezier door jezelf zo uit te putten,' zegt ze zachtjes en legt een hand op mijn schouder. Ik haal hem eraf, niet in staat om nu troost te accepteren.

'Bedankt, maar het komt wel goed met me,' mompel ik, hoewel ik donders goed weet dat het een leugen is.

Mijn emoties rafelen aan de randen, en hoe graag ik me ook sterk wil houden, ik kan de tol die het van mijn krachten eist niet verbergen. Blauw vuur flikkert op als ik naar mijn vork reik, en aan de andere kant van de kamer spat glas uiteen, telekinetische energie die onbeheersbaar uitschiet.

'Verdomme,' vloek ik binnensmonds en haast me om de puinhoop op te ruimen voor iemand anders het merkt. Het laatste wat ik nodig heb, is dat iedereen denkt dat ik samen met mijn krachten ook mijn verstand verlies.

'Artemis, het is oké. We begrijpen het,' zegt Malcolm, en probeert me te helpen opruimen, maar ik wimpel hem af.

'Laat maar. Ik los het wel op,' snauw ik, terwijl mijn woede en frustratie overkoken. Ze begrijpen het niet. Hoe zouden ze ook kunnen? Als een van hen vermist was, zou ik net zo bezorgd en wanhopig zijn.

'Artemis, we zijn er voor je,' biedt Athina opnieuw aan, haar stem zacht en voorzichtig. Ik weet dat ze het goed bedoelt, maar het is moeilijk om hulp te aanvaarden als alles wat ik wil de enige persoon is die er niet is.

'Bedankt,' zeg ik op mijn tanden bijtend. 'Maar ik heb nu gewoon wat ruimte nodig.'

'Goed, onthoud gewoon dat we er zijn als je ons nodig hebt,' zegt Malcolm zachtjes, voordat hij en Athina me alleen laten met mijn gedachten en het gebroken glas.

Twee weken zonder Declan is een hel op aarde. Maar ik zweer dat ik niet zal stoppen met zoeken tot ik hem vind, zelfs als het mijn dood wordt.

Rusteloos ijsbeer ik door mijn kleine kamer als een gekooid dier. De gloed van de stadslichten buiten het groezelige raam werpt griezelige schaduwen op de muren en pijnigt me met herinneringen aan Declans aanraking. Slapen is een onmogelijke luxe geworden en mijn zenuwen liggen bloot.

'Kom op, Declan,' fluister ik tegen de lege kamer, mijn stem breekt. 'Waar ben je?'

Mijn mobiele telefoon zoemt op het bed, en ik ruk hem bijna uit elkaar in mijn haast om op te nemen. Het scherm toont een nummer dat ik niet herken, maar ik neem de oproep zonder aarzelen aan, wanhopig op zoek naar het kleinste beetje nieuws.

'Artemis,' kraakt een rauwe stem door de lijn. Mijn hart bonst in mijn keel.

'Declan?' breng ik met moeite uit, nauwelijks durvend te geloven.

'Hé, Artie,' zegt hij, zijn stem zwak maar onmiskenbaar. 'Heb je me gemist?'

'Ben jij het echt?' vraag ik, terwijl ik de telefoon zo stevig vastklem dat mijn knokkels wit worden.

'De laatste keer dat ik keek wel.' Hij slaagt erin zwakjes te grinniken. 'Ik ben ontsnapt uit dat hellegat van Diana. Kunnen we de koetjes en kalfjes overslaan en me hier weghalen?'

'Waar ben je?' Mijn stem beeft, maar mijn vastberadenheid is zo hard als staal. De hel zelf zal me er niet van weerhouden hem terug te krijgen.

'Steegje achter Frankie's Bar,' antwoordt hij, zijn ademhaling moeizaam. 'Maar je moet snel zijn.'

'Blijf waar je bent. Ik kom eraan,' zeg ik, smijt mijn telefoon neer en grijp mijn jas.

'Artemis!' roept Malcolm, die in mijn deuropening verschijnt. 'Wat is er aan de hand?'

'Declan leeft. Hij is ontsnapt aan Diana, en ik ga hem halen,' antwoord ik, mijn ogen strak op Malcolms violette blik gericht.

'Wacht,' waarschuwt hij en stapt naar voren, zijn gezicht getekend door bezorgdheid. 'We kunnen hem niet zomaar op zijn woord geloven. Weet je nog wat er met Garnet is gebeurd?'

'Malcolm, dit is Declan,' snauw ik, mijn geduld raakt op. 'Ik herken zijn stem.'

'Toch moeten we zeker zijn,' dringt hij aan, zijn toon vastberaden. 'We hebben gearchiveerde monsters van zijn DNA. We kunnen zijn identiteit verifiëren voordat we hem hierheen brengen.'

'Elke seconde dat hij daarbuiten is, kan Diana hem weer gevangennemen, en jij wilt dat ik tijd verspil aan een verdomd wetenschappelijk project?!' Mijn woede kookt over, maar Malcolm krimpt niet ineen.

'Artemis, we moeten voorzichtig zijn. Ons vertrouwen is beschaamd en er staat te veel op het spel. Laten we hem ophalen, de tests uitvoeren, en dan weten we het zeker.'

'Prima,' grom ik, hoewel het voelt als verraad. 'Maar als je het mis hebt, Malcolm, dan zweren ik je...'

'Dan neem ik de volledige verantwoordelijkheid,' antwoordt hij kalm. 'Laten we Declan nu gaan halen.'

'Hoe lang duren de tests?' smeek ik.

Malcolm trekt een grimas. 'Langer dan ik zou willen. We zijn veel apparatuur kwijtgeraakt toen Diana onze laboratoria binnenviel. Twee dagen, misschien?'

Twee dagen te lang. Ik hoop maar dat Declan zal begrijpen waarom we dit moeten doen, want hoezeer ik het ook haat, Malcolm heeft gelijk. We kunnen geen nieuwe bedrieger riskeren.

Mijn maag draait zich om als ik zie hoe Declan wordt weggeleid, zijn polsen geboeid in koude, ijzeren handboeien. Zijn ogen ontmoeten de mijne, zijn hazelnootbruine diepten gevuld met een mengeling van pijn en begrip. Maar de angst die aan mijn binnenste knaagt, wil niet verdwijnen.

'Artemis,' roept hij zachtjes, in een poging me gerust te stellen. 'Het is oké. Dit is nodig.'

'Is dat zo?' mompel ik binnensmonds. Het geluid van zijn stem kalmeert mijn getergde zenuwen, maar doet weinig om het schuldgevoel te verlichten. Het doet fysiek pijn om hem zo te zien.

'Artemis.' Malcolm legt een hand op mijn schouder en knijpt er zachtjes in. 'Je doet het juiste.'

'Doe ik dat?' Ik ruk me los van zijn aanraking, verontwaardiging laait op. 'Hij heeft alles op het spel gezet om contact met ons op te nemen, en wij betalen hem terug door hem op te sluiten als een dier?'

'Artemis,' zegt Malcolm vastberaden, 'we zijn eerder bedrogen uitgekomen. We moeten het zeker weten. Zodra we die DNA-resultaten hebben, weten we het zeker, en dan kunnen we het goedmaken.'

'Prima,' snauw ik en loop langs hem heen. 'Ga dan maar aan je wetenschap werken.' Mijn voetstappen echoën in de steriele gang terwijl ik naar Declans tijdelijke cel marcheer. De metaalachtige geur van desinfectiemiddel vult mijn neusgaten en ik krijg de neiging om te kokhalzen.

Ik ga op de koude vloer buiten zijn cel zitten en voel de kilte in mijn botten trekken. Uren kruipen voorbij, enkel gemarkeerd door de flikkerende tl-lampen boven mijn hoofd. Tijd verliest alle betekenis terwijl ik luister naar zijn moeizame ademhaling, het af en toe verschuiven van zijn houding. Zijn stem wordt mijn reddingslijn in deze desolate momenten.

'Artemis,' mompelt hij door de stalen tralies. 'Je hoeft hier niet te blijven.'

'Echt wel,' antwoord ik, mijn stem schor. 'Ik laat je niet alleen op deze plek.'

'Dank je,' fluistert hij, hoewel ik de spanning in zijn stem hoor. Het verscheurt hem net zo erg als mij.

'Declan, het spijt me zo,' breng ik met moeite uit en bal mijn vuisten tot mijn nagels in mijn handpalmen bijten.

'Hé, doe jezelf dat niet aan,' zegt hij zachtjes. 'Het is niet jouw schuld.'

'Niet?' Mijn stem breekt. 'Als ik voorzichtiger was geweest, als ik die bedrieger niet onder mijn huid had laten kruipen—'

'Artemis, je wist het niet,' onderbreekt Declan me, zijn toon vastberaden. 'Niemand van ons wist het. En we gaan dit rechtzetten, samen.'

'Beloof het me,' eis ik, op zoek naar zekerheid in zijn ogen. 'Beloof me dat dit geen wrede streek is.'

'Artemis,' ademt hij, rauwe emotie die zijn stem dikker maakt. 'Ik beloof het. Ik ben het echt.'

'Dan wacht ik,' zeg ik, vastberadenheid die mijn ruggengraat recht. 'Ik wacht op die verdomde resultaten, en dan zetten we het recht. Samen.'

'Dank je,' fluistert Declan weer, en ik kan het gewicht van zijn dankbaarheid praktisch voelen, die me als een warme omhelzing omhult.

Mijn benen zijn gevoelloos van het zitten op de koude betonnen vloer, en mijn rug doet pijn van het leunen tegen de vochtige muren van de ondergrondse gevangeniscel. Ondanks het ongemak weiger ik ook maar een centimeter van Declans tijdelijke gevangenis weg te gaan. De lucht is vochtig en muf, maar ik kan het niet over mijn hart verkrijgen om van zijn zijde te wijken, zelfs niet voor een moment.

'Artemis', weerklinkt Athina's stem door de gang, een duidelijke bezorgdheid in elk woord. 'Je zit hier al uren. Je moet rusten, eten... iets.'

'Laat me met rust, Athina', snauw ik, zonder mijn ogen van de stalen tralies af te wenden die me van Declan scheiden. 'Met mij gaat het prima.'

'Overduidelijk niet', kaatst ze met haar gebruikelijke sarcasme terug, terwijl ze haar armen over elkaar slaat. 'Maar ik begrijp waarom je dit doet. Onthoud alleen dat hij niets aan je heeft als je instort van uitputting. Ik breng jullie zo wat soep.'

'Bedankt voor de opbeurende woorden', mompel ik, terwijl ik met mijn ogen rol. Maar diep vanbinnen weet ik dat ze gelijk heeft. Toch kan ik me niet van deze plek losrukken.

'Artemis', bereikt Declans stem me, zacht en kalmerend, als balsem voor mijn gerafelde zenuwen. 'Athina heeft een punt. Je moet ook voor jezelf zorgen.'

'Vertel me wat er gebeurd is terwijl ik weg was', zegt hij, en hij verandert van onderwerp als hij mijn tegenzin voelt. 'Ik wil alles weten.'

'Goed dan', geef ik toe, in de wetenschap dat het misschien helpt de tijd te doden. Ik vertel over de gebeurtenissen van de afgelopen twee weken en krimp ineen als ik denk aan de bedrieger die Garnet doodde en ons allemaal voor de gek hield, voordat hij Diana rechtstreeks naar onze schuilplaats leidde. Ik vertel over hoe Malcolm zijn hart bij me luchtte bij het graf van Garnet, en ik geef toe dat ik de afgelopen twee weken zonder Declan aan mijn zijde langzaam ben ingestort. Terwijl ik praat, voel ik hoe er een last van mijn schouders valt, waardoor de rauwe emoties eronder bloot komen te liggen.

'Ik had er voor je moeten zijn', zegt hij zacht. 'Het spijt me zo.'

'Declan, je zat opgesloten', herinner ik hem er bitter aan. 'Je had geen van die shit kunnen tegenhouden.'

'Toch', zucht hij, terwijl hij een hand door zijn ongekamde bruine haar haalt. 'Het zit me niet lekker.'

'Niets aan deze hele situatie zit me lekker', mompel ik binnensmonds, mijn knokkels wit van het ballen van mijn vuisten.

'Over opgesloten zitten gesproken', zegt Declan, en hij leunt met een gespannen uitdrukking dichter naar de tralies van de cel. 'Diana was absoluut woest dat we niet eerder gepakt waren. Ik hoorde haar zeggen dat Malcolms behandelingen onze krachten genoeg hadden gestabiliseerd om haar te ontlopen. Ze dacht dat we weken geleden al smekend om haar hulp naar haar toe waren gekropen. Zo houdt ze de hybriden die ze creëert onder de duim. Zonder haar hulp kunnen ze niet functioneren.'

'Zonder Malcolms behandelingen zouden we aan Diana's genade overgeleverd zijn', mompel ik, huiverend bij de gedachte dat onze krachten uit de hand zouden lopen, waardoor we kwetsbaar zouden zijn voor haar gestoorde experimenten. 'Dan had ze ons allebei op een presenteerblaadje gekregen.'

'Dat is waar', geeft Declan toe, en hij kijkt bedachtzaam. 'Maar dat betekent niet dat we nu veilig zijn. Toen ik in haar macht was, had ze het over een nieuw experimenteel serum.' Zijn stem klinkt ongerust en ik merk dat hij iets achterhoudt.

'Voor de draad ermee', eis ik, terwijl mijn ongeduld opvlamt. 'Wat voor serum? Heeft ze het bij jou ingespoten?'

Declan aarzelt, zijn hazelnootkleurige ogen ontwijken de mijne. 'Het was... anders', zegt hij cryptisch. 'Ik kan het nog niet uitleggen, maar ik beloof je dat ik je alles vertel zodra het kan.'

'Verdomme, Declan!' snauw ik, terwijl mijn hart in mijn borstkas bonkt. 'Je kunt maar beter niets achterhouden wat ons allemaal in gevaar kan brengen!'

'Artemis, vertrouw me nou', smeekt hij, zijn stem nauwelijks een fluistering. 'Ik zou nooit iets voor je achterhouden dat jou of de anderen in gevaar zou kunnen brengen. Maar op dit moment kan ik er gewoon... niet over praten.'

'Prima', grom ik, en ik probeer mijn frustratie in te slikken. 'Maar zodra die testuitslag binnen is, spuug je het uit. Het kan me niet schelen of je dan vrij bent of niet.'

'Afgesproken', stemt hij in, en hij geeft me een zwakke glimlach. 'Laten we maar hopen dat het eerder vroeg dan laat is, hè?'

'Zeker weten', zeg ik, en ik tik met mijn vingers tegen mijn dijbeen, elke zenuw schreeuwend om actie. 'Hoe eerder we dit achter de rug hebben, hoe eerder we ons kunnen richten op het uitschakelen van Diana en haar gestoorde experimenten.'

'Mee eens', knikt Declan, en zijn uitdrukking wordt harder. 'We zullen haar wereld aan stukken scheuren, stukje bij beetje, tot er niets meer over is dan as.'

'Dat is muziek in mijn oren', grijns ik, met een verwrongen gevoel van voldoening bij de gedachte aan Diana's ondergang.

Maar voor nu kunnen we alleen maar wachten. Wachten op de uitslag die onze volgende stap zal bepalen – en onze toekomst samen. En hoezeer ik ook een hekel heb aan wachten, ik weet dat het nodig is. Want zonder vertrouwen hebben we niets – en als Declan niet is wie hij beweert te zijn, dan breekt de hel los.

De felle tl-lampen boven het lab flikkeren en werpen een harde gloed op Malcolms gezicht terwijl hij de uitslag van de DNA-test bestudeert. Mijn hart gaat tekeer, mijn lichaam gespannen en klaar om in actie te komen, afhankelijk van wat hij zegt.

'Artemis', zegt hij eindelijk, zijn stem vastberaden en zeker. 'Hij is het. Geen twijfel mogelijk.'

'Echt waar?' adem ik, terwijl een golf van opluchting me overspoelt. Voordat iemand kan reageren, sprint ik terug naar de cel van Declan, mijn gedachten vol verontschuldigingen en verklaringen. De metaalachtige geur van ijzeren tralies en muffe lucht dringt mijn neus binnen als ik de hoek om kom en voor zijn tijdelijke gevangenis tot stilstand kom.

'Declan!' roep ik uit, terwijl ik met de celsleutels stuntel. 'Jij bent het – je bent het echt. Het spijt me zo, ik -'

'Artemis', onderbreekt hij me, zijn stem rustgevend en vertrouwd terwijl hij tussen de tralies door reikt om mijn hand aan te raken. 'Het is goed. Je moest het zeker weten. Maar die heb je niet nodig.'

Met een sierlijke beweging stapt Declan in een schaduw die door de tralies van de cel wordt geworpen. In een oogwenk verdwijnt hij, om een paar meter verderop weer op te duiken, als een geest uit een andere schaduw tevoorschijn komend. Mijn mond valt open, mijn ogen worden groot bij dit nieuwe vertoon van kracht.

'Teleportatie', fluister ik vol ontzag, mijn verstand worstelend met de implicaties. 'Je... had de hele tijd kunnen ontsnappen?'

'Jep', antwoordt hij met een grijns op zijn lippen. 'Maar dan had ik je vertrouwen niet gewonnen, of wel?'

'Verdomme, Declan', vloek ik, terwijl woede en opluchting zich in mijn borst vermengen als water en vuur. 'Je had jezelf zoveel moeite kunnen besparen.'

'Moeite is my middle name', grapt hij, maar zijn ogen zijn serieus, een vleugje verdriet onder de oppervlakte verscholen. 'Ik had het nodig dat je me vertrouwde, Artemis. En soms betekent dat dat je offers moet brengen.'

'Zoals jezelf laten opsluiten door je eigen vrienden?' daag ik hem uit, met mijn armen over elkaar geslagen.

'Precies', bevestigt hij met een resolute stem. 'Dus zie je, ik ben nog steeds dezelfde koppige idioot waar je in eerste instantie voor gevallen bent.'

'Je bent ongelooflijk', mompel ik binnensmonds, en ik schud vol ongeloof mijn hoofd. Het besef dat Declan op elk moment gemakkelijk uit zijn cel had kunnen ontsnappen, raakt me harder dan een goederentrein. Mijn ogen vullen zich met tranen terwijl ik de diepte van zijn vertrouwen in ons probeer te verwerken, vooral na de manier waarop ik aan hem twijfelde.

'Declan', breng ik stamelend uit, mijn stem dik van onvergoten tranen. 'Vertrouwde je ons echt zo erg?'

'Altijd, Artemis', antwoordt hij zacht, zijn groene ogen vol oprechtheid en begrip. 'Ik wist dat we uitdagingen zouden tegenkomen, maar ik heb nooit aan jou of de anderen getwijfeld.'

'Zelfs toen ik klaarstond om je voor de leeuwen te gooien?' vraag ik bitter, en ik haat mezelf omdat ik hem zo snel verdacht.

'Juist toen', zegt hij, met een onwankelbare blik. 'Omdat ik weet dat je alleen maar ieders veiligheid voor ogen hebt. Dat is de Artemis waar ik van hou, degene die alles zou doen om haar vrienden te beschermen.'

Ik laat een waterig lachje horen, en veeg met de rug van mijn hand langs mijn ogen. 'Nou, je hebt een verdomd goede pokerface, meneer Betrouwbaar.'

'Dank je', grijnst hij, en de hoekjes van zijn ogen rimpelen van vermaak. 'Ik doe mijn best.'

'Zeker weten', zeg ik fel, plotseling overmand door de behoefte om hem een belofte te doen. 'Vanaf nu sta ik altijd aan je zijde, Declan, wat er ook gebeurt. Welke krachten je ook hebt, welke geheimen je ook verbergt... het maakt niet uit. We zullen ze samen trotseren.'

'Artemis...' Hij kijkt me aan met een mengeling van verrassing en dankbaarheid, zijn uitdrukking raakt mijn hartsnaren als nooit tevoren. 'Dank je. Dat betekent meer voor me dan je ooit zult weten.'

'Mooi zo', snauw ik, in een poging iets van mijn gebruikelijke sarcastische houding terug te vinden. 'En kom nu met je schaduwspringende kont hierheen en kus me.'

'Klinkt als een plan', grijnst hij, zijn ogen fonkelend van ondeugd terwijl hij uit de schaduwen en in het licht stapt en zijn armen om me heen slaat.

Vannacht zijn het alleen hij en ik.

Onze vijanden kunnen wachten.

HOOFDSTUK DERTIG

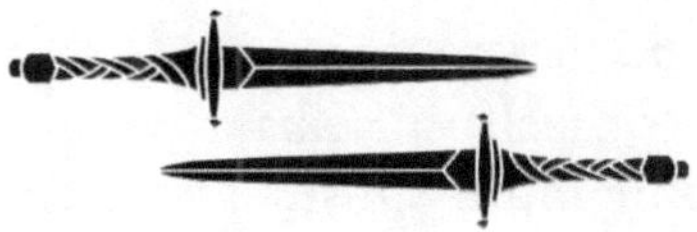

DE ZWAKKE GLOED VAN de kaarsen flikkert tegen de muren van mijn kleine kamer en werpt lange schaduwen die in de hoeken dansen. Ik kan nauwelijks ademhalen terwijl Declan zijn lippen op de mijne drukt en zijn handen een pad over mijn ruggengraat volgen.

'Artemis,' mompelt hij tegen mijn mond en alleen al het horen van mijn naam door hem bezorgt me een rilling over mijn rug.

'Declan,' adem ik terug, terwijl ik mijn handen in zijn warrige bruine haar verstrengel. Het is een intiem moment, een waar we naar hebben gesmacht sinds onze wereld op zijn kop werd gezet door het Bureau voor Paranormale Zaken.

Onze kussen worden dringender, gevoed door de adrenaline van recente gevechten en de overweldigende behoefte om ons levend te voelen. Ik moet denken aan hoeveel er voor ons beiden is veranderd, ten goede of ten kwade. Ooit vochten we zij aan zij tegen bovennatuurlijke dreigingen; nu zijn wij de bovennatuurlijke dreigingen en zitten we gevangen in een web van gevaar en wantrouwen.

'Weet je dit zeker?' vraag ik, en ik trek me net genoeg terug om in zijn hazelnootkleurige ogen te kijken.

'Ik ben nog nooit ergens zekerder van geweest,' antwoordt hij, met een lage, schorre stem.

Ik trek hem weer dichter naar me toe en vind troost in de warmte van zijn lichaam tegen het mijne. Het is gemakkelijk om de bovennatuurlijke chaos die ons omringt te vergeten als ik in Declans armen ben, maar diep vanbinnen weet ik dat die nooit ver weg is.

Terwijl we onszelf in elkaar verliezen, lijken de schaduwen op de muur sinistere vormen aan te nemen, wat me herinnert aan de duisternis die voorbij dit toevluchtsoord ligt. Misschien is het gewoon mijn overactieve verbeelding, maar ik kan het gevoel niet van me afschudden dat er iets op de loer ligt om elke hoek, iets dat nog enger is dan de monsters die we eerder hebben bevochten.

'Hé,' fluistert Declan, zijn adem heet tegen mijn oor. 'Je denkt alweer te veel na.'

'Schuldig,' geef ik toe met een ironische glimlach. 'Ik kan er niets aan doen, je kent me, ik ga altijd van het ergste uit.'

'Laten we ons gewoon op het nu concentreren,' stelt hij voor, terwijl zijn handen over mijn lichaam dwalen op een manier die mijn hart sneller doet slaan. 'We verdienen wel een beetje rust en stilte, vind je niet?'

'Rust en stilte?' proest ik. 'In deze stad? Veel succes daarmee.'

Hij grinnikt zachtjes en ik kan een glimlach niet onderdrukken. Misschien zullen we nooit een normaal leven hebben, maar momenten als deze maken de strijd de moeite waard.

Declans vingers tekenen patronen op mijn huid, die rillingen over mijn ruggengraat sturen terwijl we elkaar verkennen in de schemerige kamer. Mijn handen glijden over de ruwe littekens die zijn armen doorkruisen, elk een getuigenis van de gevechten die hij heeft gevoerd, zowel fysiek als emotioneel.

'Artemis,' mompelt hij tegen mijn nek, zijn adem stokt als ik dichter tegen hem aan druk. Het geluid van onze harten die samenslaan is bijna oorverdovend in de stilte.

'Declan,' fluister ik terug, een overweldigend gevoel van dankbaarheid voelend voor deze man die mijn rots in de branding is geworden in een gek geworden wereld.

Terwijl we samen in de warmte van de nagloed liggen, moet ik denken aan hoeveel we samen hebben doorstaan. In het bijzonder hoe Diana's acties hun sporen hebben nagelaten op Declan, en niet in de vorm van littekens. Hij geneest nu in minuten van wonden die een normaal mens zouden doden en hij houdt er geen littekens aan over.

'Vertel me meer over wat er gebeurde toen Diana's troepen je gevangennamen,' zeg ik, mijn stem nauwelijks hoorbaar. 'Ik wil het begrijpen.'

Even lijkt het alsof Declan mijn vraag zal afwimpelen, maar dan zucht hij en trekt hij me nog dichter naar zich toe. 'Het was alsof ik in een nachtmerrie leefde, Artemis,' bekent hij, zijn ogen zoeken de mijne alsof hij om absolutie vraagt. 'Het laatste wat ik me herinner van het gevecht was dat ik veranderde in mijn jaguarvorm... en toen werd ik wakker als mens met een verdovingspijltje dat nog uit mijn kont stak.'

Ondanks de ernst van het moment kan ik een proest van het lachen niet helemaal onderdrukken en hij grijnst, de humor ervan inziend, voordat zijn ogen weer donker en pijnlijk worden.

'Ik werd wakker in een laboratorium. Diana was er niet... maar haar vader wel.'

Mijn ogen worden groot van schok. We hebben niet kunnen bevestigen of Dr. Foxberry dood of levend was. Declan knikt.

'Hij is een absolute psychopaat. Ik zat in een cel, vast-gebonden. Hij wilde niet te dichtbij komen omdat ik dan in een jaguar zou veranderen en hem zou proberen te klauwen, dus hij bleef gewoon op een afstand staan en schoot me neer met een verdovingsgeweer. Alleen zat er geen verdovingsmiddel in de pijltjes.'

'Wat was het dan?' vraag ik, geschokt door het mentale beeld van Declan die gevangen zit en tegen zijn wil wordt geïnjecteerd met wie weet wat.

'Dat weet ik niet eens zeker.' Hij haalt zijn schouders op. 'Dr. Foxberry was niet bepaald in de stemming om zijn wetenschappelijke proces aan zijn proefkonijn uit te leggen. Het beste wat ik kon opmaken was wat gemompel over secundaire vaardigheden. Hoe dan ook, een paar da-gen later probeerde hij me met iets anders neer te schieten, ik dook een schaduw in en... viel als het ware uit een andere schaduw in een andere kamer in het complex.'

'Ongelofelijk,' adem ik, half lachend. 'Hebben ze je weer te pakken gekregen?'

'Nee.' Hij schudt zijn hoofd, zijn warrige haar valt in zijn hazelnootkleurige ogen. 'Dan hadden ze er wel voor gezorgd dat ik nooit meer een schaduw zou zien. Ik sprong van schaduw naar schaduw, terwijl ik de vaardigheid al doende onder de knie kreeg, totdat ik een schaduw vond die zich buiten het gebouw bevond. Ik bleef doorgaan totdat ik een locatie vond die ik herkende.'

'Declan,' zeg ik, mijn bezorgdheid borrelt naar de op-pervlakte. 'Welke tol eist dit allemaal van je? Dit kan niet normaal zijn, zelfs niet voor iemand met bovennatuurlijke gaven.'

Hij steekt zijn hand uit en pakt de mijne, zijn greep stevig en geruststellend. 'Ik ga niet liegen, het was in het begin doodeng. Maar nu ik er controle over heb, voel ik me sterker. Ik ben niet meer bang voor wat er met me gebeurt.'

'Echt?' Mijn scepsis is duidelijk, maar hij knikt.

'Echt,' houdt hij vol. 'Ik weet dat het gek klinkt, maar deze krachten zijn nu een deel van mij. En als ze ons een voordeel kunnen geven tegen Diana en haar gestoorde experimenten, dan is het dat misschien wel waard.'

'Misschien,' geef ik toe, mijn zorgen om hem knagen nog steeds aan me. Maar ik dwing mezelf tot een glimlach en probeer zijn zelfvertrouwen te evenaren. 'Beloof me gewoon dat je voorzichtig bent, oké?'

'Altijd,' antwoordt hij en trekt me weer in zijn armen.

Terwijl we daar staan, omhuld door elkaars warmte te midden van het flikkerende kaarslicht, vraag ik me af of het benutten van deze duistere krachten een nog grotere prijs heeft, een die noch Declan, noch ik kan voorzien.

***

De woonkamer is badend in zacht licht, wat een sfeer van rust geeft die contrasteert met de spanning die zwaar tussen ons hangt. Ik kijk hoe Declan in een stuk schaduw in de verre hoek van de kamer stapt, zijn lichaam verdwijnt en weer verschijnt in een andere donkere nis aan de overkant van de kamer. De anderen staren hem aan, hun ogen groot van ongeloof.

'Verdorie,' mompelt Topaz, zijn normaal gesproken stoïcijnse uitdrukking vervangen door verbazing. Zelfs de eeuwig onverstoorbare Turquoise lijkt onder de indruk. Met haar armen over elkaar geslagen tikt ze ongeduldig met haar voet, maar ze kan de ontzag in haar ogen niet verbergen.

'Oké, we hebben dus gezien wat Declan kan.' Mijn stem voelt alsof hij glas breekt als ik de stilte doorbreek. 'We moeten het hierover hebben.' Ik gebaar dat iedereen rond de gehavende salontafel moet komen staan, die bezaaid is met lege afhaaldozen en strategienotities.

'Is hier überhaupt een discussie over?' vraagt Malcolm, met een frons. 'We nemen het op tegen Diana en haar gestoorde experimenten. Het zou dom zijn om niet elk voordeel te gebruiken dat we hebben.'

'Zelfs als dat betekent dat we alles wat ze heeft gedaan goedkeuren?' werpt Athina tegen, haar voorhoofd gefronst van bezorgdheid. 'Deze krachten komen tenslotte uit haar serum.'

'Kijk, ik heb hier niet om gevraagd,' mengt Declan zich erin, frustratie borrelend onder zijn woorden. 'Maar het is nu een deel van mij. En als het ons helpt haar te stoppen, waarom zouden we het dan niet gebruiken?'

Ik bestudeer de gezichten van mijn vrienden, bezorgdheid en onzekerheid in elk ervan gegrift. Dit gaat niet alleen over Declans nieuwe vaardigheden, het gaat over vertrouwen en de angst om iets te worden wat we nooit wilden zijn.

'Declan heeft een punt,' zeg ik uiteindelijk, terwijl ik mijn vuisten strak bal. 'We keuren Diana's acties niet goed door zijn krachten te gebruiken. We nemen de controle over ons eigen lot.'

'Artemis, weet je het zeker?' vraagt Athina, haar stem wordt zachter. 'Wat als het een tol van hem eist? Wat als hij de controle verliest?'

'Dan lossen we dat op,' antwoord ik, waarbij de overtuiging in mijn woorden zelfs mezelf verrast. 'Samen.'

Er is een moment van stilte terwijl we allemaal de mogelijke gevolgen afwegen, het ethische dilemma hangt als een donderwolk boven ons.

'Goed,' zucht Malcolm en knikt instemmend. 'We vertrouwen op Declans oordeel. Maar laten we niet vergeten waarvoor we vechten en laten we niet toelaten dat Diana's verwrongen visie ons corrumpeert.'

'Akkoord,' zeg ik, en kijk naar Declan, die me een dankbare glimlach schenkt. Als team hebben we besloten om verder te gaan, de risico's te accepteren en samen te strijden tegen de duisternis.

Maar diep vanbinnen vraagt een klein deel van mij zich nog steeds af of we onze angsten echt hebben overwonnen, of dat we ze gewoon een nieuw leven hebben ingeblazen in de schaduwen.

De sportschool is een waas van stoten, trappen en gemompelde vloeken terwijl het team hun vaardigheden aanscherpt voor onze laatste confrontatie met Diana. Ik observeer Declan vanuit mijn ooghoek, zijn lenige gestalte snijdt moeiteloos door de lucht en landt krachtige slagen tegen de boksbal. Het gezicht zou me zelfverzekerd moeten maken, maar in plaats daarvan jaagt een rilling over mijn ruggengraat.

'Artemis,' roept hij en pauzeert even om het zweet van zijn voorhoofd te vegen. 'Alles goed met jou?'

'Ja hoor,' antwoord ik, met een geforceerde, strakke glimlach. 'Ik bewonder gewoon je... techniek.'

'Juist,' grijnst hij. Hij gelooft er duidelijk niets van. Maar hij dringt niet aan en richt zijn aandacht weer op de trainingssessie.

Terwijl ik naar de zware bokszak stap, neem ik me in stilte voor om Declan te steunen, wat er ook gebeurt. Het zijn niet alleen zijn vaardigheden die zijn veranderd; er is nu een duisternis in hem, ongetwijfeld een geschenk van de verwrongen experimenten van Dr. Fox.

'Oké, allemaal verzamelen!' roep ik, het strijdrumoer verstilt. 'Vandaag gaan we eens kijken wat die nieuwe krachten van Declan precies kunnen.'

Gemompelde ongerustheid vult de ruimte als ze zich met tegenzin verzamelen. Ik kan het ze niet kwalijk nemen; jaguar-gedaanteverwisselaars zien veranderen in schaduwen is niet bepaald de normaalste zaak van de wereld.

'Weet je zeker dat dit een goed idee is?' vraagt Declan zachtjes, bezorgdheid flikkert over zijn gezicht.

'Zeker weten,' antwoord ik en injecteer valse zelfverzekerdheid in mijn stem. 'Ze moeten zien waartoe je in staat bent.'

'Oké,' knikt hij, de vaagste hint van een grijns trekt aan zijn mondhoeken. 'Tijd voor de show.'

'Let goed op,' kondig ik aan aan de groep, mijn ogen gericht op Declan. 'En probeer niet te flippen.'

Declan haalt diep adem, zijn lichaam spant zich aan als een opgerolde veer. In een oogwenk verandert hij in zijn jaguarvorm. Een collectieve zucht van verbazing echoot door de kamer. Maar het is wat er daarna gebeurt dat rillingen over mijn ruggengraat stuurt.

'Klaar voor?' gromt hij, laag en keelachtig.

'Klaar,' antwoord ik en slik moeizaam.

Met een zwiep van zijn staart lost Declan op in schaduwen en verdwijnt uit het zicht. Een hartslag later verschijnt hij achter me, zijn vacht strijkt langs mijn been als hij me omcirkelt als een prooi.

'Jezus Christus,' mompelt een van de groepsleden met grote ogen. 'Het is net verdomme magie.'

'Meer als een nachtmerrie,' fluistert een ander, haar stem beeft.

'Genoeg,' snauw ik, terwijl de woede in me opborrelt. 'Dit is nu onze realiteit. We moeten ons aanpassen en een manier vinden om het in ons voordeel te gebruiken.'

'Makkelijk praten voor jou,' werpt Turquoise tegen, haar ogen vlammen van woede. 'Jij bent niet degene die is veranderd in een of ander... schaduwmonster.'

'Hé!' schreeuw ik, mijn vuisten gebald langs mijn zij. 'Declan is nog steeds een van ons, begrepen? En we zullen hem steunen, hoe eng zijn nieuwe krachten ook zijn.'

'Prima,' geeft ze toe en kruist haar armen in een boze bui. 'Maar verwacht niet dat ik er enthousiast over word.'

'Niemand van ons is hier blij mee,' geef ik toe, mijn stem wordt zachter. 'Maar we kunnen geen tijd verspillen met kibbelen als we een oorlog te winnen hebben.'

'Juist,' mompelt Declan en verandert terug in zijn menselijke vorm. 'We hebben werk aan de winkel.'

In stilte hervatten we de training, de lucht zwaar van onuitgesproken spanning. En hoewel ik mezelf dwing me te concentreren op de taak die voor me ligt, achtervolgt het beeld van Declan die in de duisternis verdwijnt me bij elke beweging.

'Focus!' schreeuw ik, mijn stem echoot tegen de muren van het pakhuis terwijl het team moeite heeft gelijke tred te houden met de nieuwe vaardigheden van Declan. Het is alsof je een paling in een emmer snot probeert te vangen, maar we hebben geen andere keus. Dit is oorlog.

'Makkelijk praten voor jou,' moppert een van hen, zweet druipt van zijn gezicht. 'Jij bent niet degene die een verdomde schaduw probeert te vangen.'

'Zet je eroverheen,' snauw ik terug, op mijn tanden bijtend terwijl ik kijk hoe Declan moeiteloos aanvallen uit alle richtingen ontwijkt. Mijn hart racet en ik kan het ongemakkelijke gevoel niet van me afschudden dat Diana's serums hem in iets... onnatuurlijks hebben veranderd.

'Artemis,' roept hij, even pauzerend in zijn vloeiende bewegingen. 'Misschien moeten we een pauze nemen.' Zijn hazelnootkleurige ogen ontmoeten de mijne, bezorgdheid trekt lijnen over zijn knappe gezicht.

'Prima,' geef ik toe, hoewel ik weet dat we geen tijd meer kunnen verspillen. We verzamelen ons rond een geïmproviseerde tafel en ik dwing mezelf om voorbij mijn instinctieve angst te gaan. 'Luister allemaal. Ja, Declans krachten zijn doodeng. Maar we moeten onthouden waarom we dit doen: om Diana te stoppen.'

'We kunnen onze angst voor het onbekende ons niet laten tegenhouden.' Het is Athina's stem als ze naast me komt staan, haar kalme autoriteit ondersteunt mijn argument.

'Bovendien,' voeg ik eraan toe, mijn vuisten ballend en elk lid van het team in de ogen kijkend, 'heeft Declan zichzelf keer op keer bewezen. Hij is toegewijd aan onze zaak en dat is niet veranderd alleen omdat hij nu in het niets kan verdwijnen.'

'Waar,' geeft Sapphire toe, haar stem nauwelijks hoorbaar. 'Maar het is nog steeds moeilijk te bevatten.'

'Wen er maar aan,' grom ik, gefrustreerd door hun aarzeling. 'We hebben geen tijd voor twijfel of angst. We moeten Declan vertrouwen en samenwerken als we een schijn van kans willen maken tegen Diana.'

'Oké, oké,' zucht Topaz en steekt zijn handen overgevend op. 'We snappen het. Laten we gewoon... verder gaan.'

'Goed,' zeg ik, en knik ferm. 'Laten we nu weer gaan trainen.'

Terwijl we onze training hervatten, voel ik een vonkje trots als ik zie hoe het team hun angst opzijzet en samenwerkt. En hoewel een deel van mij zich nog steeds zorgen maakt over wat Diana's serums in Declan hebben losgelaten, weet ik één ding zeker: we zullen alle uitdagingen die voor ons liggen, samen het hoofd bieden.

HOOFDSTUK EENENDERTIG

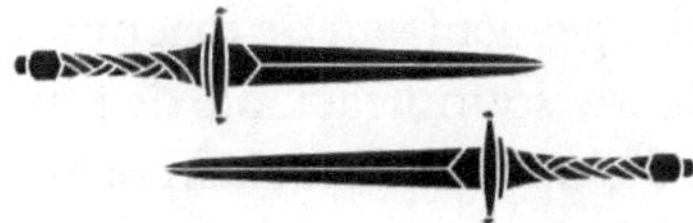

EEN ZACHT GEZOEM KOMT van de buitgemaakte apparatuur terwijl Athina en ik ineengedoken zitten in het verlaten pakhuis, onze nieuwste geïmproviseerde basis. De zachte gloed van de schermen werpt griezelige schaduwen op haar oudere gezicht en benadrukt rimpels die getuigen van een doorleefd, maar nooit makkelijk leven.

Terwijl we de onderschepte communicatie doorploegen, Diana's snode bedoelingen ontcijferen en haar bewegingen volgen, flitsen er beelden door mijn hoofd van wat ze me al heeft aangedaan – de onstabiele kracht die door mijn aderen gonst is een constante herinnering aan de immense dreiging die zij vormt. Maar deze keer ben ik niet de enige die gevaar loopt. Het is de hele paranormale wereld en iedereen die afhankelijk is van de bescherming van het Bureau.

'Artemis, gaat het?' vraagt Athina, die mijn gebalde vuisten en snelle ademhaling heeft opgemerkt.

'Nooit beter,' pers ik er met een geforceerde glimlach uit. 'Ik dacht er alleen aan hoe bevredigend het zal zijn om Diana's reet te schoppen.'

'Ik ook,' stemt Athina somber in, een felle flits in haar ogen. 'Maar eerst moeten we meer informatie verzamelen over waar we precies tegenover staan.'

Ik haal langzaam adem, vastbesloten om mijn kolkende angst niet te tonen. 'Inderdaad. Kennis is macht, tenslotte. Laten we aan het werk gaan.'

Ik kijk hoe Athina's behendige vingers over de buitgemaakte apparatuur dansen, haar voorhoofd gefronst in concentratie. Het gezoem van de machines vult de kamer, een onheilspellende soundtrack die de gruwelijke waarheden benadrukt die op het punt staan onthuld te worden.

'Ik heb het,' kondigt Athina kortaf aan. 'Dit is... erger dan we beseften.'

'Natuurlijk is het dat,' mompel ik bitter. 'Want het was allemaal al niet erg genoeg.'

Athina werpt me een scherpe blik toe, maar hapt niet. In plaats daarvan wijst ze naar het scherm waar regels versleutelde tekst voorbijscrollen. 'Diana is van plan de macht en invloed van het Bureau te gebruiken om een coup te plegen, de regering omver te werpen en zichzelf als hoogste leider te installeren.'

Ik dwing mezelf tot een schorre lach om de angst die in me wervelt te verbergen. 'Natuurlijk. Waarom zou je stoppen bij het verpesten van ons leven als je ieders leven kunt verpesten?'

'Artemis, alsjeblieft,' snauwt Athina, haar geduld raakt op. 'Dit is uiterst serieus. Uit deze communicatie blijkt dat Diana slapende agenten heeft die klaarstaan om de regering van binnenuit te compromitteren.'

Ik word bleek en mijn sarcastische humor verdampt. 'Wacht, je bedoelt dat mensen binnen de regering in het geheim loyaal aan haar zijn?'

'Precies,' bevestigt Athina somber. 'Zodra ze geactiveerd zijn, zullen ze het leiderschap ondermijnen en de weg vrijmaken voor Diana's machtsovername.'

'Goden, het is net een hydra,' mompel ik, terwijl mijn gedachten op hol slaan om dit te verwerken. 'Hak je één hoofd af, dan groeien er twee terug.'

'Behalve dat de hoofden mensen zijn die bereid zijn alles te vernietigen wat we hebben opgebouwd,' voegt Athina er zwaar aan toe. 'Als Diana slaagt, staat de toekomst van de paranormale wereld op het spel.'

Ik vermant mezelf en verklaar: 'Dan zorgen we er verdomme voor dat ze niet slaagt, koste wat het kost.'

'Eens,' Athina kijkt me fel aan. 'Maar eerst moeten we haar slapende agenten neutraliseren. Als we die dreiging het hoofd bieden, kunnen we haar coup stoppen voordat die begint.'

Ik dwing mezelf om me op de taak te concentreren. 'Oké, laten we dan aan het werk gaan.'

We analyseren de data vanuit elke hoek, op zoek naar patronen en aanwijzingen. Mijn ogen branden van vermoeidheid, maar ik dwing mezelf om de versleutelde berichten die voorbijflitsen te blijven scannen. Er hangt te veel van af dat we Diana's netwerk van slapende agenten ontmaskeren voordat het te laat is. We mogen niet falen.

Geleidelijk aan beginnen we een lijst van mogelijke agenten samen te stellen op basis van digitale vingerafdrukken en communicatie. Het is eentonig, nauwgezet werk, maar langzaam maar zeker ontstaat er een beeld: pseudoniemen, codewoorden, ontmoetingsplaatsen.

'Kijk hier,' zegt Athina en tikt opgewonden op het scherm. 'Deze naam blijft maar opduiken, maar hij heeft geen officiële regeringsfunctie. Hij moet een hooggeplaatste slapende agent zijn.'

'Goed gezien,' zeg ik, terwijl ik het snel natrek. Mijn ogen worden groot. 'Hij heeft contact gehad met meer dan een dozijn verdachten. Absoluut een topcoördinator.'

We wisselen een gespannen maar triomfantelijke blik uit. Eindelijk, een solide spoor om te volgen. Als we deze agent kunnen laten overlopen, of hem op zijn minst kunnen neutraliseren, zou dat Diana's plannen ernstig kunnen ondermijnen.

'Laten we dieper graven in de contacten en activiteiten van deze man,' besluit ik. 'Kijken welke andere connecties we kunnen ontdekken.'

Athina knikt, hernieuwd energiek. 'Ik ga ermee aan de slag. We zullen het hele web in kaart brengen en dan een strategie ontwikkelen om het te ontmantelen.'

Mijn borstkas wordt iets ruimer nu we een duidelijk doelwit hebben. Misschien kunnen we Diana's coup toch voorkomen, hoe onmogelijk het ook lijkt.

Er is nog steeds hoop, zolang we verenigd blijven. En falen is simpelweg geen optie, niet met zoveel onschuldige levens op het spel.

'Sprakeloosheid en ontzetting' is niet eens een begin om te beschrijven hoe ik me voel als Athina klaar is met het decoderen van die snode berichten. Mijn polsslag racet en mijn vingers trillen van de gewelddadige drang om iets te verpletteren – bij voorkeur Diana's keel. Voor nu kan ik alleen maar zuchten en een sardonische grijns forceren. 'Nou, dat is me ook weer wat moois.'

'Artemis,' berispt Athina scherp, haar warme bruine ogen boren zich in de mijne. 'Dit is geen lachertje.'

'Geloof me, ik lach niet,' antwoord ik door op elkaar geklemde tanden, mijn vuisten gebald langs mijn zij. 'Ik dacht alleen niet dat ouderwetse, megalomane machtsovernames nog in de mode waren. Wat volgt, een geheime vulkaanbasis en een kat om dreigend te aaien?'

'Genoeg grappen. Concentreer je,' snauwt Athina, en trekt me terug naar de harde realiteit. 'We moeten een manier vinden om deze slapende agenten te stoppen en te voorkomen dat Diana de controle over de regering krijgt.'

Ik adem hard uit en probeer mijn opkomende sarcasme te bedwingen – hoewel dat met de minuut moeilijker wordt gezien de surrealistische aard van onze situatie. 'Goed. Nog briljante ideeën over hoe we dat moeten flikken?'

'Ten eerste moeten we de agenten identificeren die ze heeft geplant,' zegt Athina ernstig. 'Zodra we weten wie ze zijn, kunnen we eraan werken om ze te neutraliseren.'

'Geweldig plan!' mompel ik binnensmonds. 'Want diep geïnfiltreerde dubbelagenten identificeren is zo'n makkelijke taak, toch? Vooral als ze letterlijk in iedereen kunnen veranderen. Laten we gewoon Diana's hol binnenwandelen en haar vriendelijk vragen om geen machtsbeluste psychopaat meer te zijn.'

'Artemis,' waarschuwt Athina, die mijn toenemende frustratie voelt. 'Ik weet dat dit onmogelijk lijkt, maar er staan onschuldige levens op het spel, om nog maar te zwijgen van het weefsel van onze samenleving.'

Ik dwing mezelf diep adem te halen en probeer mijn bijdehante commentaar voorlopig opzij te schuiven. 'Oké, dus hoe ontmaskeren we deze slapende agenten?'

'Laten we beginnen met het doorspitten van de archieven van het Bureau,' stelt Athina voor, terwijl ze doelbewust naar haar laptop loopt. 'Diana was jarenlang een agent van het Bureau. Een analyse van haar contacten kan leiden tot sporen over wie er gecompromitteerd is.'

Ze begint snel de overblijfselen van de databases van het Bureau te hacken. 'We zullen ook degenen opsporen die het dichtst bij Diana stonden – vrienden, collega's, minnaars. Iedereen die misschien iets heeft gezien wat ze niet hadden moeten zien.'

Ik hoor de flikkering van twijfel in Athina's stem. Ze weet dat dit niet gemakkelijk zal zijn. Maar we hebben geen andere opties.

'Klinkt als een hels feestje,' grap ik, in een poging de drukkende spanning te verlichten. 'Misschien kunnen we er ook nog een chique paranormaal gala bij verstoren.'

'Concentreer je, Artemis,' berispt Athina, maar er is nu een zweem van een glimlach. 'Geen tijd voor sarcasme.'

'Jij bent ook geen feestnummer,' zucht ik dramatisch, voordat ik mezelf dwing serieus te worden. Er staan levens op het spel. We moeten voorkomen dat Diana's verwrongen visie wordt losgelaten.

'Laten we dit doen,' verklaar ik vastberaden, en zet me schrap voor de monumentale inspanningen die voor ons liggen.

Het is langzaam, eentonig werk om door fragmenten van data te spitten, op zoek naar patronen of aanwijzingen die de verraders zouden kunnen identificeren die zich onder ons schuilhouden. De meeste archieven van het Bureau waren gewist, maar Athina slaagt erin een paar corrupte snippers te redden – genoeg om een lijst samen te stellen van Diana's bekende vroegere relaties. Het is niet veel, maar het is een begin.

Naarmate de uren verstrijken, analyseren we om de beurt de gegevens, vergelijken we namen, locaties, communicatie. Alles wat kan wijzen op een verborgen band met Diana. Mijn ogen branden van vermoeidheid, maar ik dwing mezelf om de duizelingwekkende stromen informatie die over de schermen flitsen te blijven scannen. Er hangt te veel van af dat we deze verraders ontmaskeren voordat het te laat is. We mogen niet falen.

Geleidelijk aan beginnen we een profiel samen te stellen van Diana's activiteiten en contacten in haar laatste jaren bij het Bureau, voordat ze de organisatie de rug toekeerde. Patronen komen langzaam naar voren, hints van geheime ontmoetingen en versleutelde communicatie die wijzen op een onzichtbaar netwerk dat zelfs toen al onder de oppervlakte op de loer lag. We moeten gewoon blijven graven.

'Hier, deze naam blijft maar opduiken, maar hij was slechts een junior analist,' mompelt Athina en tikt op het scherm. 'Geen reden voor Diana om zo vaak contact met hem op te nemen, tenzij...'

'Hij al een slapende agent was,' maak ik opgewonden af. 'Goed gezien. Laten we dieper in deze graven, kijken wat er nog meer met hem in verband staat.'

We wisselen een gespannen maar triomfantelijke blik uit. Het is het eerste solide spoor te midden van de bergen data. Als we deze agent kunnen laten overlopen, zou dat Diana's plannen ernstig kunnen ondermijnen. Er is nog hoop.

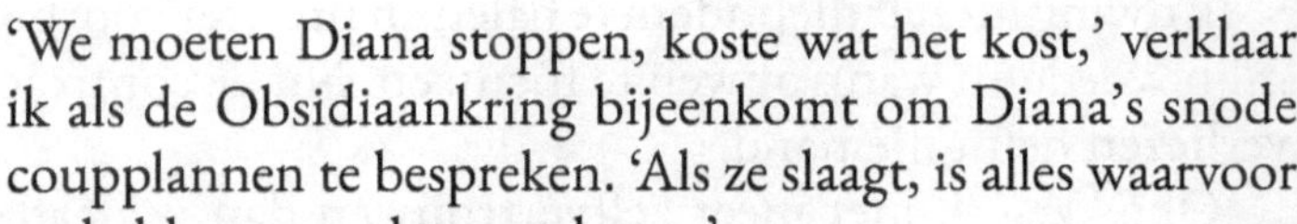

'We moeten Diana stoppen, koste wat het kost,' verklaar ik als de Obsidiaankring bijeenkomt om Diana's snode coupplannen te bespreken. 'Als ze slaagt, is alles waarvoor we hebben gevochten verloren.'

Een gemompel van instemming golft door de kamer. Onze koers is duidelijk – we moeten dit complot met alle mogelijke middelen ondermijnen. Het eindspel is begonnen.

Declan schuifelt ongemakkelijk. 'Haar plan publiekelijk onthullen zou massale paniek kunnen veroorzaken,' merkt hij ernstig op. 'Het zou haar precies in de kaart kunnen spelen, waardoor ze ons als staatsvijanden kan afschilderen. Weet je nog wat er gebeurde toen we het Bureau ontmaskerden? We hadden geluk dat de publieke opinie onze kant op ging. Maar Diana zal beter voorbereid zijn om de boel tegen ons te keren.'

Na een intens debat besluiten we voorzichtig dat geheime sabotage van Diana's faciliteiten en hybride troepen onze beste optie is, samen met het identificeren en neutraliseren van haar bondgenoten binnen de regering.

Als we haar leger in het geheim kunnen verzwakken en belangrijke strategische spelers kunnen uitschakelen, zal dat de basis van haar geplande machtsovername aantasten.

'Het is ongelooflijk riskant,' geeft Declan toe. 'Maar we hebben nu bijna geen tijd en opties meer. Haar raken waar het echt pijn doet, in de schaduw, is misschien onze enige haalbare weg die over is.'

'Dan zullen we het slimmer moeten aanpakken,' antwoordt Athina, haar uitdrukking verhardt van vastberadenheid. 'Een manier vinden om die arme proefpersonen te bevrijden en Diana's netwerk te ontmantelen zonder daarbij al te veel chaos te veroorzaken.'

'Geen druk, hoor,' mompel ik binnensmonds bitter.

Ik dwing mezelf diep adem te halen en probeer voorbij mijn woede en wantrouwen te focussen. Nu de controle verliezen helpt niemand.

'Oké,' zeg ik met meer zelfvertrouwen dan ik daadwerkelijk voel. 'Laten we dit doen. Maar uiterste zorgvuldigheid is vereist – als Diana ontdekt waar we mee bezig zijn, is het einde verhaal voor ons allemaal.'

'Begrepen,' knikken Athina en Declan beiden plechtig, hun gezichten somber.

'Maak je dan maar klaar voor een helse rit,' waarschuw ik hen, terwijl ik mijn vuisten stevig bal. Als ik iets heb geleerd sinds deze nachtmerrie begon, is het dat niets wat met Diana Foxberry te maken heeft ooit eenvoudig is.

En ondanks onze beste bedoelingen, spelen we haar misschien wel precies in de kaart. Maar we zullen niet ten onder gaan zonder een verwoed gevecht. Niet zolang er onschuldige levens op het spel staan.

Een voor een geven we plechtig onze toestemming om door te gaan met de geheime sabotagecampagne. Er staat nu te veel op het spel om te aarzelen. Levens hangen aan een zijden draadje en we mogen niet wankelen.

Ik vermant mezelf en kijk elk van hen om de beurt aan. 'Het is tijd om het echte gevecht naar Diana te brengen voordat ze de wereld haar verwrongen visie kan opdringen. Staan jullie nog steeds achter me?'

Hun vastberaden uitdrukkingen brengen woordeloos de diepte van hun toewijding aan deze zaak over. We zijn nu verenigd in ons doel – deze coup met alle middelen ondermijnen, ongeacht de kosten.

De teerling is geworpen, en onze koers is duidelijk. Er zijn nu nog maar twee uitkomsten mogelijk: overwinning of vergetelheid.

In de dagen die volgen plannen we nauwgezet onze geheime aanvallen, waarbij we blauwdrukken en beveiligingspatronen analyseren om de schade te maximaliseren en het risico op ontdekking te minimaliseren. Slaap komt spaarzaam terwijl we debatteren over strategie, onvoorziene omstandigheden, noodprotocollen. Falen is geen optie, maar voorzichtigheid is cruciaal – één misstap kan alles verdoemen.

Maar geleidelijk aan krijgt een werkbaar plan vorm. Onze toegang tot Diana's geheime datastromen blijkt van onschatbare waarde, en onthult zwakheden en gaten die we kunnen uitbuiten. Haar arrogantie verblindt haar voor de dreiging die zich recht onder haar neus ontwikkelt. Een fout waar we haar flink spijt van zullen laten krijgen.

Wanneer we ons eindelijk voorbereid voelen, roep ik de Kring nog een laatste keer bijeen. In de kamer zie ik in elk paar ogen dezelfde vastberaden toewijding schijnen. Onze aantallen zijn klein tegenover de krachten die tegen ons zijn opgesteld, maar we staan verenigd en klaar voor de beproevingen die voor ons liggen.

'Er is geen weg meer terug, mijn vrienden,' zeg ik plechtig tegen hen. 'Zodra we deze koers inslaan, brengen we Diana ten val, of ze zal ons allemaal begraven. Zijn jullie er echt klaar voor?'

Een koor van instemming klinkt zonder aarzeling. Deze dappere zielen zullen me volgen, wat er ook gebeurt, zelfs als het ons allemaal de afgrond van de vergetelheid in leidt. Hun moed en loyaliteit raken me diep in dit donkere uur.

Ik recht mijn schouders en bereid me voor om het bevel te geven voor onze eerste aanval onder dekking van de nacht. Diana's verwrongen heerschappij eindigt nu, koste wat het kost.

Hoofdstuk Tweeëndertig

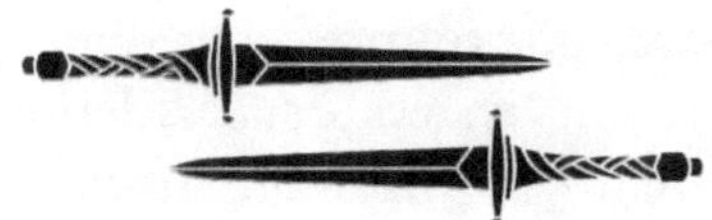

'Oké, laten we het over risico's hebben,' zeg ik, terwijl ik door de schemerige kamer ijsbeer. Het gewicht van onze situatie drukt op me, perst als een bankschroef om mijn borstkas. 'Wat voor gestoorde paranormale beveiligingsmaatregelen heeft deze plek?'

'Voor zover ik me herinner, hielden bewakingscamera's elke centimeter van het lab in de gaten,' zegt Declan, terwijl hij zijn vingers door zijn warrige haar haalt. 'En waarschijnlijk ook wat infraroodsensoren.'

'Geweldig. Dus ongemerkt binnensluipen wordt ongeveer net zo makkelijk als snoep stelen van een dolle weerwolf,' mompel ik, niet in staat om met mijn sarcastische humor de onrust te verbergen die in me kolkt.

'Artemis, ik zal er alles aan doen om ons onopgemerkt naar binnen te krijgen,' stelt Declan me gerust, zijn stem vastberaden maar met een zweem van dezelfde angst die aan mijn ingewanden knaagt. 'Ik heb aan mijn nieuwe gave gewerkt. Ik kan nu iemand met me meenemen door de schaduwen.'

'Laten we hopen dat je geheugen zo goed is als je denkt,' antwoord ik, terwijl ik probeer zelfverzekerd te klinken ondanks de verstikkende angst die me bekruipt. 'En dat ze die plek niet hebben verlicht als de middagzon in de woestijn.' Ik proest het uit, mijn sarcasme op standje elf. 'En de kluis met het serum? Waar denk je dat ze de hoofd- prijs aan levensreddende prut zouden bewaren?'

'De laatste keer dat ik er was, bevond het lab van Fox zich in een zwaar beveiligde ruimte op de onderste verdieping. Biometrische sloten, versterkte stalen deuren, de hele mik- mak,' zegt hij met een grimmige uitdrukking. 'Zonder mijn schaduwvaardigheden was ik er nooit uitgekomen. En ze kunnen dingen sindsdien veranderd hebben, de toe- gang en ontsnapping nog moeilijker gemaakt hebben.'

'Natuurlijk. Want waarom zou iets ooit makkelijk zijn voor ons?' mopper ik, terwijl ik mijn vuisten bal. De gedachte aan meer onbekende obstakels geeft me zin om te schreeuwen.

'Artemis,' Declan legt een troostende hand op mijn schouder, wat me grondt. 'We vinden hier wel een oploss- ing voor. We hebben geen andere keus.'

'Zeker weten van niet,' beaam ik, en ik haal diep adem om mezelf te kalmeren. 'Laten we het plan nog eens doornemen, vanaf het begin. Elk detail, elke mogelijke eventualiteit. Als we dit gaan doen, moeten we op alles voorbereid zijn.'

'Eens,' knikt hij, en zijn gelaatstrekken verharden van vastberadenheid. 'Laten we dit doen. In het belang van ons beiden.'

Terwijl we ons opnieuw op de planning van onze huiv- eringwekkende inbraak storten, kan ik het niet helpen me af te vragen of deze wanhopige gok echt onze enige kans op redding is. Maar met elke hartslag tikt de klok door, en rest me geen andere keus dan de duisternis in te stappen, hand in hand met Declan, tegen beter weten in hopend dat we er ongeschonden en zegevierend uit zullen komen.

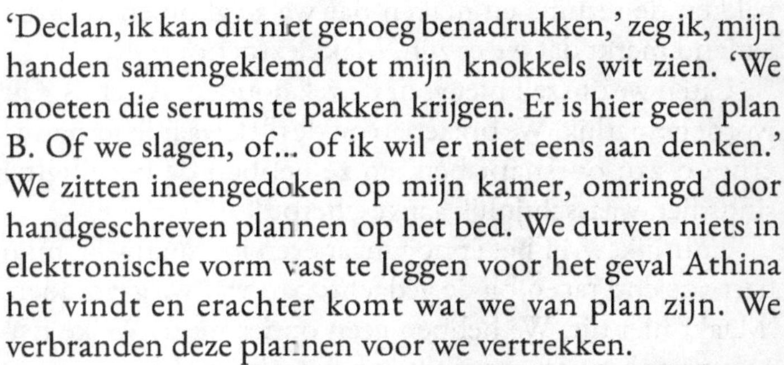

'Declan, ik kan dit niet genoeg benadrukken,' zeg ik, mijn handen samengeklemd tot mijn knokkels wit zien. 'We moeten die serums te pakken krijgen. Er is hier geen plan B. Of we slagen, of... of ik wil er niet eens aan denken.' We zitten ineengedoken op mijn kamer, omringd door handgeschreven plannen op het bed. We durven niets in elektronische vorm vast te leggen voor het geval Athina het vindt en erachter komt wat we van plan zijn. We verbranden deze plannen voor we vertrekken.

Hij pakt mijn schouders vast, zijn hazelnootkleurige ogen vol bezorgdheid. 'Ik weet het. En ik zweer je, ik zal alles doen wat nodig is om ze te pakken te krijgen. Ik laat niet toe dat jou iets overkomt.'

Ik knik, een brok vormt zich in mijn keel. 'Je had het over een infiltratiepunt?'

'Juist.' Hij haalt een verfrommeld stuk papier uit zijn zak en vouwt het open, waarop een ruwe schets van de plattegrond van het gebouw te zien is. 'Dit is wat ik me van mijn tijd daar herinner, en wat ik kan samenstellen uit de blauwdrukken en de verschillende plekken die ik zag toen ik me een weg naar buiten schaduwsprong. De hoofdingang wordt zwaar bewaakt, maar er is een laadperron aan de achterkant dat direct naar de onderste verdieping leidt en niet goed verlicht is. Dat is misschien onze beste kans.'

Ik buig me voorover en bestudeer de kaart. 'En de serumkluis is daar ook beneden?'

'Een verdieping lager, denk ik. Misschien twee.' Hij haalt zijn schouders op. 'Het schaduwspringen was toen nog nieuw. Willekeuriger. Ik weet dat ik op sommige plekken meer dan eens kwam, het was verwarrend.'

'Fantastisch,' mompel ik. Ik slik, en probeer de angst die in me woedt niet te laten zien. 'Dus als alles volgens plan verloopt, sluipen we via de schaduwen naar binnen, pakken de serums en maken dat we wegkomen voordat iemand merkt dat we er zijn. Makkie, toch?'

'Laten we onszelf niet voor de gek houden, Artemis. Dit wordt gevaarlijk. We breken in op de plek waar ik ternauwernood aan ontsnapt ben, en ze hebben de beveiliging sindsdien waarschijnlijk aangescherpt.'

'Tuurlijk, wrijf het er nog maar even in,' snauw ik, mijn hart voelend racen bij de gedachte aan wat we gaan doen. 'Maakt niet uit. We hebben geen opties meer. Welke risico's we ook lopen, we moeten het proberen.'

'Geloof me, dat weet ik,' zegt hij, en zijn stem wordt zachter. 'En ik sta je bij, elke stap van de weg.'

'Goed om te weten,' antwoord ik, terwijl ik de brok in mijn keel probeer weg te slikken. 'Laten we het plan nog eens doornemen. En laten we deze keer proberen te anticiperen op alles wat er mis kan gaan.'

'Zoals wat?' vraagt hij, zijn voorhoofd gefronst.

'Bewakingscamera's, alarmen, bewakers, meer hybriden, noem maar op. We moeten op alles en iedereen voorbereid zijn.'

'Oké, we hebben een solide ontsnappingsstrategie nodig,' zegt Declan, terwijl hij nadenkend over zijn kin wrijft. 'Als we hybriden tegenkomen, zijn we er gloeiend bij zonder een back-upplan.'

'Understatement van de eeuw,' mompel ik, mijn hart wild bonzend in mijn borst. Alleen al de gedachte aan die monsterlijke creaties bezorgt me kippenvel. 'Nog lumineuze ideeën?'

Declan bestudeert de ruwe kaart die we op de vloer hebben getekend met een kritische blik. 'We zouden hier en hier wat afleidende explosies kunnen plaatsen,' stelt hij voor, wijzend naar twee plekken bij de ingang van het lab. 'Dat zou de aandacht van eventuele hybriden moeten trekken, en het vuur zal schaduwen creëren die ik kan gebruiken om sprongen te maken.'

'Klinkt riskant, maar het zou kunnen werken,' geef ik toe, bijtend op mijn lip. Mijn handpalmen zijn zweterig, en ik kan maar niet stoppen met friemelen. 'Maar wat als ze ons te pakken krijgen voordat we eruit zijn?'

'Dan vechten we als de hel,' antwoordt hij grimmig, zijn ogen ontmoeten de mijne. 'Jij bent meer dan in staat om je mannetje te staan, Artemis. En ik zal precies naast je staan. Je weet dat ik je nooit in de steek zal laten.'

'Bedankt voor het vertrouwen,' zeg ik, en ik dwing een glimlach op mijn gezicht. Maar vanbinnen gil ik het uit. De inzet is hoger dan ooit, en ik kan het me niet veroorloven om dit te verpesten. Als ik dat serum niet krijg, ga ik het niet redden. Malcolm heeft vrij duidelijk laten doorschemeren dat ik niet veel tijd meer heb.

'Kijk, ik weet dat je bang bent,' zegt Declan zacht, en legt een hand op mijn schouder. 'Maar we staan voor elkaar klaar, oké? We gaan het redden en met het geneesmiddel uit dat lab lopen.'

'Absoluut,' antwoord ik, mijn stem breekt licht. Ik haal diep adem, in een poging mezelf te kalmeren. 'Laten we alles nog één keer doornemen, voor de zekerheid.'

'Oké,' stemt hij in. 'Infiltratiepunt is hier, pad door het lab is hier, en de serumkluis zou ergens in dit gebied moeten zijn.'

'Explosies hier en hier voor de afleiding,' voeg ik toe, wijzend naar de aangewezen plekken op onze geïmproviseerde kaart. 'En als alles naar de hel gaat, vechten we ons een weg naar buiten.'

'Precies,' knikt Declan. 'We kunnen dit, Artemis. Onthoud gewoon dat we een team zijn, en er is niets dat we niet samen aankunnen.'

'Ik zal proberen dat in gedachten te houden,' zeg ik, terwijl ik nog een glimlach forceer. Maar diep vanbinnen kronkelt de angst nog steeds als een slang om mijn hart, dreigend om elke hoop die ik nog heb te wurgen. Er is geen ruimte voor fouten, niet als de inzet zo hoog is. Maar wie houd ik voor de gek? Met mijn geluk gaat er geheid iets mis.

'Oké, dus we gaan naar binnen via het achterdok, vermijden de beveiligingscamera's hier en hier...' herhaalt Declan zachtjes, zijn vinger volgt ons pad op het papier.

'Juist, en dan bereiken we de serumkluis. God weet wat we daar zullen aantreffen,' mompel ik, rillend bij de gedachte aan de monsterlijkheden die binnen die muren op de loer liggen. Mijn hart slaat op hol, maar ik dwing mezelf kalm te blijven. Paniek zal me nu niet redden.

'Artemis,' zegt Declan plotseling, zijn stem zacht en dringend. 'Wat er daarbinnen ook gebeurt, onthoud gewoon: we zijn een team. We kunnen dit.'

Ik knik, maar de angst knaagt nog steeds aan de randen van mijn vastberadenheid. Op zoek naar moed, trek ik Declan in een felle omhelzing en voel de vaste hartslag van zijn hart tegen mijn borst. Er is iets troostends in de wetenschap dat we allebei nog steeds menselijk zijn, althans, grotendeels.

'Samen hebben we een kleine kans,' fluister ik in zijn oor, mijn stem nauwelijks hoorbaar boven het bonzende bloed in mijn oren. 'Alleen... ben ik gedoemd.'

'Hé,' mompelt Declan, en hij trekt zich terug om me in de ogen te kijken. 'Denk niet zo. We komen hier wel doorheen. Jij en ik, tegen de wereld.'

'Of in ieder geval tegen een verdomd griezelig lab,' probeer ik te grappen, maar het klinkt zwak en hol.

'Precies,' zegt hij met een kleine, vastberaden glimlach. 'Kom op, laten we je leven gaan redden.'

'Klinkt als een plan,' stem ik in, ook al schreeuwt elke cel in mijn lichaam dat ik de andere kant op moet rennen. Maar er is geen weg terug. Het is erop of eronder, en ik ben verdomme niet van plan om eronder te gaan.

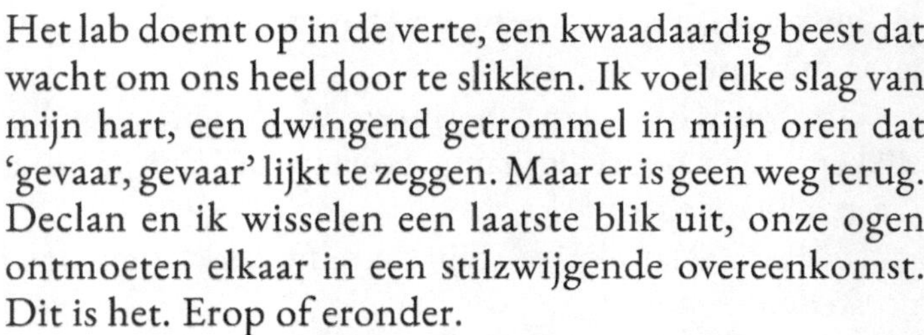

Het lab doemt op in de verte, een kwaadaardig beest dat wacht om ons heel door te slikken. Ik voel elke slag van mijn hart, een dwingend getrommel in mijn oren dat 'gevaar, gevaar' lijkt te zeggen. Maar er is geen weg terug. Declan en ik wisselen een laatste blik uit, onze ogen ontmoeten elkaar in een stilzwijgende overeenkomst. Dit is het. Erop of eronder.

'Klaar voor?' vraagt hij, zijn stem nauwelijks meer dan een fluistering. De spanning tussen ons is voelbaar, een stroomdraad die vonkt van angst en vastberadenheid.

'Nooit,' grap ik, terwijl ik een grijns op mijn gezicht forceer. 'Maar laten we het toch maar doen.'

'Blijf dichtbij,' waarschuwt hij, zijn greep om mijn hand wordt steviger. 'En onthoud het plan. We gaan naar binnen, pakken de serums en maken dat we wegkomen.'

'Fluitje van een cent,' lieg ik. Mijn handpalmen zijn klam, en ik kan het beeld van die monsterlijke hybriden die in de schaduwen loeren niet van me afschudden, wachtend op een kans om ons aan flarden te scheuren.

'Artemis,' zegt Declan plotseling, zijn stem zacht en dringend. 'Onthoud: we zijn een team. We kunnen dit.'

'Absoluut.' Ik knik, en probeer meer zelfvertrouwen uit te stralen dan ik voel. Nu komt het eropaan.

De zon zakt onder de horizon en hult de wereld in een duistere schemering. In het vervagende licht bewegen we als schaduwen, glijdend door de duisternis richting het lab. Elke stap voelt als waden door drijfzand: langzaam en verstikkend, maar ik dwing mezelf vooruit, gedreven door pure wanhoop.

'Bijna daar,' mompelt Declan, pauzerend aan de rand van een kapot hek van gaasdraad. Daarachter ligt onze bestemming: een gedrongen betonnen gebouw, badend in een ziekelijk geel licht. De buitenkant is onopvallend, bijna lachwekkend, maar ik weet beter dan me door de schijn te laten misleiden.

'Onthoud het plan,' herinner ik mezelf, moeilijk slikkend tegen de gal die in mijn keel opwelt. 'Erin en eruit. Geen heldendaden.'

'Juist.' Declan knikt, zijn hazelnootkleurige ogen donker en serieus. 'Laten we gaan.'

Met een laatste diepe ademteug stappen we door het hek en laten de relatieve veiligheid van de buitenwereld achter ons. Terwijl we naar de ingang van het lab sluipen, kan ik niet anders dan denken aan wat ons binnen te wachten staat, en wat er zal gebeuren als we falen. Mijn leven hangt aan een zijden draadje, met elk voorbijgaand moment worden de kansen somberder.

'Artemis.' Declan legt een hand op mijn schouder, zijn aanraking warm en standvastig, zelfs nu mijn zenuwen dreigen te bezwijken. 'We komen hier wel doorheen. Jij en ik, tegen de wereld.'

'Of in ieder geval tegen een verdomd griezelig lab,' slaag ik erin te zeggen, een poging tot luchtigheid om de terreur te maskeren die aan mijn ingewanden klauwt.

'Precies.' Hij grijnst, de uitdrukking fel en vastberaden. 'Kom op, laten we je leven gaan redden.'

'Klinkt als een plan,' ga ik akkoord, mezelf schrap zettend voor de komende vuurproef.

HOOFDSTUK DRIEËNDERTIG

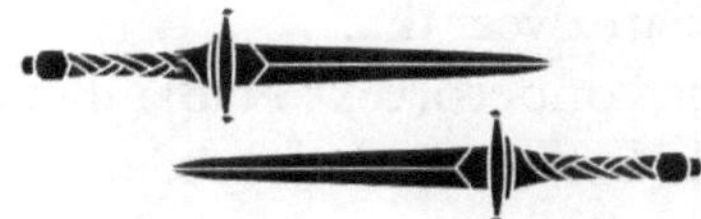

DE MAAN WERPT EEN sinistere gloed over het verlaten pakhuisdistrict terwijl Declan en ik het lab naderen, onze laarzen zacht knarsend op het grind onder ons. Dit is het moment. Tijd om de kluis te infiltreren en dat serum te bemachtigen.

Net als we onze zet willen doen, komt er een groep figuren uit de schaduwen van de nabijgelegen steegjes tevoorschijn. Met een bonzend hart grijp ik instinctief naar mijn pistool, maar dan herken ik ze. Athina, Nadia, Malcolm en de rest van de Cirkel. Wat doen zij hier in vredesnaam?

'Malcolm,' grom ik. 'je hebt het lef.'

'Artemis, het spijt me,' zegt hij, terwijl hij verontschuldigend zijn schouders ophaalt. 'Ik kon niet toestaan dat jij en Declan dit alleen probeerden. Ik heb het de anderen verteld, tegen jouw wensen in.'

'Reken maar, tegen mijn wensen in.' Mijn vuisten ballen zich aan mijn zijden. 'Je had er het recht niet toe.'

'Kijk,' zucht hij, en hij gaat met een hand door zijn warrige zwarte haar. 'We doen dit allemaal samen. Jullie hebben versterking nodig.'

'Versterking? Ha!' Ik snotter, mijn woede stijgt. 'Ik kan me niet herinneren dat ik erom gevraagd heb.'

'Artemis,' zegt Athina op zachte toon, en ze legt een hand op mijn schouder. 'Je kunt niet alles alleen blijven doen. We zijn een team.'

'Goed,' ik klem mijn tanden op elkaar en dwing mezelf een beetje te ontspannen. 'Maar als een van jullie dit verprutst, dan zweer ik...'

'Rustig maar,' onderbreekt Nadia met een grijns. Ze ziet eruit als de liefste voetbalmoeder, maar ze is misschien wel de gevaarlijkste persoon die ik ooit heb ontmoet. 'We staan achter je.'

'Geweldig,' mopper ik en ik rol met mijn ogen. 'Daar zat ik nou net op te wachten.'

'Bewaar je sarcasme voor later, Artemis,' zegt Declan zacht, zijn hazelnootkleurige blik gericht op het opdoemende labgebouw. 'We hebben werk te doen.'

'Inderdaad,' geef ik toe en ik haal diep adem. Ik voel een steek van dankbaarheid voor mijn samengeraapte team. Ze zijn misschien strontvervelend, maar ze staan tenminste wel achter me. 'Nou, jullie zijn hier nu, dus jullie kunnen net zo goed blijven. Dus, wat is het briljante plan?'

Nadia stapt naar voren en strijkt haar gewone bruine haar achter haar oor. 'We voeren een frontale aanval uit op het lab als afleidingsmanoeuvre. Dat zou jou en Declan de opening moeten geven die jullie nodig hebben om achterom naar binnen te sluipen en te midden van de chaos bij de serumkluis te komen.'

'Frontale aanval?' Ik trek een wenkbrauw op. 'Klinkt riskant.'

Nadia glimlacht alleen maar, en ik word er weer aan herinnerd hoe gevaarlijk ze is achter die o-zo-normale façade. 'Ze zullen niet weten wat hen overkomt.'

'Goed.' Ik zucht en bekijk de donkere straten om ons heen. De stad voelt vannacht levend, gonzend van verwachting. 'Dus wanneer beginnen we dit feestje?'

'Tien minuten,' Nadia kijkt op haar horloge. 'Iedereen staat op zijn positie en is er klaar voor.'

Er vormt zich een brok in mijn keel als ik zie hoe de Cirkel zich klaarmaakt voor de strijd, hun gezichten getekend door grimmige vastberadenheid. Het is overweldigend om te beseffen dat ze alleen voor mij al zoveel zouden riskeren, en het vergt al mijn zelfbeheersing om niet ter plekke in een hoopje dankbaarheid te veranderen.

'O, zeg niet dat je nu sentimenteel wordt, Artemis?' plaagt Nadia, haar glimlach warm ondanks de situatie. 'Ik dacht niet dat onze onbevreesde leider een zachte kant had.'

'Hé, zelfs de stoerste mensen hebben gevoelens, voetbalmoeder,' werp ik tegen, terwijl ik een grijns op mijn gezicht forceer. Mijn hart racet in mijn borst, maar ik kan het me niet veroorloven dat te laten zien. We hebben per slot van rekening een klus te klaren.

Nadia grinnikt en schudt haar hoofd. 'Weet je, het werd tijd dat we je een wederdienst bewezen. Sinds we samengewerkt hebben, heb je je vaker in gevaar gestort dan ik kan tellen. Nu is het onze beurt om achter je te staan.'

'Bedankt, Nadia. Zorg er gewoon voor dat je veilig blijft, oké? Ik wil niet dat er iemand gewond raakt door mij.'

'Rustig maar, het komt wel goed met ons,' stelt ze me gerust, haar ogen glinsteren ondeugend. 'Bovendien is het een prettige afwisseling om zelf eens de chaos te veroorzaken in plaats van jouw rotzooi op te ruimen.'

'Hé!' protesteer ik, maar ik kan een glimlach om haar speelse sneer niet onderdrukken. 'Oké, goed, punt gemaakt. Maar serieus, blijf veilig daarbuiten.'

'Natuurlijk,' antwoordt ze, en ze klopt me op de schouder voordat ze zich weer bij de anderen voegt.

'Klaar voor?' vraagt Declan, zijn stem laag en stabiel terwijl hij zijn wapen voor de laatste keer controleert.

'We gaan ervoor,' antwoord ik en ik slik moeizaam. De tijd voor sentiment is voorbij, tenminste voor nu. We moeten een lab infiltreren en een serum stelen.

'Onthoud, Artemis,' fluistert Athina als ik haar omhels, haar woorden gaan bijna verloren in het gehuil van de wind. 'Je hoeft deze last niet alleen te dragen. We zijn er voor je.'

'Bedankt, Athina,' mompel ik, dankbaar voor haar onwrikbare steun.

'Laten we aan het werk gaan,' zegt Nadia, ze klopt me op de rug en toont een grijns. Haar ogen lichten op van opwinding, en ik kan het haar niet kwalijk nemen; er is iets bedwelmends aan op de rand van gevaar staan, klaar om je halsoverkop in de strijd te storten.

'Oké, mensen,' blaft Declan, hij stapt naar voren en trekt onze aandacht. 'Dit is het moment. Doe je laatste controles, synchroniseer je horloges en onthoud: dit is een precisieaanval. Geen ruimte voor fouten.'

'Want in dit soort situaties gaat er natuurlijk nooit iets mis, hè?' mompel ik zachtjes, wat me een grijns van Nadia oplevert. Hoezeer ik het ook haat om het toe te geven, ze heeft gelijk; we zijn samen door hel en terug gegaan, wat is één gevecht meer?

Terwijl we uitzwermen om last-minute voorbereidingen te treffen, kijk ik toe hoe mijn geïmproviseerde familie zich bewapent en hun krachten bijstelt. Athina scherpt haar mentale focus, terwijl Sapphire met een reeks explosieven rommelt, haar vingers behendig over ontstekers en draden dansend. Malcolm, immer de stoïcijn, staat als een schildwacht bij de ingang van een steegje, zijn ogen onafgebroken gericht op de imposante gevel van het lab. Nadia staat er gewoon, met lege handen, haar gezicht kalm. Wachtend om de hel los te laten zoals alleen zij dat kan.

'Twee minuten,' roept Declan, zijn stem kort en efficiënt. De spanning in de lucht is voelbaar, een stroomdraad die op springen staat.

'We staan achter je, wat er ook gebeurt,' zegt Athina zachtjes tegen me als ik langs haar loop om naast Declan te gaan staan.

'Laten we ervoor zorgen dat ze er spijt van krijgen dat ze ooit met ons hebben geknoeid,' zeg ik, en ik knik vastberaden naar haar.

'Reken maar,' grijnst ze.

'Dertig seconden,' kondigt Declan aan, zijn toon dringend. We verzamelen ons, onze ogen gefixeerd op het lab dat de sleutel tot onze redding, of ondergang, bevat.

'Tijd om te gaan,' fluister ik, de woorden rollen als een gebed van mijn lippen. En terwijl we naar voren stormen, met getrokken wapens, krachten op scherp en bonzende harten, moet ik denken dat we misschien, heel misschien, toch niet zo alleen zijn.

De wereld lijkt te vertragen als een gepantserde vrachtwagen in de lucht zweeft, geleid door Nadia's onzichtbare hand. Met een polsbeweging suist hij naar de voorpoorten en ramt erdoorheen alsof ze van papier zijn gemaakt.

'Holy shit!' Ik staar geschokt toe. Ik heb Nadia al eerder spectaculaire dingen zien doen, maar dat was absoluut van een heel ander niveau. Een kakofonie van alarmen loeit, maar we hebben geen tijd om na te denken over de chaos, we hebben een klus te klaren.

'Niet loslaten,' instrueert Declan, hij grijpt mijn hand en stapt in een schaduw, en plotseling staan we naast de enorme roldeur bij de laadperrons aan de achterkant. Zijn schaduwspringen is in het begin desoriënterend, en ik voel een golf van misselijkheid over me heen spoelen. Maar ik klem mijn kaken op elkaar en zet door, wetende dat hier geen ruimte is voor zwakte.

'Bijblijven,' plaagt hij, een grijns speelt op zijn lippen. Ik rol met mijn ogen en concentreer me op de missie. We bewegen snel, ontwijken kratten en containers, de geluiden van het gevecht van onze vrienden echoën in de verte.

'Bijna daar,' fluister ik, en ik dwing mezelf om gelijkmatig en langzaam te ademen. Mijn zenuwen zijn tot het uiterste gespannen en ik voel de adrenaline door mijn aderen gieren. Ik kan het niet helpen me zorgen te maken over de anderen, over hun veiligheid, maar ook over het succes van ons plan.

'Vertrouw ze,' mompelt Declan, schijnbaar mijn gedachten lezend. 'Ze weten wat ze doen.'

'Jij hebt makkelijk praten,' snauw ik terug, op vijandige toon. 'Ik ben degene die hen in deze puinhoop heeft gebracht.'

'Artemis,' zucht hij, zijn stem wordt zachter. 'We zitten hier allemaal samen in. Laten we nu afmaken waar we aan begonnen zijn.'

'Inderdaad,' stem ik in en ik staal mezelf voor wat komen gaat. En terwijl we doorgaan, door de schaduwen glippend en dichter bij ons doel komend, moet ik denken dat we misschien, heel misschien, een vechtkans hebben.

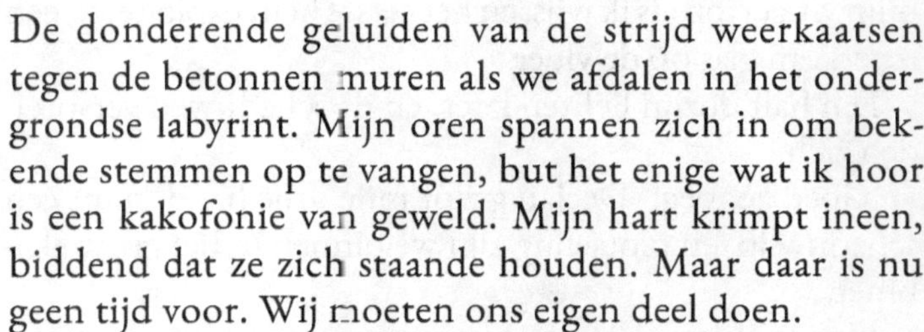

De donderende geluiden van de strijd weerkaatsen tegen de betonnen muren als we afdalen in het ondergrondse labyrint. Mijn oren spannen zich in om bekende stemmen op te vangen, but het enige wat ik hoor is een kakofonie van geweld. Mijn hart krimpt ineen, biddend dat ze zich staande houden. Maar daar is nu geen tijd voor. Wij moeten ons eigen deel doen.

'Concentreer je, Artemis,' dringt Declan aan, zijn woorden onderbroken door het scherpe geknal van geweervuur van boven.

'Ik ben geconcentreerd,' werp ik tegen, mijn stem gespannen en kortaf. 'Maar als je het nog niet gemerkt hebt, krijgen onze vrienden voor ons een pak rammel.'

'Daarom kunnen we dit niet verpesten,' pareert hij. 'We zijn het aan hen verplicht om dit goed te doen.'

Ik slik moeizaam, wetende dat hij gelijk heeft. 'Goed, laten we dan die verdomde kluis maar vinden.'

Navigerend door de schemerige gangen, glippen we door schaduwen, ongezien en ongehoord. De stank van chemicaliën valt mijn neusgaten aan, een giftige herinnering aan de gruwelen die hier hebben plaatsgevonden. Mijn grip om mijn wapen verstevigt, mijn knokkels wit van woede.

'Hier,' fluistert Declan, en hij stopt abrupt voor een onopvallende metalen deur. 'Dit is het.'

'Laten we hopen dat jouw krachten op dit ding werken,' zeg ik, terwijl ik de formidabele beveiligingsmaatregelen bekijk die onze prijs bewaken. Er zijn geen schaduwen in deze gang, alleen felle, actinische lichten boven ons.

'Dat is waar jij van pas komt.' Hij wijst omhoog. 'Schakel wat lichten uit, bliksemmeisje.'

'Het is geen bliksem,' protesteer ik, maar ik voel me dom dat ik er niet eerder aan gedacht heb. Blauw vuur schiet van mijn vingertop als ik wijs, en het eerste licht explodeert, een regen van glas op de vloer.

Een half dozijn lichten later, en de schaduwen verspreiden zich.

'Goed genoeg!' Declan grijpt mijn vrije hand, stapt een schaduw in, en plotseling zijn we binnen in het gruwelkabinet.

Het is ijskoud in de kluisruimte en de lucht voelt zwaar aan, alsof hij jarenlang onaangeroerd is gebleven. Ik probeer niet naar de cellen aan één kant te kijken, wetende dat Declan hier opgesloten zat gedurende die eindeloze dagen dat we naar hem zochten.

'Hierzo.' Declans is me voorbijgegaan, voorbij de werkbanken vol laboratoriumapparatuur naar de koelkast aan de andere kant van de muur. 'Hier haalde hij de serums vandaan die hij me gaf.'

'Hoe weten we welke welke zijn?' Ik voeg me bij hem en kijk naar de rijen flesjes met niets meer behulpzaams dan blijkbaar willekeurige alfanumerieke codes op hun etiketten.

Declan haalt zijn schouders op. 'Geen idee. Maar pak dat.' Hij wijst naar een laptop op een werkbank. 'Dr. Foxberry gebruikte die vaak. Als er ergens een sleutel is, staat hij daarop.'

'We hebben nu geen tijd om hem te kraken!'

'Dan nemen we gewoon alles mee en laten we Malcolm het uitzoeken!' Declan pakt een gewatteerde flesjesdrager van een plank. 'Inladen!'

Naarmate het gewicht van onze rugzakken zwaarder wordt, kan ik het niet helpen aan de offers te denken die mijn vrienden boven ons brengen. Ze riskeren hun leven om ons deze kans te geven, en ik zal ze niet teleurstellen. Mijn hart krimpt ineen met een mengeling van dankbaarheid en angst, maar ik onderdruk het en concentreer me op de taak die voor me ligt.

'Bijna klaar hier,' kondigt Declan aan, terwijl hij zijn rugzak dichtritst. 'Hoe gaat het met jou?'

'Hetzelfde,' antwoord ik, terwijl ik het laatste flesje in een drager schuif en het in mijn rugzak vastzet. 'Laten we hier snel wegwezen.'

'Eens,' zegt hij, zijn ogen flitsen naar de uitgang. 'Ik wil hier niet langer zijn dan nodig.'

'Leid de weg, schaduwjongen,' zeg ik tegen hem, en ik gebaar naar de deur. We zijn zo ver gekomen, maar we zijn nog niet veilig, pas als we terug zijn bij onze vrienden en het serum veilig is.

'Ik ben je al voor,' grijnst hij, en hij verdwijnt al in de duisternis daarachter.

Hoofdstuk Vierendertig

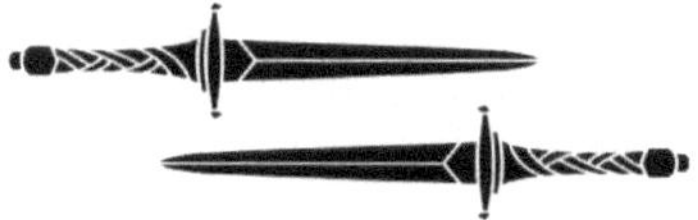

Net als ik Declan de kluis uit wil volgen, slaat de zware stalen deur plotseling met een luide metalen *klang* voor mijn neus dicht, waardoor ik van Declan gescheiden word. Ik spring achteruit, mijn hart slaat over.

'Declan?' roep ik, maar mijn stem wordt gesmoord door de dikke stalen muren. 'Declan!' schreeuw ik, terwijl ik naar de deur ren en vergeefs aan de klink trek. Er komt geen reactie en hij geeft geen krimp. Angst snoert mijn keel dicht.

Voordat ik verder kan reageren, springen rijen felle, actinische lichten langs de muren en het plafond abrupt aan, waardoor de ruimte in een verblindend licht baadt. Ik knipper tegen de nabeelden, binnensmonds vloekend. Er is geen schaduw meer over waar Declan eventueel in terug zou kunnen springen.

'Nee, nee, nee,' mompel ik, terwijl de paniek opkomt. Ik draai in een cirkel en schiet flitsen blauw vuur naar de lichten, in een poging er een paar te vernietigen en weer schaduwen te creëren.

Mijn vingers branden van de inspanning, maar ik kan het niet bijbenen. Elke keer als ik een lamp doof, flikkert er een andere weer aan, me bespottend. Het is een of ander gestoord spelletje 'whack-a-mole' en ik ben aan de verliezende hand. De kamer blijft baden in die vreselijke, schaduwloze helderheid. Ik kan amper iets zien, mijn ogen tranen van het felle licht.

'Kom op,' mompel ik in mezelf, de woorden druipen van het sarcasme. 'Dat heb je ervan als je een lichtshow in je arsenaal hebt.'

Het is een val. De realisatie raakt me als een stomp in mijn maag. Ik ren terug naar de kluisdeur, bonk erop en probeer hem op pure wilskracht open te wrikken. Maar het zware staal geeft geen krimp.

Ik zit opgesloten.

Het bloed bevriest in mijn aderen bij die gedachte.

'Artemis!' Declans stem in mijn oortje is meer dan een beetje paniekerig. 'Ik kan niet bij je komen!'

'Verblindende lichten hier en ik krijg ze niet uit!' snauw ik terug, terwijl ik de paniek in mijn borst voel opkomen. De lichten zijn zo verblindend dat het moeilijk is om iets anders te zien, maar ik dwing mezelf om me op de kluisdeur te concentreren.

'Klootz–' De deur beweegt niet. Ik ruk er nogmaals aan, mijn spieren spannen zich, maar hij is hermetisch afgesloten. Gevangen. Net als een dier in een kooi.

'Declan,' zeg ik, terwijl ik de trilling in mijn stem nauwelijks kan onderdrukken. 'De deur zit op slot. Ik kom er niet uit.'

'Blijf proberen!' Zijn stem is gespannen en ik hoor dat hij net zo bang is als ik.

'Omdat dat tot nu toe zo goed heeft gewerkt?' snuif ik, terwijl ik mijn vuist tegen de onverzettelijke deur sla. De klap stuurt een pijnscheut door mijn arm, maar het is niets vergeleken met de groeiende angst die vanbinnen aan me vreet.

'Artemis,' zegt Declan, nu zachter, zijn toon bijna smekend. 'Je moet geconcentreerd blijven. Er moet een andere uitweg zijn. Blaas die lichten op, net als je met die hier buiten hebt gedaan. Eén schaduw is alles wat ik nodig heb.'

'Echt waar?' blaf ik een lach, het geluid bitter en hysterisch, zelfs terwijl ik verderga met het opblazen van de lichten. Het werkt niet. De kamer wordt nog feller. 'Want waar ik sta, lijkt het erop dat ik er helemaal aan ben.'

'Artemis, alsjeblieft,' smeekt hij. 'We vinden wel een uitweg. Dat doen we altijd.'

'Even een nieuwtje, Declan,' grom ik tussen samengeklemde kaken door als een nieuwe vlaag van duizeligheid me dreigt te vloeren, 'we hebben hier bijna geen tijd meer. En dit is geen van je stripboeken waarin de held op het nippertje de boel redt.'

'Dan creëren we onze eigen wonderen, Artemis,' zegt hij fel, zijn woorden snijden door de mist die me dreigt te verstikken. 'Blijf gewoon bij me, oké? We lossen dit samen wel op.'

'Dat mag ik verdomme hopen,' mompel ik binnensmonds, terwijl ik de verblindende lichten en de sluipende angst probeer te negeren die me vertelt dat er deze keer misschien geen uitweg is.

Mijn ogen branden door de aanval van het licht, mijn adem komt in korte, paniekerige happen. Waarom kan ik niet helder denken? De lucht voelt zwaar, alsof die op me drukt. En dan dringt het tot me door: gas. Ze pompen gas de kamer in.

'Declan,' breng ik met moeite uit, mijn stem nauwelijks hoorbaar door de nevel. 'Gas. Slaapgas.'

'Artemis!' Paniek klinkt door in zijn stem. 'Je moet een manier vinden om het af te sluiten of op de een of andere manier te blokkeren.'

Het is zinloos, het misselijkmakende gas omhult me al terwijl ik nog vuur naar de ventilatieopeningen probeer te gooien. Mijn ogen beginnen te tranen en ik voel me duizelig. Het komt me bekend voor – net als het slaapgas dat Diana gebruikte de eerste keer dat ze me ving.

De herinnering raakt me als een mokerslag. Dat was toen ze me de eerste dosis van dat verdomde serum injecteerde.

Angst en paniek dreigen me te overmannen. Ik zit weer in hetzelfde nachtmerriescenario. En deze keer tapt het gas snel mijn kracht af. Mijn knieën knikken en ik zak naar de grond terwijl alles wazig wordt. Welke nieuwe gruwel zal me nu te wachten staan als ik wakker word?

Mijn knieën raken de koude betonnen vloer. Ik worstel om overeind te blijven, maar mijn ledematen voelen als lood. Het sissende gas omhult me terwijl mijn blikveld zich begint te vernauwen.

'Declan,' zeg ik, mijn stem trilt ondanks mijn pogingen om sterk te klinken. 'Als ik hier niet uit kom, moet je weten–'

'Artemis, doe het niet,' onderbreekt hij me, zijn stem gespannen. 'We gaan je hieruit krijgen, oké? Je moet gewoon nog even volhouden.'

Mijn wang drukt tegen de ijskoude vloer, mijn vingers krabbelen zwakjes. Terwijl de duisternis in de randen van mijn gezichtsveld kruipt, razen er angstige gedachten door mijn hoofd.

'Ga weg,' kraak ik met mijn laatste restje kracht. 'Laat me achter! Red jezelf!'

In de verte hoor ik het gebrul van de jaguar. *Ga*, denk ik wanhopig, niet in staat om ook maar één geluid meer uit mijn mond te krijgen. *Ga weg voordat ze jou ook te pakken krijgen.*

Een andere deur achter in de kluis sist open. Door de nevel zie ik schimmige figuren binnenkomen, gekleed in tactische uitrusting en gasmaskers. Ik probeer mezelf op te duwen, weg te kruipen, maar mijn ledematen zijn nu nutteloos. Handen grijpen me ruw vast en ik ben machteloos om me te verzetten terwijl ze me wegslepen.

Mijn oogleden vallen tegen mijn wil dicht. Terwijl de bewusteloosheid me overmant, zijn mijn laatste gedachten voor Declan en de pijn dat ik hem heb gefaald.

Dat ik iedereen heb gefaald.

EINDE

(van Boek 2)
Lees de spannende ontknoping van de Chimera-trilogie in Boek 3, *Ontspoorde Evolutie.*
Reserveer nu om er zeker van te zijn dat je niet mist hoe Artemis uit deze puinhoop probeert te komen en de Foxberrys voor eens en voor altijd uitschakelt!

ANDERE BOEKEN VAN CARYSSA COLE

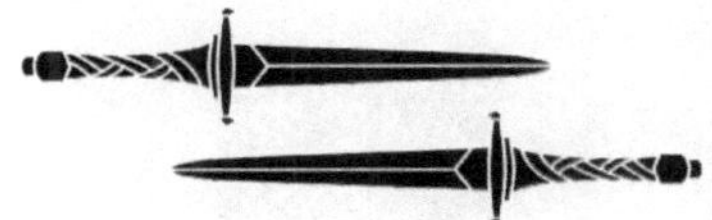

De Chimera-trilogie

Duistere Genesis
Onnatuurlijke Selectie
Ontspoorde Evolutie

De Gevallen Engel – tweeluik

Gevallen Engel
Opstandige Engel

De opkomst van Atlantis

Een troon van koraal en beenderen
Een hof van getijden en stormen

Een kroon van maalstromen en herinneringen

Op zichzelf staande romans

Zwarte vleugels in de sneeuw: Een ingesneeuwde paranormale kerstromance

De leerling van de alchemist: Een romantasy vol hofintriges, dodelijk gif en verboden magie

Teveel Magie voor Eén Man (exclusief voor nieuwsbriefabonnees)

Ontdek alle publicaties van Shenanigans Press op onze websitehttps://www.shenaniganspress.com/nl!

Of volg ons op sociale media; we zijn te vinden op Facebook en Instagram.

En vergeet je niet in te schrijven voor onze nieuwsbrief om op de hoogte te blijven van nieuwe uitgaven, acties, winacties en meer!